KB216537

남편을 죽이는 서른 가지 방법

SEOMIAE
COLLECTION 1

남편을 죽이는 서른 가지 방법

서미애 지음

엘릭시르

차례

서문 | '서미애 컬렉션' 출간에 부처 **7**

남편을 죽이는 서른 가지 방법 **11**

거울 보는 남자 **53**

못생긴 생쥐 한 마리 **67**

살인 협주곡 **93**

그녀만의 테크닉 **123**

반가운 살인자 **179**

숟가락 두 개 **215**

서울 광시곡 **263**

비밀을 묻다 **301**

경계선 **337**

이제 아무도 울지 않는다 **383**

잔인한 선택 **413**

수록 작품 발표 지면 **447**

'서미애 컬렉션' 출간에 부쳐

1994년 새해 첫날 「남편을 죽이는 서른 가지 방법」이라는 다소 과격한 제목의 신춘문예 당선작이 한 신문에 실렸습니다. 애거사 크리스티를 선망하던 저는 그 작품으로 추리작가가 되었습니다. 제목 때문에 신문사가 항의 전화를 받기도 했고, 제목 덕분에 그해 대학로 연극무대에서 최고의 화제작이 되기도 했으니 꽤나 요란한 시작이었습니다.

그리고 2024년. 어느덧 추리작가가 된 지 삼십 년이 되었습니다. 그동안 바뀐 세상에는 삼십 년이라는 시간의 무게가 느껴지는데 저는 변한 게 하나도 없습니다. 그때와 마찬가지로 오늘도 잠자리에서 일어나면 바로 책상 앞에 앉아 컴퓨터부터 켜는 일상이 기다립니다.

고맙게도 데뷔 30주년을 맞아 그동안 발표했던 작품들을 모아 출간하게 되었습니다. 출간을 위해 작품을 정리하며 하나씩 읽어보니 작품 속에 지난 세월이 들어 있었습니다.

　「남편을 죽이는 서른 가지 방법」은 1993년 버지니아주에서 아내가 남편의 성기를 자른 '보빗 사건'을 모티프로 했고, 「반가운 살인자」는 IMF 사태로 일자리를 잃고 가출한 가장이 노숙자가 되었던 그 시절 우리 모습을 담았습니다. 「목련이 피었다」는 학내 폭력을 숨기는 학교의 실태를 그렸고, 「정글에는 악마가 산다」는 한창 인터넷 방송이 뜨면서 일어나는 사건을 다루었습니다. 최근작인 「까마귀 장례식」은 결혼으로 우리나라에 이주해 사는 동남아 여성들의 실태를 담아냈으며, 「장미 정원의 가족사진」은 노인 간병인을 통해 안락사 문제를 다루었습니다.

　삼십 년 동안 쓴 작품들 속에 우리 사회가 어떻게 변화되었는지, 무엇을 욕망하며 살고 있는지가 보였습니다. 제가 미스터리라는 장르를 좋아하고 쓰는 이유는 바로 우리 사회의 욕망을 가장 정면에서 다루고 있는 장르이기 때문입니다.
　2021년 프랑스 출판사의 초청으로 첫 해외 프로모션을 다닐 때, 왜 추리소설을 쓰느냐는 질문을 받았습니다. 질문을 받기 전까지 한 번도 고민해본 적 없는 문제였는데, 독자의 질문을 받고 나서야 '나는 왜 추리소설을 쓰는가?'를 생각해보았습니다. 그 답은 2023년 파리를 세번째로 방문하고 나서야 제대로 할 수 있었습니다.

작가는 독자에게 질문을 던지는 사람입니다. 세상에 대한, 인간에 대한, 그리고 우리 사회의 다양한 모습을 보여주며 질문을 던지죠.

우리, 과연 잘살고 있는 것입니까? 이렇게 사는 게 괜찮은 겁니까?

독자들의 리뷰를 보며 제가 쓴 책이 우리 사회의 모습을 돌아보도록 만들었음을 확인할 때마다 기쁘고 감사했습니다. 저의 작품을 읽고 공감해주시는 독자들이 없었다면 30주년을 기념하는 이 자리도 없었겠지요.

그동안 발표한 작품을 모두 모아 이렇게 출간할 수 있도록 기획해주신 문학동네 엘릭시르 편집부에게도 감사의 인사를 전합니다. 작가에게는 너무나 행복한 일입니다.

감사합니다. 앞으로 또다른 질문을 가지고 돌아오겠습니다.

2024년 늦여름
서미애

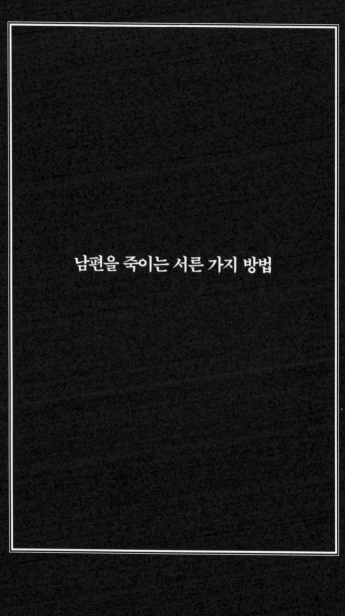

남편을 죽이는 서른 가지 방법

소리 없이 등뒤로 다가오는 남편을 느끼자, 그녀는 목덜미에 소름이 돋았다. 식탁 위에 펼쳐놓은 가계부를 덮고 고개를 돌렸다.

"내가 방해했나?"

말은 그렇게 하지만 그는 전혀 미안하지 않은 표정이다. 자신이 원하면 아내는 언제든 하던 일을 중단해야 한다는 얼굴이다. 그에겐 그것이 너무나 당연한 권리다.

저녁 아홉시. 그가 거실에서 텔레비전을 봐야 하는 시각이다. 거의 한 벽을 차지할 정도로 거대한 텔레비전에서 쏟아져 나오는 소음은 그녀가 견디기 힘들 정도로 언제나 크게 들린다. 잠깐이라도 그 앞을 지나칠 때면 귀가 먹먹할 지경이다.

그러나 그녀는 텔레비전 소리를 줄이라고 남편에게 말하지 않는다. 만약 그런 소리를 한다면 오히려 남편은 옆집에서 벽을 쿵쿵 두드릴 정도로 소리를 높일 것이다.

그는 한 번도 그런 생각을 해보지 않았겠지만 그녀에게 남편은 거역하지 못할 독재자다. 그 독재자의 비위를 건드리지 않고 하루를 무사히 보내기는 쉬운 일이 아니다. 오늘도 설탕과 프림을 정확한 비율로 넣어 탄 커피와 일간지 두 부, 그리고 목요일 아침에 배달되는 주간지 한 권. 더이상 필요한 것이 없을 정도로 완벽하게 준비해주었는데도 남편은 소리 없이 주방으로 들어왔다. 그러고 보니 가계부 작성에 열중하느라 텔레비전 소리가 사라진 줄도 모르고 있었다.

"더 필요한 거 있어요?"

"당신!"

"……"

그의 말을 거역하고 싶다는 생각이 순간적으로 그녀를 압도한다. 하지만……

"이것만 정리하고요……"

"오래 걸리진 않겠지?"

남편은 다짐이라도 받듯 그녀의 어깨를 지그시 누르고 침실로 들어간다. 그의 손이 닿았던 어깨에 무게감이 사라지면서 또다시 소름이 돋는 것이 느껴졌다.

그녀는 물끄러미 가계부 표지를 내려다보다가 다시 오늘 날짜 페이지를 펼쳤다. 맨 아래쪽에 남아 있는 빈칸이 어서 그녀에게 무엇인가 적어넣으라고 조르는 것처럼 보였다. 그녀는 마지막 칸에 붉은색 볼펜으로 면도칼이라고 적었다. 붉은색으로 적힌 '면도칼'이라는 글자가 그 느낌과 썩 잘 어울렸다.

남편의 턱밑에 가늘게 그어질 한 줄의 칼자국. 그 선을 따라 흐르는 붉은 핏방울. 가계부에 적힌 글자가 면도칼의 운명을 말해주고 있는 느낌이 들었다. 조금 전 느꼈던 소름은 어디론가 사라지고 이제 그녀는 전율처럼 흐르는 기대감에 몸을 떨었다.

며칠 전 남편이 가계부를 치우는 그녀를 보며 한 말이 떠올랐다.

"당신 요즘 부지런해졌어."

그는 가계부를 꼬박꼬박 적어나가는 아내가 아주 흡족한 모양이었다. 하긴 그동안은 그가 연말에 사다준 가계부가 새것인 채로 다음해를 맞는 경우가 대부분이었으니까.

지금은 가계부를 쓰는 게 그녀의 일과 중 가장 큰 즐거움이 되었다. 그날치 가계부의 마지막 칸은 꼭 붉은 글씨로 채웠다. 그 순간은 자기도 모르게 입가에 미소가 머무는 것을 느낄 수 있었다. 하루가 지날 때마다 그녀는 또하나의 가능성을 만들어가는 게 기뻤다. 남편을 죽이는 방법을 생각해낼 때마다 그녀는 마치 글을 깨치는 어린아이처럼 신기한 기분을 느꼈다. 어린아이가 거리의 간판을 읽으며 글자의 매력을 확인하듯 그녀는 매일 가계부를 확인했다.

오늘은 한 달의 마지막날. 이번 달은 삼십 일밖에 없다. 매일매일 가계부에 채워넣은 붉은 글씨가 오늘까지 꼭 서른 개다. 그녀는 가계부를 뒤적이며 자신이 적어놓은 붉은 글씨들을 어루만지듯 읽어보았다.

─욕실용 슬리퍼.

밑창이 미끄러운 걸로. 욕실에서 넘어진 남편이 뇌진탕을 일으킬 확률은?

단지 가능성만 생각했던 것이지만 그래도 없는 것보다는 낫다.

─테이프.

코와 입을 한꺼번에 막을 수 있는 넓은 게 좋겠지?

남편이 가늘게 코를 골며 자는 모습을 지켜보다 그녀는 유혹을 참지 못하고 그의 코와 입을 손으로 막아보았다. 남편은 잠결에 그녀의 손을 뿌리치고 돌아누웠다. 그걸로 충분했다. 그 역시 숨이 막히면 견딜 수 없는 생명일 테니까.

―정육점 칼.

그날 정육점에서 고기를 사며 그녀는 칼을 가는 주인의 손을 부러운 시선으로 보았다.

저 칼이 내 손에 있다면, 그녀는 그 생각만으로도 손바닥에 땀이 배는 걸 느꼈다.

"가스 밸브랑 창문 확인하는 거 잊지 말고."

남편이 침실에서 소리쳤다. 마치 그 목소리가 가계부에 닿는 것 같아 그녀는 서둘러 가계부를 덮었다. 재촉하는 소리를 듣자 그녀는 조급해졌다. 남편이 다시 한번 소리지르면 그 순간부터는 지옥이다. 두 번이나 불렀는데도 아내가 아무런 반응이 없다면 그는 자신의 요구가 거절당했다고 생각할 것이다. 그리고 집요하게 그 이유를 추궁할 것이다.

그러느니 차라리 서둘러 일을 끝내는 게 낫다. 그녀는 곧바로 서랍을 열어 가계부를 집어넣었다. 머리가 지끈거리는 것 같았다. 낮에 들른 병원에서 받아 온 약봉지가 눈에 띄었다. 그녀는 약을 먹고 남편의 말대로 가스 밸브와 창문의 자물쇠를 서둘러 확인했다.

'그래, 가스!'

그녀는 가스레인지의 스위치를 돌려보았다. 불꽃이 튀고 곧 불이 둥그렇게 피어올랐다.

내일 새롭게 시작되는 한 달의 가계부에는 가스레인지를 적어넣어야겠다고 생각했다. 그러나 아무튼 그것은 다음달의 일이다. 그녀는 주방의 불을 끄고 조금 전과는 달리 될 수 있는 한 느린 걸음으로 남편이 기다리는 침실로 향했다.

문 앞에서 잠깐 걸음을 멈추고 숨을 크게 들이쉰 후 침실로 들어갔다. 남편 옆에 누우면서 그녀는 자기도 모르게 눈을 질끈 감았다. 아플 정도로 입술을 깨물고 있음을 느낀 건 이제 더이상 그녀가 필요하지 않은 듯 등을 돌린 남편을 알아챈 후였다.

"어제 외출했었나?"

아침식사를 하러 주방에 들어온 남편이 지나가듯 무심하게 말을 꺼냈다. 그러나 그녀는 남편의 촉각이 곤두섰다는 것을 금세 알 수 있다. 언제나 아내의 행동반경을 알아야 한다고 믿는 남편. 그는 어제 그녀가 외출한 사실을 알고 있다. 그녀는 어젯밤, 아무것도 묻지 않는 남편이 오히려 불안했었다.

"……"

그녀가 아무 대답도 하지 않자, 그는 힐끗 그녀의 표정을 살폈다.

남편에게 시선을 돌리지 않아도 그가 어떤 표정으로 자신을 보는지 그녀는 느낄 수 있다. 그녀는 끝내 대답을 하지 않으면 남편이 어떻게 나올까 생각해본다. 그의 집요한 시선을 받아넘길 수 있을지 선뜻 자신이 서지 않는다. 뭐라고 얘기할지 잠시 망설이다 그녀는 태연한 얼굴로 그를 향해 돌아선다.

"궁금해요?"

"그냥. 저녁이나 함께할까 하고 전화했는데 집에 없더군. 그래서."

속이 훤히 들여다보이는 거짓말. 그녀는 왜 자신이 전화를 받지 못하는 날에만 남편이 외식을 하고 싶어하는지 궁금했다. 전화를 받았던 다른 많은 날은 외식하기에 부적당한 날들이었나? 그녀가 직접 전화를 받으면 늘 오늘 몇 시쯤 들어가겠다는 말뿐이었다.

"그랬어요? 시장에 갔었는데."

"그랬군."

그는 그녀의 말에 별다른 반응을 보이지 않고 고개를 끄덕일 뿐이다. 믿지도 않으면서 우선은 받아들여주겠다는 듯한 표정이다. 그녀는 다시 몸을 돌려 가스레인지 위에서 끓고 있는 찌개에 미리 썰어놓은 두부와 파를 넣는다. 찌개 냄새가 주방 가득 퍼진다.

'아차, 가스는 냄새가 나지. 감각이 예민한 저 사람이 그걸 놓칠까?'

그녀는 애써 생각해낸 살인계획이 허물어지자 무릎에 힘이 빠지는 것을 느꼈다.

"물 좀 마실까?"

식탁 위에 물병이 놓여 있는 것을 알면서도 그가 모른 척 냉장고를 열자, 그녀는 단번에 남편의 속셈을 알아차렸다.

차라리 솔직하게 얘길 하지, 난 시장에 다녀왔다는 너의 말을 믿지 않아, 이렇게 말이야.

그녀는 또다시 남편의 그 집요함이 자신의 목을 죄어오는 것 같아 견딜 수가 없었다.

그는 냉장고 문을 열고 안을 훑어보았다. 냉장고 속은 어제와 별반 달라진 것이 없다. 신선실의 채소는 이미 물기를 잃어 말라가는 중이고 새로 산 반찬거리도 눈에 띄지 않는다. 그러나 남편은 아무 소리도 하지 않고 또다른 물병을 꺼내 식탁에 올려놓고 냉장고 문을 닫는다. 냉장고 문이 닫히는 순간 그녀는 남편의 얼굴이 차갑게 굳어진 것을 알 수 있었다.

그녀는 고개를 숙이고 요리에 열중하는 시늉을 했다. 그가 엎어놓은 유리컵을 뒤집어 물을 따르는 소리가 들린다. 그리고 천천히 그의 식도를 따라 흘러들어가는 물소리. 순간 그녀는 팔에 소름이 돋는 것을 느낀다. 그것은 남편에 대한 살의가 느껴질 때마다 일어나는 반응이다. 살갗의 신경 하나하나가 남편이 내는 소리에 진저리를 내며 떨고 있다. 그녀는 문득 언제부터 남편을 이렇게 끔찍하게 생각하게 되었는지 떠올려보

려 애쓴다. 하지만 생각은 뒤죽박죽이다. 육 년 전 그와 결혼
하던 바로 그 순간부터였던 것도 같고, 조금 전 그가 소리 내
며 물을 들이켠 바로 그 순간 만들어진 것도 같다. 아니다. 조
금 전에 만들어진 것이라면 이렇게 매순간 그녀가 남편을 죽
이기 위해 방법을 찾지는 않을 것이다. 어제도 그녀는 남편을
죽이는 상상을 하며 외출을 했었다.

"오늘은 뭘 할 거지?"

"글쎄요, 오늘 무슨 일이 생길지는 아무도 모르는 거 아니에
요?"

목소리에 숨어 있는 가시를 느꼈는지 남편이 그녀의 얼굴을
쳐다본다.

그녀는 가슴 가득 깊은숨을 들이쉬고 남편의 시선을 정면으
로 받는다. 그는 뜻밖이라는 듯이 그녀의 얼굴을 살핀다. 마치
마음대로 가지고 놀던 고양이가 자신에게 발톱이라도 세운 것
처럼 어이없다는 표정이다.

"왜 이렇게 신경이 날카로워? 어디 아픈 거 아냐?"

"아니에요. 그냥."

"……"

그녀는 남편이 말없이 자신의 얼굴을 빤히 쳐다보는 것을
느끼면서도 애써 태연하게 식탁을 차렸다.

그 후로 그녀와 남편은 아무런 말도 주고받지 않는다. 그녀

는 남편의 침묵이 무엇을 뜻하는지 생각하며 천천히 입안의 밥알을 굴린다. 환풍기의 프로펠러 돌아가는 소리만 식탁 위를 맴돌고 있다.

언제부터 남편과 대화를 하지 않았을까, 그녀는 문득 정말 자신이 남편과 대화란 것을 했었는지 기억할 수가 없다. 사람들이 흔히 하는 우스갯소리처럼 남편은 '나 왔다' '밥 먹자' '자자' 이 세 마디면 충분하다고 믿는 것 같았다. 아니 그가 몇 마디 더 하는 말이 있기는 하다. 어디에 갔었느냐, 오늘은 뭘 했느냐, 누구를 만났느냐. 그건 애정이 담긴 관심이라기보다 관심을 가장한 의심이고 불신이었다.

그는 마치 먹는 일이 전부인 것처럼 오로지 먹는 데만 열중하고 있다. 무표정하게 음식을 떠넣는 그를 보자 그녀는 언젠가 그의 음식에 독약을 집어넣을지도 모르겠다는 생각이 들었다. 아무런 의심도 받지 않고 독약을 구할 수 있을까? 그럼 그를 위해 정말 근사한 최후의 만찬을 기꺼운 마음으로 준비할 텐데.

식사를 마친 남편이 물을 입안에 머금고 소리 내며 물양치를 한다. 그녀가 못 견뎌하는 남편의 또다른 버릇이다. 그녀는 씹고 있던 밥알마저 다 뱉어버리고 싶은 충동을 느낀다.

"머리 좀 빗지?"

식사를 마친 그는 식탁 옆에 서서 잠자코 그녀를 바라본다.

아내가 식사를 끝냈는지는 아랑곳하지 않고 그녀가 자신의 출근 준비를 위해 일어서줄 것을 강요하는 것이다.

어차피 밥 생각은 사라져버린 후라, 그녀는 아무 말 하지 않고 남편의 뒤를 따라 안방으로 들어갔다.

그는 옷장을 열고 아내에게 자리를 내주겠다는 듯 한쪽으로 비켜섰다. 그녀는 가지런히 걸린 양복 중에서 하나를 꺼내 그의 눈앞에 내보인다. 그는 아무 말도 않은 채 그녀의 얼굴을 빤히 바라본다. 아내가 골라준 양복이 마음에 안 든다는 표시다. 그녀는 남편이 자신을 고문하는 것 같은 기분이 들었다. 그렇게 몇 번인가 양복을 꺼내고 집어넣은 후에야 남편은 몸을 돌려 그녀가 옷을 입혀주는 것을 허락했다.

하얀 와이셔츠에 감싸인 남편의 목이 눈앞에 드러나자, 그녀는 또다시 자기만의 생각에 빠져든다. 그와의 정사 도중, 그녀는 그의 목을 쓰다듬으며 거기에 주사기를 꽂는 생각을 얼마나 많이 했는가. 그녀가 정말 그런 방법으로 살해한다면 그는 정사 후의 나른함 속에서 행복하게 생을 마감할 수 있지 않을까.

"머리 좀 빗지 그래?"

그는 다시 한번 그녀의 머리 모양이 마음에 안 든다는 의사 표시를 했다.

출근길에 아내가 현관이 아닌 엘리베이터 앞까지 배웅을 나와야 한다고 생각하는 남자. 그는 남들에게 보이기 위해 아내가 머리를 단정하게 빗고 나와 엘리베이터 앞에서 손을 흔들어주기를 원한다. 그녀는 그의 요구대로 아침마다 엘리베이터 앞에서 그에게 손을 흔들어주었다.

이웃에 사는 사람들은 그 모습을 한 폭의 그림처럼 바라본다. 할 수만 있다면 남편이 탄 엘리베이터가 1층에 도착하기 전에 줄을 끊고 싶어하는 아내를 보면서 그들은 부러움을 느끼는 것이다.

결국 오랜 바람대로 그녀는 남편을 죽였다. 하지만 생각과는 다르게 거의 충동적으로 살인을 저질렀다. 그렇게 많은 시간을 들여 세심하게 살인계획을 세우던 그녀로서는 상상도 할 수 없는 일이었다. 머릿속으로 그려오던 계획들은 어느 것 하나 도움이 되지 않았다. 그녀의 머릿속에 살아 숨쉬고 있던 살인계획들은 말 그대로 머릿속에서만 존재하는, 현실의 공기 속에서는 그대로 사그라지고 마는 비눗방울 같은 것이었다.

밤 열한시나 돼야 퇴근할 수 있을 것 같다는 남편의 전화를 받자마자 그녀는 자신도 알지 못하는 어떤 목소리를 들었다. 그 목소리가 그녀에게 그토록 기다리던 날이 바로 오늘이라고 알려주었다. 그 목소리를 듣는 순간 그녀는 살인계획을 세우며 한 번도 가져보지 않았던 두려움을 느꼈다. 그동안 그녀는 얼마나 태연하게 그를 죽였던가. 한두 번도 아니고, 수십 번 그의 죽음을 바라보았지만 두려움이라는 감정을 느끼진 못했었다. 상상 속에서는 남편이 고통스럽게 죽을수록 더 큰 희열을 느낄 수 있었다. 그러나 이제 그 생각들을 행동으로 옮겨야 한다는 목소리를 듣는 순간, 그녀는 자신이 정말 그를 죽이려 했었는지조차 알 수 없었다.

남편의 회사 앞에 차를 세워놓고 기다리면서 그녀는 그 문제에 대해 진지하게 생각하기 시작했다. 세상의 많은 아내가 남편과 함께 살면서 때로는 실망하고 때로는 포기하며 그렇게 살고 있지 않은가. 그런데 자신은 왜 유독 남편을 죽이고 싶을 만큼 못 견뎌하는 것일까? 그녀는 이제 자신이 나쁜 것인지, 이런 생각까지 하게 만든 남편이 잘못인 건지 확신이 서지 않았다.

'그래, 돌아가자. 돌아가서 천천히 생각해보자. 정말 그 사람을 죽일 생각이 있는지.'

그녀는 집으로 돌아가기 위해 시동을 걸었다. 바로 그 순간 한 남자가 이미 어두워진 회사 현관에 모습을 드러냈다. 어렴풋한 윤곽만으로도 그가 남편임을 확신할 수 있었다.

열한시가 넘어서인지 도로에는 지나는 차도 거의 없었다. 도로를 살피던 남편은 정지신호도 무시한 채 총총걸음으로 횡단보도를 건너기 시작했다. 그런데 횡단보도 중간쯤에서 무언가를 떨어뜨린 남편은 그것을 줍기 위해 허리를 구부렸다.

그녀는 자신도 알지 못하는 목소리에 이끌려 충동적으로 남편의 회사 앞에 왔던 것처럼, 바로 그 순간 역시 어떤 힘에 이끌려 남편을 향해 전속력으로 차를 몰았다.

물건을 줍던 남편은 갑작스럽게 달려드는 헤드라이트 불빛에 놀란 듯 미처 피할 생각도 하지 못하고 불빛 속에 엉거주춤 서 있기만 했다. 그의 놀란 눈이 헤드라이트 불빛을 받아 무섭게 번뜩이는 것을 본 그녀는 두 눈을 감고 액셀을 더욱 세게 밟았다.

남편의 몸이 차체에 부딪혀 허공으로 날아오르는 게 느껴졌다. 그녀는 뒤도 돌아보지 않고 그대로 차를 몰았다.

불쌍한 사람, 겨우 뺑소니차에 치여 죽다니.

문득 남편의 몸뚱어리에서 나온 피가 아스팔트 위를 흐르고 있을 것이라는 데 생각이 미쳤다. 그녀는 그 피가 하나의 줄기가 되어 자동차 뒤를 따라 흘러오고 있지 않을까 하는 불안한 느낌을 떨쳐버릴 수 없었다. 그러나 아파트 주차장에 이를 때까지 차를 멈출 수가 없었다.

'이제 끝났어, 이제……'

주차장에 차를 세운 후에도 그녀는 한동안 몸을 움직일 수 없었다. 겨우 고개를 들어 숨을 들이마시고 주위를 둘러볼 여유가 생기자, 비로소 남편을 죽였다는 사실이 생생하게 현실로 다가왔다. 그 느낌은 지금까지 상상해왔던 것 이상으로 온 몸을 전율하게 만들었다. 잠시의 망설임도 없었던 것은 아니 었지만 결국 그를 죽였다. 지금 자신의 가슴 한쪽에서부터 불 어오는 상쾌한 바람을 느끼자, 그녀는 그 행동이 후회스럽지 않았다.

이제 그녀는 새보다 더 완벽한 자유를 가지게 된 것이 기쁘 기까지 했다. 처음의 두려움은 서서히 엷어지고 이제 그 자리 에 가벼운 흥분이 자리잡기 시작했다.

아파트 엘리베이터가 그녀의 보금자리인 7층을 향해 올라가 는 동안 그녀는 내내 앞으로 자신이 어떻게 살아갈지를 생각 했다. 이제 새장을 벗어나 하늘로 날아올라야 할 순간이다. 얼 마 동안은 남편을 죽였다는 사실 때문에 두렵기도 하겠지만 그 이후의 일을 생각하자 마음이 밝아졌다. 그러나 그런 기분 도 잠시였다.

문을 열고 안으로 들어가자마자 파자마 차림으로 거실에 앉 아 그녀를 노려보는 남편의 모습이 눈에 들어왔다.

"도대체 이 시간까지 어딜 갔다 온 거야?"

거칠게 다그치는 남편의 목소리가 벽에 기대선 그녀의 귀에 생생하게 들렸다.

'난 틀림없이 당신을 죽였어. 조금 전 당신이 쓰러지는 모습 을 보았단 말이야.'

그렇다면 지금 내 앞에 있는 남자는 누구지?

간신히 벽에 의지하고 선 그녀는 자신의 눈을 의심하며 혼란스러워진 머리로 생각을 정리하려 했다. 하지만 의식을 잃어가는 스스로를 느낄 뿐이었다.

*

"이름은?"

"정미연."

"죽은 사람 알아요?"

"네."

"그의 이름은?"

"한인수."

"한인수와의 관계는?"

"남편입니다."

"……그를 살해했습니까?"

"네."

"어떻게 죽였죠?"

"……그건."

눈이 유난히 크고 둥글둥글해서 딱부리라는 별명을 가진 김 형사가 아리송한 표정으로 취조실을 나왔다. 담뱃갑을 찾아 책상 위를 더듬던 최 형사가 자리에 앉는 김 형사의 옆으로 재빨리 의자를 끌어당겨 앉았다. 연 사흘을 근무하고 어제저녁에 겨우 집에 들어갔던 최 형사는 열한시가 지난 지금에야 출근한 모양이었다. 어젯밤에 일어난 사건 이야기를 벌써 들었는지 그는 다짜고짜 김 형사의 팔을 잡아끌었다.

"살인사건이라며? 범인이 아내라는데, 정말이야? 자수했다며?"

"자수한다고 다 범인이냐?"

"그럼 아니란 말이야?"

최 형사가 다그치듯 묻자 김 형사는 잠시 취조실로 눈길을 돌렸다. 그의 커다란 눈에 한줄기 의혹이 스치고 지나갔다.

"도무지 모르겠단 말이야. 진짜 남편을 죽인 것도 같고, 말하는 걸 보면 아닌 것도 같고……"

"무슨 소리야? 죽였으면 죽인 거고, 아니면 아닌 거지."

"……"

"누가 미쳤다고 죽이지도 않은 사람을 죽였다고 해?"

"저 여자가 말하는 대로 매번 남편을 죽였다면 그 남자는 목숨이 아홉 개 있는 고양이쯤 될걸?"

최 형사는 무슨 소리냐는 표정으로 김 형사의 얼굴을 빤히 보았다. 어느새 김 형사의 얼굴은 어이없다는 표정으로 바뀌어 있었다.

"틀림없이 자기가 남편을 죽였다는 거야. 근데 그 방법이 한 두 가지가 아니야."

"무슨 소린지 모르겠네. 그 남자는 아파트 주차장에서 등에 칼을 맞고 죽어 있었다고 하던데."

물론 한인수가 어떻게 살해당했는지는 현장에 출동했던 김 형사가 더 잘 알고 있다.

"저 여자에겐 남편이 어떻게 죽었는지 말하지 않았어. 자신 이 죽였다고 주장을 하니까 어떻게 죽였느냐고 묻기만 했지."

"그랬더니?"

"자네, 사람을 죽일 수 있는 방법이 얼마나 된다고 생각해?"

김 형사는 동료의 질문에는 아랑곳하지 않고 생각에 잠긴 얼굴로 다른 얘기를 꺼냈다.

"글쎄, 추리소설을 보면 사람 죽이는 방법도 가지가지지만 실제야 어디 그래? 칼로 찔러 죽이거나, 독극물로 독살하거나, 목 졸라 죽이거나. 그래, 맞아 죽을 수도 있구나. 이거, 내가 뭐하는 거야?"

최 형사는 혼자 이리저리 머리를 굴리며 살인의 방법을 생 각하다가 자기도 어이없는지 혼자 킬킬거렸다.

"그러니까 저 여자는 그런 방법을 다 동원해서 남편을 죽였 다 이거야?"

"자네가 한번 들어가봐. 얼마나 진지하게 남편을 죽인 방법에 대해 이야기하는지."

"혹시 이거 아냐?"

최 형사는 머리에 대고 손가락을 돌려 보였다.

진술을 하던 그녀의 모습을 떠올리면 최 형사의 의견도 무시할 수 없다. 그녀는 내내 차분하게 진술하다가 김 형사가 아니라고 고갯짓을 하면 혼란스러운 눈으로 자신의 머릿속을 살펴보는 것 같았고, 그러고는 한동안 어쩔 줄 몰라 손바닥을 비벼댔다.

"어떻게 할 거야?"

"……"

김 형사는 다시 한번 취조실에 들어가 자신이 남편 살해범이라고 말하는 여자를 잘 살펴봐야겠다고 생각했다. 지금까지는 한인수라는 남자를 어떻게 죽였는지, 현장과 일치하는지에 대해서만 확인하느라 여자가 하는 말을 귀담아듣지 못한 느낌이었다.

'자기 남편을 죽였다고 주장하는 걸 보면 무슨 이유가 있겠지……'

김 형사는 정미연이 원하는 대로 블랙커피를 한 잔 만들어 들고 다시 취조실 문을 열었다.

이로 손톱을 깨물고 있던 미연은 김 형사가 다시 들어오자 반갑다는 듯 미소를 지었다. 미연의 미소를 본 김 형사는 어처구니가 없었다. 지금 자신이 살인을 했다고 자수하고 경찰서 취조실에 있는 처지에 저렇게 미소를 짓다니, 김 형사는 더욱 혼란스러워졌다.

커피를 받아든 미연은 고맙다는 듯 다시 한번 미소를 지어보이고 다른 손을 내밀었다.

김 형사는 그제야 정미연이 사무실에 걸어둔 자신의 코트를 가져다달라고 부탁했던 일이 떠올랐다. 김 형사가 코트를 가져다주자 미연은 서둘러 주머니를 뒤지더니 약봉지를 꺼내 커피와 함께 약을 먹었다.

"무슨 약입니까?"

"그냥, 두통약이에요."

그녀는 약봉지를 다시 주머니에 넣고 옷을 걸 곳을 찾았다. 김 형사는 귀찮은 기색 없이 친절하게 그녀의 코트를 다시 받아 사무실에 가서 걸었다. 옷걸이는 사무실에만 있었다.

"아주 잘 끓이시는데요? 향기도 좋고."

미연은 여기가 경찰서임을 전혀 의식하지 못하는 듯한 말투로 이야기를 꺼냈다.

"혼자 지내면 느는 게 이런 것들뿐이죠. 빨랫감 안 만드는 법, 간단하게 한 끼 때우는 법."

"결혼 안 하셨어요?"

김 형사는 오히려 자신이 취조 대상이 된 것 같은 기분을 느꼈다.

"다행이군요. 아직 그 무덤 속에 안 들어갔다니. 사실이에요, 결혼하지 마세요."

미연은 마치 선배가 후배를 가르치듯 김 형사에게 아무렇지도 않게 결혼하지 마세요, 라고 충고했다.

"왜요? 그렇게 말하는 당신도 결혼한 사람 아닙니까?"

김 형사는 마치 잡담을 하듯 무심하게 이야기를 풀어나가기로 작정하고 그녀가 이끄는 대로 대화를 시작했다.

"그러니까 이런 이야기를 할 수 있는 거예요…… 결혼이란 건 두 사람 모두에게 너무 잔인한 구속이에요."

"남편을…… 사랑해서 결혼한 게 아닌가요?"

"사랑이요? 글쎄요, 그건 착각이었어요. 사랑이라고 믿었던 거죠."

미연의 시선은 마치 결혼하던 그 순간을 회상하듯 먼 곳에 가 있었다.

김 형사는 미연의 얼굴에 떠오르는 표정 하나하나로 그녀가 무슨 생각을 하는지 읽을 수 있었다. 짧은 순간이지만 달콤했던 신혼생활, 그리고 이후 계속되는 생활의 권태와 서서히 쌓이기 시작하는 무관심, 미움…… 그는 문득 미연의 얼굴에서 아내의 모습을 보고 있는 자신을 깨달았다.

자신의 아내도 결혼생활에서 그런 것들을 경험하지 않았을까? 짧은 순간 김 형사는 최후통첩을 하고 처가에 내려간 아내에게 전화 한 통 하지 않았다는 데 생각이 미쳤다. 토막난 쥐꼬리라고 표현하던 월급봉투와 잦은 비상근무, 어쩌다 집에 들어가면 대화보다 일분이라도 더 눈을 붙이려고 드러눕기부터 하는 남편. 지겹고 견딜 수 없기도 했으리라. 김 형사는 달라붙는 아내에 대한 생각을 떨쳐버리려고 고개를 흔들며 담배를 꺼내 물었다.

　미연이 자신도 달라는 손짓을 하자, 그는 아무 소리 없이 담배를 꺼내주었다. 담뱃불을 붙여주기 위해 켜든 라이터불이 미연의 눈동자에 잠깐 머물다 사라졌다.

　"그래서 남편을 죽였습니까?"

　"……"

　태연하게 얘기하던 조금 전과는 달리 남편의 죽음으로 대화의 방향을 돌리자 미연의 얼굴이 초조하게 변하고 있었다. 미연은 담배 연기에 눈이라도 찔린 듯 잠시 눈을 깜빡거리다가 김 형사를 바라보았다.

　"남편이…… 어떻게 죽었죠?"

　"그건 죽인 사람이 더 잘 아는 문제 아닐까요?"

　"……모르겠어요. 나도 머릿속이 혼란스러워요."

　담배 연기 사이로 미연의 얼굴을 바라보며 김 형사는 조금 전 남편을 어떻게 죽였는지 설명하던 그녀의 진술 내용을 되짚어보았다. 그녀의 첫 진술은 이러했다.

"자다가 나가보니 남편이 등을 보인 채 베란다에 서 있었어요. 남편은 내가 자기 뒤로 다가가는 것도 모르고 무엇을 보려는지 베란다 난간에 몸을 기댄 채 아파트 주차장에 시선을 주고 있더군요. 난 나도 모르게 손을 뻗어 남편의 등을 힘껏 밀었죠.

남편의 몸이 이미 밖으로 많이 기울어져 있어서 그를 미는 게 힘들지는 않았어요. 남편은 그제야 난간을 붙잡으려고 하면서 고개를 돌렸어요. 내가 자기를 밀었다는 것을 알고 믿기지 않는다는 표정으로 나를 바라보더군요. 불빛에 비친 그의 얼굴이 어둠 속으로 떨어지고 나서도 나는 아무 생각도 할 수가 없었어요. 나를 바라보던 그의 눈동자가 그 자리에서 조금도 움직일 수 없게 만든 거예요. ……시간이 얼마나 지났는지는 모르겠어요. 겨우 용기를 내서 베란다 아래를 쳐다보니까, 눈을 부릅뜬 남편의 얼굴이 나를 정면으로 바라보고 있었어요. 7층이라는 높이도 아무런 도움이 되지 못했죠. 난 남편의 얼굴과 똑바로 마주보는 것 같아서 기겁하고 베란다에서 물러섰어요. 그러곤 당신이 찾아오기 전까지 벽 한쪽에 웅크리고 있었어요."

그러나 현장에 출동한 김 형사가 한인수의 주소를 확인하고 그의 집을 찾아갔을 때 미연은 자다가 나온 듯 머리를 추스르고 있었다. 이렇게 늦은 밤에 누구냐는 표정으로 서 있던 그녀는 막 남편을 죽이고 나온 아내의 모습이 아니었다. 그녀는 김 형사가 말을 꺼내기 전까지 무슨 일이 벌어졌는지도 모르는 상태였고 그건 김 형사도 장담할 수 있었다.

남편이 죽었다는 말을 들은 후에야 비로소 미연의 얼굴에는 당혹감이 번졌고 집안을 다 뒤지며 정말 남편이 없는지 확인을 하는 등 허둥거렸던 것이다. 그렇게 한참을 허둥거리던 그녀는 쓰러지듯 거실에 주저앉으며 김 형사에게 자기가 남편을 죽였다고 실토했다.

당황한 것은 오히려 김 형사였다. 코트만 걸친 채 경찰차에 실려 서로 오는 동안에도 미연은 자기가 남편을 죽였다는 말만 되풀이했다.

오늘 아침까지 다른 말은 아무것도 들을 수가 없었다.

"남편은 아파트에서 떨어져 죽은 게 아닙니다."

미연의 진술을 듣던 김 형사는 기가 막혀서 이 여자가 지금 뭔가 착각하고 있는 게 아닌가 생각했다. 김 형사의 말을 들은 미연의 표정이 이상하게 뒤틀려 있었다.

"떨어져 죽은 게 아니라고요? 틀림없이 내가 등을 밀었어요."

그녀의 눈동자는 혼란으로 흔들리고 있었다. 김 형사가 보기에도 그녀는 자신의 말을 확신하는 눈치였다. 잠시 생각하던 그녀는 다시 안정을 되찾고 있었다. 혼란으로 흔들리던 눈동자에 한 가닥 빛줄기라도 닿은 듯했다. 그러나 그런 안정도 또다시 도리질하는 김 형사의 고갯짓에 차츰 힘을 잃어갔다. 계속되는 미연의 진술로 아침 한나절이 거의 다 지나갔다.

결국 미연은 커피와 코트를 가져다달라는 말을 끝으로 입을 다물었다. 김 형사는 그녀에게 잠시 생각할 시간을 줄 필요가 있다 판단하고 취조실을 나왔다.

손가락이 따끔해지는 감촉을 느끼고서야 김 형사는 다 타들어가는 담배를 비벼 껐다.

혼란스럽다는 말을 끝으로 미연은 입술을 깨물며 생각에 빠져 있었다.

'이 여자는 왜 자기가 남편을 죽였다고 하는 걸까? 거기다 그 얘기는 어느 하나 현장 상황과 맞지도 않고 말이야. 정말 한인수를 죽이긴 한 걸까?'

앞뒤가 맞지 않는 이야기를 들으면서 김 형사는 묘한 느낌을 받았다. 어쩌면 이 여자가 하는 말이 전부 맞는지도 모른다. 물론 말도 안 되는 얘기였지만, 김 형사는 그녀의 확신에 자기도 모르게 서서히 빠져드는 것을 느꼈다.

최 형사가 문을 벌컥 열더니 김 형사에게 잠깐 나오라는 손짓을 했다. 김 형사는 미연을 잠시 쳐다보고 그대로 밖으로 나갔다.

"내가 저 여자 이상하다고 했지?"

최 형사는 덫에 걸린 토끼라도 잡은 것처럼 득의에 찬 얼굴로 김 형사를 바라보았다.

"겨우 그 얘기 하려고 나오라고 했어?"

"감식계에서 연락이 왔어. 칼에 묻어 있던 지문은 한인수, 피살자의 것이야."

"다른 지문은 없고?"

"장갑을 끼거나 했겠지. 그보다 자네를 나오라고 한 건 바로 이거 때문이야."

최 형사의 손에는 가계부가 들려 있었다.

본인이 범인이라고 자수했기 때문에 미연의 집을 뒤지는 일은 형식적인 절차였다. 간간이 일기 같은 낙서가 적힌 물건들이 나왔고 가계부 역시 별로 눈여겨보지 않았다.

"여기 적힌 붉은 글씨가 뭔지 알아?"

최 형사가 가리키는 대로 붉은 글씨를 읽어가던 김 형사는 놀라 고개를 쳐들고 최 형사의 표정을 살폈다.

"이제 알겠지. 저 여잔 매일 남편을 죽일 도구나 방법을 가계부에 적어나갔던 거야. 그리고 또하나 이 약봉지."

최 형사는 모자 속에서 토끼를 꺼내는 마술사처럼 미연의 코트 주머니에 있던 약봉지를 꺼내 보였다.

"진작 저 여자 주머니부터 뒤져봐야 했어."

김 형사는 최 형사가 건네준 미연의 약봉지를 뚫어져라 쳐다보았다.

―신경정신과 전문의 정명준.

*

정명준의 병원은 미연의 집에서 이십 분 정도 걸리는 거리에 있었다.

신경정신과만 있는 개인병원이었다. 신경정신과라는 어감과는 달리 병원 입구에 심긴 화초와 나무들로 병원은 가정집처럼 보였다. 외벽 역시 밝은 미색으로 칠해진 때문인지 간판을 올려다보기 전에는 병원인지도 잘 모를 정도였다.

김 형사의 방문을 기다리고 있었던 듯 간호사는 곧 그를 정명준의 진료실로 안내했다. 정명준은 김 형사의 예상과는 달리 밝은 체크무늬 셔츠를 입은 채 맨손체조를 하고 있었다.

"죄송합니다만 점심시간에라도 이렇게 잠깐 몸을 움직이지 않으면 하루종일 앉아만 있게 되어서요."

정명준은 그에게 자리를 권하고 한동안 맨손체조에 열중했다. 김 형사는 찬찬히 명준의 얼굴을 살펴볼 시간을 가졌다.

나이를 가늠할 수 없는 동안에는 마치 태어날 때부터 있었던 것처럼 여유로운 웃음이 자연스럽게 자리하고 있었다. 완력기를 움직이는 팔은 단단해 보였다. 정말 잠깐이라도 몸을 움직이지 않으면 금세 군살이 붙을 것처럼 그의 몸은 살집이 달라붙기 좋은 체형으로 보였다.

체조를 마친 명준은 가운을 입고 김 형사의 맞은편 소파에 앉았다.

"죄송합니다. 일부러 여기까지 오셨는데…… 환자와의 면담내용은 밝힐 수가 없습니다. 그건 환자의 권리이자, 의사의 의무입니다."

"그러시겠죠. 하지만 지금 정미연씨가 살인혐의로 경찰서에 있습니다."

"예? 살인혐의요?"

명준은 눈이 둥그레지며 믿기지 않는다는 듯 고개를 흔들었다.

"그렇습니다. 남편 한인수를 살해한 혐의를 받고 있죠."

"오호, 이런."

명준은 자리에서 벌떡 일어나 진료실 안을 왔다갔다하기 시작했다. 김 형사는 그런 명준의 태도를 가만히 지켜보았다. 그는 걸음을 옮기는 동안 내내 무엇인가 골똘하게 생각하고 있는 눈치였다. 명준은 잠시 망설이다 확인이라도 하듯 김 형사를 향해 몸을 돌렸다.

"그 남편이 죽은 게 확실합니까? 시체를 확인하신 건가요?"

"경찰은 확인된 사실을 가지고 수사를 합니다. 제가 시체를 확인했습니다."

명준의 질문이 너무 어이가 없어 김 형사는 자기도 모르게 퉁명스러운 투로 대답을 했다.

"믿을 수가 없어……"

명준은 고개를 숙이며 혼잣말처럼 중얼거렸다.

"정미연씨는 자신이 남편을 죽였다고 시인했습니다. 그런데……"

김 형사가 그런데, 하고 말을 흐리자 명준은 숙였던 고개를 들고 무슨 희망이라도 바라는 얼굴로 그의 다음 말을 기다렸다.

"그녀의 진술과 살인현장의 상황이 하나도 맞지 않습니다."

"그녀는 뭐라고 하던가요?"

김 형사는 잠시 생각하다 피식 웃으며 아마 믿지 못할 거라고 이야기를 건넸다.

"어떤 이야기든 상관없습니다. 그녀가 한 말들을 하나도 남김없이 제게 말해주십시오. 이건 아주 중요한 겁니다."

김 형사는 명준의 진지함에 눌려 곧 웃음을 거두고 그녀가 진술한 내용들을 하나씩 말해주었다. 명준은 놀랍도록 침착하게 그의 말에 귀를 기울였다. 김 형사의 얘기가 다 끝나자 명준은 더욱 걱정스러운 표정을 감추지 못했다.

"그런 상황이라면 상태가 더 심각해질지도 모르는데……정말 자기가 남편을 죽였다고 생각할지도 모를 일이야."

"무슨 말씀입니까?"

명준은 김 형사의 말을 무시한 채 인터폰으로 간호사를 부르더니 미연의 병원 기록을 가지고 오라고 지시했다. 조금 전의 태도와는 달리 그도 상황을 파악하고 김 형사의 수사에 협조하기로 한 모양이었다. 명준은 간호사가 가져다준 진료 차트를 김 형사에게 내밀었다. 김 형사로서는 무슨 소린지도 모르는 용어들이 나열되어 있었다.

"이게 무슨 소립니까?"

"그녀는 정신장애를 가지고 있습니다. 강박관념이라고 할까요? 남편에 대한 미움이 커진 나머지 매순간 남편을 죽이는 상상을 해왔습니다. 그래서 자신이 정말 남편을 죽이지나 않을까 불안해했죠."

"예?"

김 형사로서는 전혀 뜻밖의 얘기였다. 물론 미연을 취조하면서 그녀가 남편을 미워하고 있었다는 사실은 알았지만 스스로 정신과를 찾아야 할 정도로 심각한 줄은 몰랐다.

"그렇다면 그녀는 상상에만 그치지 못하고 결국 남편을 살해한 것이군요."

"아니요, 전 그렇게 생각하지 않습니다. 그녀가 상상과 현실을 구분하지 못하고 당황할 때가 있는 건 사실이지만 그렇다고 직접 행동을 한다고 보긴 힘듭니다."

"선생님도 말씀하셨잖습니까, 매일 남편을 죽이는 상상을 해왔다고요."

"그럼 왜 저를 찾아왔을까요?"

"그거야······"

"두려웠던 겁니다. 그런 생각을 하는 자신이. 그리고 마음 깊은 곳에서는 누군가 그런 생각을 말려주기를 바라고 있었던 거죠."

김 형사는 그제야 미연이 진술을 하면서 왜 그렇게 당황했었는지 납득했다. 그녀는 자신이 상상하던 방법으로 남편을 죽였다고 생각하고 있는 것이다. 그러나 어느 것도 현실과는 맞지 않자, 어쩔 줄 몰라 끝내 입을 다물었던 것은 아닐까. 상상과 현실의 경계선이 허물어져버린 채, 자기만의 세계에 갇혀서 고통받고 있는 그녀의 모습을 쉽게 떠올릴 수 있었다.

"한 달 전쯤인가 그녀에게 전화를 받았습니다. 남편 회사 앞에 차를 대고 있다가 회사에서 나오는 남편을 자동차로 치어 죽였다고 말입니다. 전 그녀의 목소리를 듣고 정말로 남편을 죽인 줄 알았습니다. 상담을 해오면서 계속 그녀의 상태를 알고 있었는데도 그 순간에는 그녀가 정말로 살인을 했다고 생각했죠. 자세히 알아보려고 차분하게 이야기를 이어갔지만 그녀는 곧 전화를 끊었습니다. 그날 밤 내내 저는 과연 그녀가 살인을 저질렀는지 불안해서 잠을 못 이룰 정도였습니다. 그런데 결과는 어땠는지 아십니까?"

"……"

"남편은 살아 있었습니다. 그녀는 자기가 상상한 일을 실제로 했다고 믿고 있었던 겁니다."

"도무지 뭐가 뭔지 모르겠군요. 저지르지도 않은 일을 했다고 믿는다…… 하지만 지금은 실제로 남편이 죽었습니다."

"전 우연의 일치라고 생각하고 싶군요. 조금 전 제게 말씀하지 않으셨던가요? 그녀의 진술과 실제 상황은 하나도 맞는 게 없다고."

"정말 그녀가 했을 가능성은 없는 겁니까?"

"진짜 그럴 마음이 있었다면 벌써 행동으로 옮겼을 겁니다. 이건 좀 다른 얘기 같지만 자다가 요의를 느끼면 우리는 꿈에서 오줌을 눕니다. 그러고는 다시 깊은 잠 속으로 빠져들지요. 생각이란 이렇게 욕망을 채워주는 역할을 합니다."

"그러니까 그녀는 생각만으로 이미 남편에 대한 살해 욕망을 충족시켰다 이겁니까?"

"그렇다고 생각합니다. 그후 한동안은 또 남편에 대한 증오를 견디며 살아가는 거죠."

남편을 마주볼 때마다 그를 죽이는 상상을 하는 아내, 김 형사는 순간 등줄기에 서늘한 바람이 지나가는 것 같은 감촉을 느꼈다.

"왜 그렇게 남편을 죽이고 싶도록 미워했습니까?"

"제가 알기로 환자는 어린 시절부터 엄격한 아버지 밑에서 숨도 크게 못 쉬고 자란 모양입니다. 그녀가 이런 얘기를 하더군요. 학교가 끝나고 우연히 친구들과 놀다가 아버지가 정해 놓은 귀가시간을 못 지켰는데 그날 머리카락을 가위질당했답니다. 그 상처가 오래 남아서 그녀는 아버지를 미워했습니다. 나이가 들자, 아버지의 손아귀로부터 벗어나기 위해 결혼을 했는데 이번에는 아버지보다 더 자신을 억압하고 옥죄는 남편을 만난 겁니다. 절대적이고 자기중심적인 남편의 성격 때문에 결국 그녀는 남편이 자신에게 갖는 애정조차도 믿지 못하는 상태에서 결혼생활을 시작했죠. 남편은 아내가 집에서 무엇을 하는지 궁금해서 물을 뿐인데도 그녀는 남편이 자기를 감시한다고 생각해서 그를 미워하고 결국 죽일 생각까지 하게 된 겁니다."

"……"

"남편이 조금만 자상한 방법으로 그녀를 보듬어주었다면 그녀는 남편을 믿고 사랑했을지도 모르죠. 사실 머릿속으로 남편을 살인할 수밖에 없었던 그녀를 생각하면 남편과 아내란 게 도대체 어떤 관계인가 하는 생각이 듭니다."

김 형사는 명준의 말을 들으며 그녀의 흔들리던 눈동자를 떠올렸다.

"머릿속에서 일어나는 살인, 그건 법으로도 어떻게 할 수 없는 거죠. 사실 우리는 마음속으로 얼마나 많은 사람을 죽이고 살리고 합니까?"

결국 김 형사가 명준을 만나 얻은 정보라고는 미연이 왜 그렇게 여러 가지 방법으로 남편을 죽였다고 주장하는지, 그리고 왜 그렇게 혼란스러운 모습이었는지에 대한 해답뿐이었다. 정말 그녀가 한인수를 죽였는지는 이제부터 김 형사가 풀어가야 할 부분이었다.

경찰서에 돌아와 최 형사에게 들은 이야기는 모두 미연이 살인을 했다고 보기에는 힘든 상황들뿐이었다. 한인수의 등에 꽂혀 있던 칼은 무디고 녹이 슬어 여자의 힘으로는 도저히 다루기 힘들다는 게 국립과학수사연구소의 의견이었다. 더구나 죽음에 이르게 할 정도로 깊이 박힌 것으로 봐서는 힘깨나 쓰는 장정이어야 가능하다는 것이다.

이제 문제는 미연의 알리바이였다. 처음부터 자기가 죽였다고 주장하는 바람에 김 형사는 그녀의 알리바이를 확인하지 못했었다. 경비원을 다시 만나 물어본 결과, 그날 밤 미연은 아파트 밖으로 나간 적이 없다는 것을 확인할 수 있었다. 엘리베이터만이 유일한 출구인 그 아파트의 현관에는 경비실이 버티고 있고 그날 밤 일은 경비원이 똑똑히 기억하고 있었다.

"저도 나중에 곰곰이 생각해보고는 이상하다는 생각을 했지요. 제가 알기로 아주머니는 나간 적이 없었거든요. 여기서 놀고 있는 것처럼 보이지만 사실 들어오고 나가는 사람은 다 기억합니다. 더구나 밤에는 사람도 별로 없으니까."

경비원은 확실하다고 했지만 김 형사는 그 정도로 만족할수 없었다. 한인수를 죽인 범인을 찾아야 할 자신이 마치 미연의 살해혐의를 벗기기 위해 돌아다니는 처지가 되었다는 생각이 들었다. 하지만 그것 역시 진범을 잡기 위한 수사의 한 방법이라고 위안해야만 했다.

"이거 처음부터 범인을 잡았다고 생각하고 너무 방심한 거아니야?"

사건이 점점 힘들어질 조짐을 보이자, 최 형사가 불만 섞인 목소리로 투덜거렸다. 사실 미연이 자수만 하지 않았다면 주변 수사를 더욱 치밀하게 할 수도 있었을 것이라는 최 형사의 말에도 일리는 있었다.

"혼자 잠을 자고 있었다는 알리바이를 누가 증명해? 정신과 치료를 받고 있었다면 자백 같은 건 아무 도움도 안 된다고."

"……"

"어쩐지 처음부터 남편을 죽일 여자로는 안 보이더라……"

엉뚱하게도 그때 김 형사는 아내에게 전화를 해봐야겠다는 생각을 했다.

*

국립과학수사연구소의 거짓말 탐지기 역시 미연의 범죄 사실 여부에 아무런 도움이 되지 못했다. 연구원이 여러 개의 칼을 나열해놓고 보여주었지만 그녀는 어느 것에도 반응을 하지 않았던 것이다. 밖에 설치된 모니터를 통해 미연의 검사 과정을 지켜보던 김 형사는 그녀가 범행에 쓰인 칼에도 반응을 보이지 않자, 오히려 안도감을 감출 수가 없었다.

태연한 얼굴로 조사에 응하고 있었지만 김 형사는 지금 미연이 얼마나 혼란스럽고 힘든 상태인지 느낄 수 있을 것 같았다. 김 형사는 그녀를 통해 자신이 아내에게 어떤 존재인지 생각해보게 되었다. 그녀와 아내가 별반 다를 바 없는 상처를 가지고 있는 것은 아닌지. 이제 더이상 그녀의 가슴에 난 상처를 건드리고 싶지 않았다.

미연은 경찰서 앞까지 배웅을 나오는 김 형사를 굳이 말리지 않았다. 그는 그녀를 경찰서에 계속 붙잡아놓은 게 미안하다는 표정이었다. 미연은 아무 생각도 나지 않았다. 집에 가서 따뜻한 물에 몸을 담그고 푹 쉬고 싶은 생각밖에 없었다. 경찰서에 있었던 게 이틀뿐이라는 사실이 믿어지지 않았다. 그녀로서는 너무도 많은 시간이 흘러간 느낌이었다.

"정말 제 남편이 죽은 게 확실한가요?"

미연은 다시 한번 다짐이라도 받으려는 듯 김 형사를 향해 돌아서며 물었다.

"두려워요. 현관문을 열었을 때 남편이 저를 노려보고 서 있으면 어쩌나 하는 생각이 들어요."

"그런 일은 없을 겁니다."

"남편을 죽인 게 제가 아니라면 누가 그랬을까요?"

김 형사는 숨이 막혀왔다. 그 질문이야말로 앞으로 그가 풀어야 할 숙제였다.

"이런 말씀 드리면 욕하실지 몰라도 전 그런 건 아무래도 상관없다는 생각이 들어요. 이미 제 마음속에서 수십 번 죽은 남편이었으니까요."

"……"

김 형사는 그녀의 마음을 이해할 것 같기도 했다.

"하지만 남편을 죽인 살해범을 꼭 잡겠습니다. 그게 제가 할 일입니다."

미연은 김 형사의 그 말이 마치 자신을 다시 잡아가겠다는 것 같아 고개를 돌렸다.

"그럼……"

미연은 더이상 김 형사를 바라보지 않고 그대로 걸음을 내디뎠다. 경찰서 건물도 다시는 쳐다보고 싶지 않았다. 자신의 뒷모습을 바라보는 김 형사의 시선을 느끼며 미연은 천천히 경찰서에서 멀어졌다. 한 발 한 발 걸음을 옮길 때마다 남편의 일과 경찰서로부터 멀어진다고 생각하자 미연의 입가에는 조금씩 웃음이 새어나왔다. 공중전화에 들어가 그에게 전화를 걸 때까지 그 웃음은 계속되었다.

"나예요, 미연이."

"어, 어디야?"

그의 목소리가 미연의 가슴을 뛰게 만들었다.

"지금 막 경찰서에서 나오는 길이에요."

"보고 싶어."

"나도요."

"경찰이 생각보다 빨리 찾아왔더군."

"여기서 빨리 벗어나고 싶어서 약봉지를 눈에 띄게 해뒀죠. 이제 다 끝난 건가요?"

"이런 걸 뭐라고 하는 줄 아나?"

전화기 너머로 그의 특유의 웃음소리가 들려왔다.

"완.전.범.죄!"

미연도 명준의 말에 동감했다.

"참, 당신 아버진 어떤 사람이었지?"

"그건 왜요?"

"그냥 궁금해서. 다시 만나면 그 얘기를 해주지."

수화기를 내려놓으며 미연은 문득 수십 가지 살인방법을 떠올렸지만 정작 남편이 어떻게 죽었는지는 모른다는 게 이상하게 느껴졌다. 내일 병원에 들러 명준을 만나면 그에게 자기가 모르고 있는 그 한 가지의 살인방법을 물어봐야겠다고 생각했다. 하지만 그보다 먼저 흰 가운에 가려진 그의 단단한 근육을 보고 싶은 게 그녀의 솔직한 심정이었다.

꼭 살해범을 잡겠다고 한 김 형사의 말이 마음에 걸렸지만 자신과 명준은 이미 이 사건과 무관한 사람이 되었다는 것을 그녀는 확신할 수 있었다.

거울 보는 남자

그의 두 눈은 잡지의 한 페이지를 뚫어지게 보고 있었다.

잡지를 든 그의 손이 부들부들 떨리기 시작했다. 심장이 고동치는 소리가 그의 귀에 똑똑히 들려왔다. 혈관 속 피가 빠른 속도로 돌기 시작하면서 혈관 하나하나에 서서히 분노가 스미는 것을 느꼈다.

"이따위 기사를 쓰다니, 참을 수가 없군."

비가 주룩주룩 내리는 오후, 일용 잡부인 그에게는 공치는 날이다. 친구가 있는 것도 아니고 그렇다고 당구를 치거나 술잔을 기울이는 것도 체질에 맞지 않는 그가 할 수 있는 일이라고는 아내가 빌려온 잡지를 뒤적이는 것뿐이었다. 잡지를 빌리러 간 아내를 보며 옆방 사람들은 그를 욕할 것이다. 아내가 남편을 위해 잡지를 빌리러 왔다는 것을 너무나 잘 알기 때문이다. 눈이 보이지 않는 아내가 잡지를 필요로 하는 일은 없을 테니까.

늘어지게 낮잠을 잔 후 머리맡에 놓인 잡지를 집어든 게 조금 전 일이다. 각양각색의 수영복을 입은 미녀들의 몸매를 감상하며 별생각 없이 책장을 넘기던 그는 잡지 끄트머리쯤에 난 기사를 유심히 읽기 시작했다. 그 기사가 눈에 띈 건 한 장의 사진 때문이었다.

자면서 흘린 땀으로 끈적끈적해진 이불을 걷고 한쪽 벽에 기대앉아 찬찬히 기사를 읽고 또 읽었다. 그는 아무래도 이 글을 쓴 사람을 만나봐야겠다는 생각이 들었다.

그런 생각이 든 건 거의 충동이었지만 그는 자기 안의 무엇이 그런 충동을 일으키는지 알지 못했다.

허름한 점퍼를 걸치고 집을 나선 것은 기사를 읽은 지 삼십 분도 채 지나지 않은 오후 세시경 일이었다. 빗소리에 귀를 기울이던 아내가 그의 외출에 뜨악한 표정을 지었다. 하지만 그녀는 남편의 외출에 대해 아무런 저항도 하지 않겠다는 듯 곧 원래 표정으로 돌아왔다. 그녀는 단 한 번도 남편의 행동에 이유를 묻거나 불평을 늘어놓지 않았다. 마치 순종만이 그녀가 할 수 있는 전부인 것처럼 늘 같은 표정이다. 때때로 그것이 그를 참을 수 없게 만들었지만 그런대로 아내를 만족스럽게 생각하는 편이었다.

산동네에 있으나 마나 한 대문이 삐걱이며 그의 불안한 외출을 알렸다. 대문을 나서자 비는 더욱 세차게 내리기 시작했다. 우산을 썼지만 비가 계속 그의 어깨와 등을 두드리며 파고들었다. 옷이 젖고 몸에 물기가 스미는 것을 느낄 수 있었다.

큰길에 나와 공중전화 쪽으로 걸어가면서 그는 오히려 빗줄기가 상쾌하다고 느낀다. 이미 땀에 흠뻑 젖은 그의 몸을 적시는 빗줄기는 면도 후에 하는 세수처럼 시원했다.

버튼을 누르고 신호가 떨어지기를 기다리며 한쪽 주머니에 손을 넣어 지폐가 몇 장이나 남았는지 헤아리고 있을 때 수화기에서 낯선 목소리가 들렸다.

"네, 자유표현입니다."

여자의 낭랑한 목소리가 빗소리에 섞여 그의 귀를 때린다. 그는 자신이 본 기사에 대해 이야기하고 그 기사를 쓴 사람을 만나보고 싶다고 말한다. 여자는 잠깐 기다리라고 하더니 곧 그 기사를 쓴 사람의 연락처를 또박또박 불러준다. 그 기사를 쓴 사람은 현재 M대학 교수인 정수일이라고 한다. 그 대학이라면 그도 아는 곳이다. 그곳의 주차 빌딩은 그가 나른 벽돌과 시멘트로 지어진 건물이다.

정수일 교수는 범죄학에 대한 강의를 한다고 했다. 그는 잠시 범죄를 연구하는 학문도 다 있나 하는 생각을 해본다.

대학으로 가는 버스 안에서 그는 아무 생각도 할 수가 없었다. 굳이 이 빗길에 정 교수를 찾아가는 건 단지 왜 그런 기사를 실었는지, 그리고 왜 그 사진을 실었는지 이유를 알고 싶어서일 뿐이다.

대학교 정문에 도착하고서야 그는 현재 대학이 방학중이라는 사실을 떠올렸고 어쩌면 그를 못 만날지도 모른다는 생각이 들었다. 꼭 오늘 만나야 할 절실한 이유도 없으면서 그는 정 교수를 못 만나면 어쩌나 하는 우려를 잠깐 했다. 그러나 다행히도 정 교수는 자기 연구실에 나와 있었다.

그는 연구실 번호를 물어보려고 수위실 안을 들여다보았다. 수위는 더위와 빗소리에 지쳤는지 얕게 코를 골며 자고 있었다. 수위실의 조그만 창을 통해 연구실의 교수명단이 적힌 종이를 발견한 그는 수위의 단잠을 깨우지 않아도 된다는 사실이 반가웠다. 사실 수위에게 물으면 무엇 때문에, 무슨 일로 그를 찾아왔는지 꼬치꼬치 캐물을 게 은근히 걱정스러웠던 것이다. 그는 조용히 정 교수를 만나 자신이 그 기사를 보고 불쾌했었다는 사실을 알리고 싶은 것뿐이었다.

인기척을 느낄 수 없는 연구실을 지나치며 그는 복도를 울리는 자신의 발소리를 들었다. 텅 빈 공간에 음침하게 울리는 발소리는 동굴 안처럼 낮게 사방에 퍼지고 있었다. 자신의 발소리에 신경을 쓸수록 그는 자신이 이곳과는 너무도 어울리지 않는 이방인이라는 생각이 들었다.

406호. 낮은 음악소리가 문밖으로 흘러나오고 있었다. 그음악은 그로서는 그다지 익숙하지 않은 것이었다. 음악 사이에 간간이 울리는 소리만이 그의 귀에 걸려들었다. 서툰 망치질 소리……

그는 망치질 소리만큼이나 거칠고 서툴게 문을 두들겼다. 음악소리는 저만큼 물러나 있었다. 슬리퍼 끄는 소리가 나더니 이내 창백한 얼굴을 한 사십대의 남자가 얼굴을 내보였다. 문을 열고 선 그의 손에 망치가 들려 있는 게 보였다. 코끝에 걸린 안경을 치켜올리며 정 교수는 의아한 눈으로 이 낯선 방문객을 쳐다보았다.

"무슨 일입니까?"

"여기 실린 기사를 읽었습니다."

그는 비에 젖어 축 늘어진 잡지를 내보이며 정 교수의 안색을 살폈다. 아무리 햇빛을 안 보고 앉아서 책만 보는 선생이지만 얼굴이 너무 창백하군, 하는 생각이 들었다.

"들어와요."

정 교수는 조금 전의 태도와는 달리 스스럼없이 문을 활짝 열어주었다. 방안 가득 쌓인 책들이 방의 분위기를 더욱 무겁게 하고 있었다. 연구실 창밖으로 운동장에 내리는 비가 보였다. 날씨 탓인지 방안은 조금 어둡기까지 했다.

책상 위에 켜진 스탠드 불빛만이 어둠 한 조각을 갉아먹고 있었다.

"앉으시죠. 커피?"

정 교수는 손님 대접에 익숙한지 그에게 아무런 질문을 던지지 않고 차부터 준비했다.

물이 끓는 동안 정 교수는 서툰 망치질을 해댔다.

"이런 건 도무지 못 하겠어요."

자신의 망치질이 한심하다는 듯 정 교수는 푸념 섞인 투로 말했다. 그는 자리에서 일어나 정 교수의 망치를 빼앗아들고 단 두 번으로 정 교수가 원하는 곳에 못질을 해주었다.

"거울이란 놈이 자꾸 떨어져서 이번엔 아예 큰 못을 박기로 했죠."

정 교수는 만족스럽게 벽에 박힌 못을 바라보다가 커피를 탔다. 그는 정 교수가 건네주는 커피를 마시며 방안을 휘둘러보았다.

"방학중에는 청소를 해주시는 분이 자주 오지 않아 좀 지저분합니다. 그래, 저를 찾아오신 용건은 뭡니까?"

정 교수는 그제야 그의 얼굴을 찬찬히 살펴보며 용건을 물었다. 그는 잠깐 망설이다 잡지를 펴 보이며 말문을 열었다.

"이 기사 때문입니다."

"그 기사가 왜요?"

아주 잠깐 동안 그는 정 교수가 다 알고 있으면서 자기를 놀리는 게 아닌가 생각했다. 그러나 곧 그런 생각을 지우고 궁금한 점을 묻기 시작했다.

"여기 보니까 범죄자는 관상으로 알 수가 있다는데……"

정 교수는 그의 질문에 엉뚱하게도 다른 질문을 던졌다.

"제 첫인상이 어땠습니까?"

"……"

"좀 창백하죠? 한눈에 책이나 읽는 허약한 사람으로 보이지 않습니까?"

그는 정 교수가 자신의 얼굴에 대해 이야기를 하는 것을 듣고 조금 놀랐다.

"그러니까 우리가 어떤 사람을 보고 받는 첫인상…… 그것과 비슷합니다."

정 교수는 능숙한 언변으로 범죄학자들이 규정해놓은 범죄자의 신체적 특징에 대해 이야기하기 시작했다.

"골상학자들은 두뇌는 마음을 나타내는 기관이므로 두상, 즉 머리 모양은 개별적인 인격을 나타낸다고 믿었습니다."

정 교수는 이탈리아 범죄학자 롬브로소가 『범죄인류학』에서 범죄자는 보통 사람들과 달리 환원유전을 통해 조상의 열등한 특성을 닮아 신체적으로 차이가 난다는 주장을 했다는 얘기, 그리고 후턴이라는 학자가 살인범은 키가 크고 호리호리한 사람 중에 많고, 사기범은 키가 크고 체중이 무거운 사람이 많으며, 성범죄는 키가 작고 통통한 사람이 저지르는 경향이 있다는 학설을 내놓았다는 등의 이야기를 마치 강의를 하듯 떠들어댔다.

"그럼 이 사진은 뭡니까?"

"그건 그런 학설을 토대로 만든 몽타주입니다."

그는 침을 꿀꺽 삼킨 후 쉰 듯한 목소리로 정 교수를 쳐다보며 물었다.

"제가 왜 여기 왔는지 아시겠습니까?"

정 교수는 그제야 뭔가 이상하다는 생각이 들었는지 자기 책상 위에 놓인 다른 안경을 집어들었다. 그리고 쓰고 있던 안경을 벗고 집어든 안경으로 갈아 썼다. 아마도 책을 보는 안경과 평상시 쓰는 안경이 다른 모양이었다.

정 교수가 그의 얼굴을 찬찬히 살펴보는 동안 그는 몸 저 깊은 곳에서부터 서서히 커져오는 분노를 다시 느낄 수 있었다. 처음 기사를 읽었을 때보다 더 생생한 분노였다.

"제 얼굴이 이 몽타주와 많이 닮은 것 같지 않습니까?"

"……그렇군요. 하지만 이건 학자들의 학설에 따라 합성해놓은 가상의 사진일 뿐입니다."

"그러니까 제 얼굴에 범죄자라고 쓰여 있다는 겁니까?"

"이건 그냥 이론일 뿐입니다. 그리고 요즘엔 관상학적 이론

보다는 정신심리학 이론이나 환경적인 요인에 의한 범죄학 이론이 더 인정을 받고 있지요."

"그런데 왜 잡지에 이런 기사를 쓰고 이 사진을 실었습니까?"

"이보시오, 난 학문을 하는 사람입니다. 나는 누가 뭐라든 언제 어디서든 내 학설에 대해 발표할 권리를 가지고 있다는 말입니다."

그는 무릎 위에 올려놓은 주먹을 불끈 쥐었다.

"이 사진 한 장이 어떤 영향을 가져올지는 생각도 안 해봤다는 소리요?"

"이건 그냥 합성사진일 뿐이니까."

"하지만 나를 아는 사람이 이걸 보면 뭐라고 할까요?"

그는 정 교수의 무책임한 말투에 화가 치밀었다. 갑자기 그의 머릿속에 어릴 때 일들이 슬라이드처럼 떠올랐다가 사라졌다.

균형 잡히지 않은 얼굴형에 매부리코, 두툼하게 퍼져 있는 입술(정 교수의 기사에 의하면 이런 관상은 살인범에게 많다고 한다) 때문에 그는 얼마나 많은 설움을 겪었던가. 눈빛이 맑지가 않아 음흉한 구석이 있을 거라며 반 아이들은 그를 따돌렸었다.

그는 아무런 이유도 없이, 단지 얼굴이 매섭게 생겼다는 이유만으로 그런 일들을 겪으며 자라야 했다. 여자들 역시 얼굴 때문에 그를 멀리했다. 어쩌면 그는 얼굴 때문에 서른여섯에야 겨우 앞이 보이지 않는 아내를 맞아야 했는지도 모른다. 그런데 이제 그의 증명사진이나 다름없는 합성사진이 잡지에 실려 지난날의 기억들을 떠올리게 만든 것이다.

"이 얼굴 때문에 사람들에게 따가운 눈총을 받아왔단 말입니다. 불심검문을 하는 경찰은 늘 내 얼굴을 보고 나를 잡아갔습니다. 주민등록증을 보여줘도 꼭 경찰서까지 데려가서 확인을 하는 겁니다. 마치 얼굴에 전과자라는 글씨가 쓰여 있는 것처럼."

그는 잠시 마음을 가라앉히기 위해 말을 멈췄다. 정 교수의 얼굴에는 어이없는 일을 당한 데서 오는 불쾌감이 역력했다.

"이 기사 때문에 내 인생이 망가진다면 당신이 책임을 지겠습니까? 왜 조용히 살아가려는 사람을 이렇게 쥐고 흔드는 거냐고요?"

"아니, 이 사람이 어디 와서 행패야?"

정 교수는 자리에서 벌떡 일어나더니 그에게 당장 나가라고 소리쳤다.

"어디 말도 안 되는 소리를 해대고…… 당장 나가지 못해?"

"당신 같은 얼굴을 가진 사람들은 모릅니다. 버스를 타도 사람들은 내 옆에 와서 서지를 않아요. 얼굴을 보고 겁을 집어먹는 겁니다."

"그래서, 그게 지금 내 책임이란 거요?"

"누가 범죄를 저지를지 당신이 어떻게 안단 말입니까?"

"아니, 뭐 이런 게 다 있어? 나가! 나가란 소리 안 들려?"

정 교수는 그 창백한 얼굴에 핏줄을 세우며 그를 억지로 일으켜세워 문으로 몰아붙였다.

정 교수에게 떠밀려나가던 그는 더이상 참을 수가 없어 팔을 뿌리쳤다.

"책상 앞에 앉아서 아무렇게나 갈긴 글 한 줄에 죽고 사는 사람이 있어. 남의 인생을 함부로 쥐고 흔들지 마란 말이야."

그는 절규하듯 소리치며 정 교수를 힘껏 밀쳐냈다. 그 순간 어이없게도 정 교수는 거울을 걸기 위해 방금 전에 박아둔 못이 있는 벽에 강하게 밀쳐졌다. 갑자기 커지는 정 교수의 눈동자를 보고야 비로소 그는 일이 뭔가 잘못되었다는 것을 알았다. 정 교수의 창백한 얼굴은 더욱 핏기를 잃어가더니 결국 백짓장처럼 하얗게 굳어갔다.

그는 정 교수를 밀쳐내던 감각이 아직도 손에 남아 있음에도 도무지 그 사실을 믿을 수 없었다. 연구실 안은 갑작스럽게 깃든 침묵으로 굳어졌다.

그는 멍한 눈으로 창밖을 바라보았다. 이 연구실 문을 열고 들어왔을 때와 다름없이 비가 내리고 있었다.

"그럴 생각은 아니었어…… 난 다만…… 그 사진이 실려

서……"

그는 벽에 기댄 채 죽은 정 교수에게 변명이라도 하듯 낮게 중얼거렸다. 그러나 이미 생명이 떠난 정 교수의 몸은 더이상 어떤 반응도 없었다.

그는 마치 긴 터널을 지나온 것 같은 피곤함을 느끼며 몸을 돌렸다. 문을 열려고 손잡이에 손을 뻗는 순간, 그의 눈에 벽 한쪽에 세워둔 대형 거울이 보였다. 거울에 겁먹은 표정의 한 남자가 엉거주춤 서 있는 모습이 비쳤다.

그는 무언가에 이끌리듯 거울 앞으로 다가가 가만히 그 속을 들여다보았다. 한순간 자신의 얼굴 저 너머에 살인자의 얼굴이 보인 것도 같다는 생각이 든 건 다만 그의 착각이었을까?

못생긴 생쥐 한 마리

오늘 아침 또 한 장의 편지가 도착했다. 벌써 네번째였다. 기석은 우편함에서 편지를 꺼내들고는 조용한 주택가 골목을 두리번거렸다. 마치 편지의 주인이 자신을 보고 있기라도 하는 것처럼.

'도대체 누가 이렇게 나의 일거수일투족을 다 아는 것일까?'

기석이 처음 편지를 받은 것은 보름 전이었다. 편지 내용은 단 한 줄이었다.

—나는 당신의 모든 것을 알고 있다.

영화에 나오는 협박편지처럼 잡지에서 오려붙인 각양각색의 글자로 이루어진 편지였다. 누군가 친 장난이라고 생각하고 기석은 가볍게 그 편지를 휴지통에 버렸다. 하지만 두번째 편지가 도착했을 때는 긴장하지 않을 수 없었다.

낡은 타자기로 친 그 편지에는 사흘 전 기석의 모든 행적이 샅샅이 적혀 있었다.

그날 기석은 아내와 백화점에 들러 진주목걸이를 사고 외식을 했었다. 편지에는 그가 집을 나온 시각, 그가 들른 장소, 그리고 그가 진주목걸이를 산 사실까지 모두 적혀 있었다. 모든 것이 너무도 정확했다. 그리고 마지막 문장은 이렇게 끝났다.

―당신이 저지른 범죄가 영원히 숨겨질 것이라고 생각하는가?

세번째 편지는 사진 한 장이 전부였다. 사흘 전 춘천에 있는 자신의 별장에서 나오는 기석이 찍힌 사진이었다. 기석은 봉투에서 사진이 나오자 그대로 불태워버렸다. 불타는 사진 뒷면에는 이런 글이 적혀 있었다.

―아무리 도망쳐도 내 눈을 피할 수는 없다.

기석은 누군가 자신의 목을 조르는 것 같은 두려움을 느꼈다. 아내에게조차 알리지 않았던 춘천행이었는데 누군가 그의 뒤를 미행한 것이다. 그 사진을 찍은 사람은 기석이 그곳에 여자를 데리고 갔다는 사실을 알 것이다.

기석은 혜영에게 전화를 걸어 당분간 만나지 않는 게 좋겠다고 통보했다. 이유를 묻는 혜영에게 그는 작품 때문이라고 둘러댔다. 그게 이유가 되지 않는다는 걸 잘 아는 혜영은 알겠다며 차갑게 전화를 끊었다.

사실 기석이 두려워하는 것은 자기가 없는 사이 편지가 도착하는 일이었다. 혹시라도 아내가 보게 된다면 하는 불안감 때문에 그는 외출마저 최소한으로 줄였다.

사나흘 간격으로 편지가 오자 그는 아침마다 우편함을 확인하는 버릇이 생겼다. 아내는 기석이 갑자기 외출을 줄이는 것에 대해 전혀 눈치채지 못한 듯했다. 그런 면에서 아내는 둔감한 편이었다.

"왜 다시 들어왔어요? 당신 외출한다고 했잖아요?"

잡지사에 간다고 하던 남편이 다시 들어오자 아내가 의아한 눈으로 쳐다보았다. 편지 때문에 잠시 정신이 나갔던 모양이다.

"응, 놓고 간 게 있어서……"

그는 태연하게 이야기하고 서재로 들어갔다. 잠시 서랍을 뒤적거리는 시늉을 하고 다시 거실로 나가보니 아내는 다용도실 문을 열어놓고 박스를 하나둘 꺼내고 있었다.

"뭐하려고?"

"그냥 정리를 좀 하려고요."

봄만 되면 아내는 집안의 모든 것을 끄집어내 새로 정리하곤 했다. 아마도 그 연례행사가 또 시작된 모양이었다.

"일찍 들어올 거죠?"

아내가 불안한 얼굴로 기석을 쳐다보았다. 그녀는 하고 싶은 말을 감추고 있는 것처럼 보였다. 아내의 얼굴을 본 기석의 머리에 불길한 생각이 스쳐지나갔다.

"무슨 일 있는 거야?"

혹시 아내가 자신의 서랍에서 그 편지들을 본 게 아닐까 하는 불안한 생각이 들었다. 기석은 자기도 모르게 식은땀이 흐르는 것을 느끼며 아내를 바라보았다. 그녀는 몇 번이나 입술을 깨물더니 어렵게 입을 열었다.

"사실은 이상한 전화가 자꾸 와요."

"이상한 전화?"

아내가 편지를 보지 않았다는 사실은 다행이었지만 난데없이 이상한 전화라니, 이건 또 무슨 일인가.

"무슨 전환데?"

"뭐라고 말은 하지 않아요. 그냥 내 목소리를 확인하고는 끊어버려요."

"걱정하지 마. 장난전화겠지……"

아내를 안심시키기 위해 별일 아니라고 말했지만 기석은 심장이 철렁하지 않을 수 없었다. 어쩌면 편지의 주인공이 편지를 보내는 일에 만족하지 않고 전화까지 하는지도 모르는 일이었다.

"정 전화를 받기 싫으면 자동응답기를 틀어봐."

"네…… 다녀와요."

아내의 배웅을 받고 대문을 나선 기석은 깊은 한숨을 내쉬었다. 여름날 소나기를 뿌리는 먹구름이 몰려오듯이 그의 마음에도 검은 그림자가 빠르게 자리잡았다. 출구가 보이지 않는 미로에 빠져버린 듯한 암담함이 그를 더욱 안절부절못하게 하고 있었다. 그는 잡지사에 들른 후 현철을 만나 상의해봐야겠다고 생각했다.

현철은 고등학생 때부터 기석의 둘도 없는 친구였다. 둘 사이에 비밀이라고는 존재하지 않을 만큼 친밀했다. 혜영과의 만남도 이야기할 만큼 둘은 서로를 잘 알고 있었다.

"장난편지 같지는 않은데?"

기석이 내민 편지를 읽고 현철의 표정도 진지해졌다.

"단지 장난을 치기 위해서 이런 시간과 노력을 들일 사람이 있을까? 이건 누군가 구체적인 협박을 하는 거야."

이야기를 들은 현철의 얼굴에도 의혹의 그림자가 드리워졌다. 그는 조심스럽게 기석의 얼굴을 살폈다. 그의 시선에 많은 질문이 담겨 있다는 것이 느껴졌다.

"모르겠어, 도대체 무슨 일을 가지고 이러는 건지, 생각해봐. 넌 누구보다 나를 잘 알잖아. 내가 이런 협박편지를 받을 만큼 못된 짓을 저질렀다고 생각해?"

"하지만 평범한 일이라면 이렇게까지 너를 괴롭히겠어? 협박할 거리도 없는데 이런 편지를 보낸다는 건 우습잖아?"

"그럼 내가 너도 모르게 무슨 엄청난 일을 저지르고는 숨기고 있다는 거야?"

"……"

대답을 하지 않고 담배를 꺼내 무는 현철을 보자 기석은 뱃속을 꺼내 보이고 싶은 충동을 느꼈다. 버선목이라면 뒤집어 보이기라도 한다더니, 지금 기석의 마음이 바로 그랬다.

"만약 내가 이런 편지를 들고 널 찾아갔다면 넌 무슨 생각을 할 것 같아?"

한동안 침묵을 지키던 현철이 자리를 털고 일어나 창문을 열었다. 따스한 봄바람이 사무실 안으로 흘러들었다. 현철도 가슴이 답답했던 모양이었다.

"하지만…… 난 정말 숨기는 게 없다고. 마음에 걸리는 게 있다면 혜영이 일 정도인데 그건 이미 일 년도 넘은 일이야. 그런데 이제야 그걸 빌미로 이런 협박편지가 올 리는 없잖아?"

"그렇겠지……"

현철은 고개를 끄덕거리며 재떨이를 찾아 담뱃재를 털었다.

"짚이는 사람이 하나도 없어?"

"그런 사람이 있었다면 너한테 편지까지 보이며 의논을 하겠어?"

"그런데 좀 이상하지 않아? 협박편지라면 뭔가 원하는 것을

74

이야기할 텐데 그런 게 전혀 없잖아?"

"그러니까 더 미치겠지. 도무지 이놈이 노리는 게 뭔지 모르겠어. 차라리 돈이라도 달라면 이렇게 불안하지는 않을 거야."

기석은 자리에서 일어나 이리저리 사무실을 오가며 이야기를 계속했다.

"넌 모를 거다. 이 편지를 받은 후로 내가 얼마나 머릿속을 뒤적거렸는지. 혹시 내가 모르는 사이에 누구에게 피해를 준 적은 없는지, 누군가에게 상처를 준 일은 없는지 생각하고 또 생각했어. 그런데 아무리 찾으려고 해도 찾을 수가 없는 거야. 요즘엔 글도 안 써지고 정말 미칠 지경이다."

"일단 다음 편지를 기다려보자. 지금으로서는 이 편지 말고 다른 위협은 없었잖아?"

"참, 아내가 이상한 전화가 걸려온다는 소리를 했어."

"전화?"

"그래, 누군지 말은 안 하고 아내가 받으면 그냥 끊어버린다더군."

"이 협박편지, 부인도 알고 있어?"

"아니, 알아봐야 나만 의심할 테니까."

한동안 두 사람은 담배만 피워대며 생각에 잠겼다. 그러나 아무리 생각을 거듭해도 아무런 해답이나 결론을 얻을 수 없었다. 현철의 말대로 다음 편지가 오기를 기다려보는 수밖에 다른 방법이 없었다.

*

눈을 뜨자 아내가 걱정스럽게 내려다보고 있었다. 기석은 식은땀으로 젖은 이불을 걷고 일어나 앉았다. 조금 전 꾼 악몽이 아직도 생생하게 눈앞에 어른거렸다. 아내는 기석의 이마를 닦아주며 불안하게 물었다.

"당신 요즘 이상해요, 무슨 일 있어요? 통 잠도 못 자고……"

"아니야…… 아마 소설 때문에 그런 모양이야."

"너무 무리하지 마요. 그러다 몸 상하겠어요."

"내 걱정 말고 좀더 자."

그는 아내의 어깨를 토닥여주고 서재로 건너왔다. 아무래도 다시 잠이 올 것 같지 않았다. 의자 깊숙이 몸을 기댄 기석은 다시 한번 차분히 삼십칠 년 동안의 과거를 더듬어보았다. 도대체 이 편지의 주인이 말하는 범죄라는 것은 무엇일까? 아니 이 편지를 보낸 사람의 저의는 무엇인가? 모든 것이 미스터리였다.

그는 고개를 흔들며 여름에 출간 예정인 소설을 정리하기 위해 컴퓨터를 켰다. 일에 몰두해서라도 편지에 대한 생각을 지우고 싶었다.

이번 소설은 그의 다섯번째 장편이었다. 작가로 데뷔한 지 십 년. 모 신문사의 일억 원 장편소설 공모에 당선되어 화려하게 데뷔한 그는 그후로 이 년마다 한 권씩 냈지만 대개의 평은 데뷔작만 못하다는 것이었다.

이번만은 어떠한 일이 있어도 그동안의 부진을 만회하리라 마음먹었지만, 그런 부담 때문인지 글은 더욱 써지지 않았다. 컴퓨터를 켜놓고 화면을 들여다보던 그는 담배를 피우기 위해 라이터를 찾았다. 그러다 문득 어떤 생각이 머릿속을 스치고 지나갔다. 이대로 다음 편지가 오기를 기다리고만 있을 수 없다는 생각이 든 것이다.

기석은 서랍을 열어 깊숙이 넣어두었던 편지를 꺼냈다. 그 편지를 단서로 자신에게 편지를 보낸 사람을 찾을 수 있지 않을까 싶었다. 그렇게 생각하고 편지를 살펴보니 여러 가지 추측을 할 수 있었다. 우선 봉투에 찍힌 직인이 모두 같은 우체국이었다. 용산 우체국. 이로써 한 가지 사실은 알게 되었다. 편지지와 종이는 문구점에서 파는 흔한 것이었지만 편지를 쓰는 데 사용된 타자기는 요즘엔 나오지 않는 오래된 것이었다. 거기다가 'ㄹ'이 흐릿하게 찍히는 특징을 가지고 있었다.

기석은 마치 자신이 살인사건을 풀어가는 탐정이라도 된 것 같은 흥분을 느끼며 또다른 단서가 있는지 살펴보았다. 그는 편지지를 들어 스탠드 불빛에 비추어보았다. 그렇게 하면 지문이라도 나타날 것처럼. 문득 경찰들이 지문을 어떻게 찾아내는지, 그리고 그 지문으로 어떻게 범인을 잡는지 궁금해졌다. 누구에게 물어볼까 궁리를 해보았지만 경찰서에는 아는 사람이 없었다. 그는 이리저리 머리를 굴리다가 손가락을 탁 튕겼다. 해결방법은 아주 간단했다. 소설가인 자신의 직업이 좋은 핑곗거리가 될 수 있지 않을까 싶었다. 경찰이 등장하는 소설을 쓰기 위해 취재하러 온 것처럼 한다면 그들도 흔쾌히 수사방법을 알려주리라. 편지를 받은 이후 처음으로 기석의 마음속에 드리워져 있던 검은 그림자가 저만치 물러나는 것 같았다. 그는 아침이 되자마자 경찰서에 가봐야겠다고 생각하며 다시 소설을 쓰기 시작했다.

새벽에 잠깐 눈을 붙인 기석은 늦은 아침 집을 나섰다. 무작정 편지를 기다리다가 무언가 할일이 생기자 실낱같은 희망이 보이는 것 같았다. 용산 우체국은 용산역 옆에 자리하고 있었다. 그는 우체국 안으로 들어가 창구 앞에 마련된 소파에 앉아 편지를 부치러 오는 사람들을 한동안 지켜보았다. 설령 기석에게 보낼 편지를 부치러 오는 사람이 있다고 해도 알아볼 방도가 없다는 것을 잘 알면서도 그는 자리를 떠날 수가 없었다.
날카롭게 생긴 남자가 주위를 두리번거리며 들어오면 그 사람이 편지의 주인처럼 보이기도 했고 선글라스를 쓴 젊은 여자가 들어오면 그 여자도 의심스럽게 보였다. 그렇게 들어오는 모든 사람을 의심스러운 눈초리로 지켜보던 기석은 더 있다가는 머리가 이상해질 것 같은 기분에 자리를 털고 일어났다.

두 시간 가까이 앉아 사람들의 얼굴만 쳐다보다가 일어나는 기석이 이상했던지 창구 직원이 동료에게 소곤거리는 모습이 보였다. 아무런 성과는 없었지만 그래도 우체국을 나오는 기석의 발걸음은 가벼워져 있었다.

편지의 주인이 늘 기석의 뒤를 밟고 있다면 틀림없이 용산 우체국에 나타난 그의 모습을 어디선가 지켜보고 있을 것이다. 그것만으로도 그는 더이상 협박편지를 보내지 않을지도 모른다. 기석은 그런 기대를 하며 용산 경찰서로 걸음을 옮겼다.

"작가시군요. 저도 한때는 글을 쓰고 싶었지요. 그런데 뭘 알고 싶어서 그러시죠?"

기석의 명함을 받아든 형사가 호기심에 눈을 빛냈다.

"수사를 하는 방법이나 형사들의 생활, 그런 것들을 좀 알고 싶어서요."

"수사를 하는 방법이라……"

형사는 기석의 질문이 너무 광범위하다는 듯 고개를 갸우뚱거렸다.

"그러니까 지문 채취라든가 그 지문으로 범인을 추적해나가는 과정 같은 것 말입니다."

"지문은 분가루 같은 걸 뿌려서 찾아냅니다. 지문이 찍혀 있을 만한 곳에 붓질을 해서 찾곤 하지요. 하지만 지문을 찾았다고 해서 다 범인을 잡을 수 있는 건 아닙니다. 여러 지문 중에 어느 게 범인의 지문인지도 모르고 또 용의자를 찾지 못한 경우는 무용지물이 될 수도 있거든요."

기석은 형사가 하는 말을 수첩에 적으며 이따금 고개를 끄덕였다. 형사는 더욱 신이 나서 이런저런 정보를 주었지만 기석에게 다른 이야기는 귀에 들어오지 않았다. 여기서 막히는 것인가?

"그럼 만약 누군가가 협박편지를 받았을 경우에는 어떻게 찾습니까?"

"편지봉투의 우체국 직인이나 편지지, 필체, 지문 뭐 이런 걸로 수사망을 좁혀나가겠지요. 대개의 협박편지는 요구조건이 있기 때문에 범인과 접촉을 하게 될 상황이 생깁니다."

이제 더이상 형사에게 얻어낼 정보가 없다는 생각이 들자 기석은 자리를 털고 일어나며 고맙다고 인사했다. 경찰서 문을 나서면서 기석은 자신을 보고 있을 누군가에게 이렇게 소리치고 싶었다.

"그렇게 숨어 있다고 내가 겁낼 줄 알아? 나도 널 찾아내고 말겠어!"

마음속으로는 수십 번도 더 고함을 질러대고 싶었다. 그러나 그는 단 한마디의 비명도 지르지 못하고 두려운 눈으로 주위를 두리번거리며 집으로 향했다.

*

며칠 동안 편지가 오지 않았다. 기석은 자신의 뒤를 미행하던 범인이 용산 우체국과 경찰서를 들락거리는 자신의 모습에 겁을 집어먹은 것이라고 단정했다. 협박편지를 들고 경찰서로 달려가 신고한 것이라 보고 다시 협박편지를 보낼 엄두를 못 내는 것이리라.

오랜만에 기석의 마음은 평온해졌다. 막혀 있던 소설도 술술 풀렸다. 그동안 편지 때문에 잊고 있었던 일들도 몇 가지 처리했다. 은행에 들러 보험금과 자동차 할부금을 내고, 혜영에게 전화를 걸어 만날 약속도 정했다. 모든 게 전과 다름없이 순탄해 보였다.

"도대체 뭐 때문에 전화도 안 해준 거예요?"

오랜만에 만난 혜영은 호텔에 들어서자마자 따지고 들었다. 스물세 살의 탄력 있는 몸매가 그의 욕망을 자극했다. 기석은 서둘러 혜영에게 달려들었다. 하지만 혜영은 쉽게 옷을 벗으려 하지 않았다. 한동안 연락을 하지 않은 기석에게 아직도 화가 풀리지 않은 모양이었다.

"그럴 일이 있었어. 이젠 다 해결됐으니까 신경쓰지 마."

"그동안 내가 전화를 얼마나 기다렸는 줄 알아요?"

말을 끝낸 혜영은 핸드백을 열더니 편지를 꺼내 기석에게 내밀었다. 불길한 예감이 들었다. 기석은 자신의 몸이 긴장으로 굳어가는 것을 느끼며 편지를 받아들었다. 생각대로 용산 우체국 직인이 찍힌 편지였다.

봉투 안에는 호텔에서 뒹구는 기석과 혜영의 정사 장면을 찍은 사진이 들어 있었다.

"누가 이런 사진을 찍어 편지를 보낸 거죠? 무서워요, 누군가 나를 지켜보고 있다는 생각을 하니까 두려워서 어떻게 해야 할지 모르겠어요."

혜영의 목소리가 가늘게 떨리고 있었다. 기석은 아무 말도 못하고 사진만 뚫어지게 쳐다보았다.

"이 사진이 이 선생님에게도 간 거죠? 그래서 한동안 만나지 말자는 이야기를 했던 거죠? 그런 일이 있으면 얘기를 해줬어야죠."

혜영은 고개를 흔들었다. 그동안 그런 사실을 모르고 있었다는 것에 대한 항변인 듯했다.

혜영의 목소리 톤이 점점 더 올라가자 기석은 벗어두었던 양복저고리를 들고 일어났다. 이제 이 은밀한 만남을 끝내야 할 때가 왔다는 것을 알았다. 아마 오늘 이후 그가 혜영에게 전화를 거는 일은 없을 것이다. 갑자기 아내에게 미안한 생각이 들었다. 애정 같은 건 이미 옛날에 사라져버렸어도 아내는 아내인 것이다.

"잘 생각했어."
가만히 기석의 이야기를 듣던 현철은 그 한마디만 하고는 입을 다물었다.
"왜 나한테 보내던 편지를 혜영에게 보낸 것일까? 정말 누가 무슨 이유로 이런 짓을 계속하고 있는지 알 수가 없어……"
기석의 한풀 꺾인 목소리는 허공을 떠돌다 사라졌다. 그 말은 현철에게 하는 것이 아니라 자기 자신에게 하는 질문이었다.
"난 점점 머리가 이상해지고 있는 것 같아. 등뒤에 누군가 서 있는 것 같아서 돌아보는 일이 한두 번이 아니야. 글을 쓰다가 말고 갑자기 일어나 창밖을 샅샅이 살펴보기도 하고 혹시 도청장치라도 있지 않을까 하고 벽이며 가구들을 조사하기도 하지. 한 시간이나 벽을 살피다가 문득 이런 내 모습을 지켜보고 있을 그놈 생각을 하면 피가 거꾸로 솟는 것 같아 참을 수가 없어. 마치 실험실의 모르모트가 된 기분이야."

현철을 만나고 돌아온 그날부터 기석은 또다시 아침마다 우편함을 열어보기 시작했다. 조마조마한 마음으로 우편함을 열어 텅 비어 있는 안을 확인하면 안도의 한숨을 쉬고 하루를 시작했다. 그러나 해가 지고 밤이 되면 그의 불안은 점점 더 커져갔다. 스스로 마음을 굳게 먹어야 한다고 다짐을 해봤지만 아무 소용이 없었다.

그때부터 기석은 도통 잠을 이루지 못했다. 자리에 누워 눈을 감으면 그놈이 코앞에 얼굴을 대고 지켜볼 것 같았다. 편지는 일주일이 넘게 오지 않았지만 기석의 마음은 점점 더 불안해지기만 했다. 협박편지를 받는 것도 두려운 일이었지만 갑작스럽게 끊어졌다는 사실은 더 불길하게 느껴졌다.

기석이 며칠 동안 잠을 이루지 못하자 아내가 조심스럽게 수면제를 먹어보라는 얘기를 꺼냈다. 아무리 아파도 약을 잘 먹지 않는 타입인 기석도 나흘이 넘게 잠을 이루지 못하자 아내의 의견을 받아들였다. 무엇보다도 정신이 멍해서 견딜 수가 없었다.

"당신이 말한 그 전화, 이제는 안 와?"

"네. 이상하게 당신이 없는 시간에만 걸려왔었어요. 지금은 당신이 늘 집에 있잖아요. 아마 그래서 안 오나봐요."

더이상 전화가 걸려오지 않는다는 것은 다행스러운 일이었다. 하지만 기석은 또 한번 아내의 무신경을 확인하고는 그녀의 얼굴이 보기 싫어졌다.

기석이 외출했을 때만 전화가 걸려온다는 것은 누군가가 이 집을 주시하고 있다는 얘기다. 그런데도 아내에게는 그런 사실이 아무렇지도 않은 모양이었다. 아내는 더이상 전화가 걸려오지 않는다는 사실에만 안도하고 있는 것이다.

기석은 자신이 혜영과 만나게 된 데 대한 책임이 아내에게도 있다고 생각했다. 십 년의 결혼생활 동안 아내는 점점 여자 아닌 여자로 변해갔다. 권태기가 온 것인지는 모르지만 기석은 아침에 일어나 잠든 아내의 얼굴을 보면 짜증이 났다. 이 지겨운 얼굴을 평생 봐야 한다는 생각에 인상을 한두 번 찡그린 게 아니었다.

기석은 아내의 어디가 좋아서 결혼했는지조차 기억을 못하게 되면서 다른 여자에게로 시선을 돌렸다.

아내가 아닌 여자에게서는 신선한 내음이 났다. 혜영을 만나면서부터 이혼이라는 단어가 자주 머릿속에 아른거렸다. 그리고 실제로 아내에게 이혼을 하자는 말을 꺼낸 적도 있었다.

혜영과의 일을 눈치챘는지 아내가 싸움을 걸어온 날, 기석은 자기도 모르게 불쑥 이혼하자는 말을 하고 말았다. 그 순간에는 자신을 몰아붙이는 아내에게 화가 나서 튀어나온 말이었지만, 한번 입 밖으로 이혼이라는 단어가 나오자 구체적이고 진지하게 이혼에 대해 생각하게 되었다.

만약 이혼을 하게 된다면 아내는 위자료를 얼마나 청구할까 하는 현실적인 문제들로 고심을 한 적도 있었다. 아버지에게 물려받은 두 채의 상가건물은 십억 정도의 가치를 가지고 있고 인세 등의 수입으로 모은 다른 재산도 적지 않게 있었다.

신문에 이혼시 여자의 위자료가 점점 늘어나고 있다는 기사가 실린 적이 있다. 기석은 지나가는 말로 만약 이혼을 하게 된다면 위자료는 얼마나 받고 싶냐며 아내의 마음을 떠보았다. 농담인지 진심인지 몰라도 아내는 기석이 가진 모든 재산을 위자료로 받겠다는 말을 했었다. 그때 아내의 얼굴이 얼마나 탐욕스럽게 보이던지, 기석은 하마터면 아내의 목을 조를 뻔했다.

하지만 그것도 혜영이 있을 때 이야기다.

단 하루만이라도 아무 생각 없이 푹 자고 싶다는 생각에 아내에게서 수면제를 받은 기석은 곧 약을 먹고 침실로 들어갔다.

약효는 곧 기석의 눈을 감기게 만들었다. 기석은 참으로 오랜만에 잠으로 빠져드는 자신을 느낄 수 있었다.

저녁에 잠이 든 기석은 다음날 오후가 되어서야 잠에서 깨어났다. 그렇게 오래 자고 났는데도 머리가 영 개운치가 않았다. 수면제 탓인가 싶기도 했지만 뭔가 께름칙한 감각이 남아 기석을 괴롭혔다. 잠을 자는 동안 피비린내를 맡았던 것 같았다. 그것은 정말 이상한 경험이었다. 도무지 눈을 뜨려고 해도 뜰 수가 없었고 생생한 피비린내만 그의 후각을 자극했다.

"뭘 그렇게 찾아요?"

혹시나 밤새 맡았던 피비린내의 원인을 찾을까 싶어 침실을 뒤지던 기석은 아내의 질문에 몸을 바로 하고 앉았다.

"당신 간밤에 피비린내 못 맡았어?"

"피비린내요?"

아내는 의아한 눈빛으로 기석을 쳐다보았다. 어쩌면 그런 아내의 반응은 당연한 것이었다. 기석이 생생하게 맡았다고 느끼는 피비린내가 실은 꿈속의 일일 수도 있는 것이다. 하지만 꿈이라고 하기에는 너무도 생생하고 확실했다.

"당신, 정말 왜 그래요? 요즘 점점 이상해지고 있는 거 알아요?"

"이상해지기는 뭐가 이상해진다는 거야? 피비린내를 맡았으니까 그렇다고 하는 거 아니야?"

그는 괜히 아내에게 짜증을 부리며 소리를 질렀다. 갑작스럽게 언성을 높이는 남편의 모습에 놀란 아내가 눈을 동그랗게 뜨고 기석을 올려다보았다. 아내의 흔들리는 눈동자를 보자 기석은 마음이 편치 않았다. 스스로도 너무했다는 생각이 들었다. 그런데도 미안하다는 말을 할 수가 없었다. 그것은 기석이 이상해지고 있다는 아내의 말을 인정하는 꼴이었다. 그는 침실을 나와 서재로 걸음을 옮겼다. 몇 통의 편지가 자신의 신경을 이렇게 갉아먹고 있다니, 기석은 서재 문을 잠그며 자신이 조금씩 무너져가고 있다는 사실을 인정하지 않을 수 없었다.

*

점점 잠을 자는 게 두려워지기 시작했다. 현철에게 말한 대로 자신이 실험용 쥐가 되어 누군가의 감시와 통제를 받고 있다는 생각, 그리고 악몽 속에서 맡게 되는 피비린내는 며칠 만에 기석을 몰라볼 정도로 핼쑥해지게 했다.

어느 날 양치를 하면서 거울을 쳐다보던 기석은 한동안 거울 속의 남자가 누군지 몰라 당황스러웠다. 거울이 비추고 있는 사람이 바로 자신이라는 것을 알고 있었지만 거기에는 도무지 자신이라고 할 수 없는, 초췌한 모습의 한 남자가 불안하고 겁먹은 눈동자로 서 있었던 것이다. 처음으로 기석은 자신의 모습을 객관적으로 바라보았다. 그동안 거울을 쳐다보며 수없이 보아왔던 모습이건만 단 한 번도 그렇게 자세히 자신의 얼굴을 살펴본 적은 없었다.

그의 얼굴에는 그가 살아왔던 삼십칠 년이 고스란히 담겨 있었다. 그는 갑자기 큭큭 웃음이 터지는 것을 참을 수가 없었다. 한번 터지기 시작한 웃음은 걷잡을 수 없이 커져만 갔다. 왜 웃음이 나는지 생각할 겨를도 없이 눈물까지 흘리며 배가 당길 정도로 정신없이 킬킬거리다가 갑자기 웃음을 멈췄다. 협박편지를 받았을 때와는 또다른 공포가 엄습해왔다. 그것은 자신이 정말로 미쳐가고 있는 게 아닌가 하는 두려움이었다.

간신히 양치를 끝내고 몸을 돌리는데 욕실 문을 열고 그를 쳐다보는 아내가 보였다. 언제부터 보고 있었는지 아내의 얼굴에는 기석을 두려워하는 기색이 역력했다.

'왜, 당신의 남편이 미친 것처럼 보이나? 그래, 난 미쳤어. 당신의 소설을 훔쳐 문단에 데뷔한 그때부터 난 이미 미쳐 있었는지도 모르지.'

기석은 아무 말도 하지 않고 아내를 지나쳐 서재로 갔다. 마음 저 밑바닥에서 누군가 강해져야 한다고 소리치고 있었다. 그까짓 편지 몇 통이 무슨 위협이 되느냐고 속삭였다.

'그래, 편지를 태워버려야지.'

기석은 서둘러 책상 서랍을 열어 편지들을 찾았다. 하지만 서랍 어디에도 편지는 보이지 않았다. 혹시 다른 데 뒀나 하고 서재를 다 뒤졌지만 역시 없었다. 아내가 발견해 치워버린 것일까?

"당신, 서재에서 내 편지들 치웠어?"

"난 당신 서재에 들어가지 않는 거 알잖아요? 왜 그래요, 중요한 편지가 없어졌어요?"

기석은 아무 대답도 하지 않고 서재 문을 닫았다. 그러고는 재빨리 수화기를 들어 현철에게 전화했다.

"편지가 없어졌어. 모두 사라졌단 말이야."

현철의 목소리를 확인한 기석은 다급하게 말했다.

"편지라니? 너 지금 무슨 소리를 하는 거야?"

"편지 말이야, 협박편지. 너한테 말한 바로 그 편지."

한동안 전화선 너머로 아무 말도 들려오지 않았다. 전화가
끊어졌나 싶어서 기석이 여보세요, 하고 입을 떼자 현철의 목
소리가 다시 들렸다.

"도무지 무슨 소린지 모르겠군. 협박편지는 뭐고 나한테 얘
기했다는 건 또 무슨 소리야?"

"……"

기석은 갑자기 말문이 탁 막혔다. 이 친구가 왜 이렇게 시치
미를 떼나 싶었다. 하지만 현철의 목소리는 진심인 것 같았다.

"무슨 꿈이라도 꾼 거 아니야? 잘 생각해봐."

기석은 자기도 모르게 온몸의 힘이 쭉 빠져 들고 있던 수화
기를 떨어뜨렸다. 머릿속이 빠르게 돌아갔고 모든 게 혼란 그
자체였다. 며칠 전까지 머리를 맞대고 의논을 하던 현철이 편
지에 대해 전혀 모른다니, 도저히 믿기지가 않았다. 정말 난
미친 것일까?

그는 혜영을 만나 확인해봐야겠다고 생각하고 황급히 집을
나섰다. 혜영이 자신의 이 혼란을 해결해줄 것이다. 현철은 편

지가 있었다는 사실 자체를 부정하고 있지만 혜영은 자신과 마찬가지로 편지를 받지 않았던가.

"도대체 지금 무슨 말씀을 하고 계신지 모르겠네요? 제가 왜 협박편지를 받아야 하죠? 전 그런 일 없었어요."

출판사로 혜영을 찾아간 기석은 그 자리에 그대로 주저앉고 싶었다. 무슨 일인지 궁금해하는 다른 사람들의 시선을 뒤로 하고 출판사 문을 나서는데 누군가의 목소리가 들려왔다.

"작품이 안 써져서 두문불출한다던 소문이 있더니 머리가 돈 거 아니야? 저 몰골 봐. 완전 정신병원에서 탈출한 모습이야."

얼마 후 기석이 서재에서 시체로 발견되었다. 아내의 신고로 출동한 경찰은 서재를 둘러보고는 그의 죽음을 자살로 결론을 내리고 수사를 종결했다.

장례식이 있던 날 출판사 사람들과 친구 몇 명이 그의 마지막 모습을 지켜보았다. 아무도 말은 하지 않았지만 다들 그가 왜 갑자기 미쳐버렸는지 궁금해했다.

혜영은 입관식을 지켜보며 기석이 사무실로 찾아온 그날에 대해 계속 생각했다.

'그는 정말 미친 것일까? 사람들이 다 있는 사무실에서 협박편지니 뭐니 하며 떠들어대다니……'

그녀로서는 부정할 수밖에 없었다. 유부남인 그와 정사하는 장면이 찍힌 사진이 우편으로 왔었다는 사실을 사람들이 알게 된다면 그녀의 미래에 아무런 도움도 안 되리란 게 불 보듯 뻔했다.

"그가 내 소설로 신문사 공모에 당선되었다는 것을 알았을 때도 난 그를 용서할 수 있었어요. 어차피 난 소설가로 성공하고 싶은 마음도 없었으니까요. 하지만 이혼이라는 말을 꺼냈을 때는 정말 참을 수가 없었어요. 자기가 누구 때문에 그 자리에 올랐는데 이제 와서 이혼이라는 소릴 해요?"

"난 솔직히 당신이 그 친구 재산 때문에 그런 시나리오를 만든 줄 알았어."

"물론 그런 보너스도 있었죠. 하지만 그건 내가 그를 위해 살아온 십 년의 세월에 비하면 별로 큰 것도 아니잖아요?"

"당신은 무서운 여자야."

"걱정 마요. 당신에게는 그런 음모를 꾸미지 않을 테니까요. 자, 이제 그 술잔을 내려놓고 이리 와서 날 안아줘요."

현철은 기다렸다는 듯 곧 술잔을 내려놓고 기석의 아내에게 다가갔다. 이제 더이상 그 둘을 가로막는 방해물은 없었다.

살인 협주곡

모든 준비를 끝냈다. 며칠, 아니 몇 달을 고민하고 계획한 일이다. 몇 번을 되짚어 확인해보고 한 치의 빈틈도 없다는 생각이 들자, 나는 드디어 아내에게 이야기할 순간이 왔다는 것을 알았다.

　평소 같으면 저녁을 먹기가 무섭게 신문을 들고 소파에 앉아, 아내가 설거지를 끝내고 작업실로 가는 것을 지켜보았을 것이다. 아내는 조각을 한다는 핑계로 내가 집에 있는 시간에도 얼굴을 마주하려 하지 않았다. 아내가 작업실에서 무엇을 하든 관심이 없는 나로서는 오히려 그게 편했다.

　나는 신문을 집어들고 소파로 가는 대신 그대로 식탁에 앉은 채, 그릇을 치우는 아내에게 커피 한 잔을 부탁했다. 그것으로 나는 아내에게 무언가 할말이 있다는 신호를 보냈다.

그릇을 치우던 아내는 잠시 나를 돌아보더니 곧 커피포트를 꺼내 플러그를 꽂았다. 식탁 위를 말끔히 치운 아내가 하얀 커피잔을 내려놓았다. 본차이나라고 하던가? 언젠가 읽은 잡지 광고에서 이 커피잔은 소의 뼈를 갈아 만든다고 했다. 소의 뼈를 갈아 만든 커피잔. 그리고 거기에 담긴 커피를 마시는 우리. 나는 왠지 커피 속에 무언가 이물질이 들어 있지 않을까 하는 생각이 들었다. 짐승의 뼈 같은 것이 뜨거운 커피 물에 닿아서 흘러내리지는 않을까 하는 쓸데없는 상상…… 어쨌든 커피 맛은 좋았으므로 한 방울도 남김없이 마셨다. 그런 상상도 내 입맛을 앗아가지는 못하는 모양이다.

"무슨…… 할 얘기 있어?"

커피잔을 들여다보고 있는 나를 보며 아내가 냉담하게 물었다. 아마도 자신의 작업시간이 얼마나 빼앗길지 알고 싶은 모양이다. 나는 짧게 말하고 아내의 반응을 보기로 했다.

"이번 주말에 시간 되면 함께 여행이나 갈까 하는데, 당신 생각은 어때?"

아내는 내 말이 끝나기도 전에 눈이 동그래져서 나를 빤히 바라본다. 너무나 갑작스러운 얘기라 그런지 한동안 미동도 없었다. 나는 아내의 얼굴을 빤히 바라보며 그녀가 지금 무슨 생각을 하는지 읽어내려 애썼다.

"글쎄, 전시회 준비 때문에……"

아내는 말끝을 흐리며 뭔가 생각하는 눈치였다. 아마 예상치 못한 내 제의에 여러 생각이 얽히는 모양이었다. 그렇겠지, 빙하기보다 더 차가운 그동안의 결혼생활을 돌아보면 오늘의 내 제의는 뜻밖이고 당황스러울 것이다.

딱 잘라 거절하자니 아쉬움이 남을 것이고 그렇다고 덥석 좋다고 말하기에는 그동안의 냉전이 낯간지러울 것이다.

작업을 핑계로 대려던 그녀는 망설이는 듯 눈동자가 흔들리더니 곧 수줍은 웃음을 지어 보였다. 하긴 전시회 준비를 한다고 저녁 시간마다 내 얼굴을 피해 작업실에 내려간 지도 벌써이 년이 넘었다. 자신이 생각하기에도 그건 여행을 피하는 핑곗거리로 약하다는 것을 잘 알 것이다.

"시간 내볼게."

잠시 생각에 잠겨 눈을 깜박이던 아내는 곧 딱 부러지게 대답했다.

예상했던 것보다 너무 수월하게 아내의 승낙을 받아내자 마음 한구석에 희미한 그림자가 드리웠다. 강한 어조로 거절하거나 콧방귀를 뀌며 들은 척도 안 할 거라 생각했던 탓인지, 아내가 순순히 가겠다고 하자 맥이 풀릴 정도였다. 어쩌면 다행한 일이겠지, 만약 가지 않겠다고 했다면 조금은 상심한 표정으로 우리의 결혼생활에 대해 이야기하고, 다시 한번 좋았

던 때로 되돌릴 기회를 잡고 싶다는 둥 마음에도 없는 소리를
지껄여야 했을 테니까.

아내는 내가 다른 말을 더 해주기를 기대하는지 잠시 앉아
있었다. 그러나 굳게 닫힌 내 입술이 더이상 열리지 않을 것을
눈치챘는지, 어색하게 일어나 설거지를 하기 시작했다.

이제 내가 목적한 일의 첫 단계가 순조롭게 풀려가는 것을
느낄 수 있었다. 나는 흡족한 기분이 되어 다른 날과 마찬가지
로 신문을 찾아 들고 소파로 가 앉았다. 신문을 펴들었지만 막
상 여행 가서의 일을 생각하느라 머리가 복잡해진 탓에 어떤
기사도 눈에 들어오지 않았다. 아니, 눈으로는 읽고 있지만 그
내용이 뇌까지 전달되기도 전에 사라졌다. 문득 생각에서 깨
어나 신문기사의 같은 줄을 몇 번이나 되풀이해서 읽고 있음
을 깨달았다. 좀더 세심한 주의를 기울일 필요가 있다는 생각
이 들었다. 아내가 조금이라도 의심하지 않게 행동해야 한다.

차가운 밤공기라도 쐬는 게 좋을 것 같아 자리에서 일어났
을 때, 아내의 흥얼거리는 노랫소리가 들려왔다. 피식 웃음이
나올 것 같아 얼른 손으로 입을 막았다. 아내의 노랫소리를 들
어본 게 얼마 만인가. 한때는 그녀가 노래하면 나도 따라 부르
곤 했었다. 설거지하며 노래 부르는 아내의 뒷모습을 보면서
나는 별장에 도착해서 그녀를 어떻게 죽일지, 계획을 다시 한
번 찬찬히 되새겼다.

그녀의 낮은 노랫소리를 들으며 그녀가 오늘밤에는 작업실로 내려가 차가운 조각돌을 만지고 있지만은 않으리라는 것을 느낄 수 있었다.

*

"정말 완연한 가을이네……"

나는 창밖으로 스쳐가는 풍경을 바라보며 감탄하듯 말했다. 운전석에 앉은 남편이 힐끗 나를 바라보며 미소를 지어 보였다.

남편과 함께 여행을 가는 것은 정말 오랜만이었다. 결혼한 지 육 년. 처음에는 남편의 일이 바빠 여행을 미루었다. 시간이 지나면서는 함께 여행을 하기보다 각자의 일에 빠져 사는 쪽을 택했다. 그것이 서로 얼굴을 보면서 싸우고 할퀴는 일보다 나을 테니까.

사랑이 식어버리고 미운 구석이 하나둘 생기면서 나는 그와 함께 있는 순간들을 참을 수 없게 되었다. 먹을 때 쩝쩝 소리 내는 것도 싫었고 잘 때 벽이 흔들릴 정도로 요란하게 코고는 것도 견딜 수 없었다. 아니, 그의 멀쩡한 얼굴도 보기 싫었고 그와 함께 숨을 쉬는 것도 참기 힘들었다. 부부라는 이름을 겨우 유지하며 될 수 있는 한 얼굴을 피하는 형편이니 함께 여행을 떠난다는 것은 상상할 수도 없는 일이었다.

물 먹인 창호지에 갖가지 물감이 번진 것처럼 가을 산의 색채는 뭐라 말할 수 없이 화려했다. 그러나 그런 아름다운 경치도 시야에 들어오지 않았다. 창밖의 가을 풍경을 보며 둘만의 여행을 즐기는 것처럼 행동하고 있지만 그것은 남편의 의심을 사지 않기 위해서일 뿐이다. 지금 내 머릿속은 풍경 따위나 감상할 여유가 없었다. 풍경 같은 것은 언제라도 기다려줄 것이다. 그 일이 끝난 후에.

처음 남편이 여행 가자는 이야기를 꺼냈을 때, 나는 습관처럼 거절의 대답이 나오려는 것을 재빠르게 억눌렀다. 머릿속이 갑자기 반짝하더니 오랫동안 생각해오던 그 일을 치를 기회가 왔음을 깨달았던 것이다.

이런 기회를 만들어주다니, 나는 하마터면 남편의 목에 팔을 감고 매달릴 뻔했다. 물론 그렇게 했더라도 남편은 아무런 의심도 하지 않았을 것이다. 아마도 여행을 가게 된 것이 기뻐서 어쩔 줄 모르는 아내의 모습으로 비쳤을 테니까.

남편이 커피 한 잔을 부탁했을 때 나는 그의 커피를 타면서 증거가 남지 않는다는 약품을 떠올리고 있었다. 그 약품 이름이 무엇인지 알면 그가 마시는 커피에 알맞게 타서 줄 텐데……

그는 커피를 마신 후에도 한동안 눈을 내리깔고 말이 없었다. 눈치로 봐서 무언가 할말이 있는 듯해 가만히 기다렸다.

사실 그가 여행을 가자는 얘기를 꺼냈을 때 나는 잠깐 혼란스러웠다. 도대체 이 남자가 무슨 꿍꿍이로 이런 제의를 하는 것일까? 식어버린 관계를 다시 되돌려보고 싶다는 얘기인가?

'당신이란 사람은 늘 그 모양이야. 늘 너무 늦게 바로잡으려고 하지…… 이미 엎질러진 물인 줄도 모르고……'

나는 그런 생각을 하면서도 겉으로는 남편의 제의에 감동한 표정을 지어 보였다. 내 연기가 완벽했는지 그는 나의 반응이 뜻밖이라는 표정이었다. 그동안 무슨 이야기든 시작되었다 하면 서로를 할퀴고 물어뜯고 괴롭히는 데 익숙해 있었으니 그럴 만도 했다.

마음속에 품어오던 그 생각만 아니라면 나는 남편의 얼굴에 손가락을 들이대며 당신 같은 인간과 그럴 애정이 남아 있다고 생각하느냐며 매몰찬 소리를 퍼붓고 작업실로 들어가버리고 말았을 것이다.

그러나 그렇게 뿌리치기에는 너무나 좋은 기회였다. 이런 기회를 먼저 만들어주다니, 설거지하는 동안 저절로 콧노래가 나올 지경이었다.

나는 가슴속에 품은 계획을 숨기기 위해서라도 남편의 흥분에 적당히 보조를 맞추기로 마음먹었다. 여행 일정이 잡히자 여러 가지 생각으로 머릿속이 복잡해졌다. 남편이 아무런 의심도 하지 않도록 세심하게 신경을 쓰고 언행을 조심했다.

그 며칠 동안 마음 깊은 곳에서 수많은 생각이 피어올랐다가 사라졌다. 어떤 방법을 쓰는 게 좋을까? 알리바이는? 남편을 죽인 후 뒤처리는 어떻게 하지?

마음속에 하나씩 살인계획을 만들어가면서도 나는 용의주도하게 그것을 숨겼다. 그러면서 몇 년의 결혼생활을 다 합쳐도 모자랄 정도의 애정과 성의를 담아 남편의 식사를 준비하고 시중을 들었다. 어차피 며칠 살지도 못할 사람, 남편이라는 이름으로 그동안 같이 살았으니 이 정도는 해주는 게 도리 아니겠어, 이것이 솔직한 심정이었다.

그는 나의 이런 마음을 전혀 눈치채지 못한 채 마냥 행복하게 여행을 기다리며 부풀어 있었다.

*

여행 이야기를 꺼낸 이후로 아내의 얼굴에 밝은 생기가 감도는 것을 느낄 수 있었다. 예전과 다르게 저녁식사에도 아내의 정성이 느껴졌다. 대충 시늉만 한 음식이 아니라 정성이 깃든 음식이라는 것을 바로 알 수 있었다. 따뜻하고 정감 어린 시선으로 나를 바라보는 아내의 눈에서는 행복한 기운이 넘치고 있었다. 여자들의 단순함이란. 속으로 냉소를 지으면서도 겉으로는 다정한 얼굴로 아내를 대해주었다. 며칠 동안 봉사

하면 이 지겨운 결혼생활도 끝일 테니까.

무미건조한 결혼생활이 끝없이 이어지던 언제부턴가 마음속에 스며 있던 증오와 미움이 하나둘 서로 엉겨 형체를 띠더니 나에게 살인이라는 단어를 떠올리게 했다. 나는 조심스럽게 많은 가능성을 궁리했고 치밀한 준비를 했다. 이제 그 계획을 실천하기 위해 여행을 제의했고 아무것도 모르는 아내는 몇 년 만에 처음으로 행복한 표정을 지었다. 행복해하는 아내의 얼굴을 보자 마음 한구석에 작은 틈이 생기기 시작했다. 그러나 그렇게 흔들리는 마음도 잠시, 곧 즐거운 상상으로 빠져들면서 어서 빨리 혼자만의 생활을 즐기고 싶었다.

처음부터 잘못된 결혼이라고 말하고 싶지만 사실 출발은 썩 좋은 편이었다. 남들이 보기에 부러워할 만한 미모와 재능을 갖춘 아내. 영호라는 친구의 요청에 못 이겨 전시장에 따라갔다가 그녀를 만났다. 영호는 그녀에게 반했으면서도 그때까지 말도 못 붙여본 상태였다.

세상일이란 그렇게 작은 우연으로 필연을 만들고 운명을 만든다. 그 운명이 나를 괴롭히는 함정이었다는 것을 안 것은 한참 후의 일이었다. 보기와는 달리 그녀는 차갑고 이기적인 여자였다. 남편인 나에게조차 속마음을 내보이지 않고 늘 한 꺼풀 껍질을 쓰고 있는 것처럼 보였다. 결혼한 지 벌써 몇 년이 지났지만 그녀가 어떤 여자인지 알려달라면 아직도 어떤 말을 해야 할지 잘 모르겠다.

언젠가 부모님이 계시는 시골집에 갔던 일이 생각난다. 두 노인네가 여전히 과수원을 일구는 터라 아침 일찍 일어나면 늘 아내와 나 이렇게 둘만 집에 남아 있었다.

어느 날 아침잠에서 깨어나 마당으로 나가보니 아내가 손바닥에 무엇인가 올려놓고 있었다. 밤사이 죽은 참새 같았는데, 그걸 내려다보는 아내가 무슨 생각을 하는지 알았다면 바로 고개를 돌렸을 것이다.

그녀는 죽은 참새를 손바닥에 올려놓고 가만히 보다가 대문 옆에 묶어놓은 커다란 개를 쳐다보았다. 갑자기 그녀의 눈빛이 반짝 빛났다. 그러더니 손바닥에 있던 참새를 개를 향해 던졌다. 개는 아내가 던져준 참새를 덥석 물더니 곧 뼈를 으걱거리며 삼켜버렸다. 마치 닭에게 모이를 주듯 아무렇지도 않게 개를 쳐다보는 아내를 보고 있자니 뱃속이 메슥거렸다. 내가 결혼한 여자가 이렇게 잔인하고 섬뜩한 여자였다니, 그 순간 마음속에 남아 있던 얇은 애정이 한순간 무너져내리는 것을 느꼈다.

그날 아침 부모님이 돌아오고 아내가 차린 밥상에 온 가족이 앉았을 때, 나는 그녀의 얼굴을 볼 수가 없었다. 그녀가 차린 밥상 역시 내게는 죽은 참새처럼 보였다. 그후로 나는 아내를 사랑할 수 없었다.

내 친구들은 아내의 그런 숨겨진 모습을 모른다.

이따금 모이는 부부동반 회식 자리에서 그녀는 늘 인기가 있었다. 다른 부인들과는 달리 동창들과 말이 통했다. 국제정세와 경제의 영향, 증권가의 숨겨진 이야기 같은 다양한 화제. 거기다가 남자들의 진한 농담도 능숙하게 받아넘기는 말솜씨까지……

"난 모임이 있기 며칠 전부터 집사람 교육시킨다고. 하다못해 신문의 큰 글자라도 좀 보라고 말이야. 그것도 안 되면 아예 입을 다물고 있든지…… 자네는 이런 기분 모를걸? 마누라가 무슨 멍청한 소리라도 지껄이지 않을까 내내 조마조마해서 곁에서 지키고 있어야 하는 이 기분…… 자네가 부러워, 아이들도 엄마 머리를 따라간다고 하던데……"

언젠가 모임이 끝난 후, 친구가 내게 이런 얘기를 할 정도였다. 그래, 모든 것을 다 갖춘 여자지. 그러나 그런 완벽한 모습 뒤에 숨겨진 잔인하고 냉혹한 얼굴을 안다면, 그래도 내가 결혼을 잘했다고 말할 수 있을까?

가끔 나는 친구가 좋아하던 여자를 빼앗은 형벌로 그런 마녀와 결혼을 하게 된 것은 아닐까 생각해보기도 한다. 차라리 그때 나를 쳐다보던 그녀의 은근한 유혹의 시선을 뿌리치고 영호와 결혼할 수 있도록 적극적으로 밀어줬더라면 나 역시 그녀가 괜찮은 여자라고 생각하며 살았겠지.

아내에게 친구의 별장을 빌렸다고 말했지만 사실 친구에게
는 아무 말도 하지 않은 상태였다. 친구를 따라 딱 한 번 갔었
던 그 별장은 산 중턱 외딴곳에 있고 숲에 가려져 잘 보이지
않는다는 것, 아무리 목청껏 소리쳐도 달려올 사람 하나 주변
에 없는, 그야말로 최적의 살인 장소라는 생각에 마음 깊이 그
곳의 지형을 새겨두었던 것이다.

다행히도 아내는 나의 여행 제의를 순순히, 그것도 즐거운
마음으로 받아들였기에 계획에는 차질이 없었다. 모든 게 만
족스러웠다.

여행을 가기로 한 그날부터 아내는 딱 부러지고 따지는 것
같은 말투를 버리고 포근하고 다정하게 말을 건네기 시작했
다. 180도 달라진 아내의 태도에 마음이 흔들리기는 했지만
그렇다고 오랫동안 준비한 살인계획을 포기할 생각은 추호도
없었다.

*

남편은 내가 무슨 생각을 하는지도 모른 채 행복한 웃음을
지으며 별장을 올려다보았다. 사람의 손길이 닿지 않은 탓에
어수선한 구석은 있었지만 먼지만 털어내면 제법 운치를 느낄

수 있는 곳이었다.

　도로를 벗어난 후로도 한참을 더 들어와야 하는 이 별장 주변은 그야말로 산이 전부였다. 풀벌레 소리와 나뭇잎이 서로 몸을 비벼대는 소리, 이따금 비명을 질러대는 산새의 높은 목소리만 들릴 뿐 어디에도 사람의 모습은 보이지 않았다.

　나는 사람의 손길이 닿지 않은 곳에 남편과 단둘이 있다는 사실이 새삼 생생하게 느껴졌다. 갑자기 손끝이 저려왔다. 긴장을 하면 늘 이렇게 손끝이 저린다. 이렇게 바보처럼 행동하면 안 돼.

　"정말 오기를 잘했어. 이 공기……"

　나는 과장되게 포즈를 취해가며 깊게 숨을 들이마시고 가을빛으로 물들어가는 산을 바라보았다. 자동차 트렁크에서 짐을 꺼내던 남편이 흐뭇한 표정으로 나를 쳐다보는 것이 보였다.

　한순간, 기울어가는 가을 햇살 아래 서 있는 남편의 얼굴이 빛나 보이는 듯 느껴져 나는 고개를 저었다. 남편을 처음 만나 사랑을 느끼던 그때의 그 기분이 바로 이랬다. 죽으려고 여행에 동행해놓고 이게 무슨 일이람. 나는 갑작스럽게 솟아나려는 감정을 억누르기 위해 잠시 눈을 감았다. 낯선 곳에 있어서 그런지 모든 게 새롭게 보여 잠시 머릿속이 어떻게 된 모양이다. 정말 손톱만큼도 애정이 남지 않은 남편의 얼굴이 새삼 나를 설레게 하다니, 말도 안 되는 얘기였다.

다시 눈을 뜨자 남편이 양손에 가방을 들고 걸어오는 모습이 보였다. 나는 재빨리 웃음을 지어 보이며 다가갔다.

"당신, 언제 이런 곳에 왔었어?"

다정스럽게 다가서는 내 태도에 남편의 표정이 미묘하게 변했다. 아마도 내 말이 추궁하는 것처럼 들린 모양이었다. 며칠 동안 잘 참아왔는데 굳이 손톱을 세울 필요는 없지. 나는 다시 미소를 지으며 그의 눈을 빤히 바라다보았다. 그와 눈길이 마주치자 나는 찡긋 웃어 보이고 고개를 들어 주변을 둘러보았다.

"정말 아무도 없네…… 사람이라고는……"

"벌써 서울이 그리운 거야?"

"아니. 나 가끔, 나이들어 굳이 서울에 있어야 할 이유가 없어지면 이런 곳에 와서 살고 싶었어. 좋잖아? 아무 생각 없이 그저 산이나 바라보며 하루를 보내고……"

정말 그럴 수 있을까? 문득 늙은 모습으로 양지에 앉아 젊은 날의 추억을 되새기며 하루를 보내는 자신을 상상해보았다. 아마도 이번 여행이 가장 큰 추억거리가 되겠지. 일생에 단 한 번 완벽하고 은밀한 혼자만의 살인사건을 되새기며 미소 짓는 노인네.

나도 모르게 웃음이 새어나오는 것을 느끼며 남편이 들고 있는 짐을 받으려고 손을 내밀었다.

"괜찮아, 당신은 좀 쉬라고."

문득 남편의 표정 어딘가에 어색한 긴장이 느껴졌다. 내가 너무 다정한 척해서 그의 의심을 산 것이 아닌가 하는 생각이 들었다. 이 정도로 눈치챌 예민한 성격이 아닌데, 하면서도 한 편으론 초조해지는 기분을 느꼈다. 그래, 이건 평소의 내 모습이 아니야. 좀 냉정해질 필요가 있다.

"당신, 기분이 안 좋아?"

"아니야, 차를 오래 운전했더니 좀 피곤해서."

"그래, 짐만 옮겨놓고 좀 쉬어. 나머지는 내가 다 알아서 정리할게."

그는 내 말을 듣는 둥 마는 둥 하면서 굳이 자기가 가방을 들고 별장 안으로 들어갔다.

거실 한편에 짐을 내려놓는 남편을 바라보다가 별장 안의 방들을 둘러보았다. 영화에 나올 법한 거창한 장식으로 치장되어 있는 실내가 아니라 오히려 마음이 편했다. 통나무로 만든 집은 사실 별다른 장식이 없어도 충분히 아늑한 휴식처처럼 보였다.

남편이 잠시 산책 나간 사이, 나는 주방 여기저기를 뒤져 식사 준비를 하기 시작했다. 보글보글 끓는 찌개의 간을 보며 오늘을 남편을 위한 마지막 만찬일로 정할까 하다가 곧 생각을 바꾸었다. 여행 온 첫날 바로 일을 저질러버린다면 그가 가질 수 있는 마지막 추억이 너무 초라하다는 생각이 들었다.

저녁을 준비하면서 나도 모르게 기분이 좋아져 모처럼 콧노래를 흥얼거렸다. 하긴 생각해보니 요 며칠 계속 콧노래를 흥얼거리며 살고 있었다. 조각을 할 때나 남편의 와이셔츠를 다릴 때. 역시 사람은 목표가 생기면 즐거운 법인가보다. 이제 그 목표를 이룰 수 있는 시간이 다가오자 짜릿한 흥분이 느껴질 정도였다. 나는 식탁에 찌개 냄비를 내려놓고 산책 간 남편을 찾으러 나갔다. 어리석을 만치 순진하고 어수룩한 나의 남자를.

*

오랜만에 공기 맑은 곳에 온 덕분인지 머릿속까지 맑아지는 기분을 느끼며 나는 천천히 숲을 걸었다. 이미 오래전에 떨어져 이제는 사그라지기 시작한 낙엽들과 그 위로 철 이르게 떨어진 단풍들이 발목을 잠기게 할 만큼 수북하게 쌓여 마치 카펫 위를 걷는 것처럼 푹신했다.

육 년 동안 천천히 떨어지는 낙수처럼 내 가슴속에 쌓여온 증오와 미움이 갑자기 흔들리기 시작한 이유는 무엇일까? 나는 가슴속에 차오르던 살의마저 조금씩 증발하게 만드는 그것이 더이상 나를 감싸지 않도록 마음을 다져먹었다. 여기까지 온 이상 계획을 포기할 수는 없다. 만약 이대로 다시 서울로 돌아간다면 또다시 아내의 그 차갑고 무표정한 얼굴을 보며 살아야 하고, 지겨운 날들이 언제까지고 계속될 것이다. 내가 미쳐버릴 때까지.

나는 다시 한번 머릿속에 계획한 일들을 떠올려보았다. 그 것은 약해지는 마음을 다잡기 위한 자기암시 같은 것이었다. 나는 내 할일만 생각하고 그 일을 실행할 것이다. 이 잠깐의 흔들림은 곧 사라질 것이다.

이 여행의 최종목적은 아내의 죽음이다. 나는 조심스럽게 숲길을 더듬어 몇 번이고 마음속에 그려보았던 장소에 이르렀다. 그곳은 오래전 산사태라도 난 듯 한 부분이 무너져내려 벼랑을 이루는 곳이었다.

'단순한 게 좋아. 함께 산책이라도 하자고 하면서 데려오면 아내도 아무런 의심을 하지 않겠지. 그리고 여기까지 왔을 때 그대로 밀어버리는 거야. 그뒤 내가 할일이라고는 죽은 아내의 몸을 묻고 조용히 돌아가는 거지.'

나는 붉은 흙이 그대로 드러난 벼랑 끝에 서서 아래를 바라보며 회심의 미소를 지었다.

멀리서 아내가 부르는 소리가 들렸다. 그녀의 목소리를 듣는 순간 갑자기 허기가 느껴졌다. 나는 몸을 돌려 아내가 마련해둔 맛있는 저녁을 먹기 위해 별장으로 향했다.

저녁식사를 마치고 나자 아내와 나는 아무런 할일이 없었다. 신문도 없고 텔레비전도 없으니 그저 별장 안을 둘러보는 게 고작이었다. 아내를 밖으로 끌어내 산책을 하자고 하기에도 너무 늦은 시각. 나는 말없이 담배를 피워 물고는 멀리서 들리는 산새의 울음소리에 귀를 기울였다. 창밖은 어느새 아무것도 보이지 않는 어둠뿐이었다.

설거지를 끝냈는지 주방이 조용해지더니 아내가 간단한 안주와 술을 가지고 나왔다. 그녀는 내 맞은편 소파에 앉아 나에게 술잔을 내밀었다.

"산속이라 그런지 조금 추워진 거 같지?"

"불이라도 피울까?"

아내가 고개를 끄덕이는 것을 보고 나는 밖에 쌓여 있던 장작을 가져왔다. 불이 없을 때는 초라하게만 보이던 벽난로가 장작불이 붙으니 마술처럼 달라 보였다. 벽난로의 불은 별장 안을 분위기 있게 만들어주었다. 아내가 슬며시 일어나 전깃불을 끄는 것이 보였다. 또다시 작은 물결이 내 가슴을 두드렸다. 기분을 내기 위해 불을 끈 아내는 가만히 내 곁에 다가와 앉았다. 흔들리는 불빛으로 시선을 돌렸지만 아내의 향수 냄새를 막을 수는 없었다. 한순간 정신이 아득해지는 기분이 들었다. 나는 곧 몇 번이고 상기하고 다짐하던 계획을 생각해내려 애썼다. 그렇게 오래 생각하고 또 생각하던 일인데, 조금 전까지만 해도 생생하게 떠올릴 수 있던 계획인데 지금은 아무것도 떠오르지 않았다. 모든 것이 희미하게 뿌연 안개 속으로 사라진 것 같았다. 날카롭게 세우고 있던 칼날이 어느 틈엔가 녹이 슬어가는 듯한 위기감이 들었다. 이러려고 온 게 아니야, 난 아내를 죽이기 위해 아무도 없는 이 한적한 숲에 온 거라고.

머릿속으로 아무리 소리쳐보아도 그 말은 빈 항아리에서 울리는 것처럼 공허할 뿐이었다. 증오와 미움은 마음속에 그대로 있었지만 무언가 내 마음을 잡아당기는 것이 있었다. 아직은 때가 아니라고, 내일, 아니 모레쯤이 좋을 거라고 나를 유혹하는 소리였다. 그러나 그 소리마저 아내의 젖은 눈동자를 보는 순간 허공으로 날아오르는 불꽃처럼 사라져버렸다.

*

무사히 남편을 재웠다. 남편이 고른 숨을 내쉬는 것을 보고 나는 곧 침대에서 일어나 거실로 나갔다. 머릿속이 혼란스러워 잠을 잘 수가 없었다. 왜 갑자기 남편을 유혹할 마음이 생긴 것일까? 그의 얼굴을 보기만 해도 답답하고 온몸에 소름이 돋는 기분이었는데, 무슨 일이 생긴 거지?

이미 다 타버린 장작불은 검은 흔적만 남기고 있었다. 벽난로 앞에 앉아 멍하니 재가 된 장작불을 바라보다가 부지깽이로 잿더미를 헤치기 시작했다. 이놈의 장작불이 말썽이었던 거야. 벽난로에서 불꽃 튀는 소리를 내며 타던 장작불이 내 기분을 이상하게 만들어놓은 거야. 앞으로는 그런 일이 없을 거야. 없어야 하고말고.

다 타버린 줄 알았던 잿더미 속을 헤집자, 그 안에 들어 있던 불꽃이 다시 타오르기 시작했다. 아마 내가 쑤석거린 덕에 공기가 들어가 아직 남아 있는 불씨를 당긴 모양이었다.

나는 다시 머릿속이 텅 비는 것 같은 기분을 느끼며 벽난로에 희미하게 남아 타고 있는 불씨를 바라보았다. 어쩌면 남편과 나 사이도 이 장작불처럼 새롭게 타오를 계기가 필요했는지 모른다는 생각이 들었다. 이미 다 타버려 조금의 애정도 남지 않은 줄 알았지만 그 잿더미 속에서 아직 희미하게 불씨가 남아 있었던 게 아닐까? 나는 머릿속이 혼란스러웠다. 남편만 생각하면 그렇게 밉고 치가 떨렸는데, 단지 남편을 죽일 기회가 생겼다는 이유로 그와의 여행에 동행한 것이었는데…… 그동안의 미움은 다 위선이었단 말인가?

그가 노리는 것이 바로 이런 것이었다면 그는 목표달성을 한 것이다. 하지만 나는…… 난 여기 뭐하러 왔지? 문득 그에게 품었던 살의가 아주 먼 과거의 일, 어쩌면 꿈속에서의 짧은 희망이었을지도 모른다는 생각이 들었다. 다시 화해의 손길을 내민 남편의 조심스러운 모습을 떠올리자, 어쩌면 그에게 다시 한번 기회를 주는 것도 괜찮지 않을까 싶었다.

희미하게 타고 있는 불씨 위로 몇 개의 장작을 올려놓자 불은 다시 거실을 은은하게 비출 만큼 타오르기 시작했다.

*

단 며칠 사이에 사람의 마음이 이렇게 쉽게 바뀔 수 있다니, 나는 아내의 발그스레한 얼굴을 바라보며 몇 년 동안 느껴보지 못했던 행복감에 젖어들었다. 무작정 아내를 지겨워하고 미워하던 그동안의 시간들이 사실은 너무도 이기적이었다는 생각이 들 정도였다.

난 내 생각만 하느라 한 번도 아내의 생각이나 감정을 돌아보지 않았다. 어쩌면 그런 이기적인 생각들이 아내와 나를 멀어지게 만들었던 것은 아닐까?

"무슨 생각을 그렇게 해?"

침대에 누워 있던 아내가 나의 눈길을 느끼고 고개를 돌렸다. 지난 며칠 동안 우리는 밖에 있는 시간보다 침대에서 보내는 시간이 더 많았다. 허기를 느끼면 누가 먼저랄 것도 없이 주방으로 나가 적당히 먹을거리를 챙겨서 다시 침대로 돌아오곤 했다.

창밖을 보니 벌써 날이 어두워졌는지 주위가 캄캄했다. 아내의 흐트러진 머리칼을 만지며 벽시계를 올려다보았다. 이제 겨우 네시가 지났을 뿐이었다. 아무리 산이라고 하지만 아직 해가 지려면 시간이 있었다. 늘어진 커튼을 들추고 밖을 보니 하늘 위로 시커먼 구름들이 가득 자리를 차지하고 있었다.

"비가 오려는 모양인데?"

"올 테면 오라지 뭐."

아내는 졸음이 오는지 나른해진 목소리로 대답했다. 나 역시 아내만큼 지치고 나른해진 터라 잠시 오수를 즐기기 위해 눈을 감았다. 아내에게 팔베개를 해주던 오른쪽 팔이 서서히 저려왔지만 그녀를 깨울까봐 움직일 수가 없었다. 매끄러운 아내의 피부를 어루만지며 나도 잠으로 빠져들었다.

잠을 자는 사이에도 의식은 그대로였다. 아, 지금 꿈을 꾸는구나 하고 인지하는 미묘한 상태에서 누군가 나의 얼굴을 어루만지는 것이 느껴졌다. 그 손길은 섬뜩한 느낌이 들 정도로 차가운 기운을 담고 있었다. 가슴 한쪽이 서늘해질 만큼 오싹함을 느끼며 퍼뜩 잠에서 깨어났다. 얼굴 위로 차가운 물방울이 떨어지고 있었다.

침대 바로 위 천장에서 일정한 간격을 두고 떨어지는 물방울이 보였다. 어, 왜 저기서 물이 떨어지는 거지? 의아한 생각이 들어 고개를 들었다. 그제야 창을 두드리는 빗소리를 들을 수 있었다.

잠든 새 비가 내리기 시작한 모양이다. 비가 제법 무거운 소리를 내며 떨어지고 있었다. 고개를 돌려 창밖을 보다가 더이상 참을 수가 없어 침대에서 일어났다. 얼굴이 흥건하게 젖을 정도로 천장에서 떨어지는 물의 양이 많아지고 있었다. 휴가 때만 내려와 사용하는 집이라 아마 친구도 지붕이 새는 것을 몰랐으리라.

"비가 새는데?"

내가 움직이는 바람에 눈을 뜬 아내는 내 얼굴과 천장을 바라보더니 피식 장난기 섞인 웃음을 지어 보였다.

"무슨 별장이 이래? 당신 친구한테 수리했는지 물어보고 오지 그랬어?"

"그냥 누워 있어. 나가서 어떻게 된 건지 보고 올 테니까."

"비가 이렇게 내리는데?"

아내는 걱정이 되는지 창밖으로 거세게 쏟아지기 시작하는 빗줄기를 바라보았다.

"그렇다고 손놓고 있을 수도 없잖아. 이러다 침대가 다 젖을 텐데……"

나는 따라 나오려는 아내를 떼어놓고 밖으로 나왔다. 밖에 나와보니 비는 생각보다 더 거세게 내리고 있었다. 한 번도 이런 일을 해보지 않은 나로서는 아무리 쳐다보아도 지붕 어디가 잘못된 것인지 알 수가 없었다.

어떻게 할까 망설이다가 벽 한쪽에 세워둔 장작더미가 비에 젖어드는 것을 발견했다. 저녁에는 좀더 많은 장작을 피워야 할 텐데, 비에 젖은 몸이 벌써 으슬으슬 추워지고 있었다. 우선 장작만이라도 안으로 들여놓아야겠다는 생각이 들었다. 장작은 이미 빗물에 흠뻑 젖어 꽤 무거워 보였다. 비에 젖은 몇 개의 장작을 걷어내고 안쪽에 있는 장작들을 골라 집안으로 가지고 들어왔다.

"지붕은 고쳤어?"

어느새 저녁 준비를 위해 주방으로 나온 아내가 물었다.

"어디가 잘못됐는지 알아야지……"

"어떡하지? 그대로 두면 침대가 다 젖을 것 같은데……"

불을 피우기 위해 장작을 쌓아놓고 침실로 들어가보니 이미 이불을 걷어놓은 상태였다. 아무래도 침대를 다른 쪽으로 옮겨놓아야 할 것 같았다. 한참 낑낑거리며 침대를 옮기고 있는데 창밖이 번쩍하더니 곧 천둥소리가 들렸다. 바람에 날아온 낙엽들이 유리창에 붙었다가 떨어지는 모습이 보였다.

"이거 웬 날씨가 이 모양이지?"

조금 전 맞은 비 때문인지 다시 온몸에 소름이 돋기 시작했다. 서둘러 벽난로에 불을 피우고 아내가 끓여준 뜨거운 차를 마시자 몸이 조금 풀리는 것 같았다.

"당신은 몸이 너무 약해. 비만 맞아도 금방 감기가 들고, 조금만 힘들어도 몸살이 나고…… 아무래도 서울에 올라가면 보약 한 재 지어먹어야겠어."

아내는 걱정이 되었는지 벽난로 앞에 담요를 쓰고 웅크린 나를 보며 말했다. 나를 걱정하는 아내의 따스한 말을 들어본 지가 언제였던가? 나는 문득 이렇게 여행을 오게 된 것이 정말 다행이라고 생각했다. 처음의 목적이야 어찌되었든 말이다.

깔깔한 입맛 때문에 저녁을 거의 먹지 못하고 병든 닭처럼 한쪽 구석에 쪼그려앉아 신음소리를 참아내고 있는데, 이마를 만져보던 아내가 놀라서 눈이 둥그레졌다.

"안 되겠어. 아까 비 때문에 당신 감기가 심하게 든 모양이야."

괜찮다고 이야기하고 싶었지만 내 입에서 나온 건 신음소리뿐이었다. 아내의 얼굴이 겹쳐 보이더니 그녀의 말소리마저 웅웅거리는 벨소리처럼 들려왔다.

"저 아랫마을에 가서 사람을 불러올게. 가능하면 구급차를 부르든지…… 아무튼 이대로 있다간 큰일나겠어."

아내는 바로 일어나 재킷을 입고 밖으로 나갔다. 짧은 순간 차가운 바람이 들어왔다가 사라졌다. 비바람이 심한 밤에 낯선 길을 헤매는 건 위험하다. 나는 아내를 불러 세우려 했지만 이미 나간 뒤였다. 아내가 나를 그렇게 걱정한다니, 아내에게 살의를 품었던 나 자신이 새삼 부끄러웠다.

*

별장에서 나와서야 생각보다 길이 어둡고 비바람이 심하다는 것을 알았다. 처음으로 운전을 배우지 않은 나의 게으름을 원망했다. 이럴 때 자동차를 타고 내려가면 좋을 텐데, 이 비바람을 뚫고 마을까지 걸어 내려가야 하다니. 하지만 다시 집 안으로 들어갈 수는 없었다. 지금 남편에게 의지가 되는 사람은 나밖에 없다. 나는 용기를 내서 마을로 내려가기 위해 걸음을 옮겼다.

별장으로 들어오며 보았던 마을까지 가려면 적어도 이십 분은 걸어야 할 것이다. 혹시 다른 방법은 없을까? 지름길이라도……
그때 갑자기 어제 산책길에 보았던 어느 집이 생각났다.

남편은 모르고 있었지만 마을 반대편 산 아래쪽에 집이 한 채 있었다. 그 집 앞에는 낡은 트럭이 서 있었다. 그래, 그 집 사람에게 트럭을 타고 가서 의사를 불러달라 부탁하고 나는 다시 남편 곁으로 돌아오는 거야. 생각을 정리한 나는 곧 그 집을 찾기 위해 숲으로 들어갔다.

비바람으로 흔들리는 나무들 사이로 길을 찾는 일이 쉽지는 않았지만 다행히 저 너머 그 집의 불빛이 보였다. 조금만 가면 사람들을 부를 수 있으리라. 나는 조급한 마음을 참지 못하고 발걸음을 서둘렀다. 숲을 벗어나자 눈앞에 더 가까이 외딴집의 불빛이 보였다.

반가운 마음에 달려가던 나는 순간적으로 발이 허공에서 헤매는 것을 느꼈다. 갑자기 땅 밑이 꺼지는 기분을 느끼면서 그제야 내가 벼랑으로 떨어지고 있다는 것을 알았다.

너무 짧은 순간이라 아무 생각도 나지 않았지만 단 한 가지가 머릿속에 분명히 떠올랐다. 함께 산책을 나왔던 날 남편은 이런 곳에 벼랑이 있다는 말을 하지 않았다. 어쩌면 그도 모르고 있었겠지.

어쩐다, 남편은 나만 기다리고 있을 텐데. 내 온몸이 땅에 부딪치는 순간 두 번 다시 남편에게 돌아가지 못할 것이라는 생각이 들었다. 그리고 혹 이것이 내가 남편을 죽이려는 마음을 품었던 것에 대한 벌인지도 모른다는 생각……

아내가 나간 지 얼마나 되었는지 모른다. 그동안 시간은 제멋대로 멈추기도 하고 빙글빙글 돌기도 하면서 내가 끙끙 앓고 있는 것을 지켜보는 것만 같았다. 겨우 정신을 차려 눈을 뜨니 어느새 벽난로의 장작불이 꺼져 있었다.

다시 불을 지피기 위해 장작을 던져놓고 나자 문득 아내가 늘 가방 속에 넣고 다니는 진통제 생각이 났다. 두통이 있는 아내는 수시로 찾아드는 통증을 이기려고 늘 가까이에 진통제를 두었다. 왜 이제야 그 생각이 떠올랐을까? 진작 그 생각을 했더라면 아쉬운 대로 잠을 청하고 아침에 마을로 갈 수 있었을 텐데……

나는 두 발을 끌다시피 하여 아내의 핸드백을 찾았다. 핸드백 속에는 생각했던 대로 약봉지가 들어 있었다. 이거라면 아내가 사람들을 불러올 동안 통증을 가라앉혀주겠지. 이빨이 덜덜 떨리는 이 추위까지도……

약을 먹고 조금씩 불이 붙기 시작하는 장작을 보자 안심이 되었다. 이제 아내가 돌아오기만 하면 된다. 그런데 왜 이렇게 졸린 거지? 벌써 약효가 나는 것일까? 온몸이 나른해지면서 참을 수 없이 졸음이 쏟아졌다.

아내가 오기를 기다리며 나는 다시 한번 서울에 돌아가면 이전과는 다른 결혼생활을 하겠다고 다짐했다. 나를 위해 비바람을 뚫고 마을로 뛰어가던 아내를 생각하자 새삼 아내에 대한 애정이 샘솟는 것을 느꼈다.

아내의 핸드백에서 찾아낸 약이 진통제가 아니라는 사실을 알지 못한 채, 그리고 아내가 다시는 돌아올 수 없다는 것도 까맣게 모른 채, 나는 아내가 돌아왔을 때 깨어 있으려 안간힘을 다하고 있었다. 그런데 이 약은 왜 이렇게 쓴 거지?

그녀만의 테크닉

진아는 운전중에도 누군가 자신의 뒤를 쫓는 게 아닌가 싶어 자꾸만 룸미러를 힐끔거린다. 몇 번이나 확인했지만 그녀의 자동차를 뒤따라오는 수상쩍은 차는 보이지 않는다. 그녀는 룸미러를 약간 아래로 기울인다. 뒷좌석에 누워 있는 경민은 아직도 깨어나지 않았다.

그는 상상도 못했으리라. 자리에서 일어나 커튼을 걷고, 머리를 긁적이며 욕실로 들어가 양치를 하는 평범한 하루를 시작하면서 오늘 자신이 납치될 거라는 예감은 갖지 못했겠지. 그건 남자를 납치한 진아도 마찬가지다.

경민의 얼굴을 마주하기 전까지 그녀 역시 그날이 오늘이 될 것이라고는 생각도 못했다. 물론 그를 만나야겠다는 생각은 했다. 그를 만나서 이야기해야겠다고, 뜨거운 불 위를 맨발로 걷고 있는 것 같은 고통스러운 날들 속에서 그만이 유일한 위안이라고, 제발 이 힘든 시간들을 이겨낼 수 있도록 곁에 있어달라고 말하고 싶었다. 하지만 그녀는 단 한마디도 경민에게 건네지 못했다.

'장항'이라고 적힌 이정표가 눈에 들어온다. 진아는 힐끗 계기판 옆의 시계를 본다. 다섯시를 넘어서고 있다. 서해안고속도로는 걱정했던 것보다 한산하다. 덕분에 서울을 출발한 지 세 시간도 되지 않아 장항을 눈앞에 두고 있다. 목적지인 변산의 별장까지는 한 시간이 채 걸리지 않을 것이다. 어쩌면 너무 속력을 내고 있는지도 몰라, 그녀는 그제야 줄곧 과속으로 달려왔다는 것을 깨닫고 속도를 늦춘다. 얼마나 힘껏 운전대를 잡고 있었는지 손아귀가 뻐근하다.

진아가 경민을 만난 것은 점심시간이 막 지난 한시경이었다. 경민은 직장동료들과 함께 점심을 마치고 돌아오는 길이었다. 음담패설이라도 주고받듯 가볍게 낄낄거리며 걸어오던 경민은 주차장에 세워진 그녀의 차를 발견하자 표정이 굳어졌다. 순간적으로 그의 얼굴에 스치는 표정을 읽어버린 그녀는 조수석에 놓아둔 핸드백에 손을 집어넣었다.

굳어 있던 그의 얼굴이 조금씩 난감함과 짜증으로 바뀌어갔다. 진아는 그의 표정이 변하는 것을 바라보며 심한 분노를 느졌다. 한동안 보지 못한 사이 그의 모습은 많이 바뀌어 있었다. 가볍게 웨이브 진 머리는 그의 취향이 아니다. 그에게 무슨 변화가 일어난 것일까?

경민은 한동안 운전석에 앉아 있는 진아를 노려보다 어쩔 수 없다는 듯 그녀에게 다가왔다. 그녀는 차로 다가오는 경민을 바라보며 핸드백에서 작은 갈색병을 꺼냈다. 그 속에는 코끼리도 잠재울 수 있다는 마취제가 들었다. 이 남자, 키가 크고 덩치가 있기는 하지만 코끼리와는 비교도 되지 않는 체격이니 조금만 써야겠지. 아직은 죽일 생각이 없으니까. 남자의 표정이 조금만 달랐더라도 그녀는 굳이 마취제를 꺼내지 않았을 것이다.

뒷좌석에 누워 있는 남자의 양복주머니에서 핸드폰이 울린다. 그것이 신호가 되었는지 남자의 몸이 움찔하더니 가는 신음소리를 낸다. 아마도 마취가 풀리고 있는 모양이다. 그녀는 룸미러를 통해 남자를 쳐다보며 망설인다. 이대로 두면 금방 깨어날지도 모른다. 그러면 납치되어 낯선 곳까지 끌려온 것을 알게 되겠지. 과연 어떤 반응을 보일까, 하지만 궁금하다고 해서 마취에서 깨어나게 할 수는 없다. 의식을 찾는다면 자신을 납치한 그녀에게 어떤 반응을 보일지 알 수 없으니까. 당장은 핸드폰 벨소리가 더 급하다. 날카로운 벨소리가 조금씩 그녀의 귀를 파고들어와 괴롭히더니 이제는 머릿속까지 뒤흔들고 있다.

그녀는 급하게 비상등을 켜고 갓길에 차를 세운 다음 남자의 양복주머니를 뒤져 핸드폰을 꺼낸다. 점심시간 이후 사라진 남자의 행방을 쫓아 사무실에서 건 전화겠지. 그녀는 아예 배터리를 빼버린다. 그러다 핸드폰 뒤에 붙은 스티커 사진을 발견한다.

남자는 만화처럼 핑크빛 하트에 둘러싸여 웃고 있다. 한 여자와 뺨을 맞대고. 그는 아이들처럼 유치하게 이런 것을 붙이고 다닐 타입이 아니다. 그렇다면 이 스티커 사진을 붙인 사람은 사진 속 여자일 것이다.

그녀는 새끼손톱만큼 작은 사진 속 얼굴을 유심히 바라본다. 역시 그녀의 생각대로다. 남자의 품에 안겨 뺨을 맞대고 있는 여자는 바로 그녀의 친구, 지영이다.

영악한 계집애, 혹시라도 자신의 눈에 띄게 될까봐 이렇게 배터리 뒤에 사진을 숨겨두다니. 사진을 먼저 찍자고 한 것도 지영이 틀림없다. 옛날부터 그랬다. 지영은 늘 등뒤에 숨어서 진아가 좋아하는 사람을 지켜보며 기회를 노리다가, 틈이 보이면 어김없이 그 남자를 채갔다.

웃고 있는 사진 속 지영의 얼굴을 뚫어지게 쳐다보던 그녀는 한 가지 무서운 사실을 깨닫는다. 그렇다. 지영은 이미 그녀가 이 사진을 보게 될 것을 알고 있었다. 아니, 언젠가 그녀가 이 사진을 발견하게 되길 바라며 의도적으로 사진을 찍고 여기에 붙여둔 것이다.

남자가 자신의 핸드폰에 버젓이 이 사진을 붙여둘 이유는 없다. 또 한번 지영의 계략에 넘어간 것이다. 어쩌면 지금 남자가 자신에게 보이는 그 알 수 없는 태도들도 모두 지영이 꾸민 짓 때문일지 모른다.

그녀는 지영에게 묻고 싶다. 도대체 왜 이렇게 집요하게 따라다니며 자신이 사랑하는 남자들을 유혹하는 것인지. 지영에게 넘어간 남자는 다시 그녀에게 돌아오지 않았다. 하지만 지영의 잔인함은 거기에서 그치지 않았다. 완전히 자기 손에 들어왔다고 생각한 순간, 남자들은 얼마 가지 않아 폐기처분되었다.

그녀는 누워 있는 남자의 입술을 손가락으로 더듬어본다. 까칠하게 마른 입술은 비가 내리기를 기다리는 시든 잎새 같다. 그녀는 입을 벌려 남자의 입술에 젖은 혀를 들이댄다.

남자는 마른 입술을 축이기 위해 본능적으로 여자의 젖은 혀를 빨아들인다. 한순간 남자의 입술을 적시는 샘물이라도 되어주고 싶은 기분이 든다. 하지만 남자의 팔이 움찔거리는 것을 느끼자, 그녀는 얼른 남자에게서 입술을 뗀다. 금방이라도 눈을 뜰 것처럼 남자의 속눈썹이 떨린다. 짙은 눈썹은 가지런히 정돈되었고 그 아래 시원스럽게 뻗은 콧날은 얼굴의 중심을 잡아주고 있다. 그녀는 새삼 감탄어린 눈으로 남자의 얼굴을 쳐다보다 마취제를 적신 손수건으로 다시 한번 남자를 잠재운다.

어디서부터 잘못된 것일까? 그녀를 향해 미소를 지어주던 남자는 도대체 어디로 가버린 것일까? 어느 순간부터 그녀는 남자가 자신과 얼굴 마주치는 일조차 피한다는 것을 느꼈다. 그동안의 일을 생각하면 지영이라는 존재를 가장 먼저 떠올렸어야 하는데, 왜 그 생각은 전혀 못했을까?

그녀는 자신에게 본능적으로 사람의 마음을 읽어내는 감각이 있다고 믿었다. 수십 킬로미터 지표를 뚫고 땅속 깊은 곳의 흔들림을 감지해내는 지진 탐지기처럼 자신의 감각은 예리하고 정확하다고.

한 달 전 전화를 받은 경민의 목소리에서 그녀는 자신을 지탱하고 있던 두 발 아래, 굳건하리라 믿었던 땅이 조금씩 허물어지는 느낌을 받았다. 애써 태연함을 가장하지만 뭔지 모를 불안을 안은 목소리. 하지만 그 이유를 물어볼 수는 없었다. 아니, 애써 감각을 닫아버리고, 아무 일도 아니라고 무시하고 싶었는지도 모른다.

그를 믿고 싶었다. 지금 그녀가 얼마나 끔찍하고 힘든 상황인지 누구보다 잘 아는 그가 자신에게 상처를 주는 일은 하지 않을 것이라고, 그렇게 믿고 싶었다.

하지만 그런 섣부른 믿음은 그의 핸드폰 번호가 바뀌었을 때 불안과 의혹으로 변했다. 그가 사는 오피스텔로 찾아가보았지만 이미 그 방에는 낯선 사람이 살고 있었다. 진아는 자기 앞에서 신기루가 되어 사라지려고 하는 경민을 찾아다니기 시작했다. 그리고 어렵게 경민의 회사를 알아내 오늘 그를 만나러 갔던 것이다.

이 년 전 정우를 빼앗겼을 때 결심했었다. 두 번 다시는 지영에게 그녀의 남자를 들키지 않겠다고. 소꿉친구라는 명분으로 아무때나 찾아와 가늘게 뜬 눈으로 자신의 연애사를 묻는 지영에게 몇 번 뒤통수를 맞은 뒤로 그녀는 한 치의 틈도 허용하지 않았다.

덕분에 이 남자만은 지영도 눈치채지 못할 거라고 믿었는데, 그것은 혼자만의 착각이었다. 지영은 어느새 진아의 뒤를 밟고 경민의 존재를 알아내, 그녀가 모르는 사이 핸드폰에 붙일 스티커 사진까지 뺨을 맞대고 찍는 사이가 되어 있었던 것이다.

진아는 다시 고속도로로 진입했다. 해가 지고 있었다. 어두워지기 전에 별장에 도착하려면 서둘러야 한다.

별장에 도착하니 어느새 주위가 어둡다. 진아는 서둘러 남자를 거실로 옮긴다. 늘어진 경민의 몸은 그녀 혼자 감당하기에 너무 무겁다. 그렇다고 자동차 안에 그대로 둘 수는 없다.

그녀는 있는 힘을 다해 경민을 끌어다 소파에 눕혔다.

진아는 잠시 소파 옆에 서 있다가 주위를 둘러본다. 경민이 깨어나기 전에 해둘 일이 있다. 그의 돌변한 태도가 지영 때문이라는 것을 알게 된 이상, 남자가 깨어났을 때를 대비하지 않으면 안 된다. 아마도 의식을 되찾고 이곳이 별장이라는 것을 알게 되면 그는 진아의 이야기를 듣기도 전에 여기를 떠나려 할 것이다. 그리고 두 번 다시 그녀를 쳐다보려고 하지 않겠지.

그건 그녀가 가장 견딜 수 없는 일이다. 남자들은 어떤 변명도 하지 않았고 오히려 떠나는 것이 당연하다는 듯이 말했다. 아니, 더이상 자신을 괴롭히지 말라고 했다. 지영은 어떻게 남자들의 마음을 한순간에 빼앗아갈 수 있었을까? 그렇게 쉽게 돌아서는 남자들의 심리를 이해할 수 없었다. 하지만 문제는 남자들이 아니라 지영이다. 소파 위에 누워 있는 경민의 얼굴을 바라보며 이번에야말로 그냥 넘어가지 않겠다고 결심한다. 경민이 깨어나면 차분히 이야기해야지. 친구라는 가면을 쓴 지영이 그녀에게 어떤 짓을 해왔는지, 그리고 경민을 진심으로 사랑하는 것은 자기뿐이라는 것을.

진아는 집안을 뒤져 밧줄을 찾아냈다. 소파에 누워 있는 경민의 몸을 밧줄로 묶고 나서 겨우 한숨을 돌릴 수 있었다. 오랜 운전으로 어깨까지 뻐근했다. 제발 경민이 자신의 이야기를 끝까지 들어주기를 빌며 어깨를 주무르고 있는데, 거실 한

132

편에 숨죽이고 있던 전화기가 날카롭게 울렸다.

진아는 갑작스러운 전화 벨소리에 자신도 모르게 뒷걸음질을 쳤다. 별장에 간다고 누구에게도 알리지 않았다. 아니, 몇 시간 전만 해도 그녀 자신도 별장으로 올 줄 몰랐다. 그런데 전화가 울린다. 도대체 누가 그녀의 행적을 알고 있는 것일까? 입술을 깨물며 몇 번을 망설이던 그녀는 결국 날카로운 벨소리를 참지 못하고 수화기를 든다.

조심스럽게 수화기를 귀에 대자 도무지 익숙해지지 않는 소름끼치는 목소리가 들려왔다.

"그런 놈은 잊어버려. 당신에겐 내가 있잖아?"

그 순간 빠르게 혈관을 돌던 핏줄기가 속력에 못 이겨 머리 끝에서 폭발이라도 하는 것 같았다. 새빨간 불꽃을 일으키는 뜨거운 폭발이 아니라, 조각조각 날카롭게 부서져 내리며 뇌 속으로 파고드는 얼음 조각 같은 폭발. 머릿속이 빠르게 얼어붙는다. 아무리 발버둥치며 도망치려 해도 도무지 멀어지지 않는 악몽 속 달리기처럼, 또다시 그가 그녀 바로 뒤에 있는 것이다. 모르는 사이 등뒤로 다가와, 서늘한 칼날을 목덜미에 들이대며 그녀의 귓가에 거친 숨결을 내쉬는 듯한 느낌.

금방이라도 뱃속 깊은 곳에서부터 비명이 터져나올 것 같았다. 그에게 뇌 속까지 샅샅이 까발려진 기분. 도대체 당신 누구야, 별장 전화번호는 어떻게 알고 있는 거야? 진아는 수화기를 팽개치고 창가로 달려가 커튼을 쳐서 할 수만 있다면 어둠 속 어딘가에 있는 그의 시선을 완전히 막아버리고 싶었다. 하지만 몇 개월의 경험으로 이미 그녀는 안다. 그의 시선을 막을 수 있는 건 아무것도 없음을.

말로만 듣던 스토커. 진아는 그의 정체를 알지 못하지만 그는 진아의 모든 것을 알고 있었다. 그녀가 미처 경민과 지영의 일을 눈치채지 못한 것도 이 남자의 손아귀에서 발버둥치고 있었기 때문이다. 신경을 긁는 쇳소리가 섞인 목소리의 남자 때문에 진아의 평온하던 일상은 산산이 무너져내렸다.

유명한 사람에게나 따라붙는 것이라 생각하던 스토커가 그녀 주위에 나타나기 시작한 것은 육 개월 전이다. 아니, 어쩌면 훨씬 더 전부터 진아의 주변을 맴돌며 지켜보았는지도 모른다. 아주 오래전부터 그녀는 자신을 바라보는 눈이 있다는 것을 간간이 느끼곤 했다.

언젠가 지하철에서 무심히 어두운 창밖을 보다가 어둠에 비친 승객들 사이에서 자신을 쳐다보는 시선을 느낀 적이 있었다. 그리고 이내 하나로 묶어올린 머리 아래 목덜미로 느껴지던 끈적한 숨결. 어둠에 비친 사내는 고개를 숙이고 진아의 등 뒤에 모습을 감추고 있었다. 하지만 진아는 뒤를 돌아볼 수 없었다. 그녀가 할 수 있는 일은 서둘러 다음 역에서 내리는 것뿐이었다.

또 언젠가는 집으로 돌아가는 골목길에서 뒤따라오는 발소리에 걸음을 멈추기도 했다. 소리라도 질러 누군가에게 도움을 청해야 하는 게 아닌가 싶었지만 그 발소리는 그녀의 등뒤에서 멈췄다. 그가 등뒤에 서 있어, 그렇게 느낀 순간 그녀는 손바닥에 손톱 자국이 생길 만큼 주먹을 세게 쥔 채 집까지 달려갈 수밖에 없었다. 고개를 돌려 그의 얼굴을 확인하는 순간, 스토커의 존재를 인정하게 될 것 같다는 생각 때문이었다.

철저히 무시해버리면 되는 일이라고, 악몽에서는 너무나 생생한 기억들이 햇살 속에서는 모두 사라지듯이 그 역시 그런 존재라고 믿고 싶었다.

진아는 누군가 그녀의 주위를 서성거리는 것을 알면서도 예민해진 신경 탓이라며 애써 머릿속에서 지워버렸다. 하지만 그렇게 굳게 닫아버린 두려움의 공간은 자신도 모르는 사이 점점 자리를 넓혀나갔고 이제 그의 존재는 그녀가 숨쉬는 어디에서나 느낄 수 있었다.

그가 언제나 주변에 있다는 것을 알게 된 건 키키가 그녀의 손등에 상처를 내던 바로 그날이었다. 그날, 늘 멀리서 지켜보기만 할 거라고 생각했던 그에게 첫번째 전화를 받았다.

동물원 유인원관에 있는 키키는 누구보다도 진아를 따랐다.
동물원에서는 오랑우탄이나 고릴라, 침팬지처럼 덩치가 큰 유인원과 동물들이 있는 건물 한편에 어미를 잃은 작은 원숭이들을 함께 키우고 있었다. 키키 역시 태어나는 그 순간부터 진아를 어미로 알고 자랐다. 그렇지 않아도 다이애나원숭이는 작은 종에 속하는데, 거기다 다른 새끼들에 비해 발육도 늦은 편이라 늘 무리에서 이리저리 채이던 키키. 진아는 키키를 보면서 엄마 없이 자라온 자신의 어린 시절을 떠올리곤 했다. 자신을 어미라고 생각한다면 그것도 괜찮다고 생각하며 키키를 돌봤다.

하지만 원숭이들이 새끼 티를 벗어나면 정 떼기를 시작해야 한다. 아무리 동물원 안에서 살고 있는 동물이라고 해도 인간이 아닌 동족과 살아가는 법을 배워야 하는 것이다. 진아도 키키와 정을 떼기 위해 다른 사육사와 업무교대를 했다. 그러다 키키가 아프다는 말을 듣고 다시 유인원관을 찾아간 게 잘못이었다.

며칠 만에 진아를 발견한 키키는 소리를 지르며 소란을 피워댔고, 자신을 버리고 갔다는 서운함 때문인지 진아가 내민 손을 발톱으로 할퀴어버렸다. 키키는 버림받은 자신의 기분을 그렇게라도 표현하고 싶었는지 모른다. 누구보다 외로움에 대해 잘 아는 진아는 키키의 그 마음을 충분히 이해할 수 있었다.

그날 밤 손등의 상처가 화끈거려 잠을 이루지 못하고 뒤척이던 진아는 전화를 받았다. 수화기 너머로 아무 소리도 들리지 않아 전화를 끊으려고 할 때쯤에야 누군가의 목소리가 들렸다. 미간을 찌푸리게 만드는 쇳소리가 섞인 남자의 목소리.

"이젠 걱정하지 마. 당신은 내가 지켜줄게."

"……누구세요?"

뜬금없는 남자의 이야기에 진아는 잠시 자신이 아는 사람이 아닐까 싶어 기억을 더듬어보았다. 하지만 이런 목소리를 가진 남자는 생각나지 않았다. 걱정하지 말라니, 도대체 무슨 소리야. 아마도 전화를 잘못 건 모양이군. 그녀는 그대로 수화기를 내려놓으려다가 귀에 익은 짐승의 울음소리를 들었다. 그것은 키키의 울음소리였다. 동족에게 물어뜯길 때 내던 소리보다 더 절박하게 비명을 질러대고 있었다. 진아는 그길로 동물원으로 달려갔다. 하지만 이미 키키는 죽어 있었다.

감기 때문에 격리되어 있던 키키는 자신이 매달려 놀던 나뭇가지에 사지가 찢긴 채로 걸려 있었다. 키키에게 달려가던 진아는 내장이 쏟아져내린 키키의 최후를 보자 그 자리에 멈춰 서고 말았다. 벼락이라도 맞은 듯 온몸을 훑고 지나가는 전율에 손발이 부들부들 떨렸다.

함께 달려왔던 경비가 급하게 사람을 부르러 뛰어나갔다. 다른 우리의 동물들은 어둠 속에서 벌어진 살육과 뜨거운 피 냄새로 극도의 흥분상태를 보이고 있었다. 눈앞에 벌어진 일이 진아는 도무지 믿어지지 않았다.

늘 예감처럼 이런 날이 올 것을 알고 있었다. 어렴풋이 누군가의 시선을 느끼던 그 순간부터, 그것은 예정된 수순이었다. 하지만 희미하게 안개 속에 가려져 있던 시선이 막상 실제로 존재하는 인간이며 그녀에게 전화까지 걸 수 있다는 것을 확인하자 모든 것이 달라졌다.

그는 그녀의 모든 것을 알고 있음을 전화 한 통으로 알려주었다. 동물원에서 근무하고 그날 키키가 그녀의 손등을 할퀴었다는 것도 알고 있었으며, 그녀의 집주소와 전화번호까지 이미 그의 손아귀에 들어가 있었다. 진아는 처음으로 자신이 완전히 발가벗겨진 채 그의 손바닥 위에 놓였다는 것을 생생하게 실감할 수 있었다.

뉴스를 통해 몰래카메라가 극성이라는 말을 들어도, 개인정보가 유출되어 심각한 문제가 되고 있다고 해도 이렇게 피부로 느낄 만큼 절실하지는 않았다.

그 전화를 시작으로 이제 그는 어둠 속에서 나와 그녀의 등 뒤로 점점 다가오기 시작했다. 단순히 자신을 지켜보기만 하는 존재였을 때도 진아는 그의 시선이 온몸에 꽂히는 기분 때문에 거리에 나서는 것이 두려웠다. 하지만 그때의 두려움이나 공포는 아무것도 아니라는 것을 이제야 알게 되었다. 키키의 일을 통해 그녀가 상상하지 못한 끔찍한 일을 얼마든지 저지를 수 있는 사람이라는 것을 확인시켜준 것이다. 그녀는 죽은 키키의 모습이 마치 언젠가 자신에게 닥칠지도 모르는 미래의 일 같아 온몸에 소름이 돋았다.

키키의 죽음도 충분히 끔찍했지만, 사실 그녀를 더 깊은 절망으로 몰아넣은 것은 바로 그 점이었다. 그녀는 이제 그의 울타리 안에 갇힌 것이다. 그것도 언제 광기를 부릴지 모르는 시한폭탄 같은 인간의 울타리.

다음날 키키의 일로 인한 충격이 가시지 않아 출근을 망설이고 있을 때, 집으로 꽃바구니가 배달되었다. 어떻게 알았을까, 경민씨가 나를 위로하기 위해 꽃을 보냈구나. 얼른 전화기부터 찾았다.

"무슨 일이지? 나 지금 바쁜데."

직장으로 전화하는 것을 싫어하는 경민은 시치미를 뗐다. 그는 늘 이런 식이다. 그녀에게 꽃바구니를 보내면서도 겉으로는 냉정한 척하는 사람.

"꽃바구니가 지금 도착했어요. 고마워요."

"꽃바구니? 무슨 소리야?"

그는 정말로 아무것도 모르는 목소리였다. 그러고는 회의에 들어가야 한다며 서둘러 전화를 끊어버렸다. 진아는 그제야 경민이 그녀의 집주소를 모른다는 사실이 떠올랐다. 그렇다면 누가 이 꽃을 보낸 것일까?

진아는 등줄기를 타고 흐르는 서늘한 한기를 느끼며 꽃바구니를 뒤졌다. 거기에는 태아의 것처럼 작은, 잘린 손목이 들어 있었다. 검은 털이 난 가느다란 손목을 보고 그녀는 한눈에 키키의 것임을 알아차렸다.

진아는 수화기를 든 채 한동안 멍하니 있다가 그대로 주저 앉아버리고 말았다.

'그의 손아귀에서 도망치기 위해 그렇게 발버둥쳤는데, 결국 나는 한 발도 벗어나지 못한 것인가?'

이제 더이상 버티고 서 있을 힘마저 잃어버렸다. 그녀는 멍한 눈으로 창밖을 바라보았다. 별장 주변은 완전히 어둠 속에 잠겨 있다. 그 어둠 너머 어딘가에 그 남자가 진아를 보며 미소 짓고 있을 것이다. 고양이가 막다른 곳에 몰린 쥐새끼를 가지고 놀듯, 그는 그녀를 절망의 끝까지 밀어넣고 즐기고 있다.

"이제 그만 괴롭혀, 날 놔달란 말이야."

그녀의 목소리는 갈라지고 있었다. 하지만 그는 웃음을 참는 듯 킥킥거렸다.

"마음에 없는 얘기 그만해. 내 전화를 기다리고 있었잖아, 당신이 날 얼마나 사랑하는지 난 알 수 있어."

"미친 새끼. 넌 미쳤어."

전화를 끊은 진아는 수화기를 집어던졌다. 하루 동안 너무나 많은 일이 있었다. 지금은 아무 생각도 하고 싶지 않다. 일단 눈앞에 누워 있는 경민이 깨어나기를 기다리자. 그녀는 경민의 가슴에 귀를 댔다. 뺨으로 규칙적인 그의 심장박동이 느껴지자, 비로소 날카롭던 신경이 가라앉기 시작했다.

그날 이후 진아는 한동안 집안에만 틀어박혀 있었다. 동물원에도 나가지 않았다. 꽃바구니와 함께 배달된 키키의 피 묻은 손목은 쓰레기봉투에 담아 버렸다. 하지만 며칠이 지나도 그 모습은 머릿속에 들러붙어 떨어지지 않았다. 손끝이 저릴 정도로 신경이 날카로워져 아무것도 할 수 없었다. 충격과 슬픔으로 혼란스럽던 머릿속을 정리하며 지내는 며칠 동안, 진아는 어떻게든 그의 시선으로부터 벗어나야 한다는 것을 뼈저리게 느꼈다. 거미줄에 걸린 것을 안 이상 가만히 앉아서 그의 먹이가 되기만을 기다릴 수는 없었다.

경민에게 알리고 도움을 청해볼까 하는 생각도 들었지만 이내 지워버렸다. 섣불리 경민을 불러내 둘이 함께 있는 것을 보이기라도 한다면 그에게 어떤 일이 생길지 모른다. 진아는 경민을 다치게 하고 싶지 않았다. 결국 모든 일은 혼자서 해야 한다. 하지만 무엇을 어디서부터 시작해야 할지 알 수가 없었다.

그렇게 스토커로부터 도망칠 궁리를 하고 있을 때 뜻밖의 손님이 찾아왔다. 초인종소리를 듣고 혹시 스토커가 집까지 찾아

왔나 하고 가슴이 철렁했지만 노크소리에 이어 지영의 목소리
가 들려오자 진아는 자기도 모르게 숨을 내쉬었다.

"무슨 일이야?"

진아는 지영의 방문이 반갑지 않은 듯 양미간을 찡그리며
문을 열었다. 문이 열리는 것과 동시에 지영이 진아의 뺨을 세
차게 때렸다.

진아는 눈앞이 잠시 번쩍하다가 희미해지는 것을 느꼈다.
지영의 손바닥이 닿은 뺨은 금세 화끈거리기 시작했다. 지영
이 입술을 깨물며 진아의 코앞으로 얼굴을 내밀었다.

"네가 그러고도 친구야?"

"지영아…… 갑자기 무슨."

"경고했지, 더이상 내 인생에 끼어들지 말라고!"

지영의 눈빛은 도전적이며 차가웠다. 오랜만에 만난 그녀는
여전히 아름다웠다. 진아는 새삼스레 지영의 얼굴을 바라보며
우리가 왜 이렇게 되었을까 서글픈 생각이 들었다.

열여섯 살, 학교 수업을 빼먹고 담장에 기대 첫 담배를 피우
며 만난 지영은 그뒤로 십 년 넘게 진아와 함께였다. 지영은
담배뿐 아니라 많은 것을 가르쳐주었다. 엄마가 떠나버린 후
친척집에서 자라며 외톨이로 지내던 진아에게 지영은 외로움
이라는 단어를 잊게 해준 친구였다.

말이 없고 소극적인 진아에 비해 지영은 예쁘장한 외모와

달리 성격이 시원시원했고 여장부다운 구석이 있었다. 진아에게 지영은 가장 가까운 친구이자 연인이었고, 때로는 언니처럼 그녀의 아픈 상처들을 보듬어주는 존재였다. 진아는 지영이 있어 더이상 외롭지 않았다. 하지만 그런 지영이 멀어지기 시작하자 진아는 엄마가 떠났을 때보다 더 넓고 깊은 어둠과 마주하게 되었다. 그 공허함은 오래도록 진아를 비틀거리게 했다.

어른이 되어버린 뒤, 둘 사이에 끼어든 남자들만 아니었다면 진아와 지영은 여전히 세상에 서로 단 하나뿐인 소중한 존재였을 것이다.

"들어가자. 오랜만이잖아?"

"하나만 물어보자."

집으로 들어오라고 했지만 지영은 문 앞에 선 채로 움직이지 않았다. 그래, 지난번 헤어질 때 그랬었지. 이제 다시는 만나지 말자고. 만나지 않았으면 좋겠다고. 그렇게 말해놓고 다시 나타난 지영은 자신이 그어놓은 금을 넘지 않으려는 어린아이처럼 고집을 피우고 있었다.

"내가 사귀는 남자들에게 접근하는 이유가 뭐야?"

진아는 머릿속이 텅 비는 것 같았다. 도대체 지영이 무슨 말을 하는지 알 수가 없었다. 내가 그녀의 남자들을 유혹하고 있다고? 말도 안 돼. 정작 그런 짓을 하는 게 누군데. 하지만 진아는 한마디 대꾸도 하고 싶지 않았다. 이미 지나간 일을 가지고 따진다는 것이 어리석게 느껴졌다. 오히려 진아는 몇 개월 동안 연락도 없던 지영이 왜 갑자기 이렇게 흥분해서 나타났으며, 자신의 뺨까지 때렸는지가 궁금했다. 기분이 조금 가라앉으면 이야기를 해줄까? 이제는 어리석게 내 남자친구에 대한 이야기는 하지 않을 거야. 그래, 이제는 그녀의 남자친구 이야기를 들어봐야지.

진아는 여전히 팔짱을 낀 채 문 앞에 버티고 서 있는 지영에게 다가갔다. 그때 지영의 호주머니에서 벨소리가 울렸다. 귀에 익숙한 벨소리였다.

귀에 익은 벨소리.

그 벨소리가 왠지 신경을 자극했다. 진아는 잔뜩 인상을 찡그리며 고개를 들었다. 여전히 의식을 잃고 누워 있는 경민의 옆에서 깜빡 잠이 든 모양이다. 소파에 늘어진 경민을 보고서야 진아는 현실로 되돌아올 수 있었다. 몇 시간 동안 쉬지 못하고 운전을 하느라 몸도 마음도 지쳐 있었다. 더구나 생각지도 않았던 스토커의 전화 때문에 그녀의 신경은 휴식이 필요했다.

삼십 분도 채 안 되는 짧은 시간이었지만 덕분에 처음의 충격은 많이 사라지고 있었다. 지금도 어둠 속에서 지켜보고 있겠지. 하지만 두렵지 않았다. 아니, 차라리 그동안의 숨바꼭질을 그만두고 눈앞에 모습을 드러냈으면 하는 생각이 들었다.

공포는 그 대상을 모를 때 극대화된다고 했던가, 풍선처럼 부풀어오르는 상상력 때문에 공포는 점점 더 세력을 넓히고 그녀를 조여왔다. 그렇기 때문에 스토커도 쉽사리 얼굴을 내밀지 않고 있는 것이겠지. 그런 사실을 깨닫자 그녀는 비로소 스토커의 정체와 만날 마음의 준비가 되었다.

잠시 멈추었던 벨소리가 다시 울려왔다. 진아의 핸드폰에서 나는 소리였다. 식탁 위에 던져둔 가방 안에서 핸드폰은 몇 번이고 울리다가 멈추기를 반복하며 진아의 잠까지 파고들었다. 완전히 잠이 깬 진아는 전화를 받기 위해 몸을 일으켰다. 하지만 식탁으로 걸어가기도 전에 벨소리가 끊어졌다. 갑자기 별장 안이 고요해진다. 다시 울릴지도 모르는 벨소리에 귀를 기울이며 한동안 그 자리에 서 있었지만 더이상 벨은 울리지 않았다.

진아는 헝클어진 머리를 대충 묶어올리고 얼굴을 만져보았다. 잠든 사이 눈물이 흘러내린 모양이다. 한쪽 뺨으로 흘러내린 눈물 자국은 꿈속에서 만났던 지영을 떠올리게 만든다. 그날 이후 몇 번이고 되풀이되어 나타나는 꿈.

진아의 집을 찾아왔던 그날 이후 때때로 지영이 꿈에 나타나곤 했다. 여전히 화가 나 있지만 진아의 뺨을 어루만지며 미안해할 때도 있고, 때로는 고등학생 교복을 입고 진아의 품에 안겨 울기도 했다. 지영의 꿈을 꾸고 난 뒤에는 늘 얼굴이 젖어 있었다.

목이 말랐다. 조금 있으면 깨어날 경민을 위해서 저녁도 준비해야 한다. 진아는 벽장에 진열되어 있는 와인을 발견하고 그중 한 병을 꺼냈다. 문득 경민을 위해 요리를 해본 적이 한 번도 없다는 생각이 들었다.

그래, 지금부터 경민을 위해 요리를 하자. 아니, 우리 둘을 위한 만찬을 준비하는 거야. 지영과 함께 찍은 사진 따위는 잊어버려야지. 어차피 그는 지영의 유혹에 넘어간 것뿐이니까. 지금이라도 지영과의 일을 솔직히 고백한다면 모든 것을 용서할 준비가 되어 있어. 하지만 또다시 나를 배신한다면 그땐 당신을 용서하지 않아. 내게는 아직 꽤 많은 양의 마취제가 남아 있거든.

진아는 와인병을 따서 술잔에 따랐다. 핏빛처럼 붉은 와인의 향기가 그녀의 코끝을 자극했다. 쌉쌀한 듯 달콤한 와인이 짜릿한 쾌감을 안겨주며 혀끝을 맴돌았다.

와인을 입안에 굴려가며 음미하고 있을 때 경민이 신음소리를 내며 뒤척였다. 이제 마취에서 깨어나는 모양이군. 진아는 그의 몫으로 따로 꺼내둔 잔에 와인을 따르기 시작했다.

긴 잠에서 깨어난 경민은 몇 번 눈을 깜빡이더니 겨우 정신이 돌아온 것 같았다. 시야에 들어오는 풍경들이 낯선지 잠시 어리둥절한 표정으로 주위를 두리번거렸다. 진아를 발견하고는 상체를 일으키려다 자신의 온몸에 묶인 밧줄을 깨달은 모양이었다. 몸을 비틀어 안간힘을 써보지만 단단히 묶인 밧줄은 쉽게 풀리지 않는다.

"조금만 기다려요. 금방 식사가 준비될 테니까."

진아는 두 사람분의 접시가 놓인 식탁 위에 경민의 잔을 내려놓았다. 고기만 익으면 세팅 완료. 누군가를 위해 요리를 한다는 건 즐거운 일이군. 경민이 깨어나길 기다리며 마신 와인 때문일까. 진아는 자기도 모르게 콧노래를 흥얼거렸다.

"미쳤어? 당장 이 밧줄 풀지 못해?"

피식 웃음이 나왔다. 그래, 역시 밧줄로 묶어두길 잘했어. 마취에서 깨어나면 내 말을 듣기 전에 화부터 낼 거라고 생각했지. 왜 남자들은 내 얘기는 들어보려고도 하지 않을까?

진아는 경민이 누워 있는 소파 곁에 다가가 앉으며 그의 얼굴을 바라보았다.

"당신이 이럴까봐 묶어둔 거야. 무작정 화부터 내잖아? 난 단지 얘길 하고 싶을 뿐이야."

"알았어. 알았으니까 이것부터 풀어."

밧줄에 묶인 남자는 우리 속에 갇힌 맹수처럼 이빨을 감추고 기회를 노리고 있다. 언제든 때가 오면 야성의 본능을 숨기지 않고 물어뜯는 맹수 앞에서는 조심하는 게 최고지.

언젠가 동물원의 사육사 한 명이 사자에게 물린 적 있다. 일 년 넘게 먹이를 주면서 얼굴을 익히고 이따금 우리 안에 들어가 갈기를 만져주기도 하던 사이였다. 몇 마리의 생닭을 뜯어 먹고 난 뒤라 방심하고 있었던 게 화근이었다. 사자에게 물려 이리저리 끌려다니던 사육사는 한쪽 팔이 너덜너덜해지는 줄도 모르고 필사적으로 우리에서 탈출했다. 그가 구급차로 실려간 뒤에야 우리 안으로 돌을 던지던 짓궂은 관람객 때문에 사자의 신경이 날카로워져 있었다는 것 알았다.

문득 진아도 경민에게 돌을 던져보고 싶어졌다. 그의 공격성은 언제 폭발할까?

진아가 흐트러진 머리를 넘겨주려고 손을 뻗자 경민은 얼른 몸을 움직여 그 손길을 피했다. 잠시 경민을 쳐다보던 진아는 아무 말 없이 무릎을 펴고 일어났다. 경민은 길게 한숨을 내쉬더니 처음 깨어났을 때와는 달리 상황파악이 됐는지 곧 차분해졌다.

"우선 일어나 앉게 해줘."

경민은 진아의 도움을 받아 자리에 앉았다.

"지영이는 언제 알게 된 거예요?"

아무것도 물어보지 않겠다고 마음먹었지만 가장 먼저 그 질문이 튀어나왔다. 경민이 이렇게 돌변한 가장 큰 이유는 지영일 것이다. 결국 둘의 관계를 먼저 알아야 문제를 해결할 수 있다. 하지만 소파에 일어나 앉은 경민은 질문에 대한 대답이 아니라, 또다른 질문을 던졌다.

"고아라고 들었는데, 이 별장은 뭐지?"

진아는 눈을 가늘게 뜨고 그를 노려보았다. 그런 건 왜 물어보는 거지? 그래, 어차피 알게 될 일이니 알려주지.

"다행히 돈 많은 친척집에 입양됐죠. 두 분이 돌아가시면서 재산을 물려받았고요."

"두 분이 한꺼번에? 영화였다면 당신이 범인이었겠지?"

"영화라면 그랬겠죠. 하지만 두 분은 사고였어요. 교통사고. 난 집에 있었어요."

"영화라면 간단히 설명되는 알리바이지. 자동차 한두 군데에 손 써두는 건 어려운 일도 아니고."

"……"

"자동차 같은 건 다룰 줄 모른다고 해야지."

"당신, 재미있네. ……비밀 한 가지 알려줄까?"

농담처럼 툭툭 던지며 여유를 부리던 경민은 비밀이라는 말에 긴장했다. 아니, 그것보다는 갑자기 변한 진아의 말투에 섬뜩해졌다. 경민은 조금 전과는 전혀 다른 사람과 이야기를 하는 기분이 들기 시작했다.

"사실 영화 같은 이야기는 따로 있거든. 양부모님 일은 힌트였지."

"무…… 무슨 소리야?"

"아마 더 오래 살아계셨으면 어떻게 했을지도 몰라. 사실 조금씩 짜증이 나던 참이었거든. 알맞은 때 돌아가신 거지."

진아는 경민의 얼굴이 서서히 굳어가는 것을 느낄 수 있었다. 조금씩 변해가는 그의 얼굴을 보며 문득 키키의 작은 얼굴이 떠올랐다. 불쌍한 키키. 누구보다 널 좋아했는데, 내 손등만 할퀴지 않았어도 여전히 살아 있었을 텐데.

"한 여자가 있었어. 그녀에게는 세상에 둘도 없는 친구가 있었지. 둘은 어릴 때부터 같이 자랐어. 이 세상 누구도 떼어놓지 못할 것 같던 둘 사이에 어느 날 한 남자가 끼어들었어. 그 남자는 여자의 친구와 사귀기 시작했어. 여자는 외로웠지만 친구의 행복을 빌어주기로 했지. 하지만 그 남자는 어느 날 여자에게 접근했어. 그리고 반항하는 여자를 겁탈했지. 자기 애인의 제일 친한 친구를. 그러고는 뻔뻔하게 아무 일도 없었던 것처럼 여자의 친구에게 돌아갔어. 남자가 어떤 놈인지 알아버린 여자는 어떻게 했을까?"

"친구에게 말해야지. 그 남자가 나쁜 놈이라고."

"그래, 나쁜 건 그놈이야. 그렇지?"

진아의 이야기를 듣고 있던 경민의 눈빛이 순간 흔들렸다.

"서, 설마 나를 두고 하는 얘기는 아니겠지?"

"왜? 당신 이야기 같아?"

"겁탈 같은 건 없었어. 접근한 건 너잖아?"

진아는 경민을 바라보며 웃음을 터뜨렸다. 그녀의 한쪽 입술 끝이 올라가는 것을 보고 그제야 경민은 자신이 함정에 빠졌다는 것을 알았다.

출장길에 만난 낯선 여자와의 하룻밤, 여독을 푸는 것도 나쁘지 않다고 생각했다. 하지만 그 하룻밤의 여자가 애인의 친구라는 것을 알았을 때 경민은 한동안 어떻게 해야 할지 몰랐다.

"너랑 잔 건 사실이지만…… 처음부터 지영이 친구란 걸 알았다면 그런 실수는 하지 않았을 거야."

하지만 진아는 이미 경민의 이야기를 듣고 있지 않았다. 그녀는 점점 더 자기 이야기 속으로 빠져들어가는 듯했다.

"여자는 친구에게 이야기할 수 없었어. 그가 어떤 인간인지 알게 되면 친구가 상처받게 될까봐…… 그런데 이 남자는 오히려 친구에게 이렇게 말한 거야. 당신 친구가 자기를 유혹한다고. 친구는 남자의 말을 믿고 여자를 오해하게 되고…… 결국 또다른 오해가 생기면서 둘은 처음으로 싸우게 됐지."

이제 진아의 시선에는 경민이 존재하지 않았다.

그녀의 눈은 먼 과거의 어딘가를 더듬고 있었다. 처음엔 자신의 이야기를 하는 거라고 생각했던 경민도 허공을 헤매는 진아의 눈빛을 보고 그녀의 이야기가 더 오래전의 일이라는 느낌을 받았다. 호기심이 생겼다. 아무래도 남자를 사이에 둔 둘의 신경전은 꽤 역사가 깊은 모양이다.

경민은 이야기에 빠져 있는 진아의 얼굴을 보며 그제야 왜 지영이 진아의 일에 그렇게 화를 냈는지 알 것 같았다. 경민이 부산 출장길에서 진아와 만난 것은 일 년 전쯤이었다.

예상보다 일은 일찍 끝이 났고, 모처럼 바닷바람을 쐬고 있자니 술 생각이 간절했다. 가볍게 한잔할 생각으로 들어간 바에서 혼자 온 진아를 보게 되었고, 어쩌다 눈이 마주친 진아가 자신을 빤히 바라보자 경민은 자연스럽게 일어나 진아의 곁에 자리를 잡았다. 눈이 마주친 여자가 남자를 빤히 쳐다본다는 건 유혹해달라는 신호나 마찬가지다. 여자의 눈빛이 이미 유혹이다. 다만 그 유혹을 행동으로 옮기는 건 남자의 몫. 둘은 눈빛 하나로 너무나 쉽게 모든 걸 이해했다.

진아의 옆에 앉은 경민은 선수라도 되는 듯 아무 말도 없이 자신의 술잔을 그녀의 잔에 부딪치고 건배를 했다. 희미한 불빛 아래에서 그녀는 말없이 미소를 지었다. 처음부터 그렇게 많은 말이 필요한 만남이 아니었다. 그리고 삼류 영화처럼 뻔한 수순이 이어졌다. 만약 다시 만나는 일이 없었다면 정말로 경민의 기억 한 자락에도 남아 있지 않을, 스쳐지나는 하룻밤이었다. 하지만 그 하룻밤이 지금 경민의 손목에 밧줄을 묶고 그를 위협하고 있다.

두 달 뒤 진아와 재회하면서 그제야 경민은 처음부터 진아가 의도적으로 접근했다는 것을 알았다.

출장을 다녀온 두 달쯤 뒤, 경민은 지영과 영화관에 갔다가 우연히 진아를 다시 만나게 되었다. 지금 와서 생각해보면 그 만남도 역시 진아의 준비된 우연이었다. 처음엔 진아의 얼굴조차 기억나지 않았다. 그래서 지영과 아는 척하는 진아를 그저 동창쯤 되나보다 하면서 무심히 지켜보며 서 있었다. 어쩐 일인지 지영은 그를 옆에 세워놓고도 진아에게 소개하려 하지 않았다. 먼저 인사를 하는 것도 멋쩍고 해서 경민은 어정쩡하게 곁을 맴돌며 영화 포스터에 시선을 주고 있었다.

"이쪽은 남자친구?"

진아가 먼저 경민의 존재를 둘 사이로 끌어들였다. 지영은 그제야 경민이 곁에 있다는 걸 깨달은 양 마지못해 진아를 그에게 소개했다. 고개 숙여 인사하던 경민은 자신을 빤히 보며 미소 짓는 진아의 얼굴을 마주하자 비로소 지워졌던 하룻밤 기억이 떠올랐다.

손에 힘이 풀려 들고 있던 팝콘 상자가 바닥에 떨어졌다. 경민은 서둘러 흩어진 팝콘을 주워담으며 당황한 자신을 감추려 했다. 다행히 그 묘한 시선과 미소 이후 진아는 처음 만난 사람처럼 경민을 대해주었고 덕분에 그도 태연한 척할 수 있었다.

"어떻게 아는 친구야?"

경민은 지영과 돌아오는 길에 넌지시 진아에 대해 물었다. 대답이 없길래 지영의 표정을 보니 그다지 말하고 싶어하지 않는 눈치였다.

"만약에…… 말이야. ……혹시라도 진아에게 연락이 오면 바로 나한테 알려야 해. 알았지?"

경민의 질문에 대한 대답치고는 엉뚱했다. 혹시 무슨 눈치라도 챈 건가 싶어 지영의 안색을 살폈지만 그런 것 같지는 않았다.

"말도 안 되는 소리 같지만, 아무튼 그런 일이 생기면 얘기 해줘, 알았지?"

지영은 다시 한번 다짐이라도 하듯 '알았지?'라는 말에 힘을 실었다. 며칠 후에야 그날 밤 지영이 왜 진아에 대해 그런 과민반응을 보였는지 알 수 있었다.

진아에게서 연락이 온 것이다.

내 전화번호는 어떻게 알았지? 경민은 진아의 전화를 받으며 그녀에게 전화번호를 건넨 기억이 없다는 것을 떠올렸다. 경민이 머뭇거리자, 진아가 먼저 이야기를 꺼냈다.

"이제 와서 경계하는 것도 우습네요. 우리…… 서로의 몸까지 알고 있는 사이 아닌가?"

협박이라도 하려는 걸까? 경민은 그녀가 부산에서의 일을 먼저 꺼내는 의도가 의심스러웠다. 더구나 친구의 애인이라는 것을 알게 된 지금, 그 일은 될 수 있으면 묻어두어야 하는 비밀 아닌가? 경민은 그녀와의 하룻밤이 언제 폭파될지 모르는 지뢰처럼 느껴졌다. 더구나 진아는 그 지뢰의 안전핀을 아무렇지도 않게 건드리고 있었다.

"무슨 용건이죠?"

갑자기 수화기 너머로 웃음이 터져나왔다.

"글쎄, 무슨 용건일까요?"

한참을 웃던 진아가 장난이라도 치듯 말을 이었다. 하룻밤을 미끼로 그녀는 무엇을 낚으려는 것일까? 머릿속으로 아무리 주판알을 튕겨보아도 계산이 서지 않았다.

"만나요, 만나서 얘기하죠."

그녀는 경민이 절대 거절할 입장이 아니라는 걸 못박고 싶은 듯 일방적으로 약속장소와 시간을 알려주고 전화를 끊었다. 자신만만한 그녀의 태도가 거슬리기도 했지만 한편으로는 호기심도 일었다.

지영과는 어떻게 아는 사이일까? 지영은 어떻게 진아가 연락해올 거라는 걸 알았을까? 아니 그보다 먼저, 아무리 기억을 더듬어봐도 그녀에게 전화번호를 가르쳐준 적이 없다. 하룻밤 상대에게 전화번호를 알려줄 필요는 없었으니까. 역시 궁금증을 푸는 방법은 직접 만나는 수밖에 없다.

경민은 약속장소로 나가면서 지영에게 전화를 해야 하나 잠시 망설였다. 하지만 일단 진아를 만나고 난 후에 해도 늦지 않을 거라는 생각이 들었다.

솔직한 마음으로는 지영에게 연락해 다시 셋이 만나게 되기라도 한다면 어떤 일이 벌어질지 자신이 없었다. 진아와 하룻밤을 보냈다는 이야기를 꺼낸다면 아무리 너그러운 여자라 해도 용서하기 어려울 것이다. 지영과 사귄 지는 벌써 일 년. 아직 프러포즈를 하진 않았지만 지영을 결혼 상대로까지 생각하고 있었다. 괜한 일로 모든 것을 무너뜨리고 싶지 않았다.

진아를 만나 입막음을 해두고 지영이 모르게 넘어가는 게 가장 좋은 방법이겠지. 그러기 위해서라도 진아를 먼저 만나야 한다. 경민은 지영 모르게 진아를 만나러 가는 자신을 애써 포장해가며 약속장소로 들어섰다.

여자는 본능적으로 여러 가지 모습을 담고 사는 모양이다. 잔뜩 기합이 든 경민과 달리 진아는 여유 있는 모습이었다. 처음 만나던 날의 끈적이던 눈빛도 사라지고, 몇 시간 전 전화에서 느껴지던 지나친 자신감도 없었다. 오히려 안아주고 싶을 만큼 연약하고 섬세해 보였다.

"일방적으로 약속을 잡아서 미안해요. 거절할까봐 겁이 났어요."

경민은 눈을 가늘게 뜨고 진아의 표정을 살폈다. 갑자기 이렇게 저자세로 나오는 이유는 뭘까, 이것도 계산된 행동인가?
하지만 미세하게 떨리는 진아의 눈빛은 그녀가 진심임을 말해
주었다. 경민은 묵묵히 다음 이야기를 기다렸다.

"화…… 났군요. 전화 때문에……"

"어떻게 알았어요? 전화번호."

"그때…… 경민씨는 어떻게 생각할지 모르지만 전…… 하
룻밤으로 끝내기 아쉬웠어요. 그래서 경민씨 지갑에서 명함을
한 장 꺼냈죠."

진아와 만난 지 십 분도 되지 않아 어느새 경민은 그녀에 대
한 경계심을 풀었다. 그녀의 얼굴을 보고 있자니, 그날 밤 일
들이 하나씩 떠오르기 시작했다. 호텔로 들어서기 무섭게 서
로의 몸을 탐하던 뜨거운 손길과 혀끝으로 느껴지던 그녀의
감촉.

기억이란 시간이 지날수록 희미해지는 대신 감각은 더욱 생
생해진다. 그날 밤 탐한 그녀의 살결과 향기, 뜨거운 숨결들이
문득 요 몇 달 사이 경험했던 섹스 중 가장 자극적인 것처럼
느껴졌다. 아니, 사실이 그랬다. 부산이라는 장소 때문에 이미
마음이 풀어져버렸고 하룻밤 상대라는 부담 없는 존재, 당연
히 섹스는 격렬할 수밖에 없었다. 그녀 역시 그것을 잊지 못한
것이겠지.

경민은 그녀와의 섹스를 떠올리면서 다음 페이지를 먼저 넘

겼다. 오늘밤 그녀가 유혹하면 어떻게 해야 하나, 그의 마음은 그녀를 만나기 전과는 전혀 다른 방향으로 흘러가고 있었다. 하지만 경민의 기대와는 달리 진아가 넘긴 다음 페이지는 전혀 다른 내용이었다.

"몇 번이나 전화를 할까 했었는데…… 역시 안 하길 잘했군요. 지영이 남자친구일 거라고는 생각도 못했어요."

조금씩 지영에 대한 생각이 흐려지던 경민은 진아의 그 한마디에 정신이 번쩍 들었다.

그래, 그녀 역시도 지영과의 관계를 생각한다면 부산에서의 일은 묻어두는 것이 좋겠지. 진아의 말에 마음이 놓이면서도 한편으로는 뭔지 모를 아쉬움이 남았다.

"……하지만 이대로 끝이라고 생각하니까 조금 억울하네요."

그녀는 무엇을 원하는 것일까, 경민은 다시금 머릿속이 복잡해졌다. 그녀의 말 한마디 한마디가 보이지 않는 줄을 만들어 경민을 옭아매는 것 같았다. 줄에 매달린 인형처럼 그녀의 말에 따라 조종당하는 듯한 느낌. 그녀의 밀고 당기가 노련하다는 것을 느낄 여유도 없이 경민은 그녀가 당기는 대로 계속 흔들리고 있었다.

그날 밤 경민은 집에 들어가지 않았다.

정신을 차려보니 어느새 진아와 한 침대에 누워 있었다. 마지막이라는 진아의 말이 오히려 욕망을 자극했는지도 모른다. 그녀 역시 지영에게 알려지는 것을 원하지 않으니 비밀은 보장되는 셈이다. 그런 얄팍한 계산이 쉽게 그녀를 안을 수 있는 빌미가 되었다.

밤에는 어둠이 모든 것을 가려준다. 하지만 아침이 되면 애써 묻어두었던 추악한 모습들이 적나라하게 드러난다. 경민은 호텔을 나오며 충동적이었던 지난밤이 후회스러웠다. 그녀의 말대로 이것이 마지막이고 어서 시간이 흘러 모든 것이 잊히길 바랐다.

당연히 지영에게는 아무 말도 하지 않았다. 조금 미안한 마음도 있었지만 아무것도 모르는 지영에게 군이 알려 상처를 주고 싶지 않았다. 둘이 친구라는 것을 알게 된 뒤에도 그녀와 관계를 가졌다는 건 어떤 핑계를 댄다고 해도 이해될 수 있는 부분이 아니었다.

한동안은 경민의 바람대로 아무 일도 일어나지 않았다. 진아에게 전화가 걸려오는 일도 더이상 없었다. 처음엔 다시 전화가 걸려오지 않을까 초조했지만 며칠이 지나도 연락이 없자 조금씩 긴장이 풀렸다. 보름이 지나면서 이미 진아의 일은 머릿속에 남아 있지 않았다.

진아의 전화를 받기 전까지 경민은 그녀와의 일에 대해 완전히 마음을 놓고 있었다. 전화를 건 상대방이 진아라는 것을 알았을 때 경민은 왠지 오싹했다. 늪이란 한쪽 발만 들이밀었을 때는 얼마든지 빠져나올 수 있지만 두 발 다 빠져 있으면 절대 헤어나올 수 없다. 아니, 벗어나기 위해 발버둥칠수록 늪은 점점 더 사람을 빨아들인다. 경민은 비로소 자신이 늪에 빠져 허우적거리고 있다는 것을 알았다.

처음에는 만나서 잘 이야기하면 이해해줄 거라 믿었다. 그녀도 지영과의 우정을 생각한다면 더이상 이런 불편한 관계를 원하지 않겠지. 하지만 그것은 경민의 착각이었다. 어떤 말도 진아에겐 먹혀들지 않았다. 그녀는 오히려 경민을 설득하려 했다. 경민은 지영을 사랑하지 않는다. 그렇기 때문에 자신을 원한 게 아니냐고, 그녀의 입에서 사랑이라는 말이 흘러나왔을 때 경민은 등골이 서늘해졌다.

그뒤 진아의 전화가 계속되었지만 경민은 받지 않았다. 착신 번호표시 기능 덕분에 핸드폰으로 전화가 오면 차단이 가능했다. 그러나 회사 전화는 그럴 수가 없었다. 할 수 없이 몇 번 전화를 받았다. 냉정하게 대하면 그대로 물러나겠지 하는 생각으로 제대로 응대도 하지 않고 그냥 끊었다. 하지만 진아의 집요한 접근은 계속되었다. 전화 통화가 잘 안 되자 회사 앞에서 기다리기 시작했다. 하지만 가장 걱정했던 일은 그게 아니었다.

지영이 문제였다. 그녀만은 이 일을 모르고 지나가길 바랐다. 하지만 결국 발각되고 말았다. 핸드폰의 착신번호. 때로는 유용한 기능이 오히려 덫이 되었다. 수없이 찍혀 있는 전화번호를 본 지영은 경민을 추궁했고 결국 모든 걸 알게 되었다. 경민은 어떤 비난도 들을 각오를 하고 있었지만 의외로 지영은 잠잠했다. 경민은 지영이 원하는 대로 핸드폰 번호를 바꾸고 때마침 스카우트 제의를 해온 회사로 자리를 옮겼다. 덕분에 진아의 전화에 시달리는 일은 없어졌다. 지영도 더이상 진아에 대해 묻지 않았다.

몇 달이 지나 이제는 더이상 그녀를 만날 일이 없을 거라고 생각했는데, 오늘 그녀가 나타난 것이다. 한순간 머릿속이 뜨끈해질 정도로 화가 치밀었다. 또다시 그녀로 인해 지영과 틀어지고 싶지 않았다. 오늘은 기필코 결판을 짓고 말리라는 생각에 그녀의 자동차에 올라탔는데, 깨어나니 이곳이었다. 진아가 자신을 납치까지 할 거라고는 생각도 하지 못했다.

"그 남자…… 어떻게 됐는지 알아?"

생각에 빠져 있던 경민은 그제야 정신이 들었다. 무슨 이야기를 하고 있었지? 아, 지영과 진아 사이에서 양다리를 걸치고 있던 남자 이야기였지…… 그 남자가 어떻게 됐느냐고? 어떻게 됐느냐니, 이건 무슨 의미지?

경민은 질문을 던진 진아를 바라보았다. 그녀의 눈이 묘하게 번뜩이고 있었다.

경민은 그녀가 무슨 말을 할지 두려워졌다. 제정신이 아니야, 넌 미쳤어. 그렇게 소리치고 싶었지만 진아의 번뜩이는 눈빛에 입술마저 붙어버렸다. 왠지 더이상 그녀를 자극하면 안되겠다는 생각이 들었다. 아무래도 미친 게 확실하다. 당장 오늘 한 짓만 봐도 정상이 아니다. 그녀는 왜 날 여기까지 데리고 왔을까? 갑자기 누군지도 모르는 남자가 어떻게 됐는지는 왜 물었을까?

"그 남자…… 당신처럼 얌전히 굴었다면 저기 묻히지는 않았을 텐데."

진아는 어둠에 싸인 창밖을 가리키며 나지막한 목소리로 말했다. 경민은 늪에 빠져 허우적대다가 어느새 목까지 잠긴 기분이 들었다. 머지않아 입과 코로 들어오는 늪지의 오물 때문에 숨도 못 쉬게 되겠지. 생각만 해도 숨이 턱턱 막혔다.

숨도 제대로 쉬지 못하고 입을 벌리고 있는 경민을 보자, 그녀는 웃음을 터뜨렸다. 겁에 질린 그의 반응이 만족스럽다는 듯 그녀는 자리에서 일어나 주방으로 걸어갔다. 와인병은 이미 비어 있었다. 그녀는 또 한 병의 와인을 따며 저녁식사 준비를 마쳤다.

"고기가 다 타버렸네. 마지막 식사만큼은 멋지게 대접하고 싶었는데."

경민은 다시 한번 손목에 힘을 주었지만 단단하게 묶인 밧줄은 풀리지 않았다. 이대로 죽을 수는 없어. 죽을 만큼 잘못한 것도 없잖아. 경민은 터져나오려는 비명을 간신히 참았다. 뭔가 방법을 찾아야 한다. 이리저리 궁리를 하던 경민은 그녀가 다가오는 소리에 고개를 들었다. 진아의 손에 들린 식칼이 불빛에 번뜩였다. 경민은 자기도 모르게 눈을 감아버렸다.

퇴근 시간의 정체를 뚫고 서해안고속도로로 접어들자 여덟 시가 지나고 있었다. 지영은 운전을 하는 중에도 몇 번이나 경민에게 전화를 걸었지만 핸드폰 전원은 여전히 꺼져 있었다.

경민의 회사로 전화를 걸었던 지영은 점심시간 이후 연락이 안 된다는 말에 불안한 기분을 떨칠 수가 없었다. 그의 직장 동료에게서 회사 앞에서 기다리던 낯선 여자가 있었다는 말을 듣자 바로 진아가 떠올랐다. 지영은 심상치 않은 일이 벌어지고 있다는 것을 직감했다. 서둘러 경민의 핸드폰 위치를 추적했다.

장항 가까운 곳의 고속도로. 서해안고속도로에서 어디론가 향하고 있는 것 같았다. 바다라도 보러 간 것일까? 잠깐 그런 생각이 들었지만 이내 고개를 저었다. 그럴 리는 없다. 갑자기 회사일도 팽개치고 진아와 사라질 만큼 무책임한 사람은 아니다. 더구나 지난 몇 달 동안 진아에게 시달리다 겨우 그녀의 손아귀에서 벗어났는데 이제 와서 자의로 그녀를 따라나선다는 건 생각할 수도 없다. 그러다 문득 떠오른 곳이 있었다. 변산반도에 있는 진아의 별장. 지영은 서둘러 집을 나섰다.

진아에게 전화를 걸었지만 결번 안내 멘트가 나왔다. 친구들에게 물어 진아의 바뀐 핸드폰 번호를 알아냈지만 역시 받지 않았다. 친구들에게 전화를 했을 때 들었던 이야기가 자꾸 그녀의 신경을 건드렸다.

진아의 별장을 찾는 건 생각보다 힘들었다. 마지막으로 별장에 갔던 게 벌써 오 년 전이다. 그사이 산이 깎이고 새로운 길이 나고 집들이 생겼다. 거기다 늦은 밤이다보니 초행길이나 다름없었다. 지영은 몇 번이나 길을 잘못 들었다 되돌아 나오기를 반복한 뒤 간신히 별장이 있는 숲으로 들어설 수 있었다.

불이 켜져 있었다. 지영의 예감이 맞았다. 진아가 경민과 함께 저 안에 있을 것이다. 지영은 헤드라이트를 끄고 조용히 진아의 자동차 옆에 주차했다. 불 켜진 별장 안은 조용하기만 했다.

바람이 불자 숲의 나무들이 서로 몸을 비벼대며 삐걱거렸다. 어둠 속에서 흔들리는 나무는 지영의 기분까지 뒤흔들어놓았다. 자동차 문을 열던 지영은 자기도 모르게 어깨를 감싸 안았다. 서늘하다 못해 섬뜩한 느낌, 바람 탓은 아니다. 차에서 내린 지영은 왠지 모를 초조감에 입술을 깨물었다.

처음 진아가 경민을 데리고 사라져버린 것을 알았을 때는 피가 거꾸로 도는 느낌이었다. 하지만 고속도로를 타고 밤길을 달려오면서 활활 타올랐던 지영의 분노는 조금씩 사그라들었다. 그 몇 시간 동안 지영은 진아를 생각했다.

그날…… 수업을 빼먹었던가? 봄 햇살이 좋아 학교 소각장 뒤 담장에 기대 담배를 피우다가 진아를 처음 만났다. 진아는 담배를 피우는 지영을 보고 놀란 토끼처럼 커다란 눈으로 멈춰 있었다.

"담배…… 맛있어?"

그래, 맛있냐고 물었었지. 그대로 등 돌리고 도망치듯 사라질 것 같던 아이가 호기심어린 눈으로 그렇게 물었다. 그러고는 금세 허기진 얼굴을 하고 곁에 앉아 지영의 입술로 새어나오는 담배 연기를 신기한 듯 바라보았다. 지영은 손에 든 담배를 진아에게 건네주고 기침으로 얼굴이 빨개지면서도 담배를 빨아들이는 진아를 지켜봤었다.

오랜 시간이 지난 후에야 진아는 왜 그때 담배를 피웠는지 이야기했다. 그녀를 버리고 도망친 엄마. 마지막으로 본 엄마는 담배를 피우고 있었다고 했다. 자다가 깨어나 마주한 어둠 속에서 담배 불빛이 밝아졌다가 사그라지는 것을 지켜본 진아는 엄마가 떠나리라 예감했다고 했다. 커다란 눈망울에 금방이라도 눈물이 떨어질 것같이 촉촉하던 눈빛. 그 눈빛이 안쓰러워 지영은 진아가 기댈 수 있게 어깨를 빌려주었다.

그뒤로 지영은 늘 진아와 함께 다녔다. 더이상 말이 필요 없을 만큼 서로가 원하는 것을 알고 있던 친구. 그렇게 한시라도 떨어져 있는 것이 이상할 정도로 붙어다니던 사이였는데, 어느 순간부터 지영은 진아의 존재가 부담스러워지기 시작했다. 둘이 멀어지게 된 표면적인 이유는 남자였지만 그건 진아로부터 멀어지기 위한 핑계였다.

남자 같은 건 아무래도 상관없었어. 지영은 비로소 자신이 진아를 멀리하기 시작한 이유에 대해 곰곰이 생각하기 시작했다. 무엇이었을까, 나를 불안하게 만들던 그 감정들은. 지영은 진아에게서 느끼기 시작하던 감정들을 떠올려보았다.

늘 같이 있기 때문에 속속들이 잘 알고 있다고 생각했지만 정작 떠올려보면 그녀에 대해 아는 것은 그리 많지 않았다. 이름과 사는 집, 어릴 때의 단편적인 이야기들. 함께 어울려 다니면서 알게 되는 사소한 것들을 빼놓으면 진아가 어떤 생각을 하고 있는지, 어떤 성격인지 말하기 쉽지 않았다.

말이 필요 없을 만큼 서로가 통한다고 생각했던 것도 결국 지영이 혼자 좋은 쪽으로 생각한 것뿐이다. 진아는 늘 지영이 원하는 것을 미리 알고 있었다. 그녀가 보고 싶은 영화가 있으면 어느새 진아는 영화관으로 가서 지영이 원하는 영화를 정확히 골라 표를 끊었다. 우리 둘이 좋아하는 음식이나 꽃, 색깔 같은 것이 놀랄 만큼 일치한다고 생각했지만 돌이켜보면 진아가 먼저 이야기를 꺼낸 적은 없었다.

머리로는 한 번도 이상하다고 생각한 적 없었지만 그녀의 육감이 먼저 조금씩 진아를 의식하고 있었다. 그렇게 개운치 않은 느낌들이 조금씩 쌓여 불편함으로 다가오면서 지영은 진아와 거리를 두었다.

지영은 진아에게 느끼던 감정들을 비로소 깨달았다. 그것은 두려움이었다.

현관을 향해 걸어가던 지영은 생각을 바꿔 창문 쪽으로 다가갔다. 늘어진 커튼 사이로 거실이 보였다. 진아는 와인잔을 든 채 안락의자에 앉아 있었다. 경민의 모습은 보이지 않았다. 하지만 소파 위에 놓인 양복저고리를 보자 경민이 그곳에 있다는 것을 확신했다. 지영은 현관으로 돌아갔다. 손잡이를 잡으니 의외로 문은 열려 있었다.

지영이 들어오는 것을 보고도 진아는 놀라지 않았다. 아니, 오히려 기다리고 있었던 것처럼 안락의자에서 일어나 식탁 쪽으로 걸어갔다.

"일찍 왔네, 내일쯤이나 올까 했는데."

지영은 진아의 말을 무시하고 방안을 둘러보았다.

"……경민씨 어디 있어?"

"오 년 만이지? 그런데도 잊지 않았네……"

진아는 준비해둔 술잔에 와인을 따라 지영에게 내밀었다.

"돌아와서 기뻐."

지영은 태연한 진아의 모습에 화가 치밀었다. 내가 얼마나 초조한 마음으로 달려왔는지 알아? 지영은 진아가 내민 술잔을 뿌리쳤다. 진아의 손에 들려 있던 술잔은 바닥으로 떨어져 산산이 부서졌다.

"이따위 장난, 그만두란 말이야."

지영은 얼어붙은 듯 서 있는 진아를 바라보았다.

그녀는 물끄러미 바닥에 떨어진 술잔을 내려다보았다. 깨진 유리 조각들과 바닥을 흥건히 적시고 있는 붉은 와인. 진아는 천천히 몸을 숙여 유리 조각을 집어들었다. 그러곤 손바닥 위에 유리 조각을 올려놓고 들여다보더니 힘껏 주먹을 쥐었다. 그녀의 손가락 사이로 와인보다 더 붉은 핏방울이 새어나오기 시작했다.

"진아…… 너…… 무슨 짓이야?"

진아는 핏방울이 뚝뚝 떨어지는 손을 내밀며 지영에게 한 걸음씩 다가왔다.

"기억하니?"

다가오는 진아와 발이라도 맞추듯 지영은 주춤주춤 뒤로 물러섰다. 진아가 걸을 때마다 유리 조각 밟히는 소리가 들렸다. 지영의 시선이 진아의 발끝을 향했다. 맨발로 돌아다녔는지 흙투성이가 된 발로 이제는 유리 조각을 밟는다. 유리 조각에 베인 그녀의 발에서 금세 피가 흐르기 시작했다. 그녀의 발이 지나간 자리에 흙먼지와 검붉은 피가 엉켜 선명한 발자국이 생겼다.

"이거…… 네가 준 생일선물이었어."

지영은 자신의 눈을 믿을 수가 없었다. 지금까지 단 한 번도 이런 모습의 진아를 본 적이 없다. 고속도로를 달려오면서 어렴풋이 느끼던 두려움의 실체를 눈으로 확인한 기분. 할 수만 있다면 이대로 몸을 돌려 도망치고 싶었다.

'미쳤어, 미친 거야. 도대체…… 너…… 왜 이렇게 돼버린 거야?'

지영은 소리라도 지르고 싶었지만 아무 말도 할 수 없었다. 등뒤로 벽이 느껴졌다. 더이상 물러설 곳이 없다. 그 자리에 얼어붙은 지영은 겁에 질린 눈으로 진아를 쳐다보았다. 유리조각을 움켜쥔 진아의 손이 부들부들 떨리고 있었다.

"다시 오자고 했잖아. 그땐 여기에 와인을 채우고 함께 마시기로 했잖아……"

"지…… 진아야."

"내가 얼마나 널 기다렸는지 알아?"

그제야 진아의 전화번호를 알려주던 친구의 이야기가 떠올랐다.

"왜 진아 전화번호를 나한테 물어? 너희들 애인 이상으로 가까운 사이잖아?"

은근히 떠보던 목소리. 하지만 지영은 경민에 대한 걱정 때문에 그녀의 호기심을 미처 읽지 못했다.

"너 그거 아직도 모르는구나? 너네 둘, 레즈비언이라는 소문까지 있었어."

지영은 친구의 말을 무시하고 진아의 전화번호만 확인하고 전화를 끊었다. 그래, 우리 둘은 남들이 그렇게 오해할 만큼 친한 사이였지. 하지만 그건 학창시절 얘기야. 지금은 함께 있는 것만으로도 치가 떨리는 사이가 되었다고.

지영도 한두 번 그런 소문을 들은 적이 있었지만 전혀 신경 쓰지 않았다. 더구나 진아가 자신에 대해 그런 감정을 품고 있을 거라고는 한 번도 생각해본 적 없었다.

뒤엉킨 실타래처럼 풀리지 않던 의문들이 한순간 선명하게 풀리기 시작했다. 지영은 진아가 왜 자신의 남자친구들을 유혹했었는지 비로소 알 것 같았다. 진아가 정말 원하는 사람은 바로 지영이었다.

진아는 지영에게서 남자들을 떼어내면 그녀가 다시 자신에게 돌아올 거라고 믿었던 것이다. 지영은 진아의 기분을 이해할 수 있었다. 여자에게 질투는 너무나 자연스러운 감정이니까.

지영은 진아의 손목을 잡고 그녀를 당겨 안았다.

"미안해…… 너무 오래 기다렸지?"

지영은 진아를 안고 그녀의 머리를 쓰다듬어주었다. 진아는 지영의 어깨에 기대어 아무 말도 하지 않았다. 지영이 쓰다듬는 대로 미동도 하지 않던 그녀는 갑자기 무릎을 꺾고 그대로 주저앉았다. 그제야 찢어진 발바닥의 통증이 느껴지는 모양이었다.

지영은 얼른 진아를 소파로 데려가 앉혔다. 그리고 눈에 보이는 대로 수건을 챙겨 진아의 발에 흐르는 피를 닦아내고 살 속으로 파고들어간 유리 조각들을 빼내기 시작했다. 상처는 생각보다 심하지 않았지만 흐르는 피는 쉬이 멈추지 않았다. 수건을 찢어 발을 단단히 감싼 후 그녀를 소파에 눕혔다. 진아는 얌전한 아이처럼 말없이 지영의 지시에 따랐다.

진아가 누운 소파 아래로 경민의 양복저고리가 떨어져 있었다. 지영은 잠시 경민의 옷을 쳐다보았지만 아무 말도 하지 않고 고개를 돌렸다. 지금은 경민의 이야기를 꺼낼 때가 아니야. 무엇보다 그의 안부가 걱정스러웠지만 지영은 그의 이야기를 물을 수가 없었다.

조금이라도 진아를 진정시킨 후에 물어보자는 생각이었다. 아니, 사실은 그녀가 감당할 수 없는 이야기를 듣게 될까봐 두려웠다. 내가 지금 무슨 상상을 하는 거지. 지영은 불온한 쪽으로만 커지는 상상들을 지우려고 자리에서 일어났다. 입안이 바싹 말라 있었다.

"지영아……"

지영이 일어서는 것을 보자, 소파에 누워 있던 진아가 몸을 일으켰다. 지영은 얼른 진아의 곁으로 가 그녀를 다시 눕혔다.

"걱정하지 마, 어디에도 가지 않을 거야. 그저…… 목이 말라서 그래……"

진아는 그제야 안심한 듯 상체의 힘을 빼며 다시 소파에 누웠다. 그녀는 식탁 쪽으로 시선을 두며 말했다.

"와인이라도 마실까?"

지영은 진아가 원하는 대로 술잔 가득 와인을 따라 소파 쪽으로 돌아왔다. 진아는 상체를 일으켜 앉아 지영이 내미는 술잔을 받았다. 지영은 단숨에 잔을 비웠다. 목이 타기도 했지만 지금은 무엇보다도 알코올의 힘이 필요했다.

지영은 비어 있는 술잔을 내려다보다 진아에게 시선을 돌렸다. 진아는 발바닥이 아픈 듯 인상을 찡그리며 술잔을 내려놓았다. 진작 진아의 마음을 알았다고 해도 뭐가 달라졌을까? 달라질 것은 아무것도 없었다. 어쩌면 더 빨리 진아에게서 멀어졌을지도 모른다. 진아 역시 그렇게 지영이 떠나는 것이 두려워 말을 하지 못했으리라.

어깨를 떨고 있는 진아를 바라보자 안쓰러운 마음이 들었다. 지영은 말없이 진아의 손을 잡았다. 수건으로 질끈 묶은 진아의 손은 차갑기만 했다. 갑자기 어찔하면서 몸이 휘청거렸다. 너무 피곤했던 것일까, 눈꺼풀이 감겨왔다. 순식간에 의식이 블랙홀로 빨려드는 것 같았다. 옆으로 쓰러지면서 본 진아의 입가에 차가운 미소가 떠올랐다. 그제야 지영은 자신의 몸이 굳고 있다는 것을 깨달았다.

진아는 의식을 잃고 축 늘어진 지영을 일으켜 안았다. 그녀를 소파에 눕히고 손등으로 얼굴을 만져보았다. 식은땀으로 차갑고 축축해진 얼굴. 처음 만나던 날의 지영은 복숭아처럼 탐스럽고 향기로웠다.

그 순간부터 난 네가 좋았어. 언제까지 우리는 함께라고 했지. 하지만…… 그 약속을 깨뜨린 건 너야. 널 내 곁에 묶어둘 수만 있다면 뭐든 하겠어. 그래, 결국 여기에 온 것도 경민이라는 미끼 때문이잖아.

진아는 그제야 경민이 보이지 않는다는 것을 깨달았다. 일어나기도 힘들 만큼 밧줄로 꽁꽁 묶어놨는데, 어떻게 도망칠 수 있었을까? 와인을 마시고 잠깐 잠이 든 사이 도망친 모양이었다. 하지만 그런 상태라면 멀리가지 못했을 것이다. 어차피 지영은 한동안 깨어나지 않을 테니 그사이 찾아볼까?

경민에게 주려던 와인에 수면제를 탔다. 그런데 그 술을 뜻하지 않게 지영이 마셔버렸다. 지영이 잔을 들었을 때 말릴까 하는 생각도 있었지만 어차피 선택은 지영이 한 것이다. 진아는 다시 한번 지영의 뺨을 만지며 호흡을 확인했다. 걱정하지

마, 죽지는 않을 거야.

"아니, 어쩌면 죽을지도 모르겠군. 병에 남아 있던 마취제를
모두 부어버렸거든."

진아는 갑작스러운 남자의 목소리에 놀라 고개를 돌렸다.
믿을 수가 없었다. 전화기로 들려오던 남자의 목소리, 어느 틈
엔가 그는 진아의 등뒤에 있었다. 언제부터 들어와 있던 걸까?
지영을 기다리는 일에 모든 신경을 쏟느라 그의 존재는 생각
도 못하고 있었다. 어둠 속에 숨어 별장 안을 지켜보며 틈을
노리고 있었겠지. 전화를 받았을 때부터 그 생각을 했어야 하
는 건데. 아아, 머리가 깨질 듯이 아파온다.

"수면제 탄 술을 마시고 이렇게 금세 쓰러질 거라고 생각
해? 처음부터 의심을 했어야지."

"어, 언제부터 들어와 있었어?"

"네가 잠든 사이 자동차 소리가 들리더군. 저 여자가 내리는
걸 보고 와인에 약을 넣었지. 어차피 넌 잠이 들 만큼 술을 마
셨으니 다시 마실 것 같지는 않고…… 내가 얘기했지? 널 아
프게 하는 것은 무엇이든 용서하지 않는다고."

진아는 남자의 말에 고개를 저었다. 지영이 죽을지도 모른
다는 것을 알게 되자 머릿속의 신경들이 툭툭 끊어지기 시작
했다. 아니야, 이건 아니야.

"아니라고? 너도 알고 있잖아? 우린 닮은꼴이야. 자기가 원

174

하는 것을 손에 넣기 위해서는 어떤 짓도 하는 사람들. 그 남자를 납치할 때는 나도 놀랐다고."

"그 남자…… 어떻게 했어? 당신이 한 짓이지?"

진아의 말에 남자는 웃음을 터뜨렸다. 기분 나쁘게 낄낄거리며 조롱하는 느낌의 웃음소리.

"걱정 마, 풀어주지는 않았으니까. 그저 네가 할 수고를 덜어줬을 뿐이야. 벚나무 아래 땅을 파고 잘 묻어주었지. 오래전네가 묻어버린 남자 옆에 말이야."

진아는 어떻게 해서든 남자의 손아귀로부터 벗어나야 한다는 것을 깨달았다. 이대로 지영이 차갑게 식어가는 모습을 지켜볼 수는 없다. 엄마는 짐짝처럼 그녀를 버리고 떠나갔지만지영은 언제나 곁에 있었다. 언제나 돌아와 조금 전처럼 그녀의 어깨를 감싸안고 머리를 쓰다듬어주곤 했다. 모든 게 다 내잘못이야. 내가 이런 짓을 한 거라고.

진아는 지영의 팔을 어깨에 두르고 일어났다. 마을 어딘가에 작은 의원이 있을 거야. 거기에 가면 지영을 살릴 방법이있겠지. 남자는 진아를 말리지 않았다. 이미 늘어진 지영의 몸에서 생명이 사라지고 있다는 걸 느끼는 것 같았다.

"키키 생각이 나는군. 어미를 잃고 다른 무리에게도 따돌림을 당하던 키키를 위해 네가 얼마나 애를 썼어? 하지만 제 힘으로 일어서면서 키키가 어떻게 했는지 생각해봐, 결국 널 할퀴고 뒤도 안 돌아보고 가버렸잖아."

진아는 남자의 말을 무시하고 싶었다. 어서 빨리 이 별장을 벗어나고 싶었다. 하지만 늘어진 지영의 몸은 진아 혼자 감당하기에 너무 무거웠다.

"이 여자도 마찬가지야. 아무리 붙잡아두려고 해도 결국은 널 버리고 가버릴 거라고."

한 걸음씩 발을 떼어놓자, 감았던 수건이 풀리면서 상처가 다시 벌어지기 시작했다. 진아는 금방이라도 부서져버릴 것 같은 무릎을 간신히 일으켜세우며 현관문을 향해 걸어갔다. 벌어진 상처에서 새어나오기 시작한 피 때문에 걷는 게 힘들 정도로 미끄러웠다. 언제 신발을 벗었더라, 왜 이렇게 맨발로 있는 거지? 맨발…… 벛나무 아래 흙들은 부드러웠어. 그 감촉이 좋아서 자주 맨발로 그 아래 앉아 있었지. 발가락 사이로 파고드는 흙의 감촉…… 경민을 묻고 그 위에 흙을 덮어 꼭꼭 밟아주었지. 갑자기 진아의 머릿속으로 새하얀 번개가 내리쳤다. 비명을 지르며 도망치던 키키. 칼을 휘둘러 단숨에 숨통을 끊었지. 뜨거운 피가 손에 흥건하게 묻었어. 진아는 손을 펴보았다. 동물 특유의 냄새와 함께 진한 피비린내가 느껴진다. 진아의 어깨에 매달려 있던 지영이 바닥으로 떨어졌다. 하지만 진아는 그것조차 느끼지 못했다. 뒤엉켜버린 기억들을 확인이

라도 하듯 진아는 고개를 돌려 거실을 바라보았다. 그곳에는
아무도 없었다.

세면대에서 물이 흐른다. 진아는 두 손 가득 차가운 물을 받
아 얼굴을 적셨다. 그녀의 등뒤로 남자의 시선이 느껴진다. 이
젠 돌아보지 않아도 누군가 있다는 것을 안다. 그리고 이제 그
런 시선은 하나가 아니다.

진아는 문득 고개를 들어 거울을 바라본다. 거기에는 물에
젖은 진아의 얼굴이 보인다. 이상한 건 거울 속에는 그녀 혼자
있다는 것이다. 그녀의 귓가에 아주 가까이 얼굴을 대고 그가
속삭이고 있어도 말이다.

"난 언제까지나 너와 함께 있어. ……함께 있을 거야."

반가운 살인자

또다시 목요일이 되었다. 그리고 기다리던 대로 비가 내리고 있다.

어제 아침부터 잔뜩 흐린 채 무겁게 가라앉아 있던 하늘은 정오가 지나면서 비를 뿌리기 시작했다. 그 기세는 시간이 지날수록 점점 거세지더니, 자정이 가까워지며 장마가 시작된 게 아닌가 하는 생각이 들 정도였다. 하지만 자정을 넘기며 비는 수그러들었고 지금은 귀를 기울여야 소리가 들릴 정도로 추적추적 내린다. 이 정도면 완벽하다. 그놈이 원하는 것은 바로 오늘 같은 날. 어쩌면 비 오는 창밖을 보며 "살인하기 좋은 날이로군" 하고 중얼거리고 있을지도 모른다. 아마도 놈은 오늘 모습을 드러낼 것이다. 아니, 꼭 모습을 드러내야 한다. 지난 한 달 동안 놈을 만나기 위해 내가 할 수 있는 모든 방법을 동원했다.

사건이 시작된 것은 지난 2월. 일하러 나가는 어머니를 배웅하던 여고생이 첫 피해자였다.

새벽 다섯시가 안 된 시각, 도심의 한 빌딩에서 청소부로 일하는 어머니를 배웅하고 집으로 돌아오던 길. 관악구 신림시장 골목으로 들어서던 여고생은 괴한을 만나 흉기로 십여 군데를 찔리고 그 자리에서 죽었다. 겨울비가 소리 없이 내리는 목요일이었다.

여고생이 죽고 한 달 뒤, 이번에는 구로구 고척동에 사는 여대생이 괴한에게 습격당해 사망하는 사건이 발생했다. 이제 막 대학에 들어간 피해자는 선배들과 회식하고 늦게 귀가하던 중 자신의 집 앞에서 괴한과 마주친 듯했다. 역시 비가 내리고 있었고 목요일이었다.

그리고 두 주 뒤 목요일, 이번에는 신대방동에서 사건이 발생했다. 역시 피해자는 여성이었고 남자친구와 막 헤어지고 돌아가던 길에 변을 당했다. 사건 직후 핸드폰으로 남자친구에게 연락해서 구급차에 실려갈 때만 해도 살아 있었지만, 병원에 도착하기 전 과다출혈로 사망했다. 덕분에 처음으로 범인의 인상착의가 밝혀졌다. 그녀가 남긴 말에 의하면 범인은 사십대 남자로 보통 체격이며 검은 점퍼를 입었다고 한다.

그때부터 신문에서는 이 사건을 '비 오는 목요일의 살인사건'이라고 부르기 시작했다. 경찰은 동일범의 소행으로 벌어지는 연쇄살인인지는 아직 분명하지 않다고 발표했지만 신문에서는 세번째 사건부터 동일범이라고 확신하고 있었다.

신문이 그렇게 확신하는 것은 몇 가지 공통점 때문이었다. 우선 사건 발생이 목요일, 그것도 비 오는 날이라는 것. 사건 발생 시각은 주로 새벽 두시에서 네시 사이로 가장 인적이 드문 시간이라는 것. 또 범행 장소는 가로등 불빛이 미치지 못하는 어두운 곳으로, 범인은 거기 숨어 있다가 피해자가 어둠으로 들어오는 순간 피해자에게 칼을 휘두르고 그대로 사라진다는 점 등이다. 범인은 오로지 살인에만 관심이 있는 듯 피해자를 칼로 찌른 뒤에는 그대로 현장을 떠났을 뿐 지갑이나 금품에는 손을 대지도 않았고, 다른 폭행의 흔적도 남기지 않았다. 그리고 무엇보다 중요한 것은 지금까지 접수된 6건의 사건 모두 서울 서남쪽을 중심으로 반경 5킬로미터 안에서 벌어졌다는 것이다.

이 사건들이 연쇄살인사건이라고 신문에 보도된 이후, 흉흉한 소문은 꼬리를 물고 사람들 입에 오르내렸고 온갖 억측과 추리가 난무했다. '사건이 특정 버스노선을 따라 발생한다'거나 '범인은 지하철 2호선을 따라 움직인다'거나 '흰옷의 여자만 노린다'는 등의 소문이 사실인 양 떠돌았다. 그 바람에 흰 블라우스의 하복을 입어야 하는 여학생들은 사건이 해결되기 전까지 교복착용을 거부하겠다며 소동을 벌이기도 했다. 이제 막 고등학생이 된 딸 하린이의 학교 역시 예외는 아니었다.

"그래서 결국 교복은 안 입기로 한 거냐?"

"선생들이 그런 말 듣겠어? 사건은 새벽에 일어났다면서 그 시간에 싸돌아다니지만 않으면 된다고 오히려 훈계만 잔뜩 들었는걸 뭐……"

"그래, 밤에만 안 돌아다니면 돼……"

나는 건성으로 하린이의 이야기를 듣고 있었다. 식탁 위에 펼쳐놓은 신문에서 또 사건과 관련된 기사를 발견했기 때문이다. 가위로 기사를 오리고 있는데, 하린이가 구멍으로 나를 빤히 올려다본다.

"도대체 이건 뭐하러 스크랩을 하는 거야?"

딱히 좋은 변명이 떠오르지 않았다. 뭐 때문이라고 대답해야 하나, 범인을 추적하고 있다고? 하지만 형사도 아닌 내가 그런 얘기를 하면 코웃음을 칠 게 분명하다. 이리저리 머리를 굴려가며 적당한 변명거리를 찾고 있는데 하린이가 먼저 정곡을 찌르는 말을 한다.

"하긴 이렇게라도 소일거리를 찾아야지 뭐…… 성인오락실 가는 거보다 훨씬 낫네."

그 말이 맞을지도 모른다. 처음에는 바로 우리 동네 주변에서 일어난 사건이라 관심을 가졌지만 결국 그 사건 덕에 무료하던 나의 매일매일이 조금씩 흥분과 스릴로 채워지고 있으니까.

새로 오린 기사를 스크랩북 위에 올려놓고 풀을 바르기 시작했다. 이번 기사는 경찰청에서 이 사건들을 '범죄 프로파일링 기법'을 적용해 분석한 결과 동일범일 가능성이 있음을 확인했고 결국 연쇄살인사건으로 수사 방향을 잡았다는 내용이다. 돌다리도 두들겨보고 가라고는 하지만 늦어도 한참 늦은 대응이다.

기사 하단에는 서울 경찰청에 근무하는 수사관의 사진과 함께 국내 유일의 프로파일러라는 소개글이 보였다. 그는 이 연쇄살인사건에 대해 "낯선 사람에 의한 이유 없는 살인"이라고 정의를 내리고 있으며 범행정황으로 보아 정신이상일 확률도 있다고 했다. 전문가의 말치고는 실망스러웠다. 신문기사만 챙겨본 나도 이런 말은 할 수 있다.

미국 FBI 프로파일러들은 범인의 나이나 외모, 가정환경, 심리상태까지 정확하게 집어내던데, 우리나라는 아직 그 정도 수준은 아닌 모양이다. 하긴 연쇄살인이 수십 건씩 일어나는 미국과 우리나라를 비교한다는 것 자체가 무리일지도 모르겠다. 자료가 없으니 정확한 데이터가 만들어져 있을 리 없고, 그렇다고 미국식 프로파일링이 우리에게 맞을 리는 없을 테니까.

"아빠, 혹시 그거 들어봤어?"

냉장고에서 얼린 요구르트를 꺼내 밑동부터 깨물어먹던 하린이가 한참 생각에 잠겨 있다 불쑥 말을 꺼냈다. 멀쩡한 요구르트를 얼려 먹는 것도 마음에 안 들지만, 정서불안장애를 가진 것처럼 밑바닥부터 잘근잘근 씹어서 플라스틱 통을 분해하며 먹는 건 더 신경에 거슬렸다. 한마디했다가는 잔소리가 될까봐 시선을 거두고 스크랩에 열중했다.

"왜, 빨간 마스크 말이야……"

"빨간 마스크?"

"응. 이번 사건이 빨간 마스크 짓이라는 얘기도 있어."

이런 한심한…… 나도 모르게 입이 딱 벌어졌다. 하린이에게 스크랩한 신문기사 중 하나를 보여주고 싶었다. 피해자가 죽어가며 남긴 증언으로 분명 범인은 사십대의 남자라고 밝혀졌는데도, 이런 터무니없는 이야기를 믿다니……

"하필이면 여자만 죽이는 것도 범인이 빨간 마스크라서 그런 거래. 비 오는 새벽에…… 어둠 속에 숨어서 지나가는 사람들을 보다가 자기보다 더 이쁜 여자를 발견하면 그 뒤를 따라가서 이렇게 물어본대."

"……?"

"나 이뻐?"

"푸하하하……"

얼굴을 들이대고 한참 심각한 듯 폼을 잡고 말하는 하린이의 표정이 우스워 나도 모르게 폭소가 터져나왔다. 내 웃음이 갑작스러웠는지, 하린이는 금방 샐쭉한 표정이 되었다.

"진짜란 말이야. 진짜 그렇게 물어본다니까."

"그걸 믿냐? 참, 요즘 애들은 덩치만 컸지 생각하는 거 보면 아직 멀었다니까……"

"치, 관둬. 아빤 맨날 혼자만 잘난 척이야. 진지하게 얘기하는데 비웃기나 하고……"

"야, 비웃은 건 아니다……"

하지만 기분이 상한 하린이는 문을 쾅 소리 나게 닫고 자기 방으로 들어가버렸다.

빨간 마스크라니, 이건 여름밤 할머니가 들려주는 처녀귀신 이야기 수준이 아닌가. 하긴 고등학생인 하린이와 친구들에게는 그게 더 믿고 싶은 가설일지 모른다. 오랫동안 한동네에 살았고 지금도 아침저녁 지나치며 인사하는 이웃이 연쇄살인범이라는 것보다, 있지도 않은 가상의 인물을 등장시켜 범인으로 몰아붙이는 게 공포감을 훨씬 줄이는 방법일 테니까. 하지만 진실은 외면한다고 가려지지 않는다. 범인은 바로 평범한 우리의 이웃들 속에 숨어 있는 것이다.

하린이가 자기 방으로 들어가자 비로소 조용히 작업에 몰두할 수 있었다. 신문기사 스크랩이 끝나자 식탁 위에 서울시 지도를 펼쳤다. 이미 여섯 개의 붉은 표시가 서남쪽에 찍혔다. 그 여섯 개의 점은 정확히 우리집 주변에 몰려 있었다.

놈의 다음 목표지점은 어디일까? 사건발생 지역들의 연결고리를 생각해보려고 이리저리 머리를 굴렸다. 처음엔 떠도는 풍문처럼 버스노선이나 지하철 2호선을 떠올렸다. 하지만 새벽이라는 시간을 계산해보면 굳이 버스노선이나 지하철을 떠올릴 이유가 없지 않을까 싶었다. 더구나 범행 후 피해자의 피라도 묻었다면 그대로 대중교통을 이용한다는 가설은 무리일 수밖에 없다. 범인은 자가용이나 택시를 이용해 이동했을 가능성이 더 컸다.

한참 동안 지도 위의 붉은 점들을 이리저리 이어보며 사건에 집중하려고 했지만 하린이가 한 말이 계속 머릿속을 맴돌았다. 무엇인가 자꾸 신경을 자극했다. 그게 뭐지, 뭐지…… 그래, 빨간 마스크…… 빨간 마스크였다. 왜 이 단어가 지워지지 않고 계속 머릿속을 헤집고 다니는 것일까? 기억의 창고를 한참 뒤적거린 뒤에야 왜 '빨간 마스크'라는 단어가 쉽게 사라지지 않았는지 알 수 있었다.

대학 때 일로 기억한다. 1985년쯤인가 화성연쇄살인사건 때문에 전국이 떠들썩하던 때였다. 화성에 사는 친구 한 놈이 우리집에 놀러와서 기가 막힌 이야기를 해주었다.

화성연쇄살인사건의 범인은 빨간색 점퍼를 입은 남자라는

188

목격자의 증언이 있었고, 평소 빨간색 점퍼를 즐겨 입던 친구가 경찰서에 끌려갔다는 얘기였다. 단지 빨간색 점퍼를 입었다는 이유만으로 용의자 선상에 오른다는 건 말도 안 된다고 일축했지만 친구는 꽤 진지한 얼굴로 "네가 지금 화성의 분위기를 몰라서 그런다"고 했다. 그 친구 말고도 빨간색 점퍼를 소지한 몇 명의 청년이 더 불려갔다 풀려났단다.

수백 명의 화성 주민이 용의자 선상에 올라 경찰서에서 신문을 받았으며, 제대로 알리바이를 대지 못하거나 얼버무리면 고문수사까지 행해졌다고 했다. 그 친구와 한동네에 사는 청년은 그보다 더 끔찍한 일을 당했는지 경찰서에 다녀온 뒤로 정신병원에 들어갔다고도 전했다.

몇 년을 끌면서 수많은 희생자를 낸 연쇄살인사건의 범인이니 경찰들은 어떤 무리수를 두더라고 꼭 놈을 잡고 싶었을 것이다. 아무튼 그 일로 친구는 집에 돌아가자마자 빨간색 점퍼를 아궁이에 처넣었다고 했다. 그때 그 수많은 사건을 저지르고 몇백 명이나 되는 경찰과 주민들의 눈을 피해 어둠 속으로 사라진 범인은 과연 누구일까? 놈은 정말 빨간색 점퍼를 입고 있었을까?

멍하니 두서없는 생각에 끌려가다 정신을 차려보니 지도 위한 지점이 주변을 붉게 물들이고 있었다. 손에 쥐고 있던 붉은 사인펜이 나도 모르는 사이 한 곳을 찍어누르고 있었던 모양이다. 그렇지 않아도 놈이 어디에 나타날까 하고 고심하던 차라, 그 붉은 점이 마치 놓치면 안 될 계시처럼 느껴졌다.

거실에 걸린 뻐꾸기시계가 한시를 알리자 나는 기다렸다는 듯이 이부자리를 털고 일어났다. 백수 남편인 나 대신 직장에 다니고 있는 아내는 세상모르게 잠이 들었다. 거실로 나와 건넌방의 기척을 살폈다. 하린이 역시 잠들었는지 방에 불이 꺼져 있었다.

우산 대신 우의를 입기로 했다. 우산을 들게 될 경우 시야를 가리는 것은 물론이고 한쪽 손마저 자유롭지 못할 거라는 생각에서였다. 비 오는 목요일 새벽, 아마 놈 역시 나처럼 다른 사람의 시선을 피해 조용하고 은밀하게 거리로 나서겠지. 등줄기로 차가운 얼음 한 조각이 미끄러져 내려가는 것 같은 기분. 과연 그 붉은 점이 계시가 되어줄 것인가. 모든 것은 운명에 맡겨보기로 하자.

밖으로 나오자 비는 생각보다 잦아들고 있었다. 분무기로 흩뿌리는 물처럼 빗방울의 무게도 거의 느껴지지 않았다. 우선 집 주변을 확인했다. 혹시라도 이 밤늦은 외출을 아내나 하린이에게 들키지 않았나 해서 잠시 기다렸다. 집안에서는 아무 소리도 들리지 않았다. 서둘러 지도 위 붉은 점이 찍힌 그 지역으로 걸음을 옮겼다.

큰길로 나서자, 도로 위에는 아직도 자동차 불빛들이 이어졌다. 이따금 승차라도 하려나 싶은지 택시가 내 옆을 머뭇거리다 지나갔다. 그럴 때마다 나는 마치 범죄자라도 되는 양 불빛을 피해 인도 쪽으로 더 깊숙이 걸음을 옮겼다. 더이상 옆에 와서 속도를 늦추는 택시는 없었다.

지도상으로는 단지 붉은 점 하나에 지나지 않았지만, 그 붉은 점은 수십 채의 집과 골목과 가로등을 의미했다. 인적이 드문 길을 골라 다니며 가로등 불빛이 사라지는 어두운 골목에 들어설 때마다 놈의 흔적을 찾게 될 것 같은 기분이 들었지만 한 시간이 넘도록 나는 아무것도 보지 못했다.

오늘 놈은 일곱번째 희생자를 찾기 위해 거리로 나섰을까? 아니면 안락한 이부자리에서 자신이 죽인 자들에게 쫓기는 악몽을 꾸고 있을까?

비닐 우의 속으로 축축한 습기와 함께 땀내와 체취가 뒤섞여 올라왔다. 비도 거의 그쳐가고, 갑갑하기도 해서 결국 우의를 벗었다. 주택가 골목으로 꺾어 들어서며 우의를 접기 위해 팔을 펴는 순간 골목을 나오는 누군가 나의 어깨에 부딪혔다. 생각지도 못한 순간에 사람을 발견해서인지 그의 눈이 커졌다. 나 역시 갑작스레 나타난 사람 때문에 적잖이 당황스러워 멍하니 그를 쳐다보았다. 짧은 순간 그와 눈이 마주쳤다. 그는 이내 점퍼에 손을 집어넣으며 골목을 벗어나 큰길로 걸어갔다.

사내의 얼굴은 금세 머리에서 지워졌고, 나는 다시 몸을 돌
려 우의를 구겨넣었다. 골목으로 걸음을 옮기는데 뭔가 아릿
한 통증이 느껴졌다. 아프다고 말할 수는 없지만 묘하게 신경
을 자극하는 느낌. 손을 들어보니 팔뚝에 가느다란 상처가 생
겼다. 손가락으로 상처를 만지자 기다렸다는 듯이 피가 배어
나오기 시작했다. 종이에 베인 상처처럼 뭔가에 아주 살짝 스
치며 생긴 상처라 피는 이내 멈추었고 상처 부근이 잠시 근질
거렸다. 어디에서 생긴 상처일까. 우의를 펼쳐 뒤져보았지만
상처를 낼 만큼 날카로운 장식물 같은 것은 달려 있지 않다.
고개를 갸우뚱거리며 몇 걸음 옮기던 나는 뭔가에 걸려 휘청
거렸다.

발밑으로 물컹하는 느낌. 사람이다. 순간 머릿속에 비상등
이 켜졌다. 팔뚝에 베인 상처, 몸을 돌려 큰길로 나서며 두 손
을 점퍼 주머니에 찔러넣던 뒷모습. 그놈이다. 그놈과 부딪친
것이다. 발밑에 쓰러진 여자는 이미 숨을 거둔 듯 아무런 움직
임도 없다. 혹시나 하고 가슴에 손을 대보았지만 심장은 이미
멈췄다. 체온은 아직 따뜻했지만 심장은 더이상 움직이지 않
았다.

그제야 정신이 돌아온 나는 몸을 돌려 미친듯이 달리기 시
작했다. 잡아야 한다. 놈을 잡아야 한다. 몇 걸음만 뛰어가면

놈을 잡을 수 있다. 골목을 벗어나 큰길로 나가는 것을 봤으니 방향은 알고 있다. 놈과는 불과 일이 분 전에 만났다. 놈은 여자를 죽이고 현장을 벗어나다 나와 마주친 것이다.

어쩐지 그 눈빛이 심하게 불안해 보였어. 잘 기억도 나지 않지만 나는 그렇게 단정지었다. 드디어 놈을 찾아냈다. 이제 놈을 잡기만 하면 된다.

*

나에게 가장 슬픈 일은 무엇일까? 그것은 사랑하는 사람에게 아무것도 못해주는 것이다. 사업 실패로 오억이 넘는 빚을 지고 이 년 동안 노숙자 생활을 할 때 가장 마음에 걸렸던 것은 사랑하는 딸 하린이였다. 어쩌다 아내와 연락이 닿을 때면 아내는 차라리 죽어버리라고 했다. 그러면 그 많은 빚이 내 죽음과 함께 사라질 테니. 하지만 하린이는 돌아오라고 말해주었다. 아무것도 가진 것 없는 초라한 아빠라도 좋다. 제발 돌아오기만 하라고. 결국 나는 하린이의 말대로 집으로 돌아왔다. 이미 집은 넘어갔고 내 소유의 그 무엇도 남아 있지 않았다. 집사람은 처갓집에서 빌린 오천만 원으로 허름한 14평짜리 빌라를 구해 살고 있었다. 그날부터 나는 아내에게 얹혀사는 처지가 되었다.

아내는 오랜만에 집에 돌아온 나에게 무언가 기대하는 눈치였지만 곧 상황을 깨달았다. 나는 무슨 대책이 있어서 돌아온 게 아니었다. 아무런 답안지도 마련하지 못한 채 집으로 돌아온 내게 아내는 노골적으로 경멸의 시선을 보냈다.

밖에서 지낸 이 년 동안 나는 완전히 다른 사람이 되어 있었다. 이 년이라는 시간 때문인지, 아니면 죽어버리라던 아내의 목소리를 기억하고 있기 때문인지 나는 서먹함을 감출 수 없었다. 하린이가 없으면 둘 사이에 어떤 대화도 이어지지 않았다. 십 년 넘는 세월을 함께 산 부부지만 그런 건 이미 빛바랜 사진처럼 기억 한쪽에 걸려 있을 뿐이었다. 우리는 유통기한이 지난 통조림 같았다. 버리자니 아깝고, 그렇다고 먹자니 왠지 꺼림칙한 물컹하고 비릿한 고등어 통조림.

그래도 처음엔 새 출발을 할 수 있을 거라 생각했다. 새로운 직장을 찾아 이력서도 내고 면접도 봤다. 하지만 신용불량자가 얻을 수 있는 일자리 같은 건 없었다. 막노동이라도 하려고 했지만 그 역시 여의치 않았다. 공사현장에서 나는 쓸모없는 인간이었다. 결국 집에 들어앉아 하루종일 잠만 잤다. 노숙자 생활을 하며 나 스스로에게 놀랐던 것 중 하나가 잠이다.

공원이나 지하도 어느 곳이든 몸을 기대기만 하면 잠이 들었다. 사업할 때 미처 자지 못했던 시간들이 비축되었는지, 자고 또 자도 여전히 졸음이 쏟아졌다. 사실 현실도피였다. 잠을 자는 동안은 나를 짓누르던 모든 것에서 자유로울 수 있으니 말이다.

가끔은 엄지손가락을 빨던 어릴 때의 하린이가 꿈에 나타나 하루종일 내 기분을 가라앉히기도 했지만 그럴 때 역시 다시 잠을 청했다. 기분은 우울한 대로 접어두고 꿈속에서라도 하린이를 볼 수 있다는 게 행복했다. 어쩌면 나는 매일 잠만 자던 그 생활에 익숙해져버렸는지도 모른다. 그래서 집으로 돌아온 뒤에도 매일 아침 일찍 일어나 넥타이를 매고 흔들리는 만원 전철에 떠밀리며 직장에 나가고 시간에 쫓기며 점심을 먹는, 그런 생활로 다시 돌아가는 게 끔찍했던 것은 아닐까?

아내의 잔소리나 경멸어린 시선 같은 건 아무래도 좋았다. 그런 건 이미 노숙자 생활로 단련될 만큼 단련되었으니까. 하지만 무엇보다 견디기 힘든 건 하린이의 아픈 눈빛이었다. 이 볼품없고 무능력한 아빠를 원망하거나 짜증스러워하는 눈빛이 아닌, 안쓰러워하고 가엽게 여기는 눈빛. 못 본 사이 하린이는 훌쩍 어른이 되어 있었다. 집으로 돌아오고 한두 달 동안 뭐라도 해보려고 발버둥쳤던 것도 아마 하린이 때문이었다.

한창 친구들과 어울리며 웃고 떠들 나이지만 하린이는 갑자기 철이 들어버렸다. 가지고 싶은 것도 많을 텐데 그 무엇도 먼저 사달라고 하지 않았다. 반에서 유일하게 핸드폰이 없다는 걸 알았을 때 나는 내 심장을 찌르고 싶었다. 하린이는 친구들과 집에까지 와서 떠들고 싶지 않다고 아무렇지도 않은 듯 이야기했다. 하지만 나는 안다, 하린이는 그런 일로 내가 상처받을까 두려워하고 있다는 것을. 그런 하린이의 배려를 깨닫게 될 때마다 나는 오히려 나의 처지를 뼈저리게 느꼈다.

하린이에게 아무것도 해줄 수 없다는 사실을 인정하고 싶지 않았다. 나 같은 건 죽어버리라고, 아내의 그 말을 들었을 때 이미 나는 사라지고 없었다. 사회에서도, 가정에서도 존재가 치가 사라졌지만 하린이에게만은 무능력한 아빠로 남고 싶지 않았다. 아무것도 없는 내가 하린이를 위해 할 수 있는 일이 무엇일까? 그 해답은 아내의 서랍에서 나왔다.

생명보험증서였다. 한창 사업으로 바쁜 와중에 보험회사에 다니는 친구의 실적을 위해, 적선하는 셈치고 몇 개 들어두었던 보험이었다. 수혜자는 아내였다. 내가 죽으면 아내 앞으로 육억이 넘는 돈이 남겨진다. 부도가 나서 정신이 없던 와중에도, 남편이 사라진 이 년 동안에도 아내는 꼬박꼬박 보험금을 내고 있었다. 그제야 죽어버리라고 했던 아내의 말은 진심이었을지도 모른다는 생각이 들었다. 아니, 이미 알고 있었던 것 같다. 다만 믿고 싶지 않았을 뿐.

나는 보험회사에 있는 친구에게 전화를 걸었다. 몇 년 만의 전화를 반가워하던 친구는 곧 다른 보험 상품도 권했다. 하지만 나는 한두 가지만 확인하고 전화를 끊었다. 다행히 내가 원하는 대로 보험금의 수혜자를 바꿀 수 있었다. 드디어 하린이를 위해 내가 할 수 있는 일을 찾았다.

세상이 조금씩 푸른빛을 띠어갈 때 집에 도착했다. 시계를 보니 다섯시가 조금 넘었다. 잠시 후면 아내와 하린이가 깨어날 시간, 서둘러 문을 따고 현관으로 들어섰다. 신발을 벗는데, 그제야 손에 피가 묻은 것을 발견했다. 팔에 생겼던 상처는 이미 아물었다. 어디서…… 하다가 여자의 가슴에 손을 대고 심장소리를 확인하던 것이 떠올랐다. 아마 지금쯤 여자의 시체는 발견되었을 것이다. 현관 손잡이에 묻은 피를 수건으로 닦아내고 서둘러 욕실로 향했다. 수돗물을 틀어놓고 손에 묻은 피를 씻어내고 있는데, 하린이가 문을 열고 쳐다본다. 나는 손을 얼른 뒤로 감추고 하린이를 향해 어색하게 웃었다.

"왜 벌써 일어났어?"

"아빠는?"

"나? 나야 뭐…… 낮에 많이 자서…… 일찍 깼어. 화장실 쓰려고? 금방 씻고 나갈게."

하린이는 뭔가 할말이 있는 것처럼 나의 표정을 살핀다. 이럴 때면 무섭다. 얼른 문을 닫고 손에 남은 거품을 씻어냈다. 하린이가 봤을까? 아니, 그럴 리 없다. 이미 손에 묻은 피는 거의 다 씻겨내려가고 없었다.

뒤늦게 일어난 아내는 늦었다며 아침도 먹지 않고 서둘러 집을 나갔다. 하린이와 둘이 식탁에 앉았다. 고개를 숙인 채 묵묵히 식사에 열중하는 하린이의 표정에서는 아무것도 읽을 수 없었다. 거실에 켜둔 텔레비전에서 아침뉴스가 들려온다. 부시 행정부가 북한을 점점 고립시키고 있고, 정치권에서는 보궐선거에 내보낼 후보 공천으로 바쁘고, 상반기 경제지수는 또 떨어졌다고 한다. 어떤 뉴스를 전해도 아나운서의 목소리 톤은 변하지 않는다.

"그만 봐, 나 하린이 맞아."

"어?"

"왜 아까부터 자꾸 내 눈치를 보냐고……"

"눈치는…… 내가 무슨 눈치를 봤다고……"

하린이의 시선이 다시 식탁으로 떨어진다. 그제야 내가 계속 하린이를 쳐다보고 있었다는 것을 깨닫는다. 너무 과민하게 생각한 것인지도 모른다. 그래, 그저 아무도 없을 줄 알고 욕실 문을 열었다가 내가 있어서 당황했던 거겠지. 괜히 불안해할 필요가 없다. 마음을 단단히 먹고 태연한 척 식사를 계속했다. 뉴스를 전하는 아나운서의 목소리가 다시 들려왔다.

—오늘 새벽, 영등포구 문래동 주택가 골목에서 삼십대 여성이 가슴에 칼을 맞고 숨진 채 발견되어 경찰이 수사에 나섰습니다. 숨진 이모 여인은 가족들의 옷을 사기 위해 야시장에

다녀오다가 변을 당한 것으로 알려졌습니다. 경찰에서는 이 사건이 비 오는 목요일 새벽에 일어났다는 점에 주목하고, 그 동안 발생했던 연쇄살인사건의 연장선상에서 수사를 해나간 다는 방침을 정한 것으로 알려졌습니다.

얼핏 쓰러진 여자의 주변에 쇼핑백이 떨어져 있던 게 기억 났다. 가족들의 옷을 사기 위해, 한푼이라도 더 싼 곳을 찾아 야시장에 갔겠지. 하지만 그녀는 자기가 사 온 옷을 입은 가족 의 모습을 보지 못하고 죽었다. 그런 생각을 하니 나도 모르게 주먹에 힘이 들어갔다. 그놈을 잡았어야 했다. 어떤 일이 있어 도 놓치지 말았어야 했다. 오늘처럼 우연찮게 마주치는 기회 가 또 오지 않을 테니 절대…… 절대 놓치지 말았어야 했다. 하지만 나는 두 눈 멀쩡히 뜨고도 내 앞에서 사라져가는 놈을 잡지 못했다. 놈을 잡기 위해 큰길로 뛰어갔을 때 거리에는 아 무도 없었다. 이제 막 운행을 시작한 버스와 손님을 태우지 못 한 택시들만 도로를 질주하고 있었다.

"……아빠?"

"응? 왜? 뭐? 물 줄까? 뭐라고 그랬어? 못 들었는데……"

"아니야, 됐어…… 그냥……"

갑자기 허둥거리는 내가 이상했는지 하린이는 더이상 아무 말도 하지 않고 식탁만 한참을 쳐다보다, 빈 그릇을 싱크대에 가져다두고 자기 방으로 들어갔다. 새벽의 사건을 전하던 텔레비전은 이제 날씨를 전하며 다가오는 주말에 여행하기 좋은 곳을 소개하고 있다. 그래, 산 자는 그렇게 또 살아가는 것이다.

*

나의 목적은 간단하다. 연쇄살인범의 손에 살해당하는 것. 그러면 하린이 앞으로 육억이라는 보험금이 지급된다. 수혜자를 변경했다는 사실을 알고 아내는 이를 갈겠지만, 내 목숨의 대가를 누구에게 줄 것인지 정도는 내가 정해도 되는 일 아닌가? 물론 보험금을 꼬박꼬박 낸 것은 아내지만, 십 년이 넘는 지난 세월을 내 덕에 아무 걱정 없이 잘 먹고 잘살았으니 그 정도 보답은 해야 계산이 맞는다.

아내의 서랍에서 보험증서를 발견한 뒤, 며칠 동안 그 보험증서가 뜻하는 게 무엇인지 고민했다. 아내에게 물어볼까도 생각했지만 그냥 덮어두기로 했다. 노숙자 생활 이 년 동안 터득한 게 있다면 한 걸음 뒤로 물러서서 세상을 바라보게 되었다는 것이다. 거리에 누워 사람들의 발에 시선을 두고 있다보면 사는 것 역시 그리 대단하게 느껴지지 않았다. 동동걸음으로 바쁘게 살아야 할 거창한 일도, 아등바등 허우적거릴 만큼 절실한 것도 없었다. 구름이 흐르다 비가 오는 것처럼 때가 되면 조용히 떠나면 되는 것이다. 이미 몇 번이나 죽으려고 마음먹었던 목숨이다. 아내가 그 목숨을 담보로 한몫 노린다면 못 줄 것도 없었다. 어느 날 아내의 핸드폰에 찍힌 문자메시지만 보지 않았다면 나는 그렇게 아내가 원하는 대로 조용히 지내다 아내의 통장에 육억을 남기고 죽었을 것이다.

아내에게 남자가 있다는 사실은 그다지 충격적이지 않았다. 노숙자 생활을 청산하고 집으로 돌아온 이후 나를 대하는 아내의 태도를 보면서 어렴풋이 느끼고 있었다. 여자의 육감은 놀랍도록 정확하다고 하지만 남자의 육감 역시 마찬가지다. 그렇지만 아내에게 남자가 있다는 것과 하린이 문제를 함께 생각하니 머리가 복잡해졌다. 물론 자기 자식이니 쉽사리 버리거나 하지는 않겠지만, 남편인 내게 했던 걸로 봐선 장담할 수 없는 일이다.

하린이 앞으로 보험금 지급을 돌려놓고, 보험약관에 대해 알아보았다. 첫번째로 피보험자가 고의로 자신을 해친 경우 보험금이 지급되지 않는다고 적혀 있었다. 그런데 예외사항이 있다. 계약 후 이 년이 지난 뒤 자살했을 경우는 보험금이 지급된다는 것이다. 친구에게 전화를 걸어 알아보니, 그런 보험도 있지만 내가 든 것은 자살일 경우 보험금 지급이 안 되는 상품이라고 했다. 친구는 "설마 진심으로 죽으려는 건 아니지?" 하며 조심스럽게 물었다. 사는 게 워낙 힘들어지다보니, 가족들을 위해 생명보험에 들어놓고 자살을 하는 경우가 가끔 있다고 했다. 하지만 그럴 경우 지급액이 사고사에 비해 훨씬 적다고 했다.

자살을 택하지 않으면서 빠르게 죽을 수 있는 방법을 찾는 건 쉬운 일이 아니다. 그렇게 죽을 방법을 찾고 있던 중 신문에서 연쇄살인에 관한 기사를 읽었다. 그래, 이거다. 나 자신을 위험에 노출시키면 된다. 이미 몇 명이나 사람을 죽인 살인자에게 나 하나 더 죽이는 것쯤은 일도 아닐 것이다. 다소 무모해 보이는 계획이었지만 사건 자체에 대한 호기심과 우리 동네에서 일어나고 있다는 가능성 때문에 해볼 만하다는 생각이 들었다.

우선 내가 할 일은 그동안의 사건들을 정리해 범인의 활동 범위가 어디며, 다음은 어디를 노릴 것인지를 추측해내는 것이었다. 경찰도 아닌 내가 겨우 신문에 난 기사만 가지고 범인의 다음 목적지를 찾아낸다는 건 그야말로 어불성설이었다.

내가 할 수 있는 일이라곤 목요일마다 무작정 집을 나서서 여기저기 쏘다니는 것이었다. 하지만 비 오는 목요일의 연쇄살인범은 맑은 날에는 결코 살인을 하지 않았다. 결국 나도 비오는 목요일만 외출하기로 했고 겨우 네번째 외출에서 살인범과 마주친 것이다.

아내도 하린이도 없는 낮시간 동안 나는 새벽에 만났던 살인범에 대해 생각했다. 막연히 살인범에게 내 목숨을 맡겨야겠다고 생각하던 내가 얼마나 유치하고 어리석었는지 뼈저리게 느낄 수 있었다.

살인범과 마주치고, 그의 눈빛을 보고, 그가 죽인 희생자의 시체를 마주한 순간 정신이 번쩍 들었다. 그동안 나는 어리광을 부리고 있었을 뿐이다. 내게 남아도는 무료한 시간들을 흥분과 스릴로 바꿀 무엇이 필요했을 뿐이다. 무능력한 나를 바꿀 자신도 없고 무력감에 빠져 있는 이 상황에서 벗어날 방법도 몰랐다. 그렇게 계속되는 시간이 참을 수 없을 만큼 갑갑해졌던 것이다.

몇 시간이고 멍하니 살인범의 얼굴을 떠올려보았다. 단 한 번, 살인범과 몇 초도 되지 않는 짧은 순간 마주했지만 왠지 그의 본질을 들여다본 것 같은 기분이 들었다. 그 역시 어떻게 하지 못하는 자신의 상황 속에서 발버둥을 치고 있는 것은 아닐까? 그것이 무엇이든지 간에 그는 비 오는 목요일마다 칼을 들고 어둠 속을 방황하며 자신의 문제로부터 도망치고 있는 것이다. 하지만 사건이 되풀이될 때마다 범인은 자신의 문제로부터 도망치기보다는 점점 더 깊은 수렁으로 빠지고 있는 것은 아닐까?

"이게 뭐야?"

"풀어봐."

하린이가 돌아오자 나는 기다렸다는 듯 하린이를 식탁에 앉히고 상자를 내밀었다. 하지만 하린이는 꼼짝도 하지 않고 내 얼굴만 쳐다보았다. 기뻐할 하린이 얼굴을 생각하니 내 마음이 더 급해져 얼른 상자를 풀어 보였다.

"어때? 맘에 들어? 이게 제일 잘나가는 디자인이라는데……"

하린이의 눈빛이 흔들렸다. 얼른 핸드폰을 꺼내 하린이에게 건네줬다.

"열어봐. 번호는 아빠 맘대로 정했다."

팔짝팔짝 뛰며 기뻐할 거라 생각했지만 하린이는 손에 들린 핸드폰만 묵묵히 쳐다보았다. 전혀 예상치 못한 반응이었다.

"왜? 디자인이 맘에 안 들어? 다른 걸로 바꿀까?"

이미 내 기분도 가라앉아버렸지만 하린이의 표정이 심상치 않았다.

"……어디서 났어?"

"……하린아?"

"돈이 어디서 생긴 거야?"

"야, 인마, 아빠 그 정도 돈은 있어."

선물을 받아도 기뻐하기보다 아빠의 빈 주머니를 생각하는 녀석. 그게 오히려 나를 더욱 슬프게 한다는 걸 하린이는 알고 있을까? 새삼 비참한 기분이 들었다. 하지만 하린이의 다음 말은 내게 충격을 안겨주었다.

"거짓말하지 마. 내가 모를 줄 알아?"

"무…… 무슨 소리야? 내가 무슨 거짓말을 한다는 거야?"

나를 쳐다보는 하린이의 눈에 그렁그렁 눈물이 고이기 시작하더니 이내 뺨을 타고 주르륵 흘러내렸다. 도대체 하린이가 왜 이런 반응을 보이는지 알 수 없었다.

"하…… 하린아……"

"놔, 놓으란 말이야…… 아빠가…… 아빠가 그런 무서운 짓을 하는 사람인지 몰랐어…… 어떻게…… 어떻게 그런……"

하린이는 다음 말을 채 잇지도 못한 채 터져나오는 울음을 틀어막으며 자기 방으로 들어가버렸다. 도대체 하린이가 하는 얘기는 무엇일까? 무엇을 알고 있는 것일까? 섬광처럼 번쩍, 머리에서 하얗게 빛이 번졌다 사라졌다.

그렇다. 하린이는 욕실에서 피 묻은 손을 닦고 있던 나를 보았던 것이다. 그리고 우리집과 멀지 않은 곳에서 일어난 살인사건을 전하던 아침 뉴스. 두 개의 퍼즐을 쥔 하린이는 고민에 빠졌을 것이다. 잘못된 퍼즐은 신문기사를 스크랩하고 있는 내 모습과 목요일 새벽마다 사라지는 나(이걸 하린이가 알고 있을 거라고는 확신할 수 없다)를 떠올리게 만들었을 것이다. 하나하나 완성되어가는 그림을 보면서 결국 하린이는 어떤 결론에 도달했을 것이다. 연쇄살인범의 정체가 빨간 마스크일지도 모른다는 풍부한 상상력을 가진 하린이에게 그 정도의 정황증거들이라면 절대적이다.

'이런 말도 안 되는……'

지금 하린이를 붙들고 어떤 변명을 한다 해도 하린이는 듣지 않겠지. 그렇다면 내가 할 수 있는 일은 하나뿐이다. 진범을 잡는 것이다. 진짜 연쇄살인범을 잡아서 하린이의 오해를 풀어야 한다. 하린이를 위해서라면 죽을 수도 있다고 생각했지만, 억울한 누명을 쓸 수는 없다. 다른 사람도 아닌 하린이에게 그런 오해를 받는다는 건 상상도 할 수 없다.

살인자와의 만남 이후 두 번 다시 목요일의 어둠 속을 서성거리는 일은 없을 거라고 생각했지만 지금 나는 다음 목요일을 기다린다. 몇 가지 걱정거리는 있다.

첫번째, 혹시라도 그와 마주치지 못하면? 다음주를 기다리면 된다.

두번째, 마주쳐서 그의 손에 죽게 된다면? 아쉽지만 누명은 벗을 수 있다. 그리고 하린이 앞으로 육억이라는 보험금을 남길 수 있다.

세번째, 내가 그를 잡게 된다면? 뭐가 걱정인가. 하린이에게 결백을 증명하게 되고 범인 앞으로 걸린 현상금도 있을 테니, 일석이조다. 어쩌면 골치 아픈 범인을 잡아준 공로로 경찰에서 일자리를 마련해줄지도 모른다. 그렇게 된다면 더 바랄 게 없겠지.

*

나에게 가장 슬픈 일은 무엇이었던가? 사랑하는 사람에게 아무것도 못해주는 일이라고 생각했다. 하지만 지금은 아니다. 나에게 가장 슬픈 일은 사랑하는 사람을 잃는 것이다. 어쩌면 죽을지도 모르는 상황임에도 살인자를 만나기 위해 목요일 새벽 거리로 나선 것도 그런 이유였다. 내 결백을 증명하지 못하면 나는 영원히 하린이를 잃게 된다. 무엇보다 그것이 두려워 등줄기의 잔털들이 쭈뼛 서는 느낌을 안겨준 그 섬뜩한 눈빛의 범인을 다시 찾아 나선 것이다.

또다시 우연히 만날 가능성이 있을까? 0.0001퍼센트의 확률보다 적은 일이다. 그 실현 불가능해 보이는 가능성에 한 가닥 희망을 걸고 거리로 나섰다. 그리고 나는 그 거미줄보다 가늘고 약해 보이는 가능성이 사실은 확률 100퍼센트의 현실이며 내가 거리로 나오기를 기다리고 있다는 것을 알게 되었다.

목요일 새벽 한시 삼십분. 어디로 가야 할지도 모른 채 무작정 집을 나섰다. 날씨는 잔뜩 흐렸고 하늘에 무거운 구름이 가득했지만 비는 오지 않았다. 어두운 거리를 헤매고 다니다보면 비가 내릴지도 모른다. 하지만 이제 그런 건 아무래도 상관없었다.

5월이 지나면서 어느새 도시는 여름으로 접어들었다. 그 때문인지 늦은 시간인데도 사람이 많았다. 도로 위를 지나는 자동차의 행렬도 끊임없이 이어졌다. 그는 지금 어디 있을까? 차가 뜸한 도로를 걷다가 거리에 세워진 자판기 앞에서 걸음을 멈췄다. 주머니에 있는 동전을 꺼내다보니, 하린이에게 주었던 핸드폰이 만져졌다. 하린이는 끝내 핸드폰을 받지 않았다. 방문을 열었을 때 하린이는 울고 있었다. 말을 걸었지만 돌아보지도 않았다. 눈물로 젖은 손등 옆에 핸드폰을 내려놓고 나왔지만 조금 전 집을 나설 때 보니 그 핸드폰은 식탁 위에 놓여 있었다. 내 선물을 거부하겠다는 의사표현이었다.

끈적한 자판기 종이컵을 들고 돌아서는데, 택시 한 대가 내 앞에 선다. 나를 손님으로 오해했나 싶어 고개를 돌리는데, 차에서 운전사가 내린다. 그 역시 한 잔의 커피가 그리웠던 것인지, 주머니 속 동전을 짤랑거리며 자판기 앞으로 걸어온다.

"이제 여름이죠?"

자판기 앞에 서며 어색했던지 그가 내게 말을 걸었다. 커피를 마시는 척하며 대답을 피했다. 그 역시 딱히 대답을 기대한 것도 아닌지 자판기에서 묵묵히 커피를 꺼내 홀짝홀짝 마시기 시작한다. 내가 다 마신 종이컵을 구겨 휴지통에 던지고 걸음을 옮기려 할 때 운전사가 다시 말을 걸었다.

"시체를 본 건 처음이죠?"

벼락이라도 맞은 듯 머리부터 전율이 흐르더니 발끝까지 파르르 경련이 일었다. 이놈이다. 이놈이 바로 비 오는 목요일의 살인자다. 나도 모르게 고개가 휙 돌아갔다. 그는 태연히 커피를 마시고 있었다.

"다…… 당신이지?"

나를 바라본 남자는 반가운 친구라도 되는 듯 고개를 끄덕이며 미소 지었다. 그 눈빛, 순간적으로 스치던 그날을 떠올리게 했다. 얼굴은 웃고 있는데 그 눈빛은 지난번 보았던 그대로다. 감정이 사라진 것처럼, 칼날만 남은 것처럼 날카롭고 공허하던 눈동자.

"어…… 어떻게?"

"당신을 기다리고 있었지. 그날 허둥지둥 달아나는 당신 뒤를 밟아서 집까지 알아두었거든."

그제야 알 것 같았다. 놈은 자신의 얼굴을 아는 목격자를 그대로 돌려보낼 수 없었던 것이다. 이렇게 나를 기다리는 줄도 모르고 어떻게 이놈을 찾아야 하나 고민하고 있었다니…… 나도 모르게 주먹에 힘이 들어갔다. 손에 든 하린이의 핸드폰이 느껴졌다. 하린이가 어떤 기분으로 그 핸드폰을 다시 내다놓았을지 떠올려보았다. 그렇게 한참 핸드폰을 바라보다가 그를 향해 고개를 들었다.

"……날 죽이려고?"

살인자가 손에 든 종이컵을 구겼다. 잠시 생각에 잠기더니 천천히 고개를 젓는다.

"글쎄, 호기심이 생겼다고 할까…… 그날 이후 내 몽타주가 전국에 깔릴 거라고 생각했거든. 그런데 너무 조용하더군. 왜 경찰서에 가지 않았는지 궁금해졌지……"

왜 경찰서에 가지 않았을까? 한마디로 설명하기는 쉽지 않다. 살인자와 마주친 충격 때문에 잠시 몸이 굳었고, 그뒤로는 피를 닦는 모습을 하린이에게 들킨 게 마음에 걸려 내 손으로 살인자를 잡아야겠다고만 생각했다. 그러면서도 경찰에 신고를 해야겠다는 생각은 한 번도 하지 않았다. 내가 경찰서에 가지 않은 것은 하나를 생각하면 다른 건 까맣게 잊어버리는 나의 단순함 때문이다.

"그런데 목요일 밤에 또 외출하는 걸 보고는 당신에게 흥미가 생겨서 말이야…… 설마 나를 따라 목요일의 살인자라도 되려는 건가?"

갑자기 웃음이 터져나왔다. 사람을 몇 명이나 죽여서 몇 달 동안 도시를 공포에 떨게 하고 경찰까지 우습게 만들었던 살인자가 이렇게 자기도취에 빠진 별 볼일 없는 놈이었다니, 기가 막힐 따름이었다. 내 웃음소리가 신경을 건드렸는지, 그의 미간에 주름이 잡혔다.

"뭐가 우스운 거지?"

"텔레비전과 신문에서 계속 떠들어주니까 무슨 영화 주인공

이라도 된 것 같은 모양이지? 난 살인 같은 거 한 번도 생각해
본 적 없고, 너 같은 놈의 뒤를 이을 생각도 없어."

자존심이 상했는지 그의 표정이 한순간 돌변했다. 금방이라
도 나를 잡아먹을 듯한 눈빛으로 다가왔다. 하지만 이상하게
도 두렵지 않았다. 다가오는 그를 바라보며 나는 손에 든 하린
이의 핸드폰을 더욱 꼭 쥐었다.

어느새 그의 한 손에는 칼이 들려 있었다. 일부러 칼은 쳐다
보지 않고 그의 얼굴만 뚫어져라 바라보았다. 그의 얼굴은 당
혹감과 수치심에, 어찌할 수 없는 공포감 같은 것까지 스며든
듯 보였다. 그가 팔을 몇 번 휘두르자 내 몸이 뜨거워졌다. 얇
은 티셔츠가 피에 흥건히 젖기 시작했다.

이런 것이구나…… 칼에 찔리면 이렇게 통증이 무지근하게
밀려오는구나. 마치 타인의 몸에서 일어나는 변화를 구경하듯
나는 내 몸에 느껴지는 감각들을 하나씩 지켜봤다. 태연히 그
에게 팔을 벌리고 있는 내 모습이 오히려 그를 당황하게 한 모
양이다. 그는 휘두르던 칼을 거두고 땀에 젖은 얼굴로 나를 바
라보았다.

"뭐가…… 뭐가 우스운 거지?"

그의 목소리는 당혹감으로 쉰소리를 내며 갈라지고 있었다.
내 얼굴에 퍼지기 시작한 미소가 또다시 그의 신경을 자극한
모양이다. 하지만 나의 미소는 이내 고통스럽게 비틀리다가

사라졌다. 무릎에 힘이 빠진다. 저절로 몸이 꼬꾸라져 바닥에 주저앉았다. 간신히 몸을 끌어 자판기에 허리를 기대고 앉았다. 고개를 드니 하늘이 눈에 들어왔다.

검게 가라앉은 구름 여기저기서 섬광이 번쩍이는가 싶더니 곧 후드득 빗방울이 떨어지기 시작했다. 고개를 들 힘도 없다. 자꾸 앞으로 꺾이고 눈이 감긴다. 간신히 눈을 뜨고 보니 앞가슴에 찔린 상처에서 피가 뚝뚝 떨어진다. 내 심장박동에 맞춰 피가 흐르고 있다. 머리 위로 가슴으로, 온몸으로 비가 느껴진다. 내 몸 위로 뜨거운 수증기가 피어오른다.

몸 밖으로 나온 뜨거운 피는 비를 맞아 빠르게 식어간다. 비와 섞인 피는 도로에 고이다가 하수구를 찾아 흘러간다. 세상의 모든 더러운 것은 빗물에 씻겨 하수구로 내려간다. 별 볼일 없던 서른아홉 살 사내의 생명도 이렇게 하수구로 흘러들어가고 있다.

손가락에 기운이 빠진다. 손에 든 하린이의 핸드폰이 무겁게 느껴진다. 이걸 하린이에게 다시 줘야 하는데…… 기뻐할 얼굴을 생각하며 한 시간 넘게 용산 상가를 돌며 고르고 고른 건데…… 이게 마지막이 될 줄 알았다면 딸아이의 자는 얼굴이라도 보고 나오는 건데…… 머릿속에 수십 가지 생각이 떠오르고, 하린이의 뺨 위로 흐르던 눈물이 그 손등에 툭 떨어지던 모습이 생각났다. 문득 얼굴을 적시는 빗방울이 딸아이의 눈물처럼 느껴졌다. 그때 핸드폰이 울렸다.

이미 손을 들 힘도 남아 있지 않은 나는 안간힘을 쓰며 손가락을 펴고 핸드폰 액정화면을 확인했다. 집이다. 아내일까? 아니다. 아내는 이 핸드폰이 있는 줄도 모른다. 하린이구나. 어떻게든 전화를 받고 싶은데, 몸이 말을 듣지 않는다. 시야가 점점 흐려지더니 귀를 울리던 빗소리가 점점 잦아든다. 내 심장에서 토해내는 마지막 기운으로, 있는 힘을 다해 겨우 핸드폰 폴더를 열었다. 그때 살인자가 핸드폰을 빼앗았다. 누구 전화인지 확인하려는 듯 핸드폰을 귀에 대는 모습이 어렴풋이 시야에 들어왔다. 눈이 감긴다. 머리로, 손가락으로, 겨우 지탱하던 척추로 느껴지는 이 소멸감. 죽음이다. 하지만 이상하게도 귀만은 점점 예민해진다. 보도블록을 때리는 빗소리가 폭포 소리처럼 들려온다. 그 커다란 빗소리 사이로 소녀 특유의 맑고 불안정한 톤의 하린이 목소리가 비집고 들어왔다.

"아빠, 나야. 지금 어디야? 그러지 마. 난 아빠가 무슨 짓 하려는 건지 다 알아. 아빠 죽으려고 그러지? 보험금 때문에 일부러 죽으려고 그러지? 저번에 전화하는 거 들었어. 나 그런 거 필요 없어. 그런 돈 필요 없어. 난 아빠만 있으면 돼. 돈 한 푼 없어도, 노숙자라도 상관없어. 그래도 내겐 좋은 아빠니까…… 아빠 죽지 마…… 절대 죽으면 안 돼. 집에 있는 게 싫으면 나가 살아. 보고 싶으면 내가 만나러 갈게. 아빠……

아빠 듣고 있어? 듣고 있는 거지? 딴생각 안 하는 거다? 약속
해. 응? 뭐라고 말 좀 해봐…… 아빠……?"

살인자는 한참 동안 내 귀에 핸드폰을 대주었다. 덕분에 마
지막으로 하린이의 목소리를 들을 수 있었다. 무슨 말이라도
하고 싶지만 기운이 없다. 얼굴을 적시는 차가운 빗줄기 사이
로 뜨거운 눈물이 뺨을 타고 흐른다. 작별인사라도 해야 하는
데, 이런 아빠여서 미안하다는 사과라도 해야 하는데…… 있
는 힘을 다해 입을 움직이려 해보았지만 살인자가 핸드폰의
폴더를 덮었다. 사랑한다는 말은 끝내 해줄 수 없었다.

흐릿해진 눈으로 살인자를 바라보았다. 이제 더이상 그의
모습은 보이지 않는다. 그래도 느낄 수 있다. 그 역시 나의 얼
굴을 가만히 쳐다보고 있겠지. 나는 하린이에게 전하려고 모
았던 마지막 힘으로 그에게 말을 건넸다.

"뭐라고?"

잘 들리지 않는지 그가 내 얼굴 가까이 귀를 들이댄다. 나는
입을 거의 움직이지 않고 낮게 속삭였다. 그것이 세상에서 내
가 했던 마지막 말이다.

"반가웠어…… 살인자……"

숟가락 두 개

1

처음부터 이렇게 될 줄 알고 있었다. 오상철은 마치 오래전부터 해오던 일을 하듯 익숙하게 손을 놀리며 몇 번이고 중얼거렸다.

'그래, 이럴 줄 알았어. 이놈 얼굴을 다시 봤을 때, 무슨 일이든 생길 줄 알았어.'

막연하게 그의 신경을 날카롭게 하던 불길한 예감은 결국 틀리지 않았다.

톱날에 잘려나가는 미끈거리는 살과 손바닥에 달라붙는 끈적이는 피는 오히려 그의 마음을 차분하게 가라앉혀주었다.

석태의 몸을 만지기 전까지는 절대 할 수 없을 거라 생각했지만 막상 일을 시작하고 보니 생각만큼 힘들지 않았다. 어느새 머리와 몸통, 팔다리가 떨어져나간 석태의 몸은 이제 사람의 것이라고 보기 힘들었다. 감방에 있을 때부터 거슬리는 놈이었다.

삼십 년 넘게 교도소를 들락거리던 상철은 이 년 전 출소하면서 생전 처음 제 손으로 두부를 사 먹었다. 다시는 그 세계로 돌아가지 않으리라 마음먹었기에 과거와 관련이 있는 것은 모두 끊어버렸다. 하지만 세상이 좁은 것인지, 아니면 범죄의 세계에 너무 오래 발을 담갔던 것인지 우연히 감방 동기를 만나거나 하는 일이 종종 있었다. 그때마다 그가 먼저 발견하고 자리를 피했다. 그러다 하필이면 가장 만나고 싶지 않은 놈, 석태와 만나게 된 것이다.

삼 개월 전, 공사중인 아파트에 보일러 시동을 걸어놓고 늦은 점심을 먹기 위해 식당에 갔다. 보일러에 이상이 없는지 확인만 하면 상철이 할 일은 모두 끝난다. 그는 공사비 잔금을 받으면 무얼 할지 생각하며 밥이 나오기를 기다리고 있었다.

그때 문이 열리고 차가운 바깥 공기와 함께 놈이 들어왔다. 무심코 고개를 든 상철은 놈과 눈이 마주치고 말았다. 놈의 얼굴을 보는 순간 상철은 심장 한편이 뻐근해지는 것을 느꼈다. 건들거리는 몸짓이며 아무 곳에나 침을 뱉는 버릇은 여전했다.

그쪽에서 몰라보기를 바랐지만 놈은 상철을 발견하자 잃어버린 삼촌이라도 찾은 것처럼 반색하며 다가왔다. 상철은 할 수만 있다면 연기처럼 사방으로 흩어져 사라지고 싶었다. 먹이를 찾은 듯 번들거리는 눈빛으로 그를 바라보는 석태의 표정은 이미 그를 단단히 옭매고 있었다. 사냥감 포착, 놈의 눈에는 그렇게 쓰여 있었다.

그때라면 아직 늦지 않았을 텐데, 차라리 모르는 척 외면하고 그대로 식당을 나갔더라면 오늘 같은 일은 일어나지 않았을 텐데. 놈은 자기가 이렇게 죽게 되리라는 걸 알고 있었을까? 하긴 알았다면 놈이 먼저 피했겠지.

기름기 흐르는 살덩어리의 그 물컹거리는 느낌이 끔찍하기도 하련만, 좁은 욕실 가득 흘러내리는 피가 역겹기도 하련만, 상철은 아무것도 느낄 수가 없었다. 그의 감각은 굳게 문을 닫고 이 순간을 이겨내기 위해 안간힘을 쓰는 듯했다.

그래, 차라리 이게 낫다. 아무것도 느낄 수 없을 때, 이 끔찍한 일을 해치우자.

'이건 네놈이 자초한 일이야. 억울하게 죽었다고 날 원망하지 마라.'

사실 억울한 건 그였다. 이미 죽어버린 놈은 모든 것에서 자유롭지만 앞으로도 살아가야 할 날이 많은 그는 이제 모든 것을 혼자 감당해야 한다.

손을 멈추고 가늘게 흘러내리는 물줄기를 바라보며 상철은 문득 생각했다.

이 순간 세상에는 아무도 없다. 오로지 혼자만 존재하는 것처럼 깊은 고요를 느낀다. 머리가, 생각이, 감각이 사라진 세상은 소리도 없고, 냄새도 없고, 심지어 그 자신도 없다. 아무것도 느낄 수 없으면서, 그는 세상에 혼자 버려진 외로움에 뼈가 시리다. 그게 가능한 일일까?

자신의 거친 숨소리와 입김이 마치 타인의 것처럼 느껴진다. 그 소리마저도 사라지고 세상의 모든 소리가 어디론가 빨려들어간 듯 그의 귀에는 이제 아무것도 들리지 않는다. 지금 나는 무슨 짓을 하고 있는 거지?

인생의 절반 이상을 교도소에서 보내고 이제 환갑이 가까워오는 그는 앞으로 어떤 일이 벌어질지 누구보다 잘 알고 있다. 다시 감방으로 돌아가는 것은 두렵지 않다. 삼십 년을 넘게 보낸 곳이다. 아니다. 그것은 거짓말이다. 사실은 두 번 다시 돌아가고 싶지 않은 곳이다. 아니, 지금 이곳을 떠나기 싫다. 지금의 생활을 포기할 수 없다. 그래서 이렇게 스스로도 생각하지 못했던 잔인함을 최대한 끌어올려 놈의 몸을 잘라내고 있는 것이다.

상철은 준비해둔 비닐봉투에 석태의 몸을 하나씩 집어넣기 시작했다. 윤희에게 미리 경고했어야 했다. 세상에는 뱀 같은 인간도 있다고. 무엇이든 차가운 눈으로 지켜보다가 기회가 오면 서슴없이 집어삼켜버리는 인간. 석태를 조심하게 했어야 했다. 그랬더라면 조금은 달라지지 않았을까?

　바닥에 쓰러진 석태가 죽었다는 것을 안 순간, 그는 잠시 꿈이 아닐까 싶었다. 몇 번이고 놈을 죽여버리고 싶던 터라, 그런 마음이 이렇게 꿈이 되어 나타난 것이라고. 하지만 꿈이 아니다. 그 사실을 너무나 잘 알고 있는 그는 죽은 석태의 얼굴을 멍하니 내려다보고 있을 수밖에 없었다.

　방 한구석에 웅크리고 앉아 두 팔로 얼굴을 감싸고 있던 윤희도 이상한 기운을 느꼈는지 팔을 풀고 고개를 들었다. 바닥에 쓰러져 있는 석태와 고사목처럼 꿈쩍 않고 서 있는 그를 번갈아 쳐다보던 윤희는 할말을 잊은 듯 그저 입만 벌리고 있었다. 무슨 말이 필요하겠는가. 그는 자신을 바라보는 윤희의 시선에서 모든 것을 느낄 수 있었다. 그녀가 느끼는 공포와 두려움은 고스란히 그에게도 전해져왔다. 떨고 있는 윤희의 얼굴을 보자 상철은 비로소 정신을 차렸다.

　무슨 일이 있었는지는 중요하지 않다. 지금은 죽은 이놈을 어떻게 치워야 하느냐, 그게 문제다. 상철은 잠시 눈을 질끈 감고 생각하다가 얼른 윤희를 일으켜세웠다. 우선 그녀를 보내야 한다. 이 끔찍한 방안에 계속 있게 할 수는 없다. 그의 손에 들어온 윤희의 어깨는 안쓰러울 만큼 후들거리고 있었다.

"윤희야, 내 말 잘 들어."

"주…… 죽었어요?"

윤희는 상철이 부정해주기를 바라는 표정으로 그를 바라보며 조심스럽게 물었다.

"식당으로 가. 오늘은 거기서 자. 다른 사람을 만나도 아무 말 말고."

"하지만…… 어쩌시려고요?"

"걱정 말고 가."

윤희는 더이상 아무것도 묻지 않고 그가 하라는 대로 집을 나섰다. 문을 열고 나가기 전, 뒤돌아보는 윤희의 시선이 등으로 느껴졌지만 상철은 돌아보지 않았다. 돌아보지 않아도 알 수 있었다.

이대로 혼자 두고 갈 수 없어서 망설이고 있는 것이겠지.

"어서 가라니까."

재촉하는 소리를 듣고서야 윤희는 집을 나섰다. 윤희를 내보내고 석태의 몸을 욕실로 끌고 들어가 일을 마치기까지 세 시간이 넘게 걸렸다. 녀석은 여남은 개의 비닐봉투에 모두 담겼다.

상철은 비닐봉투를 현관으로 옮겼다. 할 수만 있다면 석태의 흔적을 모두 지워내야 한다. 석태와 그 사이의 어떤 연결고리도 잘라내야 한다. 하지만 그것이 쉽지 않은 일이라는 것 또한 그는 알고 있다.

그는 문득 전과 13범인 자신이 단 한 번도 넘보지 않았던 죄목을 달게 되리라는 것을 알았다. 절도 전문이던 그가 처음으로 살인자가 된 것이다.

2

"젠장, 이젠 죽였다 하면 토막이군."

북한강변에서 토막 시체가 발견되었다는 신고를 받은 황 팀장의 첫마디였다. 한강변에 모아둔 쓰레기를 수거하던 용역업체 직원이 쓰레기 속에서 남자의 발이 든 비닐봉투를 발견했다는 것이다. 밤새 잠복근무를 하고 돌아와 숙직실에서 한두 시간이라도 눈을 붙이려던 강 형사는 전화를 끊고 사무실안을 둘러보던 황 팀장과 눈이 마주쳤다.

"다들 어디 간 거야?"

황 팀장은 짐짓 태연하게 주위를 살피며 자리에서 일어났다. 그가 원하는 게 뭔지 아는 강 형사는 터져나오는 하품을 애써 참으며 점퍼를 챙겨들었다. 크리스마스가 다가오면서 강

력 사건이 연달아 터지는 바람에 사무실은 오전부터 텅텅 비어 있기 일쑤였다.

"운전은 팀장님이 하시는 겁니다."

"걱정 말라고. 가는 동안이라도 눈 좀 붙여."

차마 같이 나가자는 말을 못하던 황 팀장은 금세 얼굴이 밝아지며 강 형사의 어깨를 툭 쳤다. 강력 3팀에서 제일 마음이 약한 게 강 형사다. 자기 일이 아니어도 일손이 필요할 때 가장 먼저 나선다. 남의 사정 다 봐주다보니 근 보름을 집에도 못 들어가고 있다.

황 팀장의 말이 아니더라도 자동차에 올라타는 순간 강 형사는 그대로 의식을 잃었다가 깨어났다. 잠깐 눈을 감았다 뜬 것 같은데 어느새 사건 현장이었다. 차문을 열고 도로 갓길로 나오니 차가운 강바람에 머리가 맑아지는 기분이었다. 강 형사는 강변 한쪽에 쌓여 있는 쓰레기 더미를 쳐다보며 황 팀장 옆으로 다가갔다.

"이걸 다 뒤져야겠죠?"

"뭐?"

"토막이라면서요? 그럼 이 쓰레기 더미 속에 또다른 토막이 있을 거 아닙니까?"

황 팀장은 갓길 아래에 놓인 쓰레기 더미와 차도의 거리를 가늠해보는 듯 실눈을 뜨고 강변 쪽을 바라보았다. 자동차에

탄 채 그대로 던져버리기에는 먼 거리다. 그렇다면 이 쓰레기 더미에 시체를 버리기 위해 차를 세웠다는 얘기가 된다. 이왕 차를 세웠다면 봉투를 여러 개 버렸을 게 틀림없다.

"그렇군. 지원 요청을 해야겠지?"

쓰레기 더미가 있는 곳으로 내려가자 인근 지구대에서 나온 제복 경찰이 황 팀장을 알아보고 인사를 했다. 그 옆에는 용역 업체 직원이 담배를 피워대며 핸드폰으로 누군가에게 전화를 걸고 있었다. 엉뚱한 일에 휘말려 귀찮다는 심정이 얼굴에 가득했다.

누군가의 죽음이 어떤 이에게는 귀찮은 일이 되고, 또다른 사람에게는 풀어야 할 숙제가 된다. 강 형사는 문득 쓰레기 더미에 버려진 토막 시체에 대한 관심보다, 이 사건이 얼마나 오래 그를 괴롭히다 해결될 것인지를 먼저 생각하고 있는 자신을 깨닫고 쓴웃음을 지었다. 누구든 죽는 그 순간부터 모든 이에게 얼른 치워져야 할 짐일 뿐이다.

강 형사는 주위에 있는 나뭇가지를 주워 비닐봉투 틈을 들추어보았다. 칼날처럼 예리한 연장에 잘린 남자의 발은 얼기까지 해서 잿빛과 푸른빛이 감돌았다. 별다른 특징은 눈에 띄지 않았다. 강 형사는 고개를 들어 주위의 쓰레기 더미를 쳐다보았다. 생활 쓰레기도 보이고, 건축 현장에서 나왔을 법한 쓰레기도 눈에 띈다. 지정한 쓰레기 매립지가 아닌데도 사람 눈에 띄지 않는다는 이유만으로 이곳은 쓰레기장이 되었다. 누군가 한번 쓰레기를 버리면 그다음엔 자연스럽게 그곳에 쓰레기들이 모인다. 이곳도 누군가 쓰레기를 버리기 전에는 아름다운 한강변이었을 것이다.

"어이, 좀만 기다려. 곧 지원군이 올 거야."

칼날 같은 매서운 강바람에 잔뜩 몸을 웅크린 황 팀장이 시체는 볼 생각도 하지 않고 자동차가 세워진 곳으로 다시 걸어간다. 차 안에서 기다릴 모양이다. 강 형사는 주머니를 뒤져 은단을 찾았다. 몇 알을 입에 넣고 굴리고 있는데 핸드폰이 울린다. 번호를 보니 집이다.

"당신…… 집에 언제쯤 올 수 있어요?"

"무슨 일인데?"

"벌써 보름도 넘었어요."

"연말이잖아. 오늘 또 사건이 터졌어."

"……"

한동안 말이 없었다. 강 형사는 아내가 먼저 끊어주길 기다렸지만 아내는 아직 할말이 남은 듯 전화를 끊지 않았다.

"지금 현장이야. 그만 가봐야……"

"이혼해요, 우리. 서류는 준비했어요. 당신이 오든 안 오든, 난 지금 부산으로 내려가요."

오래 참았던 만큼 아내는 할말을 마치자 서둘러 전화를 끊었다. 갑자기 강편치를 맞았다. 강 형사는 잠시 어쩔하다가 겨우 정신을 차렸다. 그래, 느끼고 있었다. 그의 얼굴을 보면 말문을 닫는 아내의 굳은 얼굴을 보면서 이런 순간이 올지도 모른다고 생각했다.

보름 넘게 집에 들어가지 않은 건 사건 때문이 아니라, 그런 아내와 마주치는 게 두려웠기 때문인지도 모른다. 강 형사는 핸드폰을 주머니에 집어넣고 은단 몇 알을 다시 입안에 털어넣으려다 은단통을 던져버렸다. 담배 냄새를 싫어하던 건 아내였다.

강 형사는 갓길에 세워둔 자동차 쪽으로 올라갔다. 그러곤 운전석에서 몸을 녹이고 있는 황 팀장을 쳐다보다가 차창을 두드렸다. 담배를 달라는 강 형사를 물끄러미 보던 황 팀장은 투덜거리면서도 결국 주머니를 뒤져 담배를 건네주었다. 몇 달 만에 다시 피우는 담배는 머리를 핑 돌게 했다.

인원이 보충되고 오후까지 쓰레기 뒤지는 일이 계속되었다. 강 형사 말대로 비닐봉투 몇 개가 더 모였고 그중에는 다행히 팔도 들어 있었다. 지문 손상은 없었다. 이대로라면 지문 채취가 어렵지 않다. 추운 날씨가 시체의 부패를 막았고, 잘 포장된 비닐봉투가 시체의 훼손을 막았다. 꼼꼼하게 범행을 준비한 살인자에게는 오히려 자기 목을 죄는 족쇄가 된 것이다.

지문 감식을 통해 신원 확인을 하면 답이 쉽게 나올지 모른다는 기대감이 일었다. 황 팀장의 기대대로 시체의 신원은 쉽게 밝혀졌다. 이미 컴퓨터 안에 들어 있는 수많은 데이터 중 일치하는 지문이 있었던 것이다. 그리고 시체는 육 개월 전에 출소한 전과자라는 게 밝혀졌다. 한석태. 사건은 강 형사가 염려했던 것과는 달리 빠른 물살을 타며 해결의 기미를 보였다.

이틀 밤을 더 새우고 마침내 등을 떠미는 황 팀장의 성화에 못 이겨 강 형사는 사무실을 빠져나왔다. 집이 가까워질수록 걸음이 느려졌다. 집 앞에 도착해 불 꺼진 창문을 보자 비로소 아내가 했던 말이 떠올랐다. 강 형사는 집 앞 슈퍼에 들러 담배와 소주 한 병을 샀다. 슈퍼 주인이 켜둔 텔레비전에서 캐럴이 흘러나오고 있었다. 그제야 강 형사는 크리스마스가 열흘 앞으로 다가왔음을 깨달았다.

3

경기가 안 좋은 탓인지 크리스마스 시즌인데도 거리에서는 캐럴조차 들리지 않았다. 이따금 종소리와 함께 보이는 빨간 자선냄비만이 연말 분위기를 느끼게 해줄 뿐이었다.

해가 저물고 어둠이 내리며 갑자기 날이 추워졌다. 살을 에는 바람까지 불어, 사람들은 잔뜩 몸을 움츠리고 퇴근을 서둘렀다. 공사 잔금을 받으러 갔던 상철은 절반만 주고 나머지는 해를 넘기고 주겠다는 소장과 실랑이를 벌이다 결국 그대로 사무실을 나왔다. 일단 절반이라도 주겠다고 할 때 받아두는 게 나을 듯싶었다. 상철은 서둘러 상가 쪽으로 걸음을 옮겼다. 선물은 오래전에 생각해두었다.

언젠가 시장에서 우연히 윤희와 만났었다. 그때 함께 시장 구경을 하다가 윤희가 노점에서 파는 곰 인형을 물끄러미 쳐다보았다.

"난요, 세상에서 제일 해보고 싶었던 게 곰 인형을 안고 자는 거예요. 우습죠? 어린애 같다고 놀려도 할 수 없어요. 부모님이 일찍 돌아가시고 친척 집을 떠돌면서 컸기 때문에 내 인형 같은 걸 가져본 적이 없거든요. 육촌언니 인형을 가지고 놀았다가 얼마나 맞았던지, 그뒤로 남의 인형은 만지지 않아요. 가끔 그런 생각을 해요. 나도 부모님이 살아 계셨다면 저렇게 커다랗고 푹신한 곰 인형이 있었을 텐데…… 지금요? 됐어요. 이 나이에 무슨…… 아뇨. 됐어요. 그냥 가요."

애기를 듣다가 상철이 인형을 사주겠다고 하자 윤희는 얼굴을 붉히며 손을 내젓더니 급기야 잰걸음으로 저만큼 달아나기까지 했다. 그도 그럴 것이 그때만 해도 상철과 윤희는 그저 식당에서 일하는 종업원과 그 식당에 드나드는 손님에 지나지 않았다. 윤희로서는 우연히 만난 손님에게 그런 선물을 받는 게 부담스러울 수밖에 없었을 것이다. 이제는 서로 의지하며 함께 살고 있으니, 그의 선물을 기쁘게 받을 것이다.

상가 한편 노점에서 가슴에 푹 안길 곰 인형을 고르던 상철은 문득 쇼윈도 안 가게에서 켜놓은 텔레비전에 시선을 주었다. 뉴스가 나오고 있었다. 화면에는 얼마 전 상철이 다녀온 북한강변이 보였다. 현장에서 발견된 비닐봉투 속 토막 시체의 신원이 확인되었다는 자막이 떴다. 순간 상철은 뒷덜미를 타고 흐르는 소름을 느꼈다. 잡혔다. 잡히는 건 시간문제다.

'놈의 지문도 없애버리는 건데……'

설마 꽁꽁 동여맨 비닐봉투가 그렇게 쉽게 터질 줄 알았겠는가. 그곳에 석태를 버릴 생각을 한 것은 아파트 공사 현장에서 나오는 건축 쓰레기를 몇 번 버린 적이 있기 때문이다. 여름이 지나도, 가을이 지나도 그대로 방치되어 있길래 그곳에 버리면 안전할 거라고 생각한 게 잘못이다.

상철은 고개를 숙인 채 멍하니 서 있었다. 어떻게 해야 할지 방법을 찾을 수 없었다. 머지않아 형사들이 찾아올 것이다. 뭔가 대비를 해야 한다. 이대로 있다가 형사들이 들이닥치면 윤희도 다치게 된다. 그것만은 어떻게든 막아야 한다.

"그걸로 하시겠어요?"

노점상의 말에 상철은 겨우 의식이 돌아왔다. 그래, 윤희한테 줄 크리스마스 선물로 곰 인형을 사던 중이었지. 상철은 노점상이 건네주는 곰 인형을 받아들고 걸음을 옮겼다. 자신과 부딪치며 지나가는 사람들의 물결도 의식하지 못한 채 그는 그들이 가는 대로 목적 없이 쓸려가고 있었다.

상가를 지나 횡단보도 앞에 서 있는데 신호등 불빛도 자동차 불빛도 눈에 들어오지 않았다. 상철은 오직 한 가지 생각에만 골똘해 있었다. 처음으로 누군가와 가족이 되어 보내는 크리스마스라고 생각했는데, 이제는 어려울지도 모른다. 태어나는 그 순간부터 인생은 잔인하다 싶을 만큼 불공평하다.

누구는 모든 것이 다 갖추어진 집에서 부족함 없이 태어나 원하는 것은 무엇이든 가질 수 있고 사소한 돌부리에 넘어지는 일도 없이 평탄하게 사는 반면, 누구는 태어나는 그 순간부터 철저하게 외면당한다.

탯줄이 잘리면서 이미 부모에게 버려지고 보육원에 보내져 먹는 것 하나도 눈치를 봐야 하고 차갑고 비좁은 잠자리에서 이를 악물고 눈물을 삼켜야 한다. 고아라는 이유만으로 색안경을 끼고 보는 어른들을 경험하고 나면 누구를 만나도 자신을 감추게 된다. 세상에 믿을 건 자신밖에 없다고 독하게 마음먹을수록 가슴은 더 휑하다.

때로는 자신을 버린 부모를 원망하거나 세상에 태어난 자신을 혐오하기도 하고 먹고사는 일이 힘겨워 범죄의 유혹에 빠지기도 한다. 한번 발을 담근 범죄의 세상은 늪처럼 더 깊이

그를 끌어당기고, 살려달라고 발버둥쳐봤자 들어주는 사람은
아무도 없다.

처음부터 그렇게 정해진 인생은 아무리 다른 길을 찾아보려
해도 몇 걸음 가지 않아 출구가 막힌다. 세상에 태어난 그날부
터 지금까지 그렇게 아무것도 없었다. 그는 언제나 헐벗고 굶
주렸으며 외롭고 막막했다.

윤희를 만나고서야 겨우 그 긴 세월의 막막하던 외로움을
조금은 보상받나 했다. 여전히 송곳처럼 날을 세우고 살던 그
에게 윤희는 낯선 존재였다. 웃음도 많고 눈물도 많고 그렇게
자기감정에 솔직했다. 모두들 낯을 가리고 한 꺼풀 가면을 쓰
고 사는 세상에 윤희만은 맨얼굴로 살고 있었다. 고아로 자랐
다는 그의 이력을 알고 전과 13범이라는 이야기를 들어도 윤
희는 그저 물기 가득한 눈망울로 그를 쳐다볼 뿐이었다. 그를
피하는 기색도 없었고 왜 피해야 하는지 이유도 몰랐다. 윤희
는 상철이 한 번도 경험해보지 못한 느낌을 갖게 했다. 윤희
덕분에 평생 가슴 깊이 자리잡고 있던 분노와 악다구니도 봄
햇살에 녹아내리는 고드름처럼 그렇게 조금씩 사라지고 있었
는데……

그래, 잠시 잊었던 거다. 세상은 한번 잔인하게 굴기로 마음
먹은 사람에게는 절대 미소를 보내지 않는다는 걸.

상철은 운명의 손이 자신을 희롱하고 있다고 느꼈다. 무료

한 고양이가 공포에 질린 쥐새끼를 발톱으로 굴리며 놀듯, 상철은 그렇게 누군가에게 조롱당하고 있는 기분이 들었다.

어때, 달콤한 사탕을 먹다가 뺏긴 기분이?

등뒤에서 누군가 그렇게 외칠 것 같았다.

몇 번이나 신호가 바뀌고 사람들이 횡단보도를 오갔다. 한동안 멍하니 서 있던 상철은 누군가 어깨를 치고 가는 바람에 비로소 고개를 들었다. 눈앞에 자그마한 성당이 보였다.

상철은 뭔가에 홀린 듯 성당 입구를 향해 발걸음을 옮겼다. 어쩌면 그는 자신을 이렇게 만든 존재에게 따지고 싶었는지 모른다. 그 절대자가 누구든 상관없다. 도대체 누가, 무슨 권리로 자신의 삶을 이렇게 조종하는지 알고 싶었다. 얼마나 더 밀어붙이고 구석으로 내몰 것인지 따지고 싶었다. 그 존재가 신이라면 하늘에라도 올라가 따지고 싶은 심정이었다.

조용하리라 생각했던 성당 안은 의외로 부산스러웠다. 성가대가 연습을 하고, 아이 여러 명이 한편에 모여 웅성거리고 있었다. 아마도 크리스마스 행사 준비로 이야기중인 것 같았다. 충동적으로 성당 문을 열고 들어왔던 상철은 자신을 바라보는 사람의 시선을 느끼고 움찔했다. 그대로 다시 돌아가려는데 마침 뒤편 의자에 앉아 있던 신부가 상철을 불러 세웠다.

"볼일이 있어서 온 거 아닙니까?"

"저…… 저는 그냥……"

상철은 성당 안을 둘러보았다. 그의 시선이 성당 벽 한쪽에 설치되어 있는 나무문으로 향했다.

뭐라고 말을 해야 하나, 누구에게 따질 것인가, 신은 이곳에 있냐고 물을 수 있을까?

"고해성사를 하러 오신 건가요?"

"고해…… 성사……"

머뭇거리는 상철을 바라보던 신부는 한쪽에 설치되어 있는 고해소에 시선을 던지는 상철을 보고 그렇게 짐작한 듯했다. 신부는 고해소 쪽으로 상철을 안내했다. 나무문 앞에 선 상철 은 의아한 표정으로 신부를 바라보았다. 신부는 상철을 위해 한쪽으로 물러서주었다.

교도소에서 몇 번 구경을 한 적은 있다. 이 방에 들어가 죄인 은 신부에게 자신의 죄를 고하고 하느님의 용서를 구한다.

내 죄는 무엇인가? 나는 내가 저지른 죄에 대해 말하러 온 것이 아니라, 내가 죄를 짓고 살도록 만든 절대자에게 항의하 러 왔다. 죄가 있다면 인간으로 태어난 것 아닌가? 그것은 내 가 저지른 죄일까, 아니면 절대자의 죄일까.

망설이던 상철은 문을 열고 좁은 밀실 안으로 들어갔다. 고 해소 안은 나무 냄새로 가득했다. 곧 옆방으로 신부가 들어왔 다. 신부는 작은 나무 미닫이창을 열어 상철의 이야기를 듣기 위해 상체를 기울였다. 하지만 난생처음 고해소에 들어온 상철은 무엇을 어떻게 시작해야 할지 몰라 곰 인형을 꼭 안은 채 기다리고 있었다.

"말씀하십시오."

기다리다 못해 신부가 먼저 말을 걸었다.

"저…… 이런 곳에는 처음 옵니다. 성당도…… 이 작은 방도……"

"그럼 신자가 아니시군요. 여긴 고해소라고 하는 곳입니다. 그럼 어떤 일로?"

"고해소…… 여긴 자신이 지은 죄에 대해 얘기하는 곳이죠?"

"그렇습니다. 이곳은 죄를 고백하고 용서받는 곳입니다."

"어떤 죄든 다 용서해주십니까?"

"진심으로 뉘우칠 수 있다면 용서받지 못할 죄는 없습니다. 무슨 죄를 지었습니까?"

"……"

말없이 기다리던 신부가 조심스럽게 입을 열었다.

"말씀하세요."

하지만 상철은 아무 말도 할 수 없었다. 그동안 살아오면서 지은 죄를 이야기하자면 오늘 하루만으로는 부족하다. 하지만 그 과거는 이미 지난 일이다. 지금 그의 마음을 괴롭게 하는 것은 석태의 일이다. 그 일에 대해서는 할말이 없다. 지금 다시 그 시간으로 돌아간다고 해도 그는 자신이 같은 행동을 할 것임을 알고 있다. 평생 저질러온 수많은 죄는 용서를 구해야 할지 모르지만 석태의 일만은 누구에게도 용서받아야 할 이유가 없다. 윤희를 위해서라면, 윤희를 지켜내는 일이라면 그는 그보다 더한 일이라도 할 준비가 되어 있다. 상철은 그대로 문을 열고 밖으로 나왔다.

성당 밖으로 나오자 어느새 거리는 짙은 어둠에 싸여 있었다. 상철은 서둘러 윤희가 있는 식당으로 발걸음을 옮겼다. 성당이라니, 잠시 머리가 어떻게 됐던 모양이라고 생각했다. 평생 단 한 번도 기도라는 걸 해본 적 없던 상철이다. 지금 유일하게 하고 싶은 기도는 잠시만 더 윤희와 함께 있게 해달라는 것뿐이다. 그것은 굳이 하느님의 손을 빌리지 않아도 된다.

윤희가 일하는 식당이 가까워지면서 상철의 마음은 점점 더 무거워져갔다. 그는 머리를 흔들어 애써 나쁜 생각들을 털어버리고 팔에 들고 있던 곰 인형을 가슴에 안은 채 힘차게 식당 문을 열었다. 문 쪽으로 고개를 돌린 윤희의 얼굴이 금세 환하게 밝아졌다.

4

푸짐한 해장국을 국물까지 싹 비우고 나자 배 속까지 뜨뜻해졌다. 어느새 이마에 송골송골 땀이 맺힌 황 팀장은 만족스러운 표정으로 요란하게 트림을 했다. 속이 나쁜 사람들의 특징이다. 강 형사는 위암 때문에 수술을 받았던 아내가 이렇게 늘 트림을 달고 살았다는 걸 나중에야 알았다. 집에서 마주앉아 밥 먹을 기회가 없었으니 아내의 병이 깊어져도 전혀 눈치채지 못했다.

"아주머니, 이 사람 알아요?"

느긋하게 담배를 피워 물고 앉아 있던 황 팀장이 그제야 생각난 듯 사진을 꺼내 식당 아주머니에게 보여준다. 주방에서 해장국에 들어갈 파를 다듬고 있던 아주머니가 앞치마에 손을 쓱쓱 닦고는 테이블로 다가왔다.

칠순이 다 되어간다는 아주머니는 겉모습과 달리 눈만은 나이를 먹은 모양이다. 잔뜩 인상을 찡그리더니 누군지 알아보는 눈치다.

"이놈은 왜 찾으슈? 뭔 사고라도 쳤남?"

"알아요?"

"몇 번 왔으니 안다고 해야 하나, 모른다고 해야 하나. 솔직히 별로 안다고 말하고 싶은 인간은 아니더구먼."

"여기서도 뭔 일이 있었나보네요?"

아주머니의 말투에서 뭔가 낌새를 챈 강 형사가 말을 걸었다. 식사가 끝났다는 걸 알아챈 아주머니는 얼른 쟁반을 들고 와 그릇들을 치우기 시작했다. 잠시도 가만있지 못하는 부지런한 성격 같았다.

"그런 놈들 많이 봤지. 송곳은 주머니에 넣어도 티가 난다고, 아무리 아닌 척해도 한눈에 알 수 있다니께. 결국은 본색을 드러내고 한 번 왕창 뒤집어엎었지. 내가 우리 윤희만 아니면 그길로 모가지 잡아끌고 파출소로 데리고 갔을 것인디……"

"윤희…… 요? 이놈이 윤희라는 사람과 아는 사이인가요?"

그릇을 치우던 아주머니가 눈을 끔뻑이며 강 형사를 쳐다보았다. 잠시 뜸을 들이더니 그제야 알겠다는 듯 피식 웃었다.

"사정을 잘 모르고 오셨는갑네? 이놈은 우리 윤희한테 볼일이 있어서 온 놈이 아니고, 윤희 수양아버지랑 아는 사이지. 윤희가 여기서 일하니까 이곳에서 만나곤 혔지."

"수양아버지요? 혹시 이 사람 아닙니까?"

강 형사가 사진을 또 한 장 꺼내놓자 한참을 들여다보던 아주머니는 잠시 망설이면서 눈치를 살폈다.

"워째, 이 사람 사진까지 들고 다니믄서 이런디야? 둘이서 뭔 일이라도 저질렀남? 그런 겨?"

황 팀장과 강 형사는 입을 다물었다. 아마도 석태가 살아 있었다면 그렇게 되지 않았을까?

한석태의 주변 탐문 수사 끝에 알아낸 바에 의하면 석태는 감방 동기인 상철을 끌어들여 크게 한탕 칠 계획이었다고 한다. 찜질방에 다니면서 아줌마들의 수다 속에서 범행 대상을 물색한 석태는 집안에 몇 억 되는 현찰이 있는 집을 털 계획을 세웠고, 절도 전문인 상철을 끌어들여 완전 범죄를 꿈꾼 모양이었다. 하지만 얘기를 듣고도 반응을 보이지 않는 상철 때문에 석태가 속을 끓이기 시작했고 그래서 자주 상철을 찾아갔다는 얘기를 들었다.

"아, 뭔 일이냐니께? 말을 좀 하소."

아주머니는 답답한지 소리를 높였다.

"윤희라는 사람은요?"

황 팀장이 주방 안쪽을 기웃거리며 물었다.

"윤희는 이틀 쉬겠다고 해서 지금은 없는디? 바빠 죽겠는데도 하도 사정을 해서 할 수 없이 그러라고 허락은 했지만서두……"

"예, 그럼 며칠 뒤에 다시 오겠습니다. 저희가 다시 올 때까지 아무 말 마세요."

강 형사는 자리에서 일어나면서 아무것도 가르쳐주지 않는 황 팀장이 의아했다. 범인이 이들과 관계가 있다고 생각한 것일까?

"아, 육시랄…… 뭐 알아야 말을 할 거 아녀?"

계속 물어보는 말에 대답은 않고 할말만 하고 돌아서는 둘이 기가 막혔는지 끝내 아주머니는 억센 성격을 드러냈다.

"그냥 몇 가지 물어볼 게 있어서 그런 것뿐이에요. 이해하세요."

식당 밖으로 나오자 어느새 어둡게 가라앉은 하늘이 뭐라도 퍼부을 것 같다. 눈이 온다고 하더니, 와도 적지 않게 올 모양이다. 아주머니에게 한소리 들은 황 팀장은 오히려 빙그레 미소를 짓고 있다.

"해결될 거 같지?"

"예?"

"타이밍이 기가 막히잖아? 하필이면 지금 쉬겠다고 한다는 게."

"너무 낙관하시는 거 아닙니까?"

"감이야 감. 그동안 알아낸 걸 가지고 추리해보면 말이야, 결국 둘이 한탕하고 난 뒤에 돈 때문에 다투다 없앤 게 아닐까 싶은데? 집안에 현찰 몇 억씩 가지고 있는 사람들이면 신고를 못할 사정이 있을 수도 있지."

"뭐, 잡아보면 알겠죠."

더이상 황 팀장의 추리에 대꾸할 마음이 없는 강 형사는 그렇게 대화를 끝냈다. 강 형사는 문득 상철과 윤희의 관계가 궁금해졌다.

석태 주변을 조사하면서 알게 된 상철은 전과만 해도 열몇 번이 넘는다. 이 년 전 출소한 뒤로는 수감중에 익힌 보일러 기술로 꽤 착실하게 살아온 것 같지만 실상은 어떨지 모른다. 열 번도 넘게 감방을 들락거렸다면 황 팀장 말처럼 이번에도 유혹에 넘어갔을 가능성이 있다. 그런 그가 식당에서 일하는 여자를 수양딸로 들였다는 얘기는 조금 생뚱맞았다.

그들은 어쩌다 그런 관계가 됐을까? 윤희라는 여자는 과연 수양아버지가 어떤 사람인지 알고 있을까?

"윤희야, 지금부터 내가 하는 말 잘 들어."

바다를 보고 싶다는 윤희의 청에 못 이겨 상철은 난생처음 속초에 왔다. 깊이를 알 수 없는 시커먼 바다는 보는 것만으로도 두려웠다. 거친 파도와 날카로운 바람은 잠시 서 있는 것마저 힘들게 했다. 하지만 윤희는 바다를 볼 수 있다는 사실만으로도 행복한 듯 상철의 팔에 매달려 미소를 지어 보였다. 꽁꽁 언 몸도 녹이고 허기도 달랠 겸 식당에 들어온 뒤로 상철은 쭉 참고 있던 말을 꺼냈다.

"너에게 미안하단 말을 어떻게 하면 좋을지 모르겠다. 하필이면 나 같은 놈을 만나서 그런 일에 휘말리게 되고……"

─아버지.

"머지않아 형사들이 올 거다. 석태 그 자식 때문에. 아마 이번에 들어가면 오랫동안 못 나올 거야. 어쩜 그 안에서 평생을 보내야 할지도 몰라."

—아버지, 그 사람을 죽인 건 나예요.

"아니다. 그놈을 죽인 건 나야. 그리고 내가 아니었다면, 네가 그런 놈과 마주칠 일이 있었겠냐? 모든 건 다 내 잘못이야."

—하지만……

"아무 소리 말라니까. 넌 아무것도 모르는 거야. 그날은 집에 오지 않았고 식당에서 잔 거야. 그게 전부야. 그게 전부라고."

윤희의 눈에 금세 눈물이 맺혔다. 그럴 수 없다는 듯 윤희는 천천히 고개를 저었다. 상철은 명치끝이 찌르르 저려왔다. 숨길 수만 있다면 천길 땅이라도 파서 묻어버려야 했다. 그랬다면 이렇게 윤희와 헤어지는 일도 없었을 것이다. 이 여행은 둘의 처음이자 마지막 여행이다. 이럴 줄 알았다면 윤희에게 좀더 많은 추억을 만들어주는 건데, 아니 이럴 줄 알았다면 그냥 손님과 식당 종업원으로 지내는 건데. 이제는 되돌릴 수 없는 후회들이 밀려들었다.

잊어버리자. 아무리 발버둥친다고 해도 이미 지난 일. 상철은 크리스마스가 지나면 경찰서에 가서 자수할 생각이었다. 그날만은 윤희를 혼자 두고 싶지 않았다. 아니, 단 한 번도 가족이 없었던 상철은 생전 처음으로 사랑하는 가족과 크리스마스를 보내고 싶었다.

그러면 평생 남들이 평범하게 살면서 누리는 것 하나 제대로 가져보지 못한, 이 빌어먹을 개 같은 인생을 만들어준 조물주를 조금은 용서할 마음이 생길 것 같았다.

5

"어떻게 생각해?

황 팀장은 커피 자판기에서 꺼낸 종이컵을 들고 문 너머 강 형사의 책상 맞은편에 앉은 윤희를 턱으로 가리켰다. 자신의 추리가 틀렸다는 사실이 못마땅한 표정이었다. 강 형사는 아무런 대꾸도 하지 않고 묵묵히 종이컵을 꺼내 커피를 마셨다. 다시 동전을 넣어 윤희가 마실 커피를 뽑는 동안 누군가 현관문을 거칠게 열고 들어왔다. 사진 속의 그 남자, 석태의 감방 동기라는 상철이었다. 윤희의 수양아버지.

아직 해도 뜨지 않은 이른아침. 윤희가 제 발로 경찰서에 찾아왔다. 한석태의 살인범으로 자수를 하겠다는 것이다. 숙직실에서 자고 있던 강 형사는 연락을 받고 바로 내려가 그녀를 강력반 사무실로 데리고 왔다. 이미 각오한 듯 침착한 표정으로 윤희는 가방에서 종이를 꺼내 강 형사에게 내밀었다. 아마

미리 준비한 모양이었다.

　　저는 말을 못합니다. 하지만 들을 수는 있습니다. 저는 사람을 죽였
습니다. 그래서 자수하러 왔습니다.

　순간 강 형사는 난감했다. 윤희가 농아라는 것은 전혀 눈치
채지 못했다. 식당 아주머니에게서도 그런 낌새를 알아챌 수
없었는데, 강 형사는 어디서부터 시작해야 할지, 뭐라고 말을
해야 할지 가늠이 되지 않았다. 잠시 생각을 정리한 뒤 우선
윤희를 자리에 앉게 했다.
　"무슨 일이 있었는지, 왜 죽였는지 하나씩 얘기해봐요. 아
니, 적어봐요."
　강 형사가 책상 위를 뒤적이며 종이를 찾고 있는데 이것도
미리 준비해왔는지 윤희는 얼른 가방을 뒤져 다른 종이를 꺼
냈다. 편지지에는 석태가 식당에 왔던 일부터 비교적 자세한
이야기가 적혀 있었다. 강 형사가 윤희의 메모를 읽는 동안 황
팀장이 요란한 소리를 내며 사무실로 들어섰다.
　"자수했다며? 어디 있어?"
　그러다 강 형사의 앞에 앉아 있는 윤희를 보고 황 팀장은 그
대로 입을 닫았다. 아마도 자수한 사람이 상철이라고 생각한
모양이었다.

"누구야? 이 사람은?"

"지난번에 식당 아주머니가 얘기한 윤희라는 사람입니다."

황 팀장은 말을 잊고 눈으로는 윤희를 살피며 자기 자리로 걸어갔다. 의자에 앉아서도 윤희를 바라보는 눈길을 거둘 줄 몰랐다. 오죽하면 강 형사가 커피를 핑계로 복도로 데리고 나왔을까. 거기다 윤희가 말을 못한다는 것을 알게 된 황 팀장은 마치 비련의 여주인공을 보듯 동정의 눈으로 그녀를 바라보았다.

사무실을 기웃거리던 상철은 책상 앞에 앉아 있는 윤희를 보자 얼른 안으로 들어갔다. 그 모습을 보던 강 형사는 다시 자판기에 동전을 넣었다.

커피 두 잔을 들고 사무실로 들어온 강 형사는 윤희와 상철에게 종이컵을 건네주려다 그대로 책상 위에 올려놓고 자리에 앉았다. 그들은 주변을 전혀 의식하지 못하고 서로의 눈을 바라보며 무언의 대화를 나누고 있었다. 오가는 눈빛으로 무슨 말이 오가는지 느낄 수 있을 정도였다. 수양아버지라는 말을 들었을 때 엉뚱한 의심을 했던 자신이 부끄럽게 느껴졌다. 그들은 진심으로 서로를 아끼고 챙겨주는 부녀 사이처럼 보였다.

"윤희를 보내주십시오. 범인은 납니다. 내가 그놈을 죽였어요."

상철이 윤희 앞에 나서며 사정했다. 그의 뒤에 있는 윤희는 천천히 고개를 저었다. 강 형사는 물끄러미 상철의 얼굴을 쳐다보았다. 그렇게 찬찬히 얼굴을 바라보다가 조금 전 윤희에게 받았던 종이를 상철에게 내밀었다. 메모를 읽던 상철은 거칠게 종이를 찢어버리려 했다. 강 형사는 상철의 손에서 얼른 종이를 빼앗았다. 이것도 중요한 증거다. 그가 찢게 내버려둘 수 없다. 강 형사는 구겨진 종이를 조심스럽게 폈다.

"뭔데?"

황 팀장이 말을 걸어오자 강 형사는 그에게 종이를 건넸다. 상철은 황 팀장과 강 형사를 번갈아 쳐다보며 소리를 질렀다.

"이건 아니에요. 다 거짓말입니다. 어딜 봐서 저 아이가 사람을 죽일 것 같습니까? 범인은 나요. 내가 그놈을 죽였어요."

윤희는 상철과 만나기로 약속했다는 석태의 말에 문을 열어주었다고 한다.

하지만 아버지를 기다린다던 그 사람은 자꾸 내게 말을 걸면서 손을 잡으려고도 하고 허리를 잡기도 했어요. 저는 도망을 다니며 아버지가 오시기만 기다렸어요. 그런데 그 사람이 아버지는 안 올 거라더군요. 이미 작정하고 왔다는 걸 그제야 알았어요.

그래서 안 되겠다 싶어 얼른 현관으로 나가려는데, 그 사람이 뒤에서 저를 덮치더니 바닥에 눕혔어요. 그리고 그 사람은······ 자기 욕심을 채우고 일어났어요.

전 그때까지 비명을 지를 수도 없었어요. 말을 할 수 없다는 게, 소리를 낼 수 없다는 게 그렇게 분하기는 처음입니다. 아버지에게 말하지 말라며 다음에 또 보자며 웃고 있는 그 사람을 보자 참을 수가 없었어요.

그래서 전 그가 등을 돌리자마자 집에 있던 커다란 화분을 들어 그 사람의 머리를 힘껏 내려쳤어요. 그 사람은 그대로 넘어져서 다시는 일어나지 않았어요.

전 겁에 질려 방구석에 쭈그리고 있다가 그를 욕실로 끌고 가서 자르기 시작했어요. 마침 아버지는 공사장에서 주무신다고 하셨기 때문에 아침이 되기 전에 얼른 일을 마치려고 했어요.

메모를 다 읽은 황 팀장이 강 형사를 쳐다보았다. 강 형사는 황 팀장의 눈을 바라보며 가볍게 고개를 저었다. 황 팀장 역시 강 형사와 생각이 같다는 듯 눈을 깜빡였다.

"진정하시고 일단 자리에 앉으세요."

흔들림 없는 강 형사의 모습에 기가 꺾인 상철은 윤희 옆에 의자를 끌어다 앉았다.

"저 종이에 적힌 말이 모두 진짭니까?"

강 형사는 차분한 목소리로 윤희에게 물었다. 그녀는 얼른 고개를 끄덕였지만 잠시 눈빛이 흔들렸다. 그런 것도 눈치 못 챌 강 형사가 아니다. 하지만 강 형사는 다그치지 않고 차분히 말을 이었다.

"거짓말을 하면 나중에 재판에서 더 불리해질 수 있어요. 있었던 일 그대로 얘기하는 게 좋을 겁니다."

"저 형사님, 따로 할 얘기가 있습니다."

상철의 말에 윤희가 얼른 그의 팔을 잡았다. 거칠게 고개를 젓는 윤희의 얼굴을 외면하고 상철은 자리에서 일어났다.

"증거를 보면 누가 범인인지 아실 겁니다. 현장에 있지도 않았던 윤희는 모르는 것들입니다. 날 위한다고 저런 거짓말을 하는 것뿐입니다. 그러니 그냥 보내주시고 내 얘길 들어주십시오."

강 형사는 고개를 돌려 황 팀장을 바라보았다. 황 팀장은 고개를 끄덕이고 취조실로 들어가보라고 했다. 윤희의 눈빛에 불안한 기운이 가득했다. 윤희의 눈망울 가득 맺혔던 물기가 기어코 눈물이 되어 뺨을 타고 흘렀다.

"그날 집에 돌아가 보니 놈이 윤희에게 치근거리고 있었습니다. 나를 보자 멈추기는 했지만 그때부터 자꾸 깐죽거리더군요. 늙은 기력으로 당해내겠느냐는 둥, 말년에 젊은 년 끼고 호강한다는 둥 차마 입에 담지 못할 말을 거침없이 했습니다.

248

놈은 모르고 있지만 우리 윤희는 말만 못할 뿐이지 귀는 멀쩡합니다. 다른 농아하고는 달리 충격 때문에 말을 못하는 것뿐입니다. 난 더이상 그런 말들을 윤희가 듣게 할 수 없어서 놈을 데리고 밖으로 나가려고 했습니다. 그런데 놈이 내 손을 뿌리치며 난동을 부리기 시작했습니다. 집에 있는 화분을 깨고 방안을 엉망으로 만들어서 윤희가 놀라 방구석으로 몰릴 정도였죠. 난 윤희가 도망갈 수 있도록 필사적으로 그놈을 붙잡았습니다. 윤희가 겨우 집을 빠져나가자 풀어주었는데 그놈이 내 멱살을 잡고 그러더군요. 오늘만 날이 아니라고. 날 잡아서 윤희에게 해꼬지를 하겠다고. 그 말을 들은 난 정신이 나가버렸습니다. 정신을 차려보니 이미 놈은 죽어 있었습니다. 난 어쩔 수 없이 놈을 토막 내어 버리기로 했습니다."

상철은 자신이 범인이라는 것을 분명히 하기 위해 무엇으로 토막을 냈는지, 연장과 시체를 어디에 버렸는지 자세히 설명했다. 그의 얘기는 시체에 남겨진 증거와 일치했다. 찾지 못했던 연장에 대한 이야기까지 하니 더 의심할 여지가 없었다. 하지만 강 형사는 그게 전부가 아니라는 것을 직감했다. 뭔가 개운치 않은 느낌이 가시지 않았다.

6

외출을 위해 책상을 정리하고 일어서는데 황 팀장이 불러세웠다. 강 형사는 머플러에 점퍼까지 챙겨 입으며 황 팀장에게 다가갔다.

"흉기도 발견됐고 증거가 확실한데 여자는 왜 안 풀어주는 거야?"

"팀장님은 한석태를 죽인 게 오상철이라고 생각하십니까?"

"생각하는 게 아니라 사실이잖아?"

"아무래도 그렇게 생각되지 않아서요."

"뭐야, 그럼 여자가 죽였다는 거야?"

"그 여자가 쓴 글을 읽고 어떠셨어요?"

"어땠냐니? 그게 뭔 소리야?"

"거짓말도 있지만 그 안에는 숨길 수 없는 진실도 들어 있었습니다."

강 형사는 윤희가 쓴 글을 보며 그녀가 겪었던 일들을 눈치 챘다. 그녀는 강간당한 이야기를 적으며 말을 하지 못하는 게 그렇게 분했던 적이 없었다고 했다. 그것은 경험해보지 않으면 느낄 수 없는 감정이다. 더구나 강간이란 여자에게 오히려 감추고 싶은 범죄다. 그런 일을 겪지도 않고 쓰지는 않았을 것이다. 하지만 뒷부분은 의심스러웠다.

처음 석태에게 문을 열어준 건 석태가 상철과 약속이 있었기 때문이라고 했는데, 뒤에서는 상철이 그날 밤 집에 돌아오지 않을 걸 알고 있었다고 했다. 그런데 상철이 돌아오지 않는다는 걸 알았다면 문을 열어주지 않았을 것이다. 어쨌든 윤희는 자기 손으로 문을 열어주었고 석태에게 겁탈당했을 것이다. 하지만 석태를 죽였느냐 하는 문제에 이르러서는 답이 보이지 않는다.

시체에 남겨진 증거들을 보면 토막 내거나 유기한 것은 상철로 보인다. 누가 석태를 죽였든 그 둘은 잠시 동안 시체를 앞에 놓고 고민에 빠졌을 것이다. 상철과 윤희의 이야기를 종합해보면 두 가지 가능성이 나온다.

하나는 겁탈당한 윤희가 돌아가려던 석태를 죽이고 뒤늦게 나타난 상철이 시체를 처리했을 것이라는 가정. 또하나는 집에 들어온 상철이 윤희를 겁탈하려는 석태를 발견하고 순간적으로 죽여 시체를 처리했을 것이라는 가정. 결국 누가 석태를 죽였느냐 하는 문제는 그 둘만 안다.

상대방이 죽였다고 하는 게 아니라, 오히려 자신이 살인범이라고 주장하고 있다.

누가 진실을 말하고 누가 상대를 보호하려는 것일까?

"일단 식당에 가서 알리바이를 확인하고 몇 가지 물어보려고요."

"아, 거기! 해장국 죽이던데, 언제 한번 또 가야 하는데 말이야…… 다녀오라고."

입맛을 다시는 황 팀장을 뒤로하고 강 형사는 사무실을 나왔다. 다행히 식당 안은 한가했다. 아마도 크리스마스이브라 해장국집보다는 분위기 있는 가게를 더 많이 찾기 때문이겠지. 아주머니는 한눈에 강 형사를 알아보고 인상을 찌푸렸다.

"윤희 안 나왔어. 왜 또 찾아왔디야?"

"윤희씨 지금 경찰서에 있습니다. 몇 가지 물어보고 싶은 게 있어서요."

강 형사의 말에 아주머니는 들고 있던 바가지를 떨어뜨리고 말았다. 바가지 안에 있던 양파가 떼구루루 식당 안을 굴러다녔다. 강 형사는 양파를 주워 테이블 위에 올려놓고 자리를 잡고 앉았다.

"우리 윤희가 뭔 죄가 있어서? 그 불쌍한 것을 왜 잡아가?"

"우리가 잡은 게 아니라 제 발로 찾아왔어요."

"뭐여?"

아주머니는 갑작스러운 사태를 어떻게 받아들여야 할지 몰라 입을 다물었다. 강 형사는 아주머니의 표정을 살피며 천천히 입을 열었다.

"안에 방이 있는 거 같던데, 늘 식당에서 주무시나요?"

"그렇지 뭐, 새벽 장사도 혀야 하니께."

"11월 19일 밤에도 여기서 주무셨습니까?"

"여기서 산다니께. 그건 왜?"

"혹시 그날 윤희라는 사람, 여기서 같이 잤나요?"

"아, 집 놔두고 여길 왜 와서 자?"

"정말입니까?"

"가만 11월 며칠이라고? 그러고 보니 그즈음에 윤희가 밤늦게 와서 자긴 했는디…… 수양아버지 생긴 뒤론 방을 얻어서 나갔는디, 그때는 뭔 일인지 모처럼 나랑 자고 싶어 왔다기에 그런가보다 했지."

"그때가 몇시쯤이었나요?"

그걸 안다고 무슨 소용이 있을까?

강 형사는 문득 자신이 헛고생을 하고 있다는 것을 깨달았다. 결국 해답은 그 두 사람에게 있다. 같은 시각 같은 공간에 있던 상철과 윤희. 그들만이 누가 석태를 죽였는지 말해줄 수 있다.

"둘은 어쩌다 그런 인연이 됐나요?"

강 형사의 말에 아주머니는 긴 한숨을 내쉬더니 주머니를 뒤져 담배를 꺼내 물었다. 그대로 담뱃갑을 집어넣으려다 불쑥 강 형사에게도 내밀었다. 아주머니가 내미는 담배를 사양하지 않고 강 형사도 빼물었다. 아주머니가 탁자 위에 있던 성냥을 꺼내 불을 붙였다. 황 타는 냄새가 잠시 코를 찌르다 사라졌다. 깊은숨을 들이쉬던 아주머니는 그제야 말문을 열었다.

"두 사람에게 바람을 넣은 건 나여. 윤희는 세 살인가 네 살 때 집에 화재가 나서 부모형제 다 죽고 혼자 살아남았제. 그 뒤로 친척 집에 맡겨졌지만 화재가 충격이었는지, 가족이 모두 죽은 게 충격이었는지 그뒤로 말을 잃었어. 나한테 온 건 열여섯 살 때지. 윤희를 키우던 먼 친척이 캐나단가 어딘가로 이민 가면서 맡겼어. 사실 버리고 갔다는 게 맞을 것이여. 그 때부터 우리집에서 잔심부름을 하면서 일 배우고 지냈구먼. 이런, 내가 윤희 얘기만 너무 많이 했네. 아무튼 윤희는 그렇게 우리집에 오게 됐고. 오씨는…… 그려, 그 사람도 윤희만큼 이나 기구허지. 전쟁 지나고 얼마 안 돼 태어나서 바로 고아원에 버려졌디야. 열몇 살인가에 거기서 뛰쳐나와 돈 벌겠다고 공장에 다니기 시작혔는디, 아주 못된 사장 놈을 만난 모양이여. 십 년을 넘게 일하고 돈 한 푼 못 받다가 결국 도망쳐나오믄서 그동안 밀린 월급을 훔쳤다는데, 그게 도둑질이 되어부러서 감옥에 가게 되고……"

십 년 동안 참고 살았다니, 그로서는 더이상 참을 수 없어 저지른 일이 아닐까? 그게 별을 다는 시작점이 된 모양이다. 한번 어긋나기 시작하면 인생은 자기 의지만으로는 되돌리기 힘들어진다. 전과 13범이 되기까지 그는 얼마나 많은 시행착오를 겪으며 살았을까?

"제 처지가 생각나서 그랬는지 말 못 하는 우리 윤희가 불쌍해서 그랬는지, 오씨는 올 적마다 한참 동안 우리 윤희를 물끄러미 보다가 갔지. 첨엔 흑심이 있나 싶었는디, 그건 아니더라고. 겪어보니 사람 참 무던하니 속이 깊어. 그런 오씨 마음을 윤희도 느꼈는지 나중엔 누구보다 살갑게 굴더라고. 그래서 이참에 부녀지간으로 연을 맺으라고 혔지. 그러고 보니 벌써 일 년이 다 돼가는 얘기구먼."

아주머니는 상철의 이력도 소상히 알고 있었다.

"오상철이 전과자라는 걸 알면서도 윤희와 연을 맺게 하셨군요."

"전과자가 뭐? 자네 같은 형사한테는 죄다 나쁜 놈들로 보일지 모르지만서두 내 눈에는 그냥 다 불쌍한 인생들이여. 오씨도 좋은 부모 밑에서 자랐으면 성격으로 보나 뭐로 보나 자네보다는 훨씬 잘됐을 사람이여. 이거 왜 이려?"

아주머니는 자기 일인 양 화를 냈다. 비록 식당에서 만난 사이지만 그들은 서로에 대해 굳은 믿음을 가지고 있는 것이다.

"그 사람과 안 지 오래됐습니까?"

아주머니는 고개를 흔들더니 끝만 남은 담배를 비벼 끄고 기억을 더듬는 표정을 지었다.

"이 년 전인가? 아침에 누가 들어와서 해장국을 시키더니, 두부도 있냐고 묻더라고. 마침 반찬하려고 사둔 게 있어서 줬더니 한참을 안 먹고 쳐다만 보고 있기에 뭐하나 싶어서 봤지. 그랬더니 눈이 붉게 충혈된 게 눈물을 참고 있는 겨. 그래서 아침 손님도 끝났겠다, 앞에 앉아 사연을 들었지."

강 형사는 눈앞에 그날의 일이 그려지는 듯했다.

"막상 출소하고 나왔는디 갈 곳이 없어서 한 시간을 서 있었다는 겨. 저 담 안이 내 집이었나, 또다시 들어가야 하는 건가 그런 생각을 하자니 기가 맥혔겠지. 그 자리에서 가만히 손가락을 꼽아보니 밖에서 산 날보다 안에서 산 날이 더 많더라는 겨. 갑자기 정신이 번쩍 든 모양이여. 그래서 처음으로 제 손으로 두부를 사 먹는 거라고 하더구먼."

어쩌면 아주머니의 말이 해답의 실마리가 되어줄지도 모른다. 그렇게 굳은 결심을 하고 새로운 삶을 살기로 했다. 그리고 딸까지 생겼다. 아무리 석태가 괴롭혀도 참을 수밖에 없던 이유가 있었던 것이다.

강 형사는 상철의 마지막 자백을 듣기 위해 자리를 털고 일어났다.

7

"내가 죽였다는데 정말 왜 그래요?"

256

"어쩔 수 없이 일어난 사고라는 거 알고 있습니다."

강 형사를 외면하고 창밖만 보고 있던 상철은 고개를 돌려 강 형사를 쳐다보았다. 강 형사의 의중이 궁금한지 상철은 뭔가 읽어내려는 필사적인 눈빛이었다.

"그걸 믿습니까?"

"해장국집 아주머니가 이 년 전에 오상철씨를 만난 이야기를 해주더군요. 그렇게 굳은 결심을 했고, 거기에 딸까지 생겼다면…… 다시는 죄를 저지르지 않기 위해 노력했을 겁니다. 몇 번이나 찾아와 치근대는 한석태의 유혹을 뿌리친 것도 그 때문이죠?"

강 형사는 슬쩍 모험을 해보기로 했다.

"수양딸이지만 친딸 이상으로 사랑했던 윤희를 위해 어떤 유혹도 이겨냈어요. 그런 당신이 집안에서, 그놈을 죽였을 리 없습니다. 딸이 당하는 모습을 보고 아무리 죽이고 싶었다고 해도 그곳은 둘만의 보금자리였어요. 어쩌면 당신이 처음 가져본 가족이었을 겁니다."

"……"

"살아 있었다면 일단은 데리고 나왔을 텐데 그러지 않았어요. 아마 이미 죽어 있었겠죠. 뒤늦게 집에 들어간 당신은 방안을 보고 무슨 일이 있었는지 짐작했을 테고요. 어떻게든 시체를 처리하기 위해 딸을 내보내고 당신은 한석태를 죽인 게 본인이라는 증거를 만들었죠."

고개를 숙이고 있는 상철의 눈꺼풀이 파르르 떨렸다. 강 형사는 드디어 막바지에 이르렀다고 생각했다. 조금만 더 몰아붙이면 그는 진실을 얘기할 것이다.

"하지만 당신은 한 가지를 잊고 있었어요. 당신이 딸을 생각하는 만큼, 윤희씨도 아버지를 염려했다는 걸 말입니다. 이러는 게 윤희씨에게 도움이 될 거라고 생각합니까? 두 사람 모두 정상참작의 여지가 있어요. 한석태에게 괴롭힘을 당한 윤희씨가 벌인 일이라면 정당방위로도 인정이 될 겁니다."

"그 아이…… 윤희가 한 게 아니야. 내가 했소. 내가."

하지만 생각보다 상철은 완강했다. 그는 끝내 진실을 얘기하지 않았다.

"이대로 당신이 했다고 하면 당신 죽어요. 사형이라고요. 당신, 목숨까지 버려가면서 윤희씨를 지키려는 겁니까? 겨우 일년 딸 노릇 했다고 그렇게까지 할 필요 있어요?"

"당신 말대로 윤희가 죽였다고 칩시다. 그래서 윤희가 감옥에 가게 된다면…… 그 아이가 견딜 수 있을 거 같아요?"

"그렇다고 해도 이렇게까지 할 필요는 없어요."

답답한 강 형사는 버럭 소리를 질렀다. 상철은 입을 다물었다. 강 형사도 더이상 말하고 싶지 않아 상철을 외면하고 눈을 감아버렸다. 얼마나 시간이 흘렀을까, 상철이 조심스럽게 말문을 열었다.

"당신은 부모가 있겠지? 형제도…… 자라면서 친구도 있었을 테고, 지금은 함께 일하는 동료가 있고. 결혼을 했다면 아내와 아이도 있겠지. ……그러면 모를 거야. 내가 지난 일 년을 어떻게 살아왔는지. 평생 내 것이라고는 아무것도 가져본 적이 없는 내게, 지난 일 년이 어떤 의미가 있는지……"

상철은 혼자 생각에 잠겼다.

그는 무슨 생각을 하고 있는 것일까? 지난 일 년을 더듬어보고 있는 것일까?

"……처음 윤희가 준비한 식탁에 앉았을 때 내 눈에 들어온 게 뭔지 아시오? 그건 마주 놓인 숟가락 두 개였소. 늘 숟가락 하나밖에 없던 식탁에 처음으로…… 육십 평생 처음으로…… 그때 알았지. 가족이란 건, 식구란 건 이런 거구나. 당신에겐 당연한 일이겠지만 내겐 처음 생긴 일이었어."

이제 더이상 할 얘기가 없다는 듯 상철은 굳게 입을 다물고 강 형사를 올려다보았다. 그의 입가에 희미하게 미소가 어려 있었다. 그는 죽음도 두렵지 않은 것이다. 아니, 오히려 죽음을 기다리는 것처럼 보인다. 강 형사는 상철이 더이상 입을 열지 않을 것을 알았다. 다만 그의 눈빛만이 강 형사에게 간절한 부탁을 하고 있었다. 그 눈빛에 강 형사도 잠시 마음이 흔들렸다.

어차피 상철은 시체 유기죄로 감옥에 가야 한다. 그는 죄를 혼자 뒤집어쓰기로 작정했고, 그걸 파헤쳐 굳이 윤희까지 감옥으로 보내는 게 무슨 의미가 있나 싶었다. 차라리 자신이 형사가 아니었다면 문제는 간단했을지도 모른다. 때로 그의 업무는 그의 감정이나 기분과 상관없이 냉정하게 처리된다. 이젠 마지막으로 윤희에게 물어보는 수밖에 없다. 사무실로 들어와보니 어느새 윤희가 그를 기다리고 있었다.

창문 앞에 앉은 윤희는 방안 풍경과는 너무도 어울리지 않는 모습이었다. 오랜만에 책상을 지키고 앉아 서류 정리를 하거나 조서를 꾸미고 있는 형사들의 분주함 속에서 윤희만 이세상 사람이 아닌 듯 그림처럼 앉아 있었다.

강 형사가 책상에 돌아가 앉자, 창밖을 보던 윤희가 시선을 돌려 강 형사를 바라보았다. 그녀의 맑은 눈빛을 보자 강 형사는 왠지 온몸의 기운이 빠지는 것 같았다. 이미 감옥을 경험한 상철은 그녀가 감옥에 간다면 어떤 어려움을 겪을지 알았다. 강 형사는 자신이 하려는 일에 죄책감을 느꼈다. 그는 처음으로 고지식한 자신이 미워졌다.

윤희는 강 형사를 바라보며 생긋 웃더니, 다시 고개를 돌려 창밖을 바라보았다. 그녀 너머로 보이는 창밖 세상에서는 눈이 내리고 있었다. 오늘은 크리스마스이브. 모처럼 맞이하는 화이트 크리스마스였다. 윤희의 시선을 따라 창밖을 보는 강 형사의 귓가에 방안의 소음이 천천히 사라졌다. 방안에는 오로지 그녀와 그, 둘만 있는 것 같았다.

현관에 들어서자 자동으로 불이 켜졌다. 사람이 없는 집안에는 냉기가 감돌았다. 아내가 떠난 지 벌써 열흘이 넘었다. 강 형사는 열쇠를 한쪽에 집어던지고 주방으로 가 냉장고 문을 열었다. 생수병을 꺼냈지만 병은 비어 있었다.

그는 수도꼭지를 틀어 잔에 넘치도록 물을 받았다. 단숨에 물을 마시고 잔을 내려놓는데, 빈 식탁이 눈에 들어왔다. 문득 상철의 말이 떠올랐다. 숟가락 두 개.

강 형사의 집 식탁에도 숟가락 두 개가 있었다. 그리고 잠시 숟가락이 세 개로 늘었다가 다시 두 개로 줄었다. 가족을 잃는다는 건, 특히 자식을 잃어버린다는 건 제 살을 도려내는 아픔이라고 했다. 자기 살을 도려낼 뿐 아니라 미래도 산산이 부서진다. 다섯 살이 되어 한창 미운 짓도 저지르고 재롱도 부리던 아들은 골목 입구에서 아이들과 놀다가 부주의한 자동차에 치여 죽었다. 가족끼리 조용히 장례를 치르고 그는 경찰서로, 일로 도망쳤다. 아내가 짊어져야 했던 무게는 생각해본 적도 없었다. 위암으로 수술을 받을 때도 그는 아내 곁에 없었다. 그를 간절히 필요로 하는 아내를 보면서도 그는 청맹과니처럼 눈을 닫아버렸다.

지금 그의 식탁엔 숟가락 하나도 놓여 있지 않다. 아내가 떠나버린 그곳에서 강 형사는 차마 밥을 먹을 수가 없었다. 당연하게 생각하던 존재가 어느 순간 사라지는 게 얼마나 무서운 일인지 이미 경험했다. 그런 건 한 번으로 족하다. 아들이 죽자 모든 걸 잃었다고 생각했지만 그는 비로소 알 것 같다. 여전히 자신은 가진 것이 많다. 당연하다고 생각하던 많은 것이 새삼스레 애틋하게 느껴졌다.

주머니에서 핸드폰을 꺼내 아내에게 전화를 걸었다. 몇 번 신호가 가고 아내가 전화를 받았다.

다시 시작하자. 아직 늦지 않았다.

강 형사는 그렇게 믿고 싶었다.

서울 광시곡

끔찍한 여름이었다.

이름뿐인 장마가 지난 후, 연일 계속되는 불볕더위가 사람들 머릿속을 들끓게 하고 있었다. 장마철의 흐린 하늘을 지겨워하던 사람들은 어둡고 습한 우기를 떨쳐버리는 태양을 반가워했지만 그것도 며칠뿐이었다.

열기를 내뿜는 사우나실처럼 후끈거리는 한낮의 태양은 거리를 유령의 도시처럼 텅 비게 만들었다. 작열하는 태양을 피해 그늘 한 조각이라도 찾아 들어가려는 사람들의 뒷모습은 시든 채소처럼 축 늘어져 있었다.

거리를 지나가는 바람이 이따금 가로수를 흔들어댔지만 사람들의 땀을 식히기에는 턱없이 부족했다. 날씨가 사람을 미치게 만든다고 하던가. 태양이 사라진 늦은 밤에도 시원한 바람 한줄기 불지 않았다. 이렇게 땅이 달구어지면 소나기라도 한바탕 쏟아지련만 하늘은 조각구름 하나 없이 맑기만 했다.

신정한은 서랍을 열어 연필을 꺼내 깎기 시작했다. 글이 써지지 않을 때마다 늘 하는 버릇이었다. 연필을 깎다보면 어느새 머릿속은 텅 비워지고 그가 하려 했던 한 가지 생각만 제 스스로 가지를 치고 살아났다. 정한은 그 생각을 좇아가는 데 급급했다.

'그래, 날씨가 사람을 미치게 한다고 했어.'

신정한은 언젠가 읽은 소설이 생각났다. 소설 속에선 계속 비가 내리고 있었다.

열대지방의 긴 우기, 숨막히는 습기와 밤마다 살을 파고드는 모기떼의 극성. 빛을 보지 못한 사람들의 마음은 습기를 찾아 피어나는 곰팡이처럼 그렇게 알 수 없는 욕망에 휩싸이고, 결국 소설 속 인물은 끈적이는 날씨의 힘에 이끌려 한 사람을 죽이게 된다는 내용이었다.

'너무 뜨거운 날씨야. 도시 전체가 벌겋게 달구어지고 있어. 사람들은 보이지 않는 마음 저 깊숙한 곳에 알 수 없는 분노와 증오를 키우고 있다. 더이상 이런 날씨가 계속되다간 사람들은 폭발하고 말 거야.'

푸른 한강이 내려다보이는 여의도의 한 오피스텔에서 정한은 그런 생각을 하고 있었다. 어쩌면 그래서 그의 드라마 〈라디오 추리극장〉이 그렇게 굉장한 반응을 불러일으키고 있는지도 몰랐다.

사람들은 무언가 분노를 쏟아붓고 미워할 대상을 찾고 있었다. 날씨라는 도무지 대항할 수 없는 존재에 어찌지 못하고 상한 마음을 보상받을, 그 무엇인가가 필요한 것이다. 충혈된 눈으로 먹이를 찾는 그들에게 〈라디오 추리극장〉은 좋은 위안거리였다. 맨 처음 문재식 프로듀서와 이 프로그램을 기획할 때만 해도 데스크에선 1970년대식의 구태의연한 기획이니, 뻔한 삼류 납량물이니 하며 회의적인 반응을 보였다. 그러나 문재식 PD와 신정한은 데스크가 원하는 기한을 시한부로 하겠다는 조건을 걸고 이 기획안을 강하게 밀어붙였다.

〈라디오 추리극장〉은 6월 29일부터 방송되기 시작했다. 한 가지 사건을 일주일 단위로, 매일 이십 분씩 내보냈다.

방송한 지 보름도 안 된 〈라디오 추리극장〉의 반응은 피부로 느낄 만큼 대단했다. 몇 년 동안 쉬다가 오랜만에 쓰기 시작한 라디오 드라마가 말 그대로 '히트'를 치고 있는 것이었다.

문 PD는 매일 전화로 원고가 어떻게 되었느냐고 채근하며 〈라디오 추리극장〉이 데스크의 입맛까지 만족시키고 있다는 암시를 주었다.

문득 그는 라디오 전성기를 돌이켜보았다. 지금이야 텔레비전에 비디오, 영화에 밀려 위력이 약해졌지만, 정말 한때는 라디오가 사람들의 마음을 올가미처럼 묶어놓았다.

그것은 정한에게 아직 흰머리 하나 없던 젊은 시절의 얘기였다.

〈라디오 추리극장〉이 이렇게 사람들의 관심을 끈 것은 사실 프로그램 자체의 힘만은 아니었다.

제1화 〈그대의 흰 손〉은 병원장의 살인사건을 다룬 내용이었는데, 이 드라마가 방송된 며칠 후 묘하게도 S병원 원장이 살해당한 사건이 발생했다. 워낙 사회에서 명망 높던 유명인사의 죽음이라 각 신문사마다 크게 다루었는데 한 신문기사에서 〈라디오 추리극장〉 드라마 내용과 실제 사건의 유사성을 지적하자 더 큰 화제가 되었다.

사람들은 허구와 실제의 놀라운 일치를 호기심과 의혹으로 바라보았고 당연히 청취율은 라디오 프로그램 1위를 기록했다.

〈그대의 흰 손〉은 6월 29일부터 7월 4일까지 엿새에 걸쳐 방송되었다.

드라마는 모 병원의 원장이 자신의 사무실에서 주사기에 찔린 채 시체로 발견되면서 시작된다. 사건의 수사를 맡은 형사는 원장의 주변 인물들을 만나면서 그의 과거를 알게 되고, 그 결과 사회의 존경을 받는 원장의 현재 모습과는 다른 추악한 일면을 캐내게 된다. 간호사와의 불륜, 동료 의사에 대한 모함, 그리고 원장이 되기까지 그가 저지른 숱한 비리들. 결국 형사는 범인을 잡아내지만 마음 한편으로 원장이 스스로 죽음을 자초하고 있었다는 것을 깨닫는다는 내용이었다.

S병원 원장 살인사건은 7월 8일에 일어났다. 방송이 나간 지 나흘 만의 일이었다. 드라마의 내용과 같은 방법으로 살해를 당했는데 목 뒷덜미에 깊게 박혀 있던 주사기에서 안티몬이라는 독극물이 검출된 것으로 알려졌다. 갑작스럽게 당한 일인 듯 반항의 흔적은 없었다는 자세한 내용의 기사가 신문에 실렸다.

원고에 쫓겨 신문을 읽을 시간도 없는 정한이었지만, 동료 작가가 전화를 해주어 사건에 대해서는 알고 있었다. 그에게 전화를 건 동료 작가는 참 묘한 우연이라는 생각에 전화를 걸었고, 정한 역시 그 소식을 듣는 순간 가슴 한쪽이 서늘해지는 것을 느꼈다.

그러나 전화를 받고도 다음 원고에 정신을 빼앗긴 정한은 그 사건에 대해 이미 까맣게 잊고 있었다. 그러다 문 PD의 전화를 다시 받고서야 정한은 새삼 그 사건을 떠올렸다.

"믿어집니까? 모든 게 똑같아요. 오늘 형사가 다녀갔습니다. 형사 말에 따르면, 어쩌면 그 드라마의 대본이 그대로 현실에서 쓰였을 가능성이 있다고 합니다. 선생님, 정말 누군가 우리 드라마를 듣고 일을 벌인 것일까요?"

문 PD의 상기된 목소리는 묘한 흥분으로 떨리고 있었다.

"문 PD, 정말 그러길 바랍니까?"

정한은 전화를 끊은 후 다시 한번 뜨거운 태양이 원망스러워졌다. 아직도 다음 원고를 끝내지 못하고 있는 그로서는 날씨를 원망할 수밖에 없었다. 게다가 드라마를 흉내낸 살인사건이라니.

*

세상엔 믿을 수 없는 우연이 많은 법이다. 그러나 우연이 겹치면 필연이 된다고 하던가. 정한은 30도를 오르내리는 더운 날씨임에도 섬뜩한 한기를 느꼈다.

조금 전 형사로부터 전화가 왔다. 오후에 집필실로 찾아오겠다는 얘기였다.

그는 새벽에 H건설회사 사장의 시체가 발견되었다는 소식을 짧게 전했다.

건설회사 사장을 소재로 다룬 드라마는 7월 13일부터 18일까지 방송되었다. 오늘은 22일. 지난번 S병원 원장 살해사건과 마찬가지로 이번 사건 역시 드라마가 방송된 지 꼭 나흘 만에 발생했다. 정한은 머리가 무거워지는 것을 느꼈다.

원고를 넘긴 후라 잠시 쉴까 생각하고 있었는데 뜻밖의 방해자가 나타난 것이다.

방해자는 삼십대 중반으로 보이는 뚱뚱한 형사였다. 연필을 깎다가 문을 열어주자 그는 손수건으로 연신 땀을 닦으며 성 큼성큼 방으로 들어섰다. 앞이마는 거의 벗겨져 있었고 입술 이 두툼한 게 영 호감 가는 인상이 아니었다. 칼이라도 한 자 루 들고 있으면 푸줏간 주인으로 딱 어울리는 상이었다. 땀을 많이 흘리는 체질인지 손수건이 흠뻑 젖어 있었다.

형사는 자신을 '강'이라고 소개하고 질문하기 시작했다.

"언짢겠지만 이해하시리라 믿습니다. 어젯밤 어디에 계셨습 니까?"

그것은 용의자의 알리바이를 확인하는 질문이었다. 정한은 어이가 없다는 표정으로 강 형사를 노려보며 입을 다물었다.

"어리석은 질문이라는 걸 압니다. 하지만 그 사건에 대해 가 장 잘 알고 있는 사람이 선생님이라는 생각이 듭니다. 묘하게 도 두 사건 모두 선생님이 쓰신 드라마와 일치하거든요."

"그렇다면 내가 살인할 내용을 미리 방송에 내보내고 그걸 행동으로 옮긴단 말이오? 그건 미친놈이나 하는 짓이지."

"미친놈의 짓이란 건 저도 동감입니다. 정신이 멀쩡한 사람 은 살인을 저지르지 않을 테니까요."

"다른 방향으로 수사를 하는 게 좋지 않겠소? 나와 얘기해 봤자 시간 낭비오. 난 그저 머릿속으로 얘기를 만들어내는 사람일 뿐이란 말입니다."

강 형사가 두툼한 입술을 실룩거리며 말하기 시작했다.

"물론 드라마가 허구란 건 압니다. 그건 소설이나 영화처럼
잡히지 않는 상상의 세계죠. 그런데 문제는 그 드라마가 두 사
건의 시작이라는 겁니다. 드라마가 방송된 이후에 그 내용과
흡사한 살인사건이 두 번이나 일어났어요. 두 사람이 죽었단
말입니다."

그렇다. 두 사람의 목숨이 사라진 것이다. 정한은 머릿속이
이리저리 엉키기 시작했다. 누군가 나를 아는 사람이다, 하는
생각이 뇌리를 스치고 지나갔다.

"형사 양반, 그 방송을 들은 사람이 얼마나 될 것 같소? 적
어도 몇만 명, 몇십만 명은 들었어요. 그들이 모두 용의자는
아니지 않을까요?"

"선생님 말씀도 이해는 합니다."

강 형사는 잠시 사무실 안을 바라보며 여기저기에 눈길을
주었다.

집필실은 썰렁하리만치 가구가 없었다. 그가 앉아서 원고를
쓰는 책상과 소파, 그리고 커피잔 등을 넣어두는 장식장, 냉장
고가 전부였다.

"전 글 쓰는 사람을 늘 부러워했습니다. 다른 사람의 마음까
지 읽어내는 통찰력과 혼자만의 세계를 창조해내는 능력, 그건

신의 능력에 비유될 만한 게 아닌가 하는 생각이 들어요."

강 형사는 쑥스럽다는 듯 정한의 얼굴을 쳐다보며 자신도 한때 문학에 대한 꿈을 가졌으며 지금도 그 기억을 간직하고 있다고 말했다.

"재능이 없는 줄 뻔히 알면서 꿈을 버리지 못하는 건 고통입니다. 물론 선생님은 모르시겠지만 말입니다."

정한은 강 형사를 바라보는 자신의 시선이 부드러워짐을 느꼈다.

"내 꿈은 뭐였는 줄 아시오? 난 어릴 때 탐정소설을 무척 좋아했어요. 셜록 홈스는 내 우상이었지. 하지만 우리나라엔 탐정이라는 게 없더군."

"대신 저 같은 사람들이 있습니다."

"아니, 그것과는 다릅니다. 아무튼 난 그 꿈을 꾸던 어릴 때 생각을 종종 하죠."

"그래서 추리 드라마를 그렇게 잘 쓰시는군요."

"……"

책상 위에 있는 원고뭉치를 유심히 보며 강 형사는 드라마를 시작하게 된 경위와 자료수집에 대해 물었다.

정한은 문 PD와 함께 〈라디오 추리극장〉을 기획했던 일에 대해 말해주었다.

"자료수집은 대개 신문기사나 잡지 인터뷰, 법정기록 등에

서 합니다. 하지만 전부를 가져오는 게 아니라 드라마로 만들 만한 내용들만 선별하지요."

"이번에 방송된 이야기들은 어떤 경로로 쓰신 겁니까?"

"제1화 〈그대의 흰 손〉은 언제부턴가 말썽이 되어온 진료거 부를 모티프로 삼았습니다. 몇 달 전인가 방송사에 있는 사람들과 술을 마시는데 한 성우가 그런 얘기를 하더군요. 교통사고를 당해 출혈이 심한 사람을 업고 이 병원 저 병원으로 옮겨다니다 결국은 길거리에서 죽고 말았다는 겁니다. 그 사람 말이 자기는 병원만 봐도 이가 갈린다는 거예요. 하지만 드라마는 살아 있는 인물들의 얘기니까 결국 한 사람을 만들 수밖에 없죠. 그래서 위선의 탈을 쓴 한 병원장이 탄생한 겁니다."

강 형사는 말없이 고개를 끄덕였다. 그 역시 경찰서에서 그런 일로 찾아온 사람을 데리고 병원을 찾아가 겨우 입원시킨 경험이 있었다.

"그렇다면 S병원 원장에 대해서는 개인적으로 모르십니까?"

"남들이 신문을 보고 아는 정도밖에, 개인적으로 알지는 못합니다."

거기서 잠시 대화는 중단되었다. 강 형사는 무엇인가 곰곰이 생각하다가 정한의 눈을 바라보며 곧 H건설회사 사장의 죽음에 관한 얘기를 꺼냈다.

김 사장은 21일 밤 열한시경 집을 나가 별장으로 가던 길이었다고 한다. 그날 저녁 부인과 심하게 다툰 끝에 머리나 식히고 오겠다며 나갔다는 것이다.

부인과 다투고 나왔다는 것만 다를 뿐 사건의 정황은 드라마의 내용과 같았다. 별장으로 가는 길에 승용차가 전복되면서 사장은 그 자리에서 즉사했다.

도로에 나 있는 타이어 자국으로 또 한 대의 승용차가 사장의 차를 바싹 따라붙고 있었음을 확인했다고 한다.

"방송을 듣고 그대로 실행에 옮긴다, 그럴 수도 있을까요?"

"그럴 수도 있지 않을까요? 어떻게 할지 모르고 있다가 방법까지 제시를 해주니 남에게 지배받기 좋아하는 성격의 사람이라면 그럴 수도 있을 거요."

그 얘기를 듣는 강 형사의 표정에는 엷은 분노가 숨어 있었다.

"그렇다고 너무 언짢게는 생각하지 마시오, 형사 양반. 난 그런 일을 저지르면 결국엔 잡힌다는 교훈을 마지막에 보여주니까."

그러나 강 형사의 얼굴엔 만족스러운 웃음이 떠오르지 않았다. 그는 아마도 〈라디오 추리극장〉이 살인사건을 일으키는 촉매제 역할을 한다고 생각하는 모양이었다.

드라마를 듣고 누군가가 사건을 저지른 것이라면 정한으로

서도 책임이 없는 것은 아니다.

정한은 문 PD를 만나 몇 가지 물어봐야겠다고 생각했다. 그리고 어릴 때 꿈을 지금 한번 행동으로 옮겨봐야겠다고 생각했다. 적어도 정한에겐 강 형사가 모르는 하나의 열쇠가 있었다.

사실 정한은 S병원 원장을 알고 있었다. 여의도 한편에 자리한 S병원은 많은 사람이 찾는 대형 병원이다. S병원 원장이 살해되기 전날 정한은 그 병원에 갔었다.

눈이 침침해져 더이상 원고 쓰는 일이 힘들어지자, 하는 수 없이 안과를 찾았던 것이다. 그곳에서 그는 병원 문을 급히 나서는 한 사람의 뒷모습을 보았다.

눈이 흐릿했음에도 불구하고 잘 아는 사람이었기 때문에 쉽게 그라는 것을 짐작할 수 있었다.

저 사람은 어디가 아파서 여기에 왔을까 하며 무심히 지나쳤던 기억이 났다.

정한이 우연히 본 게 아니라면 그가 S병원 원장의 죽음과 관련이 있을 거라는 생각이 들었다. 정한이 알기에도 그 사람은 개인적으로 S병원 원장에게 깊은 원한을 가지고 있었다. 그러나 아직 강 형사에게 말할 수는 없었다.

정한은 강 형사를 배웅하며 그 사람을 만나봐야겠다는 생각으로 전화기를 들었다.

"네, M방송국입니다."

*

문재식 PD는 녹음실에 있었다. 원고도 넘긴 상태라 정한의 방문을 뜻밖이라고 생각할 줄 알았는데 의외로 문 PD는 그가 올 줄 알고 있었던 눈치였다.

"강이라는 형사가 다녀갔죠? 저도 만났습니다. 아무래도 우리가 미친놈한테 걸린 모양입니다."

문 PD는 라디오를 들은 열성 팬이 드라마를 흉내내 살인을 저지르고 다니는 게 아니냐는 의견을 내놓았다.

"살인은 그렇게 쉬운 게 아닐세. 녹음실에서 일어나는 살인과는 달라. 음향효과와 성우 목소리만 있으면 이루어지는 그런 살인이 아니란 말일세. 강 형사의 말투로 봐선 사건 현장에 증거도 남기지 않을 만큼 치밀한 사람의 짓인 모양인데, 그렇다면 단순히 라디오 팬이 한 짓이라고 생각하는 건 무리야."

정한의 말에 고개를 끄덕이며 수긍하던 문 PD는 이내 곤혹스러운 표정으로 주위를 둘러보며 목소리를 낮췄다.

"가시방석입니다. 언제 데스크에서 날려버릴지 모르는 상황이에요. 보도국 전화를 받고 기절하는 줄 알았습니다. 거기에다 전화는 또 얼마나 걸려오는 줄 아세요? 드라마에 나왔던 범인이 진짜 범인이라고 하질 않나, 더이상 방송을 하면 가만두지 않겠다는 등, 방송일 하면서 이렇게 시달리기도 처음입니다."

"성우들 분위기는 어때?"

"종잡을 수 없으니까 다들 불안한 눈칩니다. 반응이 좋아 모두들 신바람이 나서 했었는데, 두번째 사건이 터졌다는 얘길 듣곤 아예 끝났다고 생각하고 있어요."

"그렇겠지. 그런데 녹음은 끝났나?"

"아뇨. 저녁 먹고 와서 하기로 했습니다. 아직 좀 남았거든요."

문 PD는 함께 밥 먹으러 가자는 정한의 청도 뿌리쳤다. 입맛이 없다고 했다. 더위에 지친 데다 엉뚱한 사건이 터지는 바람에 하고 있는 프로그램이 언제 끝날지 모르는 상황이니 입맛이 없을 만도 했다.

식당에 있는 성우들도 입맛이 없기는 마찬가지인지 냉면을 앞에 놓고도 얘기하느라 거의 손을 대지 않고 있었다. 정한이 들어가자 다들 반갑게 맞았다.

"정말 어떻게 된 일입니까?"

형사 역을 맡은 박성수가 물었다.

"자네가 한번 풀어보지."

"선생님이 대사를 주셔야 풀죠."

제 딴에는 분위기를 풀어보자고 농담을 한 거지만 아무도 박성수의 농담에 웃음을 보내지 않았다. 그만큼 그들은 이번 일을 심각하게 받아들이고 있었다.

"너무 걱정들 하지 말자고. 경찰이 수사를 하고 있으니까 곧 해결이 되겠지."

해설과 극중 주인공을 맡은 배기철은 시종 말이 없었다.

일 년 전 아들을 교통사고로 잃고 슬픔에 잠겨 일을 쉬었다가 처음 맡은 일이 이렇게 되자 의욕을 잃은 눈치였다. 정한은 배기철의 얼굴을 찬찬히 살펴보았다. 잠을 못 잤는지 눈가에 어두운 주름이 잡혀 있었다.

"사실은 자네들 의견을 듣고 싶어서 왔네. 어떤 의미로는 우린 이 두 사건을 잘 알고 있다고 할 수 있지. 범인이 누군지는 모르지만 범인의 심리나 살인동기 같은 건 잘 알지 않을까?"

"그렇게 따지면 오히려 작가 선생님이 더 잘 아시겠죠."

이번에도 박성수가 나섰다.

정한은 고개를 저으면서 성우 한 사람 한 사람의 얼굴을 주시하며 말하기 시작했다.

"아니야. 난 지도를 그리는 사람일 뿐이지. 그 지도를 보고 길을 찾는 건 바로 자네들일세."

"하지만 우리가 다룬 드라마에선 범인이 각각 다른 사람이었어요."

평소 말이 없기로 유명한 손지혜가 입을 열었다. 그녀는 배기철의 상대역인데, 독특한 음색으로 한창 주가가 상승중인 성우다.

"그렇다면 손지혜씨는 현실의 범인이 동일인물이라고 생각한다는 건가?"

"가능성이 있지 않을까요? 드라마 속 살인사건을 똑같이 행동으로 옮기는 사람이 둘이나 있다는 건 무리라고 생각해요."

"그래? 그렇다면 그 두 사람을 죽일 만한 동기는?"

손지혜는 잠시 생각을 정리하고 있는 건지 말이 없었다. 테이블에 앉은 모두의 시선이 손지혜를 향하고 있었다. 힘없이 앉아 있는 배기철조차도 손지혜의 말에 흥미를 보였다.

"제 느낌으로는 이 드라마와 밀접한 관련이 있는 누군가의 짓이라는 생각이 들어요. 방송을 듣는 사람들은 듣고 즐기는 것으로 만족하는 게 대부분이잖아요?"

손지혜는 자신을 보고 있는 사람들의 시선을 피하며 조심스럽게 말을 이었다.

"제 생각엔 죽은 사람들의 주변 인물들, 특히 드라마처럼 죽은 사람에게 깊은 원한을 가지고 있는 사람을 찾는 게 우선이 아닐까 싶어요."

"피해자에게 원한을 가진 인물로, 드라마와 관련이 있는 사람이 범인이다?"

"그리고 어쩌면 다른 하나의 사건은 이전의 사건에서 자신이 지목되는 걸 방지하려는 범인의 위장인지도 모르죠."

말을 마친 손지혜는 정한의 얼굴을 빤히 쳐다보았다. 그 얼굴은 마치 시험을 치른 후 점수를 기다리는 학생과 비슷했다. 정한은 손지혜의 그 도전적인 눈빛이 범인을 알고 있다는 암시처럼 느껴졌다.

손지혜의 말은 여러 가지로 논리가 있었다. 정한은 그녀의 말에서 영감 같은 것을 느꼈다. 그렇다. S병원에서 보았던 그 사람은 병원장에게 원한이 있다. 그러나 정한이 강 형사에게 말을 못하고 주저했던 것은 그가 H건설회사 사장에게 어떤 원한이 있는지는 모르기 때문이었다. 손지혜가 한 얘기를 받아들인다면 그는 S병원 원장을 살해한 후 자신에게 돌아올 의혹의 눈초리를 피하기 위해 드라마의 내용에 따라 또하나의 살인을 저지른 것인지도 모른다.

손지혜의 말이 모두에게 께름칙한 기분이 들게 했던 모양이었다. 드라마와 관련 있는 사람이라면 작가와 연출가, 그리고 성우인 자신들뿐인데, 그중에 범인이 있다니. 모두들 옆 사람의 눈을 피하며 식당을 빠져나갔다. 그들은 손지혜의 말에 암시라도 받은 것처럼 머릿속으로 누가 범인인가를 헤아리고 있을 것이다. 바로 곁에서 함께 연기를 하고 식사를 하던 그 누군가를 의심하면서 말이다.

성우들은 아무 일도 없었던 것처럼 다시 녹음실로 가 〈라디오 추리극장〉 제5화 〈가면 뒤의 미소〉를 녹음했다. 그러나 녹음은 여러 번 중단되었다. 문 PD는 더이상 참을 수 없다는 듯 소리를 질러대기 시작했다. 도무지 왜 이렇게 호흡이 안 맞는지 모르겠다고 자꾸 투덜거렸다.

녹음실 한쪽에 의자를 가져다놓고 지켜보던 정한은 방안의 분위기가 미묘해지는 것을 느낄 수가 있었다. 함께 호흡을 맞추고 작업하던 사람들이 서로를 곁눈질하며 의심한다는 것은 얼마나 부담스러운 일인가? 정한은 방안의 공기에 '가면 뒤의 의심'이라는 이름을 붙이면 어울리겠다고 생각했다. 태연을 가장한 저 얼굴들, 그들은 누구를 의심하고 있을까?

정한은 그게 궁금했다. 굉장히 불쾌한 경험이지만 손지혜의 말이 맞는다면 어찌되었든 범인은 이 녹음실 안에 있는 사람 중 하나인 것이다.

정한도 손지혜와 같은 의견이었다. 이 드라마와 밀접하게 관련이 있는 누군가가 범인일 것이었다. 정한은 병원장이 살해되던 날 병원에서 본 그 사람을 바라보고 있었다. 그는 정한의 시선을 의식하지 못한 채 땀을 흘리며 대본을 들여다보고 있었다. 그는 바로 배기철이었다.

방송국의 에어컨도 더위에 제 구실을 못하는 모양이라며 문 PD는 잠시 쉬겠다고 한 뒤 녹음실 문을 열었다.

*

녹음이 끝나고 방송국 문을 나선 것은 열시가 넘어서였다. 녹음 때문에 지치고 의혹 때문에 무거워진 표정들을 애써 감추며 작별인사를 했다. 배기철은 어깨를 축 늘어뜨리고 주차장으로 향하고 있었다.

"어이 배기철씨, 같은 방향이면 좀 태워주겠어?"

정한은 의도적으로 배기철에게 다가갔다. 자식을 잃은 슬픔과 외로움이 아직도 그를 감싸고 있었다.

그가 다시 방송국에 나타났을 때 사람들은 그의 얼굴을 보는 것만으로도 눈시울을 붉혔다. 아들을 잃은 뒤로 그의 얼굴은 형편없이 야위어 있었다. 사고 이후 일 년 동안 그는 그리움에 뼈를 깎고 외로움에 살을 베고 있었던 모양이었다. 지금은 어느 정도 예전의 모습을 되찾았지만 눈빛의 그늘만은 지워지지 않았다. 배기철은 가장 확실한 동기가 있는 셈이었다.

배기철의 아들은 작년 봄 교통사고로 세상을 떠났다. 겨우 초등학교 4학년인 어린 나이였다.

아파트 단지 앞 도로를 건너오다가 뺑소니차에 치였다. 바로 그의 눈앞에서 일어난 일이었다. 그는 피를 흘리며 축 늘어진 아들의 몸을 부둥켜안고 갈 수 있는 모든 병원을 돌아다녔다. 그러나 잔인하게도 어느 병원에서도 아들을 받아주지 않았다.

배기철은 분노할 여유도 없었다. 우선 식어가는 아들을 살리고 봐야 한다는 생각에 또다른 병원을 찾기에 급급했다.

그가 마지막으로 찾아간 곳이 바로 S병원이었다. 평소에 친분이 있다고 믿었던 의사에게 모든 희망을 걸고 지푸라기라도 잡는 심정으로 매달린 것이다. 그러나 의사는 난처한 표정을 지으며 아들의 눈꺼풀을 까보고는 더이상 만지려고 하지 않았다. 치료를 하다가 환자가 죽으면 병원으로서는 좋을 게 없기 때문에 이미 가망이 없는 환자는 받지 않는다고 했다. 죽기를 기다려야 한단 말인가, 배기철은 순간 피가 거꾸로 솟구쳤다.

그는 만류하는 의사의 팔을 뿌리치고 원장실에 찾아갔다. 그러나 원장은 배기철의 말을 들어보려 하지도 않고 매몰차게 그를 내몰았다. 결국 아들은 S병원 앞 거리에서 숨을 거두었다.

그는 분명 S병원 원장에게 깊은 원한이 생겼을 것이다. 하지만 H건설회사 사장이 있다. 정한은 과연 배기철이라는 인물이 자기에게 돌아올 혐의를 피하기 위해 아무 동기도 없는 사람을 죽였을까 하는 생각이 들었다. 거기엔 뭔가 억지가 있다.

정한은 운전석에 앉은 배기철의 얼굴을 훔쳐보며 자신이 너무 잔인한 게 아닌가 생각했다. 만일 이게 단순한 의심이라면 그는 지금 배기철의 아픈 상처를 다시 헤집는 셈이 된다.

"선생님은 손지혜의 말을 믿으시는군요?"

"가능성이 많은 이야기라고 생각하지 않나?"

"그렇긴 합니다만, 아까 그 분위기 느끼셨죠? 빨리 범인이 잡히지 않는다면 우린 계속 그렇게 팽팽한 긴장 속에 감정도 없는 드라마를 만들게 될 겁니다."

"자넨 누가 범인이라고 생각하나?"

"그만하시죠. 선생님은 누군가를 심중에 두고 계시는군요."

정한은 쓸쓸한 웃음으로 대답을 대신하고 목적지에 도착할 때까지 내내 침묵을 지켰다.

그날 밤 정한은 더위에 잠을 이룰 수가 없었다. 샤워를 하고 옷을 입는 순간 다시 등줄기에 땀이 맺힐 정도로 찌는 밤이었다. 창문을 열 수 있는 대로 열고 부채질을 하며 누워 있자니 배기철이 한 얘기가 머릿속을 맴돌았다.

얼핏 잠이 든 정한은 어릴 때 꿈을 꾸었다.

교실 안에서 학생들이 눈을 감고 있다.

까까머리 어린 정한도 눈을 질끈 감고 있다. 선생은 학생들 사이를 돌아다니며 아이들을 다그치고 있다. 누군가 돈을 잃어버렸는데 반 학생의 짓이라며 지금 나오면 용서하겠다는 말을 한다. 눈을 뜨는 학생은 아무도 없다. 자기가 한 짓이라고 일어서는 학생도 없다. 선생은 방법을 바꾼다. 학생들을 모두 책상 위로 올라가게 한 뒤 무릎을 꿇으라고 한다. 발바닥을 내려치는 회초리의 날카로운 소리. 어린 정한은 눈을 감은 채 그 소리가 들릴 때마다 공포에 질린다.

아이들이 낮게 투덜거리기 시작한다. 반 친구들 모두 매를 맞게 하지 말라며 얼른 자수하라고 수군거린다. 옆자리 친구에겐 차마 하지 못하고 모두 허공에 대고 말한다. 정한도 자기 차례가 오기 전에 누군가 빨리 잡혀주었으면 하고 생각한다. 정한의 바로 옆에 있는 아이가 매를 맞을 차례다. 정한의 공포는 점점 커진다. 숨이 막혀오고 오금이 저리기 시작한다.

아이는 매를 높이 올려든 선생님에게 소리친다. 범인은 정한이에요. 아까 빈 교실에서 나오는 걸 봤어요. 아이들의 시선이 일제히 정한의 얼굴에 쏟아진다. 정한은 그 서슬에 질려 손에 꽉 쥐고 있던 돈을 떨어뜨린다.

내가 아니야, 난 아니야. 소리치다 깨어보니 벌써 날이 훤하게 밝아 있었다.

정한은 머릿속에 엉킨 실타래가 가득 들어찬 듯한 거북함을 느끼며 자리에서 일어났다. 커튼 너머로 벌써부터 따가운 햇살이 넘실거리고 있었다. 오늘도 날씨는 여전히 맑을 모양이었다. 이제 비가 올 때도 됐는데, 왠지 정한은 비가 내려준다면 머릿속 엉킨 실타래도 하나씩 풀릴 것이라는 생각이 들었다.

때늦은 아침식사를 하는데 아내가 뜨악한 표정으로 전화를 건네주었다. 정한은 아마도 드라마가 끝장났다는 문 PD의 전화일 거라 짐작하며 받았다. 그러나 뜻밖에 그 전화는 강 형사에게서 걸려온 전화였다. 오전에 잠깐 나와달라는 부탁이었다.

서둘러 식사를 마친 정한은 잠깐 집필실에 들렀다가 경찰서로 향했다. 생각보다 정리가 늦어져 정오쯤에야 경찰서에 도착할 수 있었다. 강 형사는 사람이 없는 빈방을 찾아 그를 데리고 들어갔다.

책상과 의자만 덩그러니 놓여 있는 방에 들어서니 정한은 취조를 받는 기분이 들었다. 강 형사는 연신 땀을 닦으며 아마도 올여름은 미친 모양이라고 짜증 섞인 목소리로 투덜거렸다. 무더위에 살인사건이라니. 그의 얼굴에는 경찰업무로 인한 짜증과 피로가 묻어 있었다. 자리를 옮긴 강 형사는 격의 없던 태도가 순식간에 사라지고 형사 특유의 날카로운 눈빛으로 돌아가 있었다.

'이 사람 무엇인가를 알아낸 모양이군.'

정한은 그가 사건의 진행에 대해 얘기를 나누려는 줄로만 알았다. 하지만 그것은 정한의 착각이었다.

"7월 7일 저녁에 어디에 가셨습니까?"

강 형사는 이미 알고 있다는 태도로 물었다.

S병원 원장은 8일 아침 발견되었다. 사망시간은 7일 저녁 늦은 시간으로 추정됐다.

"눈이 나빠지는 것 같아 병원에 갔소."

"어느 병원입니까?"

정한은 올가미에 걸렸다는 생각이 들었다. 강 형사는 어디까지 확신을 하고 있는 것일까?

"S병원으로 가신 게 확인되었습니다. 선생님을 봤다는 목격자가 있어요."

"……맞소."

강 형사는 두툼한 입술 가득 비릿한 미소를 지으며 정한을 바라보았다. 확실하게 먹이를 낚아챈 승자의 표정이었다.

"H건설회사 사장을 잘 알고 계시죠?"

정한은 갑자기 명치끝이 아파왔다. 그로서는 생각하기도 싫은 기억이다. 정한은 잠시 심호흡을 하고 강 형사를 보았다. 덮어버리고 싶은 기억들이 하나씩 머릿속에 되살아났다.

"제가 대신 말해드릴까요? 신 선생님의 동생 신정수씨, 그분의 직장이 H건설이었죠?"

정한은 동생 정수의 생각을 지우려고 몇 년을 노력했다. 부모도 없이 형제 둘만 살아왔다. 별로 사교성이 없는 정한과는 달리 동생 정수는 친구도 많았고 늘 활달했다. 외로움을 느끼기는 자신도 마찬가지였지만 정수는 늘 웃음을 잃지 않고 오히려 형인 정한을 위로하고 용기를 주었다. 동생이 형 노릇을 한 셈이다. 그런 동생이 있었기에 정한은 외로움을 잊을 수 있었다. 정한의 글재주를 인정해주고 계속할 수 있게 격려와 용기를 북돋아준 것도 성수였다.

정한은 정수의 마지막을 믿을 수가 없었다. 그러나 병원에 가서 커다란 영정을 마주하자, 그의 도리질은 어쩔 수 없이 잦아들었다.

동생 정수는 강 형사가 말한 대로 H건설회사에서 일했다. 그는 가끔 정한에게 자신이 얼마나 많은 아파트를 지었으며 그 지역이 얼마나 넓은지 보여주기 위해 차를 몰고 나타났다. 그러고는 자신이 지은 아파트 단지를 돌아다니며 어릴 때 남의 집에 살던 얘기를 하곤 했다. 그는 정말 그 일을 좋아했다. 하지만 건설현장은 늘 위험이 따르는 곳이었다.

정한은 그것 때문에 정수를 볼 때마다 걱정을 늘어놓았고 정수는 그런 형을 소심증이라며 놀렸었다. 정한도 정수가 진심으로 좋아하는 일을 말릴 수는 없어 그저 조심하라고만 말하는 게 전부였다. 걱정하지 말라며 웃던 정수는 건설현장에서 추락사했다. 그를 따르던 근로자가 지나가는 말로 안전망만 설치가 되었어도 정수는 살 수 있었다는 얘기를 했을 때, 정한은 끓어오르는 분노를 참을 수가 없었다. 그러나 회사에서는 사고 후에 안전망을 설치해놓고 발뺌을 했다. 정수의 장례식에 왔던 근로자 중 하나는 그런 일을 이미 경험한 듯 보험회사와 보상금 때문이라는 말을 했다. 정한에게 그런 일은 아무래도 상관이 없었다. 사람들은 회사와 보상금 문제를 합의하지 않고 장례를 치르는 정한을 의아해했다. 동생의 죽음을 담보로 흥정을 하다니, 정한으로서는 도저히 생각할 수 없는 일이었다.

'내 동생은 살 수도 있었어……'

정한은 회사측에서 진심어린 사과를 하고 용서를 빌면 조용히 끝내려고 했다. 그것이 정수가 바라는 일이라고 생각했다.

그러나 회사측은 보상금 문제를 질질 끌며 사과는커녕 배짱을 부렸다. 정한은 사장에게 전화를 걸었다. 사장은 생각했던 것보다 더 파렴치한 인간이었다. 그는 공사현장의 문제는 덮어두고 오히려 정수가 술에 취한 상태에서 현장 일을 했다는 터무니없는 주장을 했다. 정한이 알기로 동생 정수는 술을 못했다. 설령 술을 마셨다고 해도 그런 상태로 현장 일을 할 성격이 아니었다. 그러나 정한으로서는 대항할 방법이 없었다. 한동안 정한은 자신의 무능력을 탓하며 실의에 잠겨 있었다. 그러다 겨우 정신을 차려 자신이 가진 하나의 힘, 펜의 힘으로 그와 싸우기로 결심했다. 현실에서는 무능력했지만 드라마라는 세계에서는 자신이 왕이었다. 자신의 손에 의해 많은 사람이 살고 죽었다.

"동생의 죽음으로 H건설과 법정에까지 갔더군요."

"……"

"거기에서 S병원이 동생 분의 몸에서 술냄새가 났었다는 증언을 해서 패소했고요."

290

"그건 거짓 증언이었소. 동생은 술을 마시지 않았어요. 그 사장이라는 놈이 협잡을 한 거요."

"그건 다른 문젭니다. 제가 다루고 있는 건 살인사건입니다. 선생님은 죽은 두 사람에게 안 좋은 감정을 가지고 있었습니다. 인정하십니까?"

"안 좋은 감정이 아니라 원한이오."

"그 말씀은 사건을 인정하신다는 겁니까?"

"난 그 사람들을 숱하게 죽였소. 물론 실제로는 죽이지 않았어요. 이보시오, 강 형사. 당신이 미처 생각하지 못한 게 한 가지 있어요. 글을 쓰는 사람은 글을 쓰는 행위 자체로 이미 자기 안의 모든 욕망을 풀어버립니다. 그리고 이것도 알아두시지. 난 그 두 사람을 단 한 번으로 죽일 마음이 없어요. 글을 쓰는 한 나는 계속해서 그들을 죽일 겁니다. 물론 내 글에서 말입니다."

강 형사는 잠시 멍한 얼굴로 정한을 쳐다보다가 담배를 꺼내 물었다. 글을 쓰는 사람을 동경한다는 그 형사는 정한의 말에서 진실한 그 무엇을 느낄 수 있었다.

"S병원엔 왜 가신 겁니까?"

"아까도 말했잖소. 눈이 나빠져서 갔다고."

정한은 그 대답을 하는 순간 배기철의 뒷모습이 생각났다. 순간 그의 어깨에 힘이 들어갔다. 온몸이 그의 생각을 따라 긴장하고 있다는 것을 느꼈다. 정한은 강 형사에게 자신을 봤다고 한 사람이 배기철일 거라 짐작했다.

"아닙니다. 손지혜라는 사람입니다."

"그래요? 이상하군. 병원에서 돌아오는 택시 안에서 손지혜가 진행하는 프로그램을 들었는데…… 그건 생방송이란 말입니다."

"그게 사실입니까?"

"방송국에 확인을 해보시오. 손지혜가 몸이 두 개가 아닌 이상 병원에서 날 봤다는 건 거짓이니까."

강 형사는 다른 형사를 불러 곧 확인을 했다. 전화를 걸고 온 형사는 그 시각 손지혜가 방송국에서 생방송을 진행하고 있었다고 보고했다.

강 형사는 고개를 갸우뚱거리며 의아함을 감추지 않았다. 그녀는 왜 보지도 않은 사람을 봤다고 거짓말을 했을까? 정한으로서도 알 수가 없었다.

"어제 했던 질문을 다시 해야겠군요. 21일 밤에서 22일 사이 새벽, 어디에 계셨습니까?"

"〈라디오 추리극장〉 다음 얘기를 구상하고 있었소. 집필실에서 말이오."

"선생님의 알리바이를 증명해줄 사람이 있습니까? 전화를 받았다든가……"

"전화를 했다고 해도 받지 못하죠. 구상을 하는 동안에는 방해를 받고 싶지 않아 전화기 코드를 뽑아놓으니까."

강 형사의 질문에 대답을 하면서도 정한은 무언가 자신이 중요한 말을 흘려들었다는 느낌을 지울 수가 없었다. 그 말이 무엇인지는 모르지만 그의 머릿속 저편에서 끊임없이 맴맴 돌며 어서 찾아보라고 재촉하고 있었다. 어쩌면 이게 실마리가 되어줄 것 같았다.

어디에서 들었지? 경찰서에 들어서면서부터 생겨나기 시작했는데……

정한은 머릿속으로 자신이 경찰서 문을 여는 순간부터 들었던 사람들의 말을 하나씩 떠올려보기 시작했다.

"강 형사, 부탁 하나 해도 될까요?"

정한은 강 형사에게 연필 한 자루와 연필을 깎을 칼을 빌려달라고 했다. 강 형사는 정한의 느닷없는 부탁에 잠시 어이가 없는 표정이었지만 곧 아무 소리 하지 않고 부탁한 물건들을 가져다주었다.

정한은 연필을 깎으며 생각에 자신을 맡기기로 했다. 이것 저것 헝클어진 서랍 같은 머릿속을 하나씩 정리해나가기 시작했다.

'어떤 아줌마가 들어와 면회를 하게 해달라고 했지. 경찰 하나가 일어서서 그 아주머니를 데리고 나가고, 난 강 형사의 책상으로 다가갔어. 누군가 전화를 걸고 있었는데 무슨 번호…… 그래 차량번호 같았지. 그리고 강 형사가 날씨 얘기를 했고…… 가만……'

정한은 드디어 자신이 귀담아들었으면서도 제대로 끼워맞추지 못한 그 말이 생각이 났다. 사실 필요가 없는 말이었다. 다만 그 말이 정한이 풀지 못한 어떤 일을 연상시켜줬다. 모험인지는 모르지만 시도해볼 가치는 있는 일이었다.

"강 형사, 나와 함께 방송국에 가지 않겠소? 작가의 통찰력을 믿는다면 말이오."

"같이 간다면 괜찮습니다. 어차피 손지혜씨도 만나야 하니까요."

"그전에 내가 알고 싶은 게 있는데……"

"……"

강 형사는 정한의 질문을 들으면서도 그가 왜 그런 질문을 하는지 모르겠다는 표정을 지었다. 정한은 방송국에 가면 알게 될 것이라고 말하고 잠시 기다려줄 것을 부탁했다. 강 형사는 아무 말 하지 않고 정한이 부탁한 것을 조사해서 알려주었다.

녹음실은 텅 비어 있었다. 정한은 문 PD에게 부탁해 배기철을 녹음실로 올려보내달라고 했다. 배기철은 문을 열고 들어서며 낯설다는 듯 녹음실을 둘러보았다.

"나뿐이네. 둘이 하고 싶은 얘기가 있어서 만나자고 했어."

배기철은 정한의 앞에 놓인 의자에 앉으며 무슨 얘기냐는 듯 쳐다보았다.

"지금 경찰서에 다녀오는 길이야. 누가 날 S병원에서 봤다고 한 모양인데 정작 내가 본 사람은 그 사람이 아니라 다른 사람이거든. 그래서 난 생각했지. 내가 본 사람하고 날 봤다는 사람이 다른 사람이다. 그렇다면 날 봤다는 사람도 거길 왔었는가? 하지만 날 봤다는 사람은 거기 올 수가 없었지. 배기철 씨도 알다시피 그 사람은 생방송중이었거든. 그 사람은 왜 거짓말을 했을까. 내가 본 사람을 숨기기 위해서라면, 그러면 얘기가 되지 않겠나?"

"왜 저에게 그런 이야기를 하시죠?"

"내가 본 사람은 배기철씨였거든."

"그래서…… 제가 그 살인사건과 관련이라도 있다는 건가요?"

"물론 아니지. 나도 거기에 있었지만 결백하니까. 그건 단순히 비슷한 모양의 그림 맞추기에 불과한 거라고 생각하네. 어쩌다보니까 모양이 맞은 거지. 그 때문에 나도 범인으로 몰릴 뻔했지. 하지만 이번 것은 모양만 맞추는 게 아니거든. 이건 단 하나밖에 없는 번호를 찾는 일일세."

얘기를 듣던 배기철은 입안이 타는지 혀로 입술을 축였다. 어젯밤 봤을 때 그의 얼굴은 잠을 못 이룬 사람처럼 눈가에 어두운 그늘이 져 있었다.

"경찰서에서 나는 흥미로운 얘기를 들었네. 우리나라 뺑소니 사고가 연간 8천 건 정도 된다고 하더군. 엄청난 숫자지 않은가?"

배기철은 자신을 바라보는 정한의 시선을 마주보지 못하고 고개를 돌렸다. 그의 눈꺼풀이 파르르 떨리는 것 같았다.

"아무리 한적한 도로라고 해도 목격자는 있기 마련이거든. 그 사람이 차량번호를 다 읽지는 못했다고 해도 차종이나 색깔을 알고 있으면 그 차를 찾는 건 어렵지 않다고 하더군. 자동차 등록사업소에 확인하면 차 주인이 누군지도 알 수 있고 말이지. 자네 차 종류가 뭐였지? 끝번호가 43 아닌가? 어젯밤 나를 태워다주고 떠날 때 얼핏 봤는데 맞는지 모르겠군."

"더이상 듣고 싶지 않군요. 선생님께 이런 얘기를 듣고 있을 이유가 없습니다."

"지금 듣지 않아도 상관없네. 어차피 경찰서에 가면 또 듣게 될 테니까. 경찰서에서 자네의 차량번호를 묻더군. H건설회사 사장이 죽던 날 새벽에 아마 목격자가 있었던 모양이야. 날이 더우니 잠은 오지 않고 바람이라도 쐬려고 나온 거겠지. 난 드라마에 이렇게 썼지. 정체불명의 차가 집요하게 사장의 차를 한쪽으로 밀어붙여서 사장은 급커브길에서 회전을 못하고 그대로 도로 밖 벼랑으로 떨어진다. 살인자는 차에서 내려 사장이 죽은 걸 확인하고서야 그 자리를 떠난다고."

배기철은 더이상 버티지 못하고 고개를 떨구었다. 정한은 그의 어깨가 축 늘어지는 것을 보자 가슴이 아파왔다. 그 역시 정한과 마찬가지로 사랑하던 가족을 잃었다. 그것도 하필이면 H건설회사 사장에게.

"자네 아들…… 그 자동차를…… 자네도 아마 그렇게 해서 뺑소니차를 추적했겠지. 사람을 치어놓고도 태연히 도망치고 뻔뻔한 얼굴로 살아가는 살인자를 잡기 위해."

"……사이드미러 조각 하나였습니다. 내 아들 민호를 죽인 그놈을 찾는 데 일 년이 걸렸어요. 선생님의 대본을 받고 생각했습니다. 제 스스로 무덤을 파고 다니는 인간은 죽어 마땅하다고 말입니다. 그 두 사람은 제 아들을 죽인 공범입니다."

야윈 두 손에 얼굴을 묻고 흐느끼는 배기철을 보자 정한은 죽은 동생의 얼굴이 떠올랐다. 정한 역시 배기철과 같은 생각으로 얼마나 많은 고민을 했던가. 그래도 그들 역시 살아 있는 한 목숨인 것을. 정한은 입안이 씁쓸해지는 것을 느꼈다.

녹음실 스튜디오 안 어둠에 숨어 있던 강 형사가 나오자 배기철은 순순히 손목을 내밀었다. 그러나 강 형사는 그의 팔을 잡았을 뿐 수갑은 채우지 않았다.

연락을 받고 달려온 경찰차에 배기철을 태운 뒤, 강 형사는 정한을 찾았다.

"정말 탐정이 되셨더라면 좋았을 걸 그랬습니다."

"강 형사, 당신은 형편없는 경찰이었소. 만약 내가 범인이라면 어쩌려고 달라는 대로 연필이고 칼이고 건네주는 거요?"

"저도 작가적인 기질이 있나보죠. 사람의 내면을 읽는 것 말입니다."

정한은 이제 강 형사의 뚱뚱한 몸집이며 벗어진 앞이마, 두툼한 입술이 처음 봤을 때처럼 볼품없게 느껴지지 않았다. 강 형사는 손에 땀이 많다며 악수를 사양하고 돌아갔다.

떠나는 차를 지켜보고 있던 '문 PD가 오늘 안으로 〈라디오 추리극장〉에 대한 데스크의 결정이 날 거라며 말을 꺼냈다.

"손지혜씨가 선생님 볼 면목이 없다고 죄송해하더군요. 배기철씨한테 선생님이 병원에 갔었다는 사실을 들었고, 또 H건설과 법정싸움이 있었다는 것까지 알고 있었으니 그럴 만도 하죠."

"그럼 문 PD도 날 의심하고 있었겠군."

"의심이고 뭐고 그런 거 생각할 틈이 어디 있습니까. 데스크 눈치보랴 청취자들 항의전화 받으랴 정신이 없었는데요."

정한은 문 PD와 함께 방송국으로 들어가며 하늘을 올려다보았다. 다행히 밤늦게부터 비가 내린다는 보도가 있었다. 날씨가 사람을 미치게 하지는 않아 다행이라는 생각이 들었다.
하지만 정한에게는 정말로 끔찍한 여름이었다.

비밀을 묻다

프롤로그

갑자기 핸들을 트는 바람에 자동차가 휘청거린다. 이럴 때가 제일 싫다. 그렇게 생각하며 그녀는 룸미러를 통해 이미 지나쳐온 도로를 힐끗 바라본다. 하지만 그녀를 놀라게 했던 물체는 저만큼 멀어져 있고, 뒤따라 꼬리를 무는 자동차들 덕분에 더이상 흉한 모습은 보이지 않는다.

시골길을 달리다보면 이따금 만나게 되는 동물의 사체. 그위로 몇 대의 자동차가 지나가면서 어느새 종이박스처럼 납작하게 도로 위에 말라붙어 있는 그것들을 몇 번 지나쳤었다.

하지만 오늘은 죽은 지 얼마 되지 않은 듯 타이어로 인해 흐트러진 살이며 내장이 그대로 보였고 주위의 피도 선명했다. 차라리 표지판이나 쳐다보고 갈 것을, 하필이면 도로에 눈길을 주고 있었을까. 아주 짧은 시간 그 자리를 지나쳤지만 망막에 맺힌 그 모습은 오래도록 머리에 들러붙어 쉽게 떨어지지 않는다. 그녀는 일부러 라디오 볼륨을 올렸다.

조금 전 본 도로 위의 짐승은 하루도 지나지 않아 잊힐 것이다. 정작 머리를 떠나지 않고 있는 건 어젯밤 일이 아닐까? 어제 그녀는 사람을 죽였다. 아직 하루도 지나지 않았다. 끝까지 살아남으려고 아등거리던 그의 마지막 모습은 그녀의 뇌 속을 헤집고 다니며 오래 그녀를 괴롭힐 것이다.

도로 위의 짐승이 죽은 건 우연이나 사고일 테지만 어젯밤 일은 명백한 살인이다. 정당방위였다거나 어쩔 수 없는 상황이었다거나 하는 식으로 변명할 여지가 없다. 그녀는 그를 죽이기 위해 오래전부터 계획을 세웠다. 그리고 그 일을 실행했다. 그녀가 할 수 있는 변명이라고는 그가 짐승과 별반 다르지 않았다는 것. 아니, 차라리 짐승보다 못하다고 해야 옳다. 그렇게 몇 번이나 마음속으로 자신의 행동을 합리화해보려고 했지만 쉽지 않았다.

그의 마지막 모습은 죽을 때까지 결코 그녀의 머릿속에서 떨어지지 않을 것이다. 시간의 바퀴에 눌리고 망각이라는 바람에 풍화된다고 해도 그 흉흉한 기운의 먼지들은 그대로 그녀의 뜨거운 혈관 속에 숨어, 어느 순간 기습적으로 찬 기류를 만들어 그녀를 섬뜩하게 만들겠지. 그래, 그런 것까지 모두 생각하고 심사숙고한 끝에 내린 결론이다.

그녀는 애써 좋은 쪽을 생각해본다. 그를 죽임으로써 이제 그녀는 사랑하는 사람을 지킬 수 있게 되었다. 사랑하는 사람의 고통을 더이상 보지 않아도 된다. 그리고 무엇보다 사랑하는 사람과 함께할 수 있게 되었다. 그녀의 사랑을 가로막을 어떤 장애물도 이제는 존재하지 않는 것이다.

살인을 계획하기 전 그녀는 몇 번이고 생각했다. 이것은 완전범죄여야 한다. 애써 장애물을 치워버렸는데, 이 일로 잡히거나 한다면 모든 건 수포로 돌아간다. 설령 남자의 시체가 발견된다고 해도, 그녀나 그녀가 사랑하는 사람이 용의자가 되어서는 안 된다. 범인을 가리키는 나침반을 다른 곳으로 돌려놓아야 한다.

그의 시체가 발견되지 않는다면 그 나침반은 쓸 일도 없겠지만 그렇지 않은 경우에라도 경찰은 고장난 나침반을 들고 범인을 찾아 나설 것이다.

그녀는 안전장치가 마련될 때까지 기회를 보며 기다렸다. 그리고 드디어 지난밤 기회가 왔고 그 때를 놓치지 않았다. 하지만 남자를 죽이는 일은 생각보다 끔찍했다.

서울로 돌아와 가장 먼저 한 일은 세차였다. 타이어 틈에 묻었을지도 모르는 짐승의 피와 살이 마음에 걸렸다. 거센 물줄기가 타이어에 묻은 흙먼지들을 씻겨주었다. 차체를 타고 흘러내린 물은 하수도로 모여들었다. 세상의 모든 더러운 것들이 모이는 곳. 어느새 타이어는 말끔하게 닦여 촉촉한 물기만 머금고 있었다.

할 수만 있다면 그녀는 자신의 뇌도 꺼내서 주름진 골마다 새겨진 그 남자의 마지막 잔상들을 털어내고 맑은 물에 흘려보내고 싶었다. 하지만 그 기억들은 씻어버릴 수도, 도려낼 수도 없다. 저 하수도처럼, 끔찍한 기억들을 흘려보내고 눈에 띄지 않게 모아두는 곳은 없을까?

자동차에 올라탄 그녀는 가볍게 머리를 흔들고 담배를 꺼내 물었다. 인간의 더러운 기억들을 흘려보내는 하수도 같은 건 없다. 있다면 망각 같은 것 정도겠지. 담배에 불을 붙이고 한 모금 깊게 빨아들였다. 니코틴은 그녀의 날카롭던 신경을 누그러뜨렸다.

그녀는 꺼두었던 핸드폰의 전원을 켜고 통화버튼을 눌렀다. 이내 핸드폰에서 그녀가 기다리던 목소리가 흘러나왔다. 그 목소리를 듣고 있자, 그녀는 다시 한번 자신의 행동이 잘한 일이라는 생각이 들었다.

만나고 싶다는 이야기를 꺼내자 전화기 너머에서 잠시 침묵이 흘렀다. 하지만 이내 결심한 듯 알았다는 대답이 들렸다.

그녀는 하마터면 자기도 모르게 지난밤 일을 털어놓을 뻔했다. 처음엔 당황하겠지만 곧 안도의 한숨을 쉬겠지. 그리고 앞으로 영원히 자유롭게 살 수 있다는 사실을 깨닫고는 기뻐할 테지. 하지만 그럴 수 없다. 마음속에 평생의 짐을 지고 가야 할 사람은 그녀 한 사람으로 족하다. 이 일은 혼자만 아는 비밀로 땅속 깊은 곳에 묻어두어야 한다. 약속장소를 정하면서 그녀는 끊임없이 마음속으로 다짐했다.

사랑이라는 이름이 가벼워진 세상이지만 그녀에겐 달랐다. 그녀가 가진 사랑은 한 사람의 목숨보다 더 소중했다. 사랑하는 사람을 위해서라면 그녀는 못 할 일이 없었다.

*

"뭐 좀 신선한 거 없어?"

준비해 간 기획안을 몇 장 들춰보던 안 PD가 책상 위로 기획안을 던졌다. 한마디로 자기 입맛에 맞는 기획안을 다시 준비해 오라는 소리다. 일주일 동안 고민하고 준비한 내 노력이 물거품이 되는 순간이다. 젠장, 여기가 시장이야? 신선한 거 찾게…… 프로그램 기획까지 몽땅 작가에게 맡기고, 그러고도 니가 PD냐? 속은 부글부글 끓어올랐지만 애써 표정을 감췄다. 별수 없지, 칼을 쥐고 있는 건 그쪽이니까.

가을 개편으로 그나마 남아 있던 마지막 일거리가 사라졌다. 데일리 정보프로그램으로 일주일에 한 번 전국의 사찰을 찾아다니며 사찰음식을 소개하던 꼭지가 없어졌다. 웰빙 바람 덕분에 한동안 인기를 끌던 코너였지만 사찰음식이라고 해봐야 늘 그 나물에 그 밥처럼 보였는지 일 년도 채우지 못하고 육 개월 만에 막을 내리게 된 것이다.

개편 때 새 프로그램으로 옮겨가지 못하면 육 개월은 쉬어야 한다. 잡지에 인터뷰 기사도 쓰면서 아르바이트를 할 때는 그래도 형편이 나았지만 지금은 이 프로그램 하나가 유일한 수입원이다. 그 유일한 수입원이 사라지게 되었으니 얼른 다른 일감을 찾아야 한다. 결국 안 PD에게 한마디도 쏘아주지 못하고 다시 기획안을 만들어오겠다고 얘기한 뒤 방송국을 나섰다.

아직 여름의 끝자락이라 볕이 뜨겁다. 버스정류장으로 걸어가다 골라먹는 재미가 있다는 아이스크림 가게로 들어갔다. 또 병이 도진 모양이다. 이렇게 기분이 바닥까지 가라앉았을 때는 차고 달콤한 아이스크림으로 속을 채워줘야 한다.

종업원은 당연하다는 듯 물어보지도 않고 포장을 해준다. 하긴 이렇게 큰 사이즈의 아이스크림을 샀으니 가게 안에서 혼자 먹을 리는 없다고 생각했겠지. 결국 작은 콘을 하나 더 사서 입에 물고 가게를 나섰다. 버스정류장으로 걸어가며 한 입 가득 아이스크림을 베어먹던 나는 경찰서 앞에서 걸음을 멈추었다.

경찰서 입구 옆 게시판에 새 유인물이 붙었다. 게시판 앞에 선 나는 아이스크림을 우물거리며 새로 붙은 유인물을 유심히 쳐다본다. 그곳에는 남자의 변사체가 적나라하게 총천연색으로 인쇄되어 있다.

작년부터 생긴 나의 버릇. 이따금 지명수배된 사람들의 사진과 그들의 죄목, 나이 등을 살피며, 나와는 상관없는 범죄의 세계에 살고 있는 그들의 삶을 떠올려 보곤 한다. 동료들은 왜 그런 것에 호기심을 갖는지 의아해하지만 〈몽타주〉라는 프로 그램을 한 뒤로는 그냥 지나칠 수 없게 되어버렸다. 때로는 죄 목이 적힌 곳을 손으로 가리고 얼굴만으로 그가 저지른 죄를 맞혀보기도 했지만 대개의 경우 빗나갔다. 순진해 보이는 청 년의 얼굴 밑에 강간, 살인 등 강력범죄 내용이 올라와 있는 것을 보면 따로 범죄형이라고 정해진 얼굴은 없는 듯했다. 미 국의 유명한 연쇄살인범 테드 번디도 얼마나 말끔한 얼굴인 가. 아마도 그래서 피해자에게 접근하기 더 쉬웠던 것이겠지.

새 유인물은 안성 근교 저수지에서 변사체가 발견되었으며 그의 신원을 알고 있는 사람을 찾는다는 내용이었다. 알몸의 남자는 물에 통통 불어 얼굴을 알아보기 힘들 정도다.

사진 속 남자를 아는 사람이 이 유인물을 볼 확률은 얼마나 될까? 그리고 그 사람이 사진 속 남자를 알아볼 가능성은?

생기가 사라진 몸뚱어리. 거기다 금방이라도 터질 듯 부풀어오른 옅은 잿빛 얼굴. 감은 눈. 이런 사진이라면 가족이라도 유심히 보지 않으면 그냥 지나칠 것 같다. 하지만 나는 그를 알아볼 수 있었다. 이미 두 배쯤 불어버린 그의 몸이나 얼굴은 물론 내가 알던 사람과 전혀 닮지 않았지만 그의 어깨에 새겨진 작은 문신은 한눈에 알아볼 수 있었다. 그 문신은 내가 새긴 것과 똑같은 것이었으니까.

그와는 삼 개월 전에 헤어졌다. 그사이 무슨 일이 있었기에 이렇게 변사체가 되어 경찰서 게시판에 올라오게 되었을까?

손에 들고 있던 아이스크림이 녹아 손가락 사이로 흘러내리는 것도 느끼지 못한 채 지영의 얼굴을 떠올렸다. 그녀에게 전화를 해주어야겠지. 아니다. 섣불리 전화를 해서 이미 죽은 그와의 관계를 의심받을 필요는 없다. 차라리 경찰서로 전화를 해 신원을 알려주는 게 나을 것 같았다. 그럼 당연히 지영에게 연락이 갈 테니까.

남편이 변사체가 되었다는 걸 알면 그녀는 어떤 표정을 지을까? 문득 지영의 얼굴을 직접 확인하고 싶은 충동을 느꼈다. 충격으로 얼어붙을 그녀의 얼굴을 상상하자 나도 모르게 입가에 미소가 스며들었다. 우울하던 기분은 어느새 사라지고 없었다.

*

하나의 즐거움을 얻기 위해서는 다른 하나의 고통을 감수해야 한다.

머릿속에 든 것이라고는 남편과 아이들의 교육과 아파트 평수밖에 없는 아줌마들을 만날 생각을 하니 벌써부터 속이 메슥거렸다. 하지만 어쩔 것인가, 그것 때문에 지영의 얼굴을 직접 보는 즐거움을 포기할 수는 없는 일. 나는 서둘러 그녀들이 가장 선망할 옷차림으로 갈아입었다. 화려한 싱글, 사회생활에서 성공한, 활기차게 사는 프리랜서의 모습을 보여줘야 한다. 방송국에 갈 때는 입지도 않는 깔끔한 정장으로 차려입으니 영안실이 아니라, 결혼식장에라도 가는 것 같았다.

병원 영안실은 들어서는 순간부터 사람을 압도하는 분위기가 있었다. 바닥은 고급스러운 대리석이 깔려 있었고, 벽은 짙은 갈색 오크로 장식되어 무게감을 더했다.

지영의 남편 김기환의 영안실은 그중 가장 큰 특실에 마련되어 있었다. 들어가는 입구부터 양옆으로 세워진 화환들이 족히 수십 개는 되어 보였다. 이미 죽은 사람을 위해 그만큼 많은 돈을 들인다는 게 우습게 느껴졌다. 이런 건 죽은 이를 위한 게 아니지. 살아 있는 자들, 남은 자들의 자기위안인 거야.

당연한 일이겠지만 영안실에 마련된 영정은 경찰서 게시판에 붙어 있던 팅팅 불은 얼굴이 아니었다. 사진 속 김기환은 성공한 사십대 초반의 사업가다운 얼굴을 하고 있었다. 내 눈은 서둘러 지영을 찾았다. 하지만 그녀를 발견한 순간, 나는 배신감을 느끼지 않을 수 없었다. 그녀는 영화에서나 봄직한 미망인의 모습 그대로였다.

아무런 장식이 없는 검은 원피스와 네크라인에 적당히 자리 잡은 진주목걸이는 미망인의 매력을 한껏 과시하고 있었다. 상복을 입는 와중에도 진주목걸이를 찾아 걸 여유가 있다니, 넌 여전히 너무 침착하고 지나치게 단정하군. 남편이 객사를 한 상황에서도 흐트러짐 하나 없는 모습으로 앉아 있는 그녀는 내게 위화감마저 느끼게 했다.

지영은 나를 보자 가볍게 고개를 끄덕이며 눈인사를 했다. 며칠 동안 잠도 자지 못했을 텐데, 창백한 그녀의 모습은 오히려 도발적인 아름다움마저 느끼게 했다. 속마음이야 어떻든 나는 한껏 걱정스러운 얼굴로 그녀에게 다가가 손을 잡았다.

"어떻게 된 거야? 연락받고 얼마나 놀랐는지 몰라……"

"바쁜데 와줘서 고마워. 우선 인사부터 할래?"

나는 지영이 이끄는 대로 한편에 놓인 국화꽃 한 송이를 가져다 영정 앞에 내려놓았다. 촛불에 향을 피우고 자리에 앉아 잠시 영정을 바라보았다.

그와는 일 년 정도 만났다. 경제 다큐멘터리를 준비하면서 우연히 만난 뒤, 함께 저녁을 먹으며 노골적으로 그에게 접근했다. 일주일에 한 번 정해진 시간에 호텔에서 만나 섹스했다. 한 번도 외박을 한 적은 없다. 아마도 그만의 철칙인 듯싶었다. 나 역시 굳이 그를 붙잡아 밤을 함께 보내고 싶은 마음은 없었다. 그러기에는 나 역시 바쁜 몸이니까.

그는 아내의 친구와 만나는 것에 대해 전혀 신경쓰는 것 같지 않았다. 그와 만나고 두 달쯤 뒤 내가 먼저 지영에 대해 물었다.

"우리 관계, 지영이가 눈치채지 않았어요?"

"글쎄, 그럴 수도 있고 아닐 수도 있겠지."

"그 말은 지영이가 알아도 상관없다는 뜻인가요?"

"내가 먼저 말하지 않는 한 설령 눈치챘다고 해도 물어볼 여자는 아니지……"

그는 자기 아내에 대해 잘 알고 있었다. 자존심 강한 지영은 남편의 외도를 알아챘다고 해도 그 일로 상대방 여자를 찾아가 머리를 쥐어뜯거나, 남편의 얼굴에 손톱자국을 낼 여자는 아니다.

"재미없어……"

"처음엔 나도 그렇게 느꼈지. 하지만 살다보니 그것도 꽤 괜찮은 장점이더군."

"조금은 스릴을 느끼고 싶었는데……"

"아내가 알길 바라는 투로군."

"사실 그래요."

그는 조금 의외라는 듯 나를 쳐다보았다. 나는 그의 벗은 몸에 올라타며 그를 내려다보았다. 그의 가슴털을 손가락으로 쓸어내리며 나의 속내를 솔직히 털어놓았다.

"난 지영이만 보면 이상하게 경쟁심이 생겨요. 고등학생 때부터 그랬죠. 지영이가 좋아하는 선생님이 있으면 내가 더 사랑받기 위해 애썼고, 지영이가 가진 건 뭐든 나도 가져야 성이 찼어요."

"가지지 못하면?"

"지영이가 가진 걸 빼앗는 거죠."

그의 작은 젖꼭지를 비틀자, 그의 입에서 나직한 신음소리가 새어나왔다.

"나를 유혹한 것도 그 경쟁심 때문인가?"

"안 되나요?"

"하지만 난 아내가 가진 물건 중 하나가 아니야. 뺏거나 가지거나 할 수 있는 게 아니라고."

"당신을 빼앗아 내 남편으로 만들 생각은 없어요. 그러면 당신 매력은 사라질 테니까."

그의 가슴에 입맞춤하며 나는 왜 그에게 이런 이야기까지 털어놓는지 스스로도 이해할 수 없었다. 어쩌면 그가 더이상 내게 가까이 오는 것을 막고 싶었는지도 모른다. 이미 말했듯이 내가 그를 만나는 이유는 그가 바로 지영의 남편이기 때문이니까.

그날 집으로 돌아가지 말라는 나의 말을 웃음으로 흘리고 그는 호텔을 나갔다. 그는 내가 하는 말을 정확히 이해했다. 지영의 남편으로 충실한 모습을 보이는 한 나는 끊임없이 그를 유혹할 것이다. 하지만 그런 나의 호기는 오래가지 않았다.

일 때문에 바빠지기도 했지만 차츰 김기환이라는 남자에 대한 흥미도 없어졌다. 그는 내가 원하는 만큼 호락호락하지도 않았고, 나 말고도 만나는 여자가 있는 것 같았다. 지영이 탐내는 물건이라면 모를까, 그렇지 않은 경우라면 굳이 시간 낭비할 필요가 없었다.

누군가 뒤에서 잔기침하는 소리에 정신이 들었다. 나를 내려다보며 웃고 있는 그의 얼굴을 쳐다보다가 그제야 자리에서 일어났다. 나 때문에 문상객 줄이 한참 밀려 있었다. 친구 남편에게 하는 문상치고는 지나치게 길었지만 지영은 차분히 내 손을 잡으며 고맙다고 인사했다. 그녀는 이미 알고 있는 것일까? 어쩌면 그럴지도 모른다는 생각이 들었다.

"식사라도 하고 가. 안 그래도 다른 친구들이 너 오길 기다리고 있었어."

그녀는 문상객들을 맞아야 한다며 잠시 뒤 식당으로 내려가겠다고 했다. 나는 지영이 알려준 대로 계단을 내려가 식당으로 향했다. 들어서자마자 낯익은 얼굴들이 손을 흔들며 자리를 만들고 음식을 내오느라 소란을 피웠다.

"야, 너 얘기 들었어? 지영이 신랑, 그냥 죽은 게 아니라 누군가 죽인 거란다."

지영의 얼굴을 봤음에도 굳이 식당에 내려온 이유가 바로 이거였다. 그녀들은 내가 자리에 앉기가 무섭게 그동안 영안실 주변에 떠돌던 소문들을 한꺼번에 쏟아내기 시작했다.

"그 얘긴 어디서 들었어?"

"어, 놀라지도 않네?"

"아직 늙어죽을 나이는 아니고, 병 걸렸다는 얘기도 들은 적 없으니, 사고 아니면 사건이지."

"계집애, 여전하구나. 아무튼 아까 형사가 다녀갔거든. 지영이한테 물어보는 게 아무래도 심상치 않더라."

"원래 살인사건은 주변인물이 범인일 가능성이 제일 크다잖아."

"그럼 지영일 의심한다는 얘기야? 심하다. 설마 남편인데 죽이기야 했겠니?"

모두의 시선이 한꺼번에 형주에게 쏠렸다. 이따금 맹하게 혼자 못 알아듣고 있다가 뒤늦게 깨닫고는 이미 지나간 화제를 반복해서 이야기하는 버릇이 있는 애였다.

"넌 니 남편 죽이고 싶단 생각 안 해봤어?"

"그런 생각을 왜 해? 남편이 죽으면 돈은 누가 버는데?"

"한심하긴, 이러니까 니가 형광등 소리를 듣는 거야. 지금 지영이 앞으로 굴러떨어지게 되어 있는 재산이 얼마나 되는 줄 알아?"

역시 수리에 밝은 혜영이 돈 이야기를 꺼낸다. 나 역시 궁금하던 차라 그녀의 입에서 다음 이야기가 나오기만을 기다렸다.

"자그마치 칠십억이란다 칠십억."

"뭐 칠십억? 저…… 정말이야?"

다들 칠십억이라는 말에 놀라 다음 말을 잇지 못하고 서로의 얼굴을 쳐다본다. 그래, 그 정도면 저질러볼 수도 있겠다 하는 얼굴들이다. 굳이 물어보지 않아도 모두들 머릿속으로 정신없이 계산기를 두드려보고 있을 것이다.

"그것도 건물같이 드러난 것만 어림잡은 거고, 주식 같은 건 전혀 계산하지 않은 거야. 얘기 듣기로 주식도 꽤 있다고 하던데, 그럼 백억이 넘을지도 모르지……"

더이상 숫자가 무의미해졌다. 모두 얘기할 맛을 잃은 듯 입을 다물었다. 겉으론 태연한 척하고 있었지만 나 역시 그녀들

못지않게 충격이었다. 조금 전 영안실에서 만난 지영의 얼굴이 머릿속을 스치고 지나갔다. 진주목걸이를 만지작거리며 침울한 표정으로 있던 그녀는 어느새 나를 바라보며 미소를 지어 보였다.

"그럼……"

한참의 침묵 끝에 형주가 입을 열자 다들 그녀에게 시선을 보냈다.

"그래서 지영이가 남편을 죽인 거야? ……그래도 돈을 받을 수 있나?"

형주의 그 말이 내 가슴속에 먹물처럼 번지기 시작했다. 그제야 뭔가 이상하다는 생각이 들었다. 아무리 침착하기로 유명한 지영이지만, 남편의 죽음 앞에서도 거울 속 자신을 바라보며 진주목걸이를 걸고 옷매무새를 다듬을 여유가 있었다는 건 뭔가 부자연스럽다.

형주의 말에 그녀들은 서로 시선을 맞추며 동의를 구하고 있었다. 사실이 어떤지는 중요하지 않다. 조금의 망설임도 없이 그녀들의 머릿속에서 지영은 이미 살인자로 자리잡고 있었다. 아니, 그래야 했다. 그렇지 않다면 지영이 얻게 되는 엄청난 부를 고스란히 지켜보며 며칠 밤잠을 설쳐야 할 테니까.

*

　지영의 집을 찾아간 건 장례식이 끝나고 일주일쯤 지난 뒤였다.

　그사이 영안실에서 만났던 동창들에게 한두 번 전화를 걸어 지영의 소식을 떠보았지만 그녀들 역시 달리 아는 것이 없었다. 뉴스에도 나오지 않는 사건이라 수사가 어떻게 진행되고 있는지도 알 수 없었다. 그렇다고 경찰에 전화를 걸어 알아볼 수도 없는 일. 결국 직접 지영을 찾아가는 방법을 택했다.

　장례식장에 다녀온 뒤로 내 호기심은 걷잡을 수 없이 자라나고 있었다. 머리가 복잡해서 기획안조차 제대로 진행되지 않았다. 안 PD와 약속한 일주일을 넘기고도 여전히 새로운 기획안은 시작도 하지 못하고 있었다. 하지만 지금 그런 것은 아무래도 좋았다. 머릿속에서는 지영이 받게 될 백억이라는 어마어마한 돈이 계속 나를 괴롭혔다. 내가 가질 수 없다면 너도 가질 수 없어. 그게 솔직한 내 심정이었다. 그렇다면 지영이 남편을 죽였는지 확인하는 수밖에 없다. 그럴 가능성은 충분히 있었다.

　지영의 집은 성북동 언덕에 자리잡고 있었다. 푸른 잔디가 보기 좋게 깔린 정원과 유리창이 시원하게 보이는 2층 건물은 그들 부부만 살기에는 지나치게 넓어 보였다. 이미 남편도 죽었으니, 이제 이 집은 지영이 독차지하겠지. 문득 열 평도 안 되는 나의 오피스텔이 떠올랐다.

건물 옆 차고에는 두 대의 자동차가 있었다. 날렵한 은빛 외제 승용차 한 대. 검은색 평범한 국산 중형차 한 대. 김기환이 타고 다니던 차는 보이지 않았다.

내 또래의 여자가 나를 정원 한쪽에 놓인 테이블로 안내했다. 등나무 그늘이 시원해 보였다. 의자에 앉아 고개를 돌려보니 성북동의 한쪽 주택가가 눈 아래 내려다보였다. 그동안 지영이 어떻게 살았는지 한눈에 알 수 있었다. 나도 모르게 입술을 깨물었다. 고작 그녀의 남편과 잠자리 몇 번 했다고 그녀가 가진 것들을 빼앗을 수 있다고 자위했던 내가 한없이 초라하게 느껴졌다.

조금 전 나를 안내했던 여자가 차를 들고나왔다. 쟁반에는 빛깔 고운 오미자차와 함께 솔잎을 빻아 색깔을 넣은 떡이 한 조각 놓여 있었다. 꽤 정성이 들어간 음식을 보자, 지영의 야무진 살림살이가 느껴졌다. 나는 여자에게 미소를 지어 보이고 찻잔을 들었다. 여자는 지영이 손님을 만나고 있다면서 곧 끝날 거라고 했다.

고개를 돌려보니 정원을 향해 열린 대형 유리문 너머로 거실에 앉아 있는 지영의 모습이 보였다. 그녀 앞에 낯선 남자가 가방을 들고 일어서고 있었다. 남자를 따라 나온 지영은 대문에서 그를 배웅하고 곧 나를 안으로 데리고 들어갔다.

"미안해. 변호사랑 끝낼 얘기가 있어서……"

짐작한 대로 낯선 남자는 변호사였다. 거실에 들어선 지영은 탁자 위에 놓인 서류들을 챙겨들고 장식장 서랍을 열었다. 서랍 안에서 무엇을 보았는지 지영은 서류를 집어넣는 것도 잊은 채 한동안 멍하니 안을 바라보며 서 있었다.

"지영아, 괜찮아?"

지영은 그제야 서랍 한쪽에 서류를 챙겨넣고 안에 있던 종이뭉치를 꺼냈다.

"이제…… 이런 건 소용없겠지?"

지영의 손에 들린 건 실종자를 찾는다는 유인물이었다. 거기엔 양복을 말끔하게 차려입은 김기환의 모습과 함께 마지막 옷차림에 대한 설명이 적혀 있었다.

"이거라도 붙여볼 걸 그랬어. 그랬으면 좀더 빨리 찾을 수도 있었을 텐데……"

만약 이게 연기라면 지영은 금방이라도 멜로드라마의 주인공을 꿰찰 수 있을 정도였다. 어느새 두 눈 가득 눈물이 그렁그렁 맺혀서 주르르 흘러내릴 것만 같았다.

"미안해. 이제야 실감이 되는 모양이야. 요즘 그이와 관련된 것만 보면 늘 이래."

"언제…… 부터 연락이 안 된 거야?"

"두세 달 됐나봐…… 외박이란 건 출장 말고는 한 적이 없는 사람이라 이틀 뒤에 바로 경찰에 신고를 했지. 하지만 경찰에서는 좀더 기다려보란 말밖에 안 하더라. 사업하는 사람이니까 갑작스러운 출장일 수도 있고, 또 복잡한 일 때문에 며칠 바람을 쐴 수 있는 거 아니냐면서."

그렇다면 나와 헤어지고 얼마 되지 않아 실종되었다는 얘기다. 그리고 그는 누군가에게 살해된 것이다.

"경찰에서는 뭐래?"

"뭐?"

"아…… 지금 이런 말 하기 그렇지만…… 장례식장에서 누군가 살인사건이라고 하길래…… 범인은 잡았어?"

"……이제 와서 범인을 잡는다고 해도…… 뭐가 달라지지?"

순간 나를 쳐다보는 지영의 눈빛이 차갑게 변해 있어서 나도 모르게 말을 더듬었다.

"아니…… 난…… 그래도 누가, 왜 죽였는지는 알아야 할 거 아니야? 그래야 니 신랑도 편히 눈을 감지."

"그럼 넌 누가 이유가 있어서 내 남편을 죽였다는 거니? 세상에 어떤 이유가 있어야 사람을 죽일 수 있는 건데?"

"지…… 지영아."

갑자기 흥분하며 언성을 높이는 그녀를 보자, 어떻게 반응해야 할지 알 수가 없었다. 이십 년 가까이 그녀를 알았지만 그런 모습은 처음이었다. 내가 말을 잘못한 건가, 몇 번 생각해보았지만 딱히 걸리는 것도 없었다.

주방에서 과일을 준비하던 여자가 급하게 나와 지영을 안더니 등을 쓰다듬어주었다.

"괜찮아, 괜찮아 지영씨…… 진정해. 잠깐 들어가서 누워있을래?"

여자는 지영을 데리고 방으로 들어가더니 침대에 눕히고 그녀를 달랬다. 지영은 여자의 말에 어린아이처럼 순순히 따랐다. 지영이 눈을 감는 것을 보고 여자는 살그머니 방을 나와 문을 닫았다.

"말이 지나치셨네요. 그렇지 않아도 경찰에서 그런 식으로 의심을 해서 무척 날카로워져 있었는데……"

그제야 왜 지영이 그렇게 흥분했는지 알 것 같았다. 경찰 역시 남편의 막대한 유산을 받게 된 지영에게 가장 먼저 의심의 시선을 던진 모양이다.

"죄송하지만 이만 가주셨으면 좋겠네요. 아시다시피 지금 정신적으로 좀 힘든 때라서……"

나 역시 지영의 히스테릭한 반응에 놀란 터라 서둘러 가방을 챙겨 일어났다. 오늘의 방문으로 얻은 것은 아무것도 없었다. 너무 성급했던 모양이다. 그 이야기부터 꺼내는 게 아닌데…… 후회가 밀려들었지만 이미 늦은 일.

여자가 대문까지 뒤따라 나왔다. 대문 앞에서 인사를 하던 나는 문득 그녀의 정체가 궁금해졌다. 처음엔 일하는 사람쯤으로 생각했지만 조금 전 지영을 대하는 걸 보니 그건 아닌 것 같았다.

"저, 지영이하고는 어떻게 되세요?"

"……그냥 좀 아는 언니예요."

"네……"

그녀에게 가볍게 인사를 건네고 대문을 나섰다. 걸음을 떼려다 뒤를 돌아보니 정원을 걸어가고 있는 여자의 모습이 철창 사이로 보였다. 왠지 자꾸 여자가 마음에 걸린다. 이 개운치 않은 느낌은 무엇일까?

*

공주 대원사 촬영본을 프리뷰하고 나니 아홉시가 조금 넘었다. 이번주 방송 가편본을 들고 조연출이 나타났다. 이제 대본을 써야 한다. 새벽이나 돼야 끝나겠지. 차라리 일에 매달릴 수 있어 다행이라는 생각이 들었다. 여전히 지영의 일이 머리 한편을 떠나지 않았지만 잠시 생각을 정리할 필요가 있었다. 섣불리 덤볐다간 지난번처럼 낭패를 볼 수도 있다.

가편본 테이프를 편집기에 넣고 돌리자, 수원 용주사의 전경이 나타났다. 가을의 정취를 느낄 수 있는 국화전과 두부소박이가 오늘의 메뉴. 잠시 가을 먹을거리에 대한 주지스님의 이야기가 나왔다. 생활의 지혜. 이를테면 솔잎이나 떡갈나무 잎을 넣고 찐 떡은 음식이 상하는 시기를 늦춰준다는 얘기. 대개의 사찰음식은 제철음식이고 각 고장마다 특산물을 주로 쓴다.

겨울을 나는 사찰음식은 색다른 아이템인데, 그걸 할 수 없다니 아쉬운 생각이 들었다. 테이프를 몇 번이고 다시 돌려 스님의 이야기를 듣다가 문득 짜릿한 전율이 척추를 타고 흘렀다. 미처 테이프를 뺄 생각도 하지 않고 서둘러 사무실로 뛰어갔다. 아직 조연출은 자리에 있었다.

"우리 삼 개월 전에 입장 쪽 촬영한 거 있죠?"

"입장? 없는데요."

"청룡산가 하는 절 있었잖아요?"

"청룡사? 아, 거기…… 거긴 안성이잖아요? 입장면하고 가깝지만 행정구역상 안성이에요. 그건 왜요?"

"확인할 게 좀 있어서요. 편집본 말고 촬영본 몽땅 다 필요해요."

"촬영본까지요? 그건 지웠을지도 모르는데……"

가슴이 철렁했지만 다행히도 수납장 속에 촬영본 테이프 일곱 개가 전부 보관되어 있었다. 테이프를 들고나가자 조연출이 뒤에서 소리쳤다.

"내일 아침까지 대본 나와야 해요. 열시에 녹음실 잡아놨어요."

"알았어요."

건성으로 대답하고 서둘러 편집실로 돌아왔다. 용주사의 풍경은 여전히 모니터에 정지된 채였다. 서둘러 용주사 테이프를 빼고 청룡사 테이프를 집어넣었다. 빠르게 돌려보면 서너 시간이면 충분하다. 아니, 필요한 그림이 어디 있는지만 찾으면 되니 한 시간 안에 끝날 수도 있다. 원고를 쓸 시간은 충분히 남아 있다. 나는 조심스럽게 조그셔틀을 돌렸다.

입장면을 지나 지방도로를 달리다 청룡저수지를 끼고 들어가면 청룡사가 나온다. 인트로에서 쓸 그림으로 찍은 청룡저수지와 청룡사로 향하는 풍경들이 몇 분 이어진다. 빠르게 지나는 그림들을 보자 촬영하던 날의 일들이 하나씩 떠올랐다.

다음으로 청룡사 내부를 들어가면서 찍은 그림들이 이어졌다. 사찰 입구에 세워진 자동차들이 얼핏 스치고 지나갔다. 얼른 조그셔틀을 되돌렸다. 사찰 내방객들을 위해 마련된 주차장에 서너 대의 자동차가 주차되어 있다. 그중 하나인 검은 중형차가 화면에 비치자 재빨리 조그셔틀을 눌렀다. 화면이 정지되고 중형차의 번호판이 보인다.

지영의 집에서 보았던 검은 중형차와 같은 번호였다. 0123.

한번 보면 절대 잊을 수 없는 숫자. 덕분에 짧은 순간 스쳐본 번호판이었지만 분명하게 기억하고 있었다. 머릿속으로 무수한 생각이 피어올랐다가 사라졌다.

지영이 청룡사에 있었던 것일까? 그렇다면 내가 못 봤을 리 없는데, 촬영팀이 하루종일 청룡사 촬영을 하는 동안 나도 계속 그곳에 함께 있었다. 이미지 컷을 위한 촬영에는 굳이 내가 붙어 있을 필요가 없어서 산책로와 사찰 주변을 걸었다.

몇 개의 테이프는 빠르게 넘겨버렸다. 그리고 대웅전을 찍은 장면이 나오는 순간 내 예감이 맞았다는 것을 확인할 수 있었다. 대웅전 기둥 뒤로 스님과 이야기를 나누며 걸어나오는 여자의 모습이 보였다. 지영의 집에서 본 바로 그 여자였다.

지영과 여자 사이에 하나의 직선이 그어진다. 또다른 직선이 기환과 여자 사이에 그려진다면 여자를 사이에 두고 지영과 기환의 직선이 완성된다. 어쩌면 지영은 자기 손에 피를 묻히지 않고 여자를 이용해 기환을 죽였을지도 모른다.

기환의 시체가 발견된 곳은 안성 부근 저수지라고 했다. 정확히 어느 저수지인지 확인할 필요가 있었다.

얼른 취재수첩을 뒤져보았다. 다행히 〈몽타주〉란 프로그램을 하면서 알게 된 서군 형사의 전화번호가 남아 있었다. 그에게 부탁하면 의심받지 않고 원하는 정보를 얻을 수 있을 것이다. 지영에게 내밀 히든카드는 준비된 셈이다.

*

    초인종을 누르자 여자의 목소리가 흘러나왔고 지영은 외출 중이라고 했다. 지영을 만나기 전 이 여자에게 먼저 확인해보는 게 나을지도 모르겠다 싶어 차라리 다행스러웠다. 잠깐 할 이야기가 있다고 문을 열어달라고 했다. 잠시 후 대문이 열리고 좁은 틈새로 여자의 얼굴이 보였다. 그녀의 눈에서 나를 경계하는 기색을 읽을 수 있었다.

    "무슨 얘기죠?"

    "잠깐이면 돼요. 설마 대문 앞에 세워놓고 얘길 하라는 건 아니죠?"

    여자는 망설이다가 결국 대문을 열어주었다.

    거실로 들어서자 마치 내가 주인인 듯 소파 중앙에 앉으며 그녀에게 물을 청했다.

    방안을 둘러보다가 콘솔 위에 놓인 사진에 시선이 멈췄다. 지영이 여자와 다정하게 찍은 사진이었다. 배경으로 보아 파리 시내인 듯했다.

    "지난번엔 실례가 많았어요. 전 일하는 분인 줄 알고…… 지영이는 어떻게 알게 되신 거예요?"

    "여행에서 만났어요. 보름 동안 유럽여행을 하는데, 같은 방을 썼죠. 혼자 온 사람은 지영씨와 나밖에 없어서 자연히 친해졌어요."

여자가 쟁반을 들고 거실로 들어섰다. 쟁반에는 녹차와 한과가 놓여 있었다.

"물 한 잔이면 되는데……"

"손님 대접을 그렇게 할 수는 없죠……"

맞은편 자리에 앉는 그녀를 바라보며 어떻게 이야기를 꺼낼까 머리를 굴렸다. 아직 여자와 지영이 어느 정도로 친밀한지, 둘 사이에 어떤 거래가 오갔는지 확실하지 않은 상태여서 쉽게 이야기를 꺼낼 수가 없었다. 우선 여자를 떠보기로 했다.

"지난번에 볼 때도 그렇고, 어딘가 낯이 익다 싶거든요?"

"그래요?"

짧은 대답. 이래서는 원하는 것을 얻어낼 수 없다. 나는 조금 더 발을 담가보기로 했다.

"혹시…… 청룡사라는 절에 간 적 없으세요? 거기서 본 거 같은데?"

순간 여자의 눈초리가 살짝 올라가는 것을 느낄 수 있었다. 그래, 그거야. 서서히 반응을 보이라고. 여자는 잠시 생각하는 듯 고개를 기울이더니 나를 바라보았다.

"그게 어디 있는 절이죠? 전 간 적이 없는데……"

"그래요? 이상하군요. 분명히 거기서 봤는데…… 청룡사는 행정구역으론 안성에 포함되어 있지만 사실 입장면에서 더 가

깎죠. 청룡사 앞에는 청룡저수지라고 꽤 큰 저수지가 있어요. 아시죠? 지영이 남편 김기환씨의 변사체가 발견된 바로 그 저수지예요."

"……"

여자는 입을 꼭 다물고 나를 노려보았다. 흔들리는 눈동자를 보니 그녀가 얼마나 당황하고 있는지 느껴졌다.

"왜…… 나한테 그런 얘기를 하는 거죠?"

"호기심 때문이라고 할까. 지영이 남편이 실종된 당시, 그 사람 시체가 떠오른 장소에서 멀지 않은 곳에서 당신을 봤어요. 뭔가 우연치고는 너무 맞아떨어지는 것 같지 않아요?"

"잘못 본 거겠죠. 난 거기 간 적이……"

여자의 말이 끝나기도 전에 나는 가방에서 비디오테이프를 꺼내 탁자 위에 올려놓았다. 여자는 채 말을 끝내지도 못하고 입을 벌린 채 테이프와 나를 번갈아 쳐다보았다. 어느새 그녀의 얼굴은 파리하게 변해 있었다.

"마침 촬영이 있어서 그곳을 찍고 있었어요. 김기환씨가 실종됐을 때 당신은 그곳에 있었어요. 이 정도면 경찰에게 보일 증거로 충분하지 않을까요?"

여자는 자리에서 일어나더니 주방으로 가 와인잔 가득 붉은색 와인을 따라 왔다. 아무래도 목이 마른 모양이었다. 그렇기도 하겠지. 이런 식으로 알리바이가 깨질 거라고는 예상도 못했을 테니까.

"정말 이러고 싶지는 않았는데……"

"알아요. 나도 당신을 경찰에 넘기고 싶지는 않아요. 모든 건 지영이 시킨 일일 테니까."

여자는 뜻밖이라는 듯 나를 빤히 쳐다보았다.

"그리고 지영이 역시 경찰서로 보내고 싶지도 않고요. 내가 원하는 건…… 그건 굳이 당신에게 얘기할 필요가 없겠군요. 지영인 언제 돌아오나요?"

여자는 마음을 가라앉히려는 듯 잔에 남은 와인을 천천히 들이켰다. 나 역시 어려운 고비를 넘겼다는 생각에 갈증이 일 었다. 내 앞에 놓인 잔을 들어 녹차를 마셨다. 녹차는 이미 식 어 있었고 티백을 오래 담가둬서인지 약간 쓴맛이 났다.

와인잔을 내려놓은 여자는 천천히 잔 아랫부분을 돌리며 나 를 쳐다보았다.

"청룡사에서 나를 봤다면…… 당신도 거기 있었다는 거 군요."

어느새 여자의 목소리는 본래의 차분한 목소리로 돌아와 있 었다. 돌변한 그녀의 목소리에 왠지 불안한 예감이 들었다. 머 릿속에서 비상벨이 요란하게 울렸다. 위험해, 뭔가 잘못됐어. 여자의 표정 역시 조금 전과는 달리 자신만만했고 희미하게 미소까지 짓고 있었다.

"우리 둘 다 그곳에 있었다면 굳이 내가 범인이라 할 만한 근거가 있을까요? 오히려 나보다는 김기환과 내연 관계였던 당신에게 더 혐의가 있지 않을까요?"

"무…… 무슨 얘기예요?"

"김기환과 헤어졌다면 그걸로 끝냈어야지. 그리고 모든 걸 잊었으면 이렇게까지는 되지 않았을 텐데……"

갑자기 속이 뒤틀리기 시작했다. 이마에서 식은땀이 배어나오면서 묵직한 고통이 밀려들었다. 이 여자는 누구지? 정체가 뭐길래 김기환과 나 사이를 알고 있는 거지?

"변사체의 신원을 경찰에 알려준 것도 당신이지? 신원을 확인할 수 없는 알몸뚱이인데 잘도 알아봤군. 하긴 그 어깨에 새긴 문신을 어떻게 몰라보겠어? 당신 어깨에도 같은 것이 새겨져 있으니 말이야."

고통은 시야까지 흐리게 만들었다. 정신을 차리려고 손등을 깨물었지만 몸안에서 전해져오는 고통에 비하면 그것은 아무것도 아니었다.

"내가 왜 거기까지 갔다고 생각해? 김기환은 왜 하필 당신이 촬영하는 그곳에서 실종되었을까? 이거야말로 우연치고는 너무 맞아떨어지는 것 같지 않아?"

안 되는데…… 이대로 무너지면 안 되는데…… 의식은 아직 남아 있었지만 서서히 기운이 빠졌다. 안간힘을 쓰며 두 눈을 부릅떴지만 그녀의 모습이 허공을 빙빙 돌았다.

"당신 일로 할 얘기가 있다고 했더니 금방 달려오더군. 그 사람은 의심도 하지 않고 나를 따라왔어. 사람들 눈에 띄지 않을까 걱정했지만 다행히 주변엔 아무도 없었어. 이야기를 하면서 음료수 한 잔을 먹이는 건 간단했어. 지금 당신처럼 말이야."

내 몸은 나의 의지와 상관없이 탁자 앞으로 쓰러졌다. 그 바람에 내가 마시던 녹차잔이 바닥에 떨어졌다. 녹차의 쓴맛이 아직도 입안에 남아 있었다. 그제야 나는 나의 죽음을 예감할 수 있었다.

에필로그

그녀는 손에 묻은 흙을 털어내며 자리에서 일어났다. 어느새 어슴푸레 아침이 밝아오고 있었다. 한쪽에 걷어두었던 잔디를 다시 제자리에 덮고 발로 꾹꾹 밟았다. 김기환의 시체도 땅에 묻었더라면 어땠을까? 그렇다면 이런 힘든 경험을 다시 하는 일은 없었겠지.

여자가 다시 찾아오리라는 예상은 했었다. 그때 여자는 대문 밖에서 한동안 떠나지 않고 여길 바라보고 있었다.

사실 이렇게까지 할 생각은 없었다. 덫을 놓기는 했지만 그

덫이 홀로 버려져 녹슬어버리다 결국 망가지길 바랐다. 하지
만 여자는 욕심 때문에 스스로 덫에 걸려든 것이다. 여자가 지
영을 만나겠다는 말만 하지 않았어도……

여자가 지영에게 원한 것은 무엇이었을까? 역시 돈이겠지?
지영의 다른 친구들처럼 그녀 역시 기환의 죽음을 진심으로
슬퍼하고 있는 지영을 의심했다. 돈 때문에 살인을 했을 거라
고. 글쎄, 다른 사람이라면 몰라도 지영은 그럴 여자가 아니
다. 그것은 누구보다 그녀가 잘 알고 있다.

유럽 여행길에서 지영과 처음 만났을 때부터 지금까지의 일
들이 슬라이드처럼 하나둘 그녀의 머릿속에 떠올랐다 사라
졌다.

프라하의 호텔은 너무 추웠다. 난방도 제대로 되지 않은 방
에서 그녀와 지영은 와인 두 병을 비우고 한 이불 속에서 잠이
들었다. 잠결에 지영의 탐스러운 젖가슴에 손이 닿았고 따스
하고 매끄러운 감촉에 자기도 모르게 지영에게 키스를 했다.

지영은 낮은 신음소리를 내며 그녀의 키스를 받아들였고 그
녀의 머리카락을 만지며 입술을 찾았다. 뜨거워진 몸은 서로
의 손길과 입술이 필요했다. 어느 순간 정신을 차린 지영이 그
녀의 눈을 바라보며 잠시 주저하는 빛을 보였지만 그대로 멈
추기에는 이미 늦어버렸다는 것을 서로 알았다.

프라하에서의 경험으로 지영은 자신의 성정체성을 비로소

깨닫게 되었고 여행하는 동안 그것을 자연스럽게 받아들였다. 하지만 서울로 돌아오자 모든 것이 달라졌다.

지영은 그녀를 만날 때마다 남편과 헤어지겠다는 말을 했다. 하지만 남편이 지영의 말을 들어주지 않는 듯했다. 그와 헤어지기 위해 사실을 얘기할 수는 없었다. 칠 년 넘게 함께 산 남편에게 그런 말을 한다는 것은 너무나 가혹한 일이라고 했다.

더이상 자세한 이야기를 하지 않았지만 그뒤로 지영의 결혼생활은 어려움이 많은 듯했다. 남자는 잠자리를 피하는 지영에게 폭력까지 휘두른 모양이었다.

지영의 몸에 난 상처를 보았을 때 그녀는 깨달았다. 더이상 지영을 내버려둘 수 없다. 그녀 자신이 평생 무거운 짐을 짊어지고 살게 된다고 해도 지영을 위한 일이라면 기꺼이 할 각오가 되어 있었다.

무엇보다 다행스러운 것은 지영이 어젯밤 집을 비운 일이다. 그렇지 않았다면 그녀가 저지른 일을 지영도 알게 되었을 것이고 맘이 여린 지영은 죽을 때까지 죄책감에 시달렸을 것이다. 하지만 그보다 더 두려운 것은 지영이 그녀가 한 일을 알고 떠나버릴 수도 있다는 사실이다. 그래서 더더욱 이 비밀은 혼자 묻어두어야 한다.

새로 깐 잔디에 물을 주며 그녀는 생각했다. 지영과 남편의 흔적이 남아 있는 이 집은 지영에게 나쁜 기억을 떠올리게 할지도 몰라. 어디가 좋을까? 지중해 바다를 보며 지영이 말했었지, 난 바다가 보이는 곳에서 살고 싶어. 그래, 그녀가 돌아오는 대로 한적한 바닷가를 찾아보자. 설마 발밑에 묻힌 이 여자가 차갑고 어두운 땅속을 헤엄쳐 그녀가 살게 될 바다로 떠오르는 일은 없을 테지. 생각만으로도 살갗에 소름이 돋았다. 그녀는 서둘러 연장을 치우고 집안으로 들어갔다. 어서 빨리 뜨거운 물에 몸을 담그고 싶었다.

며칠 뒤 지영은 경찰서로부터 연락을 받았다. 버려진 김기환의 자동차를 광주에서 발견했다는 것이었다. 자동차에 남겨진 지문으로 보아 범인은 둘 이상이며 그들은 안성에서 김기환을 죽이고 시체를 저수지에 유기한 뒤 자동차를 타고 전국을 돌다가 결국 차를 버리고 도주한 것으로 보인다고 했다.

지영은 경찰서에 찾아가 자동차를 인계받았다. 남편의 자동차가 확실했다. 경찰서를 나오며 지영은 다시 한번 남편의 수사로 바쁜 형사들에게 인사를 건넸다.

경찰서 게시판에는 실종자를 찾는 새 유인물이 붙었지만 지영은 알지 못한 채 경찰서를 떠났다.

경계선

문을 열고 들어서자 책상과 의자들만 어지럽게 널려 있을 뿐, 교실 안은 텅 비어 있다. 마치 조금 전까지 누군가 그곳에서 소란을 피우기라도 한 것처럼, 의자들은 바닥을 나뒹굴다 막 동작을 멈춘 듯했다. 텅 비어 있는 실내의 공기 속에는 무언가 발을 내디디기 망설이게 하는 것이 숨어 있다. 아마도 처음 들어오는 교실이라 긴장한 모양이다.

낯선 교실 분위기에 잠시 주변을 둘러보는 순간, 어디선가 어긋난 나무토막들이 서로 삐걱거리는 소리가 들리는 것 같다. 아니, 실제로 무슨 소리가 들려온다. 내 발소리 때문인가 싶어 걸음을 멈추고 숨을 죽인 채 귀기울여본다. 그렇게 소리에 귀기울이는 동안 뒷머리가 쭈뼛 서는 기분이 든다. 다시 밖으로 나가 아이들이 올 때까지 기다릴까 싶기도 하지만, 그렇다면 오늘 이렇게 일찍 등교한 의미가 없어진다. 결국 등줄기를 타고 흐르는 싸늘한 기분은 무시하기로 한다. 다시 걸음을 옮기는 순간 창문이 털컹, 바람에 흔들린다. 그제야 창밖으로 시선을 돌린 나는 가볍게 안도의 숨을 내쉰다.

바람에 떨리는 유리창에 뿌옇게 먼지가 끼어 있다. 그 너머로 운동장을 가로질러오고 있는 아이들의 모습이 보인다. 아직 수업을 하기에는 이른 시간이지만 새 학기 첫날만이라도 부지런을 떨어볼 양인지, 다른 때라면 아이들이 거의 없을 시간인데도 오늘은 제법 많은 인원이 학교 건물을 향해 걸어오고 있다. 창밖의 풍경이 흐린 것은 뿌옇게 먼지가 앉은 유리창과 함께 이른 시간부터 불어대는 황사바람 때문일 것이다.

며칠 전부터 시작된 황사는 입안이 버석거릴 정도로 심해지고 있다. 그 모래바람을 조금이라도 피하기 위해 아이들은 잔뜩 목을 움츠리며 종종걸음을 친다. 이따금 운동장의 모래마저 바람 속에 섞여 날아오를 때면 여학생들은 비명을 질러대며 몸을 돌린다. 하지만 바람은 쉽사리 아이들을 놓아주지 않는다.

나는 천천히 교실의 책상들을 바로 세우며 뒤편으로 걸어갔다.

봄방학 동안 비어 있던 책상에는 먼지가 뽀얗게 앉았다. 교실 맨 뒷자리에서 걸음을 멈췄다. 창가 바로 옆인 그 자리는 유난히 더 먼지가 쌓여 있었지만 그래도 나는 그 자리를 선택했다. 완전히 닫히지 않은 창의 틈새로 황사먼지가 들어온 모양이다. 바람이 새어드는 창문을 닫으려고 하자, 먼지 때문인지 쉽게 닫히지 않는다. 하지만 열었다 다시 닫으니 간신히 바람을 막을 수 있었다.

나는 책가방을 뒤져 휴지를 찾아냈다. 먼지가 많아서인지 책상과 의자를 모두 닦자 휴지는 한 장도 남지 않았다. 덕분에 책상은 제법 깨끗해졌다. 나는 깨끗하게 닦인 책상 앞에 앉아 텅 빈 교실을 둘러보았다.

이곳이 앞으로 일 년 동안 내가 지낼 곳이다. 그 생각을 하니 가슴이 답답해졌다. 이 좁은 공간에서 아침 일곱시 삼십분부터 저녁 여덟시까지 숨죽이고 지내야 한다. 하지만 맨 뒷자리에 앉으니 조금은 숨통이 트이는 것 같다. 어차피 아이들이 들어오고 새 담임의 인사가 끝나면 자리를 다시 바꾸겠지만 그때까지는 이 자리를 놓치고 싶지 않다. 가능하다면 학기가 끝날 때까지 이 자리를 지키고 싶지만, 내 키로는 불가능한 이야기다. 그렇게 작은 키는 아니지만 방학이 끝나고 부쩍 자라서 나타나는 아이들에 비해 나의 성장속도는 느린 편이다.

이번에는 어떤 아이들과 한 반이 될까? 지난해 한 반이었던 아이들 중 몇 명이나 같은 반이 되었을까? 어쩔 수 없이 몇 명

은 익숙한 얼굴이겠지. 제발 그 아이들이 나에게 더이상 관심을 기울이지 않으면 좋겠는데······

솔직히 말하면 나는 지난해 우리 반 왕따였다. 도대체 어떻게 왕따가 결정되는 것인지는 모르지만 아이들은 누가 먼저랄 것도 없이 한순간에 나를 왕따로 지목했다. 그날부터 나의 학교생활은 지옥이었다. 고등학생이 되고 미처 새 친구를 사귀기도 전에 나는 외톨이가 되었고, 그것보다 더 나쁜 것은 우리 반의 공식 장난감이 되었다는 사실이다. 장난감을 친구로 생각하는 아이는 없는 법이다. 덕분에 나는 새 학교에 적응하기도 전에 등교하는 일이 지긋지긋해졌지만, 소심한 성격 탓에 소위 말하는 땡땡이도 칠 수 없었다. 그저 겨우겨우 나 자신을 억눌러가며 하루하루 무사히 지나기만 바랄 뿐이었다. 그렇게 간신히 일 년을 참았고 오늘 드디어 2학년이 되었다. 이번에는 어떤 일이 있어도 왕따가 되지 않겠다고 방학 내내 굳은 결심을 했다. 오늘 이렇게 일찍 등교한 것도 그런 나의 결심을 다시 한번 다지기 위한 것이다.

교실 뒤편에 앉아 창밖을 쳐다보고 있다가 어느새 잠이 든 모양이었다. 누군가 책상을 걷어차는 기척에 놀라 고개를 들었다.

"비켜."

어딘지 낯익은 얼굴이 태연하게 내 자리를 요구했다. 셔츠 단추를 두 개쯤 풀어헤치고 넥타이는 아예 주머니에 구겨넣고 한쪽 다리를 흔들던 그 아이는 다시 한번 책상을 걷어찰 것처럼 다리를 움직였다. 나는 재빨리 책상 위에 펼쳐놓은 책과 필통을 챙겨 자리를 비워주었다.

"자식이…… 진작 그럴 것이지."

그 아이는 당연하다는 듯 내가 깨끗이 닦아놓은 책상 위에 가방을 던져놓고는 털썩 의자에 앉았다. 얼떨결에 짐을 챙겨 걸음을 옮기던 나는 그제야 아이들이 교실의 절반쯤 들어찬 것을 발견했다. 호기심 가득한 얼굴로 나를 쳐다보는 아이들을 보자, 내 야무진 꿈이 모두 수포로 돌아갔음을 한순간에 알았다. 지금 이 사소한 행동 하나로 나의 일 년이 결정되어버린 것이다. 그렇게 결심을 했건만, 하필이면 자다가 이런 일을 당하다니……

나는 고개를 숙인 채 아이들의 시선을 피해 비어 있는 자리를 찾았다. 한순간 조용했던 교실은 내가 다른 책상을 찾아 걸음을 옮기자 다시 시끄러워졌다. 사소한 시비라도 이어지길 기대했던 아이들의 얼굴에서는 실망스럽다는 표정이 떠올랐고, 몇몇은 노골적으로 나를 비웃는 표정을 지었다. 그 한 걸음을 떼어놓음으로써 나는 왕따를 면할 수 있는 마지막 기회마저 내 발로 걷어차버린 것이다.

조금 전까지만 해도 내겐 희망이 있었다. 그러나 단 십 분도 지나지 않은 지금, 앞으로 일 년을 얼마나 끔찍하게 살아야 할지 막막해졌다. 나는 될 대로 되라는 심정으로 책상 위에 아무렇게나 가방을 던지고 자리에 주저앉았다(마음속으로는 그렇게 생각했지만 사실 내 행동은 빈자리에 얌전히 앉아 절망에 고개를 푹 숙인 게 전부다).

그때 앞자리에 앉은 누군가가 내게 휴지를 건네주기 위해 손을 내밀었다. 고개를 들어보니 이따금 복도에서 지나치다가 봤던 여학생이다. 아니, 그냥 지나쳤다기보다는 넋을 잃고 그녀가 걸어오는 것을 바라봤다고 해야 옳을 것이다.

장효리. 지난해 신입생 중에서 가장 예쁘다고 소문이 났던 아이였고, 그 소문 때문인지 그애의 교실 앞에는 동급생은 물론 2, 3학년 선배들까지 기웃거렸다. 그런 애가 나와 한 반이 되다니, 순간 행복감이 밀려들었지만 그것은 찰나였다.

그녀 역시 조금 전 있었던 일을 봤을 테니, 나를 어떻게 생각할지는 뻔하다. 고개 숙인 내가 울기라도 하는 것처럼 휴지까지 내민 걸 보면 내가 엄청나게 불쌍해 보였나보다. 이제는 끔찍한 정도가 아니라, 이대로 어디론가 흔적도 없이 사라지고 싶다.

"뭐해? 받아."

멍하니 있는 나를 보더니 다시 한번 손을 흔들어 휴지를 내

민다.

"아니…… 나는……"

"책상이랑 의자 닦으라고. 먼지투성인데, 그냥 앉을래?"

하는 수 없이 휴지를 건네받자, 그녀는 곧 내게 등을 보이며 바로 앉았다. 그녀의 등을 바라보는 내 머릿속에는 어떤 일이 있어도 올해만큼은 왕따에서 벗어나야 한다는 외침이 울렸다. 아니, 최소한 그녀 앞에서는 더이상 이런 초라한 모습을 보이기 싫다.

갑자기 새 학기 첫날부터 나를 만신창이로 만든 놈이 견딜 수 없이 미워졌다. 그녀가 지켜보는 줄 알았더라면 그렇게 맥없이 물러서지는 않았을 텐데…… 고개를 돌려 내가 깨끗하게 닦아놓은 창가 옆 책상에 비스듬히 앉아 있는 놈을 바라보았다. 그놈 옆에 같은 부류로 보이는 다른 한 놈이 다가와 있었고 둘은 이야기를 나눴다. 영철이었다. 지난해 나를 괴롭혔던 인물 중 하나. 그러고 보니 내 책상을 빼앗은 놈의 얼굴이 낯익은 이유가 있었다. 영철이를 찾아 우리 반에 자주 놀러왔던 놈이다. 박기석이라고 했던가?

"혹시 가출한 거 아냐?"

"나랑 만났던 날도 그런 얘기는 없었어. 다음날 같이 여행 가기로 했었다니까."

"그날 밤 집에 일이 생겼는지도 모르잖아?"

"어휴, 그럼 나한테 전화라도 했을 거 아냐? 집으로 전화해보니까 나랑 헤어지고 나서 집에 안 들어간 모양이야. 핸드폰도 안 보고……"

이야기를 나누던 영철이 시선을 느꼈는지 고개를 돌리다가 나와 눈이 마주쳤다. 얼른 시선을 거두고 딴청을 피워보지만 이미 늦었다. 어느새 영철은 반가운 친구라도 만난 것처럼 미소를 지으며 다가왔다. 이렇게 다시 마주치다니, 저 녀석만은 같은 반이 아닐 줄 알았는데…… 내 옆으로 다가온 녀석은 내 뒤통수를 툭툭 쳐대며 건들거렸다.

"어디로 갔나 했더니, 여기냐? 앞으로도 자주 보겠네. 난 바로 옆 반이거든."

나는 당장 일어나 녀석의 손목을 비틀었다, 라고 말하고 싶지만 사실 머릿속에 떠오른 생각일 뿐이다. 일 년 동안 익숙해진 관계는 그렇게 쉽게 바뀌지 않는다.

녀석의 손길을 피하며 고개를 돌리는 순간 책상 위에 놓인 휴지가 시야에 들어왔다. 슬쩍 고개를 들어 앞자리에 앉은 그녀의 뒷모습을 바라보았다. 그녀의 등은 긴장으로 뻣뻣하게 굳어 있었다. 그 모습을 보는 순간, 온갖 생각이 머리를 스치고 지나갔다. 그녀는 지금 무슨 생각을 할까? 이제부터 나 같은 놈에게는 아예 관심을 끄겠지. 아니, 경멸의 눈으로 바라보며 조금의 호의라도 보인 걸 후회할지도 몰라. 그런 생각을 하자, 또다시 뼈가 부러지게 맞는 한이 있더라도 녀석을 한 대 갈겨줘야 한다는 생각이 들었다.

"어쭈, 안면 까겠다 이거냐?"

녀석이 이번에는 내 뺨을 툭툭 치며 시비를 걸었다. 이제는 더이상 참으면 안 된다. 그렇게 굳은 결심을 하고 이를 악물었다. 하지만 막 자리를 박차고 일어나려는 순간, 나보다 먼저 그녀가 고개를 돌려 짜증 섞인 목소리로 쏘아붙였다.

"야, 왜 남의 반에 와서 떠들고 그래? 넌 기본 매너도 없니? 계속 떠들 거면 당장 나가."

뜻밖에도 여학생이, 그것도 장효리가 그의 행동을 제재하고 나서자 영철은 어리둥절한 표정이었다. 곧 정신을 차리고 뭐라 대꾸하려 했지만 때마침 담임이 들어오는 바람에 영철은 반격할 기회도 얻지 못한 채 그대로 교실에서 나가야 했다.

"자식, 쪽팔리게……"

기석이 뒤에서 낄낄거리고 웃어대는 바람에 영철은 더 기분이 상한 듯 나와 효리를 째려보다가 밖으로 나갔다. 하지만 진짜 쪽팔린 건 영철이 아니라 바로 나였다. 영철에게 덤빌 기회를 잃어버린 나는 결국 여자 덕분에 위기를 모면한 셈이 되고 말았다. 그때 내 머릿속에 쪼다라는 말이 커다랗게 메아리쳤다. 새 학기 첫날로는 최악이었다.

*

아파트 단지를 끼고 약수터로 오르는 길은 이른 새벽부터 물통을 든 긴 행렬이 이어지다가 오후가 되면서 조금씩 뜸해진다. 나는 사람들이 거의 지나다니지 않는 시각에 집을 나섰다. 해가 지기 시작하는 무렵, 이따금 운동을 위해 달리기를 하는 사람은 있지만 약수터로 향하는 사람은 거의 없다. 일부러 이 시각이 될 때까지 기다리는데 마음속에서는 조바심이 일었다. 약수터 길을 오르면서 혹시나 하는 마음에 물통을 들고 가는 것도 잊지 않았다.

오솔길로 접어들어 아파트 건물들이 보이지 않을 즈음 다행히 오고가는 사람은 하나도 없었다. 하지만 나는 경계를 게을리하지 않고 다시 한번 주위를 살피고는 오솔길을 벗어나 나무들이 우거진 곳으로 걸음을 옮겼다. 몇 해 동안 쌓이고 쌓인 낙엽은 푹신했다. 점점 계곡 깊숙한 곳으로 들어서자 내 몸을 스치는 메마른 가지들이 툭툭 부러지는 소리가 들렸다. 몇 걸음 오르지도 않았는데, 벌써 숨이 가쁘고 이마에 땀이 흐르기 시작했다. 손에 든 빈 물통이 귀찮을 정도였다. 잠시 걸음을 멈추고 숨을 고르며 생각해보니 굳이 물통을 들고 갈 필요는 없을 것 같았다. 근처에서 적당한 나뭇가지를 찾아 물통을 잘 보이게 걸어놓고 다시 걸음을 옮겼다. 돌아올 때 물통이 표식이 되어줄 것이다.

　이제 다 오지 않았나 싶어 고개를 들어보니, 유난히 가지가 넓게 퍼진 소나무가 보이기 시작했다. 목적지가 보이자 걸음을 빨리했다. 마음속으로는 다시 이 장소를 왜 찾아가고 있는지 의구심이 들었다. 범죄자는 범행 장소에 반드시 다시 찾아온다는 게 정말 맞는 말인지도 모르겠다. 아무튼 그날 이후 아무 이상이 없는지 다시 한번 눈으로 확인하지 않으면 안심할 수 없다는 생각이 들었다. 어쩌면 영철과 기석이 한 말에 자극을 받았는지도 모른다. 이제 친구들이 녀석의 행방에 대해 의구심을 가지기 시작하면 그때부턴 모든 것이 빠르게 내 손을 벗어날 것이다. 경찰이 녀석의 행방을 찾아 나서게 될 것이고 그렇게 되면 마지막으로 사람들 눈에 띄었던 약수터 이야기가 나오게 될 것이다. 그러면 이 산을 뒤지는 건 시간문제다. 경찰들이 찾아내기 전에 내가 먼저 녀석의 시체를 옮겨야 한다. 사람들의 눈에 절대 띄지 않는 곳으로.

　솔직히 녀석을 죽일 생각까지는 없었다. 아니, 매번 나를 괴롭힐 때마다 녀석을 죽이고 싶기는 했다. 하지만 정말로 일이 이렇게 될 줄은 나도 몰랐다. 봄방학이 시작되고 이제 더이상 녀석의 모습을 보지 않아도 되는 것만으로도 감사한 마음이었다. 그런데 녀석이 우리 아파트로 이사를 온 것이다. 내 집을 드나들 때도 주위를 살피고 숨죽이며 살 수는 없는 일이다.

간신히 소나무가 있는 곳에 다다르자, 나도 모르게 거친 숨이 새어나왔다. 잠시 숨을 고르며 다시 한번 나무 사이를 살펴보았다. 다행히 인기척은 느껴지지 않았다. 어느새 산 너머로 해가 사라져 주위가 어두워지고 있었다. 소나무 밑에 표시해둔 돌을 거둬내고 나서야 흙을 파헤칠 도구를 준비해오지 않았다는 것을 알았다. 하지만 다시 갔다 오기에는 너무 늦었다. 어쩔 수 없이 맨손으로 흙을 파내기 시작했다. 생각보다 흙은 부드러웠다. 아마도 이미 한 번 팠던 곳이라 그런 모양이다.

정신없이 흙을 파내고 있는데, 갑자기 한줄기 빛이 내 얼굴을 스치고 지나갔다. 웬 불빛? 겁에 질린 나는 그대로 자리에 주저앉고 말았다. 땅을 파느라 정신이 없어서였을까, 어느새 주위는 한 치 앞도 보이지 않을 만큼 캄캄했다. 불빛은 다시 주위를 훑다가 내 얼굴로 향했다. 나는 마치 빛의 그물에 사로잡힌 한 마리 짐승 같았다. 머릿속에서는 도망쳐야 한다고 외치면서도 다리는 부들부들 떨려 쉽게 힘이 들어갈 것 같지 않았다. 손전등 불빛 뒤로 얼굴을 감춘 사내가 거친 목소리를 내며 다가오고 있었다. 심장이 터질 것만 같았다.

"도대체 뭐하는 거야?"

불빛이 점점 다가오자, 나는 주춤주춤 엉덩이를 끌며 뒤로 물러나기 시작했다. 하지만 등뒤로 커다란 소나무의 거친 감촉이 느껴지자 더이상 도망갈 곳이 없음을 알았다. 걸음을 멈

춘 사내는 내 얼굴을 옭아매던 손전등 불빛을 옮겨 내가 파놓
은 구덩이를 살펴보았다.

"그거…… 묻을 거냐?"

"……예?"

사내의 물음에 영문을 몰라 어리둥절하던 나는 사내가 불빛
으로 가리키는 곳을 바라보고, 비로소 그가 무슨 말을 하는지
알 수 있었다. 내가 앉은 소나무 바로 옆에 죽은 고양이 사체
가 놓여 있었다. 들고양이가 어디선가 쥐약이라도 먹은 모양
이다. 아마도 그걸 보고 그는 내가 고양이 무덤을 만들고 있다
고 지레짐작한 듯했다. 나는 애써 긴장을 감추며 고개를 끄덕
였다.

그는 친절하게도 구덩이에 계속 불빛을 비추며 내가 고양이
를 묻을 동안 함께 있어주었다. 구덩이에 고양이를 던지는 순
간, 사내는 들고 있던 손전등을 구덩이에 떨어뜨렸다. 그는 뭐
라고 투덜거리며 구덩이 속에 들어가 손전등을 주워들었다.
한순간 흔들리는 불빛 속에 그가 입고 있는 제복이 눈에 띄었
다. 경찰이다.

그 순간부터 내 심장은 산이라도 울릴 만큼 요란스럽게 쿵
쾅거렸지만 그는 아무것도 듣지 못한 듯했다. 어떻게 일을 끝
냈는지도 모르게 고양이는 이미 땅속에 있었고, 나는 녀석과
고양이 위에서 흙을 다져밟고 있었다. 다행히 모든 일이 끝날

때까지 그는 아무런 낌새도 알아차리지 못하는 것 같았다.

나는 불쌍한 고양이를 묻어줄 만큼 감수성 풍부한 소년의 눈빛으로 그에게 인사를 하고 약수터 길 쪽으로 걸음을 옮겼다. 빨리 그의 눈을 벗어나지 않으면 안 된다. 조금만 시간이 지나면 그는 이 늦은 시간에 산에 올라 고양이를 묻는 한 소년에게 강한 의혹을 품게 될 것이다. 하지만 그렇다고 성급하게 서두를 수도 없다. 그는 지금 등뒤에서 나를 쳐다보고 있다.

나는 애써 태연한 척 여유 있는 걸음으로 한 발 두 발 조심스럽게 올라왔던 길을 더듬어내려갔다. 그때였다. 갑자기 어디선가 핸드폰 벨소리가 들렸다. 반사적으로 고개를 돌려 사내의 얼굴을 쳐다보았다. 사내는 어리둥절한 얼굴로 소리가 들리는 곳을 찾아 기웃거리고 있었다. 그리고 방금 고양이를 묻은 곳에서 소리가 들려오는 것을 알아채고는 의아한 얼굴이 되어 나를 향해 고개를 돌렸다.

사내의 얼굴에 떠오른 의혹의 표정을 읽어내자, 나는 무작정 달리기 시작했다. 땅속 깊은 곳에 묻어버린 녀석의 핸드폰이 울리고 있는 것이다. 녀석의 옷 속에 핸드폰이 있다는 건 예상할 수 있는 일인데, 왜 그걸 까마득히 잊어버리고 있었을까? 직감적으로 전화를 건 사람이 영철이라는 것을 알 수 있었다. 녀석은 절묘한 타이밍으로 또 한번 나를 엿 먹이는 것이다. 나는 죽을 만큼 팽팽한 긴장감 속에 달리고 또 달렸다. 달리는 내 몸 위로 달라붙은 마른 나뭇가지들이 거칠게 툭툭 부러지더니, 어느새 그 가지 위에 새로운 싹이 트고 마술처럼 한순간에 잎사귀로 펼쳐진다. 나뭇가지마다 잉크처럼 번져가는 잎사귀들로 어느새 나무들은 연초록의 숲을 이루고 있다. 그제야 '이상하다'는 생각이 든다. 몸은 달리고 있는데, 숨은 하나도 뜨거워지지 않는다. 머릿속에선 점점 이상하다 이상하다, 이렇게 외치고 있다. 그렇게 멀리 달려왔는데, 왜 아직도 핸드폰 소리가 들리는 거지? 왜 점점 커지는 거지?

눈을 떠보니 자명종 시계가 여섯시를 알리고 있었다. 아마도 이 소리를 핸드폰 소리로 생각한 모양이었다. 한순간 어쩔한 현기증을 느끼며 자리에서 일어난 후에야 모든 게 꿈이라는 걸 알 수 있었다.

그 느낌들이 아직 이렇게 생생하게 남아 있는데 모든 게 꿈이라니, 머리가 쉽게 정리되지 않았다. 얼마나 가슴을 졸였던지 여전히 심장은 거칠게 뛰었고, 지금도 나뭇가지가 부러지는 소리와 낙엽을 밟던 발바닥의 감촉이 그대로 느껴졌다. 꿈일까? 정말 꿈일까? 몇 번이고 스스로에게 되물을 정도로 그 느낌은 너무도 생생하다. 혹시 몽유병이라도 있는 건 아닐까? 그래서 내가 산을 오르며 느꼈던 감각 하나하나가 모두 이렇게 생생한 것은 아닐까? 그것마저 확신할 수 없을 만큼 나는 혼란스러웠다. 하지만 살며시 문을 여는 엄마의 얼굴을 보고서야 비로소 모든 게 꿈이라는 걸 확인할 수 있었다.

"무슨 잠을 그렇게 험하게 자니?"

새벽에 일어나 아침 준비를 하면서 몇 번이나 방문을 열어 볼 만큼 거칠게 잠꼬대를 한 모양이었다. 그제야 나는 손에 남아 있던 흙의 질감과 두근거리던 심장소리, 털이 축축하던 고양이의 감촉을 떨쳐버릴 수 있었다. 그렇게 인정하자 내 안에 남아 있던 감각들은 빠르게 사라져갔다.

삼십 분 뒤 학교에 가기 위해 현관문을 열고 집을 나서는데, 평소와는 다른 웅성거림이 들려왔다. 약수를 받기 위해 산길을 오르내리는 사람들의 경쾌한 모습 대신, 물통을 들고 삼삼오오 둘러서서 수군수군 이야기를 나누는 모습이 보였다. 평범한 일상에 끼어든 낯선 풍경은 그것만이 아니었다.

아파트 앞 약수터로 올라가는 초입에 구급차 한 대와 경찰차 한 대가 서 있다. 아무 생각 없이 약수터를 오르던 사람들도 그 자동차들을 보고는 걸음을 멈추고 사람들의 웅성거림에 귀를 기울였다. 아파트 입구에서 잠시 망설이던 나는 버스정류장으로 가는 왼쪽 대신 약수터로 오르는 오른쪽으로 걸음을 옮겼다. 꿈에서처럼 심장박동이 차츰 빨라졌다. 내 눈은 빠르게 약수터 오솔길을 더듬거렸다. 설마……? 며칠 전 영철이와 기석이 주고받던 대화가 기억났다. 녀석이 학교에도 나오지

354

않고 연락도 되지 않는다고 했었지. 어느새 발길은 약수터로 향하고 있었다.

약수터 공터로 들어서자, 뒤편 산으로 오르는 오솔길 앞에서 경찰 몇 명이 사람들의 출입을 통제하는 모습이 보였다. 등산로는 아니지만 아침마다 산을 오르내리는 사람들이 자연스럽게 만들어놓은 길이 경찰들의 뒤로 길게 이어져 있었다. 나역시 그 길을 몇 번 이용했었다.

물통에 약수를 채운 사람들도 쉽게 내려가지 못하고 웅성거렸다. 한편에서는 흥분한 진돗개를 어루만지며 경찰과 이야기를 주고받던 남자가 막 약수터 쪽으로 걸어오고 있었다. 공터 한편에 서 있던 사람들은 그에게 달려가 질문을 해대기 시작했다. 어떻게 된 거예요? 뭐예요?

남자는 개의 머리를 쓰다듬으며 경찰 쪽을 힐끗 쳐다보았다. 경찰은 어디론가 전화를 걸고 있었다. 그는 호기심어린 사람들에 둘러싸여 조금 전 경찰에게 전한 이야기를 다시 한번 되풀이했다. 나도 한쪽에 서서 남자가 하는 이야기에 귀를 기울였다.

평소처럼 이른 새벽 개를 데리고 산책을 하던 남자는 진돗개가 무엇인가 발견하고 짖어대는 바람에, 늘 다니던 길을 벗어나 개가 짖는 곳으로 다가갔다고 한다. 산짐승이라도 죽었나보다 생각하고 혹여 개가 먹기라도 하면 큰일이다 싶어 막으려고 했는데, 뜻밖에도 흙더미 속에 얼핏 보인 것은 사람의 손가락이었다. 남자는 기겁을 하고 개를 데리고 물러서서 핸드폰으로 바로 신고를 했고 경찰이 사건 현장으로 출동한 것이다.

남자가 개를 이끌고 산을 내려가자, 다른 사람들도 하나둘 약수터를 떠나기 시작했다. 어떻게 할까 잠시 망설이던 나는 그제야 사람들이 의아한 시선으로 쳐다보는 것을 느꼈다. 아마도 내가 교복을 입고 있어서인 것 같았다. 하긴 이 시간에 학교로 향해야 할 학생이 약수터라니, 사람들의 눈초리를 받자 나는 정신이 번쩍 들었다. 너무 갑작스러운 일이라 앞뒤 생각 없이 무작정 약수터로 올라온 것이 실수다. 하지만 이대로 확인도 하지 않은 채 내려갈 수는 없는 일이다.

약수터 뒷길에서 경찰 여러 명이 들것을 들고 조심스럽게 내려오는 모습이 보였다. 그러다 앞에서 들것을 잡은 사람이 발이 미끄러졌는지 비틀거렸다. 들것은 갑자기 균형을 잃었고 흰 천에 덮여 있던 물체는 바닥으로 굴러떨어졌다. 윤수였다. 그날 밤 나를 꿇어앉혀놓고 온갖 모욕을 주던 윤수가 시체가 되어 내 앞에 나타난 것이다.

그의 얼굴을 확인한 나는 허둥지둥 사람들을 밀치며 서둘러 약수터를 내려갔다. 구겨진 점퍼를 입은 한 사내가 올라오다 나와 어깨가 부딪쳤다. 한눈에 형사라는 것을 알 수 있었다.

그 역시 의아한 눈으로 나를 쳐다보았다. 형사의 눈은 마치 내 머릿속을 헤집는 것처럼 강렬했다. 나는 그의 눈을 피해 서둘러 산길을 내려왔다. 조금 전까지는 모르고 있었지만 심하게 다리가 후들거려 자꾸 발을 헛디뎠다. 몇 번이나 넘어질 것처럼 비틀거리면서도 걸음을 늦추지 않았다. 보지 않아도 등뒤로 형사의 시선이 느껴졌다.

*

마지막 수업은 밤 열시 삼십분이 넘어서 끝났다. 학원 앞 포장마차에 앉아 우동 한 그릇을 먹으며 학원 건물에서 쏟아져 나오는 학생들을 하나도 놓치지 않고 바라봤다. 효리의 모습을 놓치지 않기 위해서다. 그녀가 학원에 들어가기 전에 만나 몇 마디 이야기를 나누고 싶어 기다렸지만 자동차에서 내리는 모습을 보자 선뜻 다가갈 수 없었다. 하는 수 없이 학원이 끝나는 시간까지 기다리기로 했다.

나는 새 학기 첫날부터 학원을 빼먹었다. 갑자기 공부가 싫어져 땡땡이를 친 것은 아니고, 내게 휴지를 건네준 효리에게 제대로 인사를 못했다는 것을 뒤늦게 깨달았기 때문이다. 학교에서는 그녀와 이야기할 기회가 생기지 않았다. 친구들에게 둘러싸인 그녀에게 접근해서 말을 걸어봤자 나중에 다른 남학생들에게 꼬투리나 잡힐 것 같아서였다. 결국 방과후 학원을 빼먹고 그녀를 따라갔다. 하지만 그녀의 뒤를 밟으면서 나는 전혀 생각하지 못한 그녀의 다른 모습을 보게 되었다.

지하철역 화장실로 들어가는 것을 보고 밖에서 기다리던 나는 교복을 벗어던지고 사복으로 갈아입은 그녀를 자칫 놓칠 뻔했다. 교복 차림만 보기도 했지만 사복을 입은 효리는 너무 달라 보였다. 하나로 단정히 묶었던 긴 생머리를 푸니 너무나 생소했다. 하지만 그것은 시작에 불과했다. 그렇게 전혀 다른 모습을 한 그녀는 지하철역을 벗어나 도로변에서 누군가를 기다리더니 곁으로 다가온 검은 자동차에 올라탔다. 운전석에 앉은 중년의 남자는 그녀를 보자 만족스러운 미소를 지으며 어디론가 차를 몰았다.

예감. 그 중년 남자의 미소만으로 내 머릿속에는 어떤 예감이 자리잡았다. 며칠 동안 그녀의 뒤를 따라다닌 끝에 나는 그 예감의 실체를 확인할 수 있었다.

모텔에서 나오던 효리는 나를 발견하고 걸음을 멈추었지만, 그저 가볍게 미간을 찡그릴 뿐이었다. 나 역시 그녀에게 다가가 뭐라고 말을 걸 수가 없었다. 그저 멍하니 그녀의 얼굴만 쳐다보았다. 걸음을 옮겨 내게 다가오던 효리는 뭔가 말하려는 듯 입술을 달싹이더니 그대로 다물고 나를 지나쳤다. 나는 묵묵히 그녀의 뒤를 따라 걸었다. 그녀가 내게 말을 건 것은 지하철역에서 다시 교복으로 갈아입고 나온 후였다.

"이렇게 따라다니는 이유가 뭐야?"

"……"

나는 뭐라 대꾸할 말을 찾지 못했다. 새 학기 첫날의 인사를 하기에는 너무 늦어버렸고 또 그런 이유로 일주일이 넘게 그녀의 뒤를 미행한 것은 설명이 되지 않는다. 우리는 아무 말도 하지 않은 채 함께 걸었고 패스트푸드 가게에 들러 햄버거를 먹었다. 콜라를 다 마신 그녀가 뚜껑을 열어 얼음을 입에 넣고 아작아작 씹어먹더니 학원에 가야 한다며 일어섰다. 효리는 내게 다시는 따라다니지 말라는 식의 이야기는 하지 않았다.

새 학기가 시작된 지 일주일 만에 반의 왕따가 되어 시달리는 나에게 왜 그렇게 사느냐고 묻지 않는다. 나 역시 효리에게 왜 그런 짓을 하느냐고 묻지 않았다. 어쩌면 서로에게 넘어서면 안 되는 경계선이었을지 모른다. 조금만 선을 넘으면 그대로 무너져버리고 마는 유리 날 같은 경계선.

남들이 전혀 모르는 그녀의 모습에 충격을 받았지만 시간이 지나면서 그 충격은 서서히 사라지고 그녀의 또다른 모습으로 받아들이게 되었다. 아니, 받아들이려고 노력했다는 게 더 맞는 표현일 것이다. 학교에서는 남학생들에게 눈길 한번 주지 않는 효리를 이렇게 혼자만 만날 수 있다는 게 은근히 기뻤는지도 모르겠다.

그날 이후로 나는 학원에 가는 대신 그녀를 따라다녔다. 옆으로 다가가 말을 걸지도 않았고 그저 일정한 간격을 두고 그녀를 지켜보았다. 그런 나의 행동을 부담스러워하던 그녀도 얼마의 시간이 지나자 체념한 듯 내버려두었다. 그녀의 뒤를 쫓는 나의 시선에 악의가 없다는 것을 느꼈기 때문이리라.

학교에서도 우리는 서로에게 말을 걸지 않았다. 효리는 다른 반 친구들과 똑같이 나를 대했고 나 역시 우리 반의 왕따답게 조용히 자리를 지킬 뿐이었다. 첫날처럼 내게 시비를 거는 친구에게 대신 나서주는 일도 없었다. 그런 무관심이 서운하지 않았다. 그저 서로의 모습을 지켜본다는 말이 어울렸다.

아이들이 학원을 거의 다 빠져나오고 난 후에도 효리의 모습은 보이지 않았다. 학원 안으로 들어가볼까 하며 몸을 일으키는데, 가로등 불빛을 받으며 효리가 걸어나오는 것이 보였다.

그녀는 무언가 골똘히 생각하는 듯 고개를 숙인 채 걸어오다가 버스정류장 앞에서 걸음을 멈췄다. 고개를 들어 주위를 살피다가 내가 있는 것을 확인하자 도로를 따라 걷기 시작했다. 나도 그녀를 따라 천천히 걸음을 옮겼다. 앞서서 걷던 그녀의 발걸음이 느려졌다. 내가 다가오기를 기다리는 눈치였다. 나는 그녀의 옆에 나란히 섰다.

"우리…… 술 마실래?"

효리는 나의 대답도 듣지 않고 어디론가 걸어갔다. 작은 슈퍼에 들어간 효리는 금세 검은 비닐봉지를 들고나왔다. 교복을 입고 있었지만 그런 것은 별로 문제되지 않는 모양이었다. 멀지 않은 곳에 공원이 있었다. 열한시가 넘은 시각이라 사람은 보이지 않았다. 소주 두 병에 새우과자. 벤치 위에 펼쳐놓은 비닐봉지 안에는 그게 전부였다. 그녀는 주머니에서 빨간색이 선명한 스위스 만능 칼을 꺼내 뚜껑을 땄다. 맥가이버 칼이라고 불리는 그 칼에는 병따개도 달려 있었다. 내가 조금 의외라는 표정을 짓자, 효리는 피식 웃으며 소주를 병째 들이켰다.

"인터넷에서 팔더라. 공동구매라 만구천 원밖에 안 줬어."

대수롭지 않다는 듯 툭 말을 던지고는 이내 가라앉아버린다. 평소와는 다르다. 혼자 술을 마시던 효리는 내 얼굴을 쳐다보다가 따지 않은 술병을 바라보았다. 그제야 그녀는 뚜껑을 따서 내게 건네준다. 별로 마시고 싶지 않았지만 나는 아무 말 없이 병을 들었다.

"넌 그게 탈이야. 원하는 게 있으면 말을 해야 할 거 아냐?"

"……"

그러곤 말이 없다. 이따금 술을 마시며 미간을 찡그리는 게 전부다. 술병이 거의 바닥을 보일 즈음 효리의 눈동자가 조금 풀어진 것 같았다.

"이렇게 매일 따라다니는 거 지치지도 않니?"

"……아니."

효리가 갑자기 새우과자 봉지를 소리 나게 터뜨리더니 와삭 와삭 하나씩 집어먹기 시작했다. 아무래도 이상하다. 문득 그녀가 불안해졌다. 무엇이 그녀를 평소와 다른 모습으로 만들었을까? 그녀는 뭐가 즐거운지 낄낄거리다가 과자를 입이 터질 만큼 욱여넣었다. 그러다 목이 막히는지 켁켁대더니 소주를 들이부었다. 아까보다 더한 기침이 터져나왔다. 한참 동안 가슴을 치며 콜록이던 효리는 겨우 진정이 되었는지 눈가에 고인 물기를 닦았다. 그러곤 그 요란 속에서도 묵묵히 술을 마시고 있는 나를 바라보더니 문득 물었다.

"……한번 자줄까? 네가 원하는 게 그거라면."

나도 모르게 피식 웃음이 새어나왔다. 하지만 나를 노려보는 효리의 차가운 얼굴을 보자 그 표정을 지울 수밖에 없었다.

"어차피 남자 새끼들 원하는 건 그거잖아? 너 역시 마찬가지 아냐? 아니냐고?"

그녀의 말을 듣고 있는 게 부담스러워졌다. 나는 그저 조금 떨어진 곳에서 그녀의 모습을 보는 것만으로 만족스러웠다. 말없이 나란히 걷거나, 묵묵히 햄버거를 먹으며 같은 음악을 듣거나, 얼음을 씹어먹으며 인상을 찡그리는 그녀를 보는 것으로 족했다.

그녀가 우리 사이에 그어진 선을 넘으려고 한다. 나는 그 선을 넘을 자신이 없는데…… 그 경계선을 넘게 되면 나는 초라한 내 모습에 대해 변명해야 하고, 또 그만큼 그녀를 괴롭힐 테니까.

벤치 위로 발을 올리고 무릎을 세워 안은 효리는 다시 가라앉은 목소리로 말을 이었다.

"그러고 나면…… 달라질 거야. 나에 대한 기대도 사라질 거고, 더이상 날 귀찮게 하지도 않게 될 거야."

단 한 번도 그녀에 대해 그런 생각을 해본 적은 없었다. 뭐랄까, 그저 알 수 없는 느낌으로 나는 그녀와 맞닿아 있다는 것을 느꼈다고 할까? 처음부터 그렇진 않았지만 그녀가 검은 승용차에 올라타고 짧은 순간 나와 시선이 마주쳤을 때, 혹은 모텔에서 나와 눈길도 주지 않고 나를 스쳐지나갈 때 그런 느낌을 받곤 했다. 가슴 깊은 곳에 숨겨진 응어리. 누구에게도 꺼내 보일 수 없는 상처. 그래서 나는 그녀를 지켜보고 싶었는지도 모른다. 마치 나를 바라보듯.

갑자기 그녀 입에서 생각지도 않았던 말이 나오자 슬픈 생각이 들었다. 우리, 같은 느낌이었다고 생각했는데…… 그건 나만의 착각이었을까.

"오늘 학교에 경찰이 왔었어."

그럴 거라고 짐작은 하고 있었다. 약수터에서 형사와 눈이 마주친 후 허겁지겁 그 자리를 떠날 때 그가 나를 찾아오리라 생각했다.

"윤수라는 애, 널 그렇게 많이 괴롭혔니?"

윤수라는 이름이 나오자 나는 자리를 박차고 일어났다. 더이상 그 이름은 듣고 싶지 않다. 그 녀석으로 인한 어떤 상처도 더이상 받고 싶지 않다.

"다른 사람은 몰라도…… 난 그 기분…… 이해해. 나라도 그랬을 거야."

나는 효리가 무슨 뜻으로 그런 말을 하는지 이해하지 못했다. 내가 뭘 어떻게 했길래, 혹시 윤수가 죽은 게 나 때문이라고…… 결국 내가 윤수를 죽였다고 생각하는 건가? 갑자기 말문이 막혔다. 왜 하루종일 길거리를 방황하다 효리 생각이 났을까? 다른 때처럼 그냥 멀리서 지켜보는 게 아니라 이야기를 나누고 싶었다. 윤수가 죽었다는 것을 누군가에게 말하고 싶었는지도 모른다. 아니, 굳이 말하지 않아도 효리라면 내 기분을 알아줄 것 같았다. 그런데 지금 나를 이해한다는 말을 들으니 그녀가 나를 전혀 모르고 있다는 생각이 들었다.

나는 그녀의 말을 못 들은 척 외면하고 술병을 휴지통에 던져넣었다. 안에서 다른 것들과 부딪치는 소리가 들렸다.

"가자, 늦었어."

내 말에 효리가 천천히 고개를 끄덕이더니 벤치에서 일어났다. 그녀는 술병을 들고 내 옆에 서더니 휴지통을 겨냥했다.

"……나, 임신했어."

그녀가 술병을 던졌다. 하지만 술병은 휴지통 입구를 맞고 바닥에 떨어져 산산이 깨졌다. 깨진 유리 조각이 가로등 불빛에 반짝였다. 나는 멍하니 효리의 얼굴을 바라보았다.

"아까…… 학원에서…… 테스트 해봤어. 웃기지 않니?"

그녀가 던진 병만큼이나 내 마음 어딘가도 산산이 부서지고 있었다.

*

내가 교실에 나타나자, 아이들의 얼굴에는 놀라는 표정이 역력했다. 단 하루의 결석으로 이렇게 시선이 집중된 건 아마도 어제 왔던 형사 때문일 것이다. 지날 때마다 툭툭 발로 건드리던 기석이도 오늘은 가만히 나를 노려보고 있다. 그를 쳐다보자 그가 먼저 시선을 피한다. 내 시선을 피한 것은 처음이다. 다른 때 같으면 어딜 쳐다보느냐며 또 한번 발길질을 해댔을 것이다. 효리의 자리는 비어 있었다.

나는 내 책상으로 가서 아무 일 없다는 듯 책과 노트를 꺼냈다. 아이들이 수군거리는 소리가 교실 안을 맴돌았다. 조회를 위해 교실로 들어서던 담임은 나를 보고는 입을 벌린 채 당황하다가 그대로 나가버렸다. 그리고 얼마 되지 않아 형사가 들이닥쳤다. 어제 약수터에서 만난 그 형사였다. 그는 한눈에 나를 알아보았다. 나는 아무 말도 하지 않고 가방을 챙겼다. 내가 먼저 교실 문을 나서자 그 뒤로 형사가 따라 나왔다. 형사와 내가 복도로 나오자 교실 안은 아이들의 목소리로 한순간에 시끌벅적해졌다.

"수갑 같은 것도 차야 하나요?"

"차고 싶냐?"

나는 고개를 저으며 형사의 뒤를 따라 현관으로 향했다. 효리가 현관으로 들어오고 있었다. 효리는 나와 형사의 얼굴을 번갈아 쳐다보다가 지그시 나를 바라보았다. 겁먹지 마. 그렇게 이야기하는 것 같았다. 겁먹을 일 같은 건 없어. 나는 안심하라는 듯 짧게 미소를 지으며 그녀를 지나쳤다.

교실 창문 가득 아이들이 들러붙어 있는 모습이 굉장히 우스꽝스러웠다. 형사의 차에 올라타면서 괜히 우쭐해졌다. 아마 이런 경험을 하는 녀석들이 흔치는 않겠지? 창문에 붙어서 나를 쳐다보는 녀석들에게 손이라도 흔들어주고 싶은 심정이었다. 하지만 그것만은 나를 위해, 고생할 형사의 체면을 위해 참았다. 모처럼 아이들은 나라는 존재에 대해 다시 생각해볼 것이다.

우쭐하던 기분은 경찰서 안으로 들어서면서 긴장감으로 바뀌었다. 생전 처음 와보는 경찰서, 더구나 가벼운 사건도 아니고 살인사건. 하지만 학교를 나서면서 나는 한 가지 결심했다.

책상 앞에 나를 앉혀놓고 어디론가 사라진 형사는 시종 코빼기도 비치지 않았다. 나는 그가 어떤 질문을 할지 머릿속으로 그려보았다.

"왜 죽였어?"

가장 먼저 대답하고 싶은 질문이다.

"그냥, 심심해서요."

그가 나를 괴롭힐 때 가장 많이 하던 말이다. 수업시간에 졸다가도 심심하면 그는 씹고 있던 껌을 내 등에 뱉었다. 그래도 심심하면 면도칼로 내 교복을 조금씩 찢어놓았다. 변기에 머리를 처박히지 않기 위해 발버둥치는 내게 마대 자루를 휘둘러 팔을 부러뜨리곤 돌아서서 한다는 얘기가 "아, 심심해, 뭐 재미있는 것 좀 없냐?"였다. 심심해서, 라는 게 아마도 그를 죽인 이유와 가장 어울리는 말일 것이다.

형사는 어디서 났는지 막대사탕을 물고 내 앞에 앉았다. 그는 내 얼굴을 쓱 쳐다보더니 모니터로 시선을 옮겼다. 처리할 사건이 무척이나 많은 듯 아주 바쁜 척한다.

"너, 어제 약수터 그놈이지?"

"……"

"거긴 뭐하러 올라갔어?"

"……"

"묵비권 행사냐?"

"살인범도 이렇게 조사하나요?"

"살인범? 누가 살인범인데?"

"아뇨, 저기……"

형사는 물끄러미 나를 쳐다보다가 입에 물고 있던 사탕을 뺐다.

"네가 죽였다고? 신윤수를? 어떻게 죽였는데?"

"그게 아니라요……"

생각지 않았던 형사의 태평스러운 태도에 나는 할말을 잊어버렸다. 내가 살인범이 되기 위해서는 윤수가 어떻게 죽었는지 알아야 하는데, 거기에 대해서는 아무것도 아는 바가 없었다. 형사는 뭔가 곰곰이 생각하더니, 조용히 손으로 한곳을 가리켰다.

"쟤들이 협박하디? 그렇게 얘기하라고?"

고개를 돌려 형사가 가리키는 곳을 보았다. 그곳에는 그날 윤수와 함께 있던 친구들 셋이 잔뜩 고개를 숙인 채 앉아 있었다. 한 놈이 머리를 긁다가 나와 눈이 마주쳤다. 나는 얼른 시선을 돌려 형사를 쳐다보았다.

"쟤들, 언제 잡혔어요?"

"어젯밤에. 그날 저놈들한테 붙잡혀 있었다며? 다른 놈은 더 없었어?"

경찰이 나를 찾았던 건 참고인 조사 때문이었다. 짧은 시간이나마 살인자 행세를 해보려던 나의 꿈은 그렇게 거품처럼 사라지고 말았다.

그날 뒤늦게 약수터에 다녀오라고 엄마가 시키지만 않았다면 윤수와 마주치는 일은 없었을 것이다. 한적한 오후의 약수터에서 물을 받다가 패거리를 이끌고 오는 윤수를 발견하고 얼굴을 감추려고 했지만 이미 때는 늦었다.

"어이, 오징어땅콩."

그렇게 작은 키도 아닌데, 그는 나를 오징어땅콩이라고 불렀다. 더구나 지난 겨울방학 동안 4센티미터나 자라 이제는 거의 눈높이가 같은 주제에.

"웬 오징어땅콩?"

옆에 있던 패거리 중 하나가 물었다.

"어, 심심풀이 오징어땅콩."

"난 또 뭐라고……"

그제야 나는 내가 왜 오징어땅콩이라고 불리는지 알았다. 키 때문이 아니라, 순전히 녀석의 장난감이라는 뜻이었다. 내 몰골을 위아래로 훑어보던 윤수는 내가 든 물통을 툭툭 걷어차더니 물었다.

"너 이 동네 사냐? 저 아래 아파트?"

학교가 아닌 집 근처에서까지 녀석에게 당해야 하나 하는 생각에 은근히 짜증이 치밀었다. 아마도 그런 내 기분이 표정에 그대로 드러난 모양이었다. 윤수는 가소롭다는 듯 한 번 픽웃더니 친구들과 눈짓을 주고받았다. 그리고 어디서부터 어떻게 맞았는지 모른다. 몇 대 맞으면 그대로 풀어줄 줄 알았는데, 그날 오후 윤수 자식은 너무 심심했던지 약수터 너머 폐가까지 나를 끌고 갔다.

그곳은 예전에 누군가 움막을 짓고 살던 곳으로 이미 오래전에 빈집이 되어버려 이따금 남녀가 기웃거리거나, 집 나온 청소년들이 본드를 불거나 하는 장소였다. 이사온 지 하루밖에 지나지 않은 녀석이 어떻게 동네의 이런 곳까지 알고 있는지 기가 막힐 노릇이었다. 아무튼 해가 져 어두워질 때까지 녀석들은 나를 붙잡고 놓아주지 않았다. 한 녀석이 어딘가에서 비닐봉지를 들고 돌아오자 그들은 마지막으로 내 엉덩이를 걷어차며 보내주었다. 나는 말 한마디 해보지 못하고 우리 동네로 이사온 윤수 자식을 앞으로 어떻게 피해다녀야 할지를 생각하며 그곳을 나와야 했다. 아무때고 나타나 나를 괴롭힐 거란 생각을 하니 막막하기만 했다. 얼핏 뒤돌아보니 그들은 검은 비닐봉지 안에 본드를 짜넣고 있었다. 미친 새끼들, 저걸 마시면 폐 속이 어떻게 되는 줄도 모르고…… 그러다 뒈져버려라!

"그러니까 본드를 불다가 뒤로 넘어가니까 겁이 나서 그대로 도망갔다는 거야?"

"……예. 처음엔 흔들어도 보고 그랬는데, 윤수 그 자식 눈이 휙 뒤집혀 있더라고요. 입에서 게거품도 나오고."

"으이구 이 새끼들아. 이것도 친구라고……"

녀석들 앞에 앉아 있던 형사는 서류를 집어들어 그들의 머리를 한 대씩 내려쳤다. 녀석들이 쥐어박히는 모습을 쳐다보며 나는 작은 목소리로 내 앞의 형사에게 물었다.

"쟤들, 무슨 벌을 받게 되나요? 몇 년이나 살아요?"

"그건 판사가 알아서 할 일이고, 너 내려갈 때까지 저 녀석들 정말 아무 일도 없었어? 서로 싸우거나 그러지 않았고?"

"진짜 그런 거 아니라니까요. 우린 그냥 본드 불다가 겁나서…… 그게 전부예요."

우리 얘기를 듣고 있던 한 놈이 억울하다는 듯 볼멘소리로 항변했다. 또다시 형사가 든 서류가 녀석의 머리를 향해 날아갔다.

"시끄러 자식아! 뭘 잘했다고 큰소리야? 너희 세 놈이 제때 데리고만 내려왔으면 그렇게 어이없이 죽지는 않았을 거 아냐? 아님, 신고라도 하든가."

김 형사라는 사람은 내가 듣기에도 답답한 소리를 하고 있다. 다 같이 본드를 불고 있던 상황이라면 뻔하지 않은가. 윤수가 뒤로 넘어졌다고 해도 그들 역시 본드에 취해 상황판단이 안 되는 상태였을 테고, 그러니 당연히 겁을 먹고 도망간 것이 아니라 저러다 깨어나겠지 하는 마음이 더 컸을 것이다.

따라서 신고해서 괜히 우리 본드 불었소 하고 동네방네 떠들 이유도 없었던 것이다.

대충 형사들이 주고받는 대화를 들어보니 부검결과와 녀석들의 말이 일치하는 모양이었다. 어떤 외상도 없고 약물중독에 의한 사고사. 스스로 판 무덤이니 결국 살인사건은 아닌 셈이다. 괜히 살인범이 어쩌고 한 나만 우스워진 꼴이다.

그렇게 경찰서로 잡혀갔던 살인범은 다시 왕따로 돌아왔다. 녀석들이 잡히고 사건의 전모가 밝혀지기 전에는 약수터에서 윤수에게 맞던 나를 본 사람들과 윤수가 발견되던 아침의 일, 그리고 내가 결석한 일 때문에 다들 내가 이 사건의 강력한 용의자라고 굳게 믿고 있었던 것이다. 어젯밤 효리까지도 그런 말을 하지 않았던가.

교실로 들어서자 몇 시간 전과는 전혀 다른 분위기였다. 그럼 그렇지, 네가 그럴 위인이나 되느냐 하는 분위기. 특히나 기석이 자식은 내가 지나가자 발을 걸어 넘어뜨린다. 그러곤 낄낄거리며 내뱉었다.

"자식, 별것도 아닌 게 똥폼을 잡았잖아?"

나는 먼지를 털며 일어났다. 그러곤 기석에게는 아무 대꾸도 하지 않고 내 자리로 걸어갔다. 효리는 나를 외면한 채 책에 시선을 주고 있었다. 하지만 옆모습만으로도 그녀가 많이 실망스러워하고 있다는 것을 알 수 있었다. 그녀는 내게 뭘 기대한 것일까?

*

그 일이 있고 며칠 후 개교기념일이라 모처럼 쉬는 날이었
다. 내 방에 앉아 뒹굴고 있는데 전화가 왔다. 효리였다. 그녀
의 목소리가 잠겨 있었다. ○○모텔에 있다는 전화.

별로 내키지 않았지만 결국 가겠다고 약속하고 외출복으로
갈아입었다. 마땅히 입을 점퍼가 보이지 않았는데, 마침 옷장
안쪽에 점퍼 하나가 처박혀 있었다. 대충 그걸 걸쳐 입고 나오
니 네시가 조금 넘은 시간이었다.

효리가 말한 대로 모텔 뒷문을 통해 사람들 눈에 띄지 않게
조용히 건물 안으로 들어갔다. 문을 두드리자, 기다리기라도
한 듯 금세 문이 열렸다. 효리의 얼굴이 하얗게 질려 있었다.
그녀의 얼굴을 보는 순간 나 역시 긴장하고 말았다.

내가 들어서자 효리는 문을 걸어 잠그고 내게 안겼다. 그녀
의 몸이 미세하게 떨리고 있었다.

"어떻게…… 해야 할지 모르겠어…… 생각나는 사람이……
너밖에 없었어."

나는 효리의 팔을 풀며 그녀를 쳐다보았다. 무슨 일이야? 그
녀는 불안하게 흔들리는 시선으로 나를 바라보다가 욕실 쪽으

로 시선을 돌렸다. 문을 열지 않아도 이미 그 안의 모습이 눈에 보이는 것 같았다. 하얀 타일 바닥을 선명하게 물들인 핏자국, 그리고 그 가운데 이제는 고깃덩어리가 되어 누워 있는 중년 남자.

갑자기 머릿속에 그날 밤 소주병을 따던 효리의 빨간 스위스 칼이 떠올랐다. 그걸로 뱃살이 두꺼운 저 사람을 죽일 수 있었을까? 과연 그 짧은 칼이 심장을 건드릴 수 있었을까? 욕실 문을 열어보기도 전에 나는 효리가 그 중년 남자를 죽였을 거라고 생각했다. 마치 내가 결석하던 날 효리가 나를 의심했던 것처럼. 하지만 욕실 문을 열자, 안의 풍경은 내가 생각하던 것과는 달랐다. 끔찍한 핏자국도, 살인의 흔적도 보이지 않았다. 거기에는 한 남자의 초라한 주검만 있을 뿐이었다.

"넘어지면서 욕조에 머리를 부딪힌 모양이야."

내 등뒤에 서 있던 효리가 생기 없는 목소리로 말했다. 그녀의 말을 듣지 않아도 한눈에 상황을 알 수 있는데, 그녀는 그렇게 꼭꼭 다짐을 하고 싶은 모양이다.

"어떻게 할 거야?"

"어떻게 해야 하지?"

어떻게 해야 하느냐는 물음에 나는 아무런 대답도 할 수 없었다. 그녀의 전화를 받고 달려올 때 이런 상황은 상상하지도 못했으니까. 일단 욕실 문을 닫고 곰곰이 생각해보기로 했다.

침대 한쪽에 걸터앉았다. 효리는 손톱을 깨물며 조금 떨어진 곳에 앉았다.

난생처음 들어와보는 모텔. 그런데 이런 상황이라니. 순간 모든 게 꿈이 아닌가 싶었다. 윤수의 시체를 묻은 장소를 확인하기 위해 산에 올랐다가 고양이 무덤을 만들었던 그 꿈처럼 너무나 생생해서 절대 꿈이라고 생각할 수 없는 꿈. 어쩌면 조금 이따가 효리는 내 목을 휘어 감는 뱀이 되어 있을지도 모른다. 그러면 그제야 아, 이게 꿈이구나 하고 깨닫게 되겠지.

하지만 아무리 기다려도 그런 일은 일어나지 않았다. 가만히 내 손을 잡는 효리의 차가운 손이 지금 이 상황이 결코 꿈이 아니라고 느끼게 해주었다.

"이대로 나가버릴까?"

"그럼 넌 더 의심받을 거야."

"……"

나는 몇 번을 망설이다가 결국 마음속에 떠올린 한 가지 해결방법을 꺼냈다.

"엄마에게…… 전화해."

어쩌면 효리는 그 생각을 나보다 먼저 하고 있었는지도 모른다. 하지만 그건 가장 잔인한 확인, 쉽지 않은 결정이리라. 그렇지만 지금 무엇보다 필요한 것은 확실히 효리 편이 되어줄 사람이다. 아마도 받아들이기 힘들겠지만 효리의 엄마는 어른답게 대처하겠지.

결국 굳은 결심을 한 효리는 덤덤하게 엄마에게 전화를 했다. 그리고 엄마가 올 때까지 내내 고개를 숙인 채 입고 있는 셔츠의 앞 단추를 만지작거렸다.

"저기…… 부탁이 있는데……"

"……?"

한참 말이 없던 효리는 그제야 고개를 들고 내 얼굴을 쳐다보았다.

"병원에…… 같이 가줄래?"

나는 대답 대신 그녀에게 희미하게 미소를 지어 보였다. 이 남자는 죽어서까지 그녀를 괴롭히고 있었다.

잠시 후 그녀의 어머니가 도착했다. 효리의 미래를 연상시키는 미인인 그녀는 마음의 준비를 하고 왔음에도 욕실 문을 열어보고는 그대로 바닥에 주저앉았다. 처음 내가 들어왔을 때 어쩔 줄 몰라하던 효리는 오히려 지나칠 만큼 냉정해져 있었다.

"어떻게…… 어떻게 이런 일이…… 너 도대체…… 무슨 짓을 한 거야. 도대체 여기서……"

효리 어머니는 더이상 말을 잇지 못했다. 어머니는 두 손을 벌벌 떨며 효리에게 다가가더니 뺨을 후려갈겼다. 효리는 예상이라도 한 듯 덤덤했다.

"엄만 알고 있었어…… 그렇지?"

"뭐? 너 지금…… 무…… 무슨 말을 하는 거야?"

효리는 무표정하게 엄마를 바라보며 이야기했다. 하지만 목소리는 소름 끼칠 만큼 냉정했다.

"저 사람이 내게 어떤 짓을 하고 있는지 알면서도…… 엄만 모른 척한 거야. 안 그래? 알고 있으면서도 인정하고 싶지 않으니까. 그래서 아예 모른 척한 거라고! 난 알고 있었어. 엄마가 이런 사실을 모두 알고 있으면서도, 내가 어떻게 되는지 알고 있으면서도 애써 외면하고 있다는 걸. 난 알고 있었어……"

"너……"

"……엄마가 조금만 나를 생각했더라면, 일이 이렇게 되지는 않았을 거야. 이건 엄마가 만든 일이야. 엄마가 책임져야 할 몫이라고."

"그만두지 못해. 더이상 한마디도 듣기 싫어."

"그래, 엄만 끝까지 인정하고 싶지 않을 거야. 딱 한마디만 더 할게. 난 지금 병원에 가. 왜 가는지는 얘기하지 않아도 알 거야."

오랫동안 참았던 말이 한꺼번에 터져나오자 효리는 자신도 주체할 수 없을 만큼 격정에 휩싸였다. 마지막 말을 던지고 난 효리의 얼굴은 후회로 가득했다. 그녀의 어머니는 말이 없었다. 효리의 마지막 말이 결정타였다. 그 충격은 그녀 어머니를 차분하게 만들었다.

"가봐."

효리는 어머니를 외면하고 비로소 흐르는 눈물을 훔쳐내고
있었다. 그녀의 어머니는 처음과 달리 한껏 풀이 죽어 있었다.

"어서 가. 여긴 내가 알아서 할 테니까."

택시 뒷좌석에 몸을 기댄 효리는 너무나 지쳐 보였다. 뭐라
위로를 해주려다 가만히 내버려두는 게 나을 것 같아 시선을
창밖으로 돌렸다.

나는 이미 알고 있었다. 그녀의 뒤를 따라다니기 시작한 지
얼마 되지 않아서 모텔 주차장에 세워둔 중년 남자의 자동차
안을 유심히 살펴본 적이 있었다. 룸미러 아래 달린 펜던트에
그 남자의 가족으로 보이는 사진이 들어 있었다. 그 남자와 효
리, 그리고 효리를 닮은 중년 여자. 한눈에 알아볼 수 있었다.
그 남자는 효리 엄마가 재혼한 남편이었다.

자동차 유리창 너머로 햇살이 비쳐들었다. 도로를 달리며
기분이 한결 나아졌다. 눈을 감고 있던 효리는 잠이 들었는지,
스르르 내게 어깨를 기대왔다. 몸을 움직이기가 어색해진 나
는 손을 어떻게 해야 할지 몰라 괜히 주머니에 넣었다. 점퍼
주머니 안에 뭔가가 들어 있었다. 꺼내보니 처음 보는 핸드폰
이었다.

누구 거지? 폴더를 열어보니 꺼져 있다. 전원을 켰다. 가벼운 진동과 함께 화면이 밝아졌다. 그리고 그곳에는 신윤수라는 이름이 선명하게 찍혀 있었다. 윤수의 핸드폰이었다. 그의 핸드폰이 왜 내 점퍼 안에 들어 있는 것일까?

고개를 들어 창밖을 보자 풍경들이 빠르게 나를 스쳐지나갔다. 그리고 내 머릿속에서도 빠르게 그날 밤의 일들이 떠오르고 사라지기 시작했다.

그날 산을 내려오면서 나는 윤수와 그 패거리가 폐가에 꽤 오래 죽치고 있으리란 걸 알았다. 비닐봉지에 본드를 짜고 있던 그들이 잠시 후 어떤 모습이 되어 있을지 짐작이 갔다. 아마도 약기운에 못 이겨 축 늘어진 채 여기저기에 널브러져 있겠지. 나는 일단 집으로 내려갔다. 약수를 뜨러 간 녀석이 물통도 없이 이곳저곳 다친 상태로 오자 엄마는 놀라는 눈치였다. 하지만 산에서 넘어졌다고 가볍게 넘기고는 몇 가지 준비를 마친 후 잃어버린 물통을 찾아오겠다며 다시 집을 나섰다.

나는 폐가 근처로 올라가 시간이 지나기를 기다렸다. 어느새 주변이 어두워졌다. 그리고 얼마나 지났을까. 윤수 패거리가 비틀거리며 걸어나왔다. 윤수는 보이지 않았다. 허둥거리며 산 아래로 내려가는 녀석들의 모습이 완전히 사라지길 기다렸다. 그리고 나서도 한참 기다리다가 조심스럽게 폐가 쪽으로 걸음을 옮기는데, 안에서 윤수가 흐느적거리며 기어나오

려 하고 있었다. 하지만 몇 걸음도 나오지 못하고 축 늘어졌
다. 본드를 지나치게 많이 마신 모양이었다. 그는 내가 다가가
는 것도 모르는 것 같았다. 나는 거칠게 숨을 내쉬는 윤수의
얼굴을 가만히 보다가 그의 뺨을 툭툭 가볍게 쳐보았다. 나를
때릴 때 어떤 기분이었을까? 처음엔 가볍게 치다가 손에 힘이
들어갔다. 뺨을 맞으니 기분이 어때? 다시 한번 그의 얼굴을
후려치려다가 그와 눈이 마주쳤다. 하지만 윤수는 내게 뺨을
맞았다는 사실을 아는지 모르는지 잔뜩 표정이 일그러진 채
신음소리를 냈다.

"……전…… 화……"

"뭐?"

고통스러운지 목을 부여잡으며 윤수가 다시 한번 기어들어
가는 목소리로 말했다. 전화. 윤수의 주머니를 뒤져보니 핸드
폰이 나왔다. 아마도 병원으로 전화해달라는 소리 같았다. 윤
수의 고통스러워하는 모습을 보며 나는 천천히 버튼을 눌렀
다. 전원 off.

사실 그가 죽을 거라고는 생각하지 않았다. 내가 원한 건 다
만 윤수가 그 하룻밤 동안 산속에서 혼자 고통스럽게 발버둥
치는 정도였다. 나중에 또다시 윤수에게 팔이 부러지게 맞는
한이 있더라도 녀석에게 앙갚음해줄 기회가 생겼는데, 그걸
놓칠 수는 없는 일이다.

하지만 아무리 생각해도 이해되지 않는 점이 있다. 나는 왜 지금까지 이걸 까맣게 잊고 있었을까? 윤수의 핸드폰을 가져온 건 그렇다 쳐도, 윤수의 시체가 발견되고 경찰서에 끌려갔을 때 나는 살인범 흉내를 내고 싶어했다. 어쩌면 마음 깊은 곳에서는 그날 내 행동으로 윤수가 죽음에 이르렀다는 것을 깨닫고 있었을까? 또다른 한편으로는 그 사실을 인정하고 싶지 않아 무의식적으로 그날의 기억을 지운 것은 아닐까? 비로소 나는 꿈속에서 내가 느낀 감정이 왜 그렇게 생생했었는지 알 것 같았다.

경찰이 좀더 자세히 조사했더라면 지금 나 역시 녀석들과 같이 유치장에 들어가 있겠지. 사실 그동안 녀석에게 당한 고통을 생각한다면 이 정도 행운은 있어줘야 하는 것 아닐까?

택시가 병원 앞에 멈춰 섰다. 효리와 나는 전처럼 말없이 병원에 들어가 수속을 밟고 수술을 받았다. 그녀가 의붓아버지의 흔적을 몸에서 지워내는 동안 모텔에서의 진실은 과연 무엇일까 하는 데 문득 생각이 미쳤다.

효리의 말대로 사고사일 수도 있겠지만 어쩌면…… 나처럼…… 또다른 진실이 숨어 있을지도 모른다.

이제 우리에게는 새로운 경계선이 생겼다. 결코 물어보지 말아야 하는, 그리고 절대 넘어서면 안 되는 경계선.

돌아가는 길에 윤수의 핸드폰을 강물에 던지면서 효리에 대한 의구심도 같이 던져버려야겠다고 생각했다. 그것이 우리 모두를 위한 가장 현명한 결론이다.

이제 아무도 울지 않는다

원룸에 몇 개 되지 않는 이삿짐을 내려놓고 그녀는 주위를 둘러본다.

미처 도배하지 못한 벽에는 이전에 살던 사람들의 낙서와 손때가 그대로 묻어 있지만 그녀는 상관없다는 듯 무관심하다. 창으로 나른한 오후 햇살이 들어와 이삿짐을 비추는 것을 보고 그녀는 쇼핑 목록에 커튼을 적는다.

전에 살던 집에서는 커튼이 필요 없었다. 주택의 차고를 개조해 만든 방이라서 창이라고는 겨우 환기구 하나 달린 정도였기 때문이다. 그래도 썩 나쁜 집은 아니었다. 어둠 속에 웅크리고 누워 그 좁은 창을 비집고 들어오는 햇살과 햇살 속을 떠다니는 먼지를 보노라면 혼자만의 세상에 잠긴 듯한 아늑함을 느끼곤 했다.

그 편안하고 익숙한 공간을 떠나게 된 것은 주인집이 다시
그곳을 차고로 쓰기로 결정했기 때문이다. 그녀로서는 아쉬운
일이었지만 그렇다고 미련이 남는 것도 아니어서 곧 새로운
집을 찾으며 하루를 보냈고 다행히 이 원룸을 얻게 되었다.

방이라지만 창고나 작업실이라고 하는 게 더 어울릴 만큼
안락함은 없었다. 주인 말로는 미대에 다니는 학생이 작업실
로 쓰던 곳이라고 했다. 그래서인지 벽과 바닥에 미처 지워지
지 않은 물감들이 눈에 띄었다.

그녀가 이곳에 이사를 오기로 결심한 이유는 간단하다. 누
구의 방해도 받지 않고 조용히 지낼 수 있다는 것. 오래된 건
물들이 늘어서 있는, 이제는 재개발의 손길만을 기다리며 무
너질 듯 버티고 있는 이곳의 골목은 이상하리만치 한가롭고
조용하다. 거기다 막다른 뒷골목이 대개 그렇듯 이곳 역시 용
건이 없는 사람들의 발걸음은 거의 없다.

그녀는 이삿짐을 풀 생각도 하지 않고 잠시 상자 위에 앉아
창밖을 바라본다. 그녀의 방은 2층이다. 창 너머로는 낮은 주
택들이 들어서 있어 2층이라도 시야가 트인 편이다.

담장 위를 지나가던 고양이 한 마리가 그녀의 눈길을 느꼈
는지 고개를 돌려 빤히 쳐다본다. 그녀는 고양이가 털을 세우
고 다리를 펴는 모습을 무심하게 바라본다. 그녀를 바라보며

몸을 움직이던 고양이는 흥미를 잃었는지 다시 가던 길로 걸음을 옮긴다.

더 늦기 전에 물건들을 사야겠다고 생각한 그녀는 작은 지갑 하나만 들고 방을 나선다. 방을 보고 바로 계약한 후 이사를 해서 아직 이곳의 지리가 어두운 그녀는 건물에서 나와 잠시 어디로 가야 할지 좌우를 살피다가 큰길로 나가보기로 한다. 어디든 가까운 곳에 슈퍼가 있을 것이다.

큰길로 나가기 전에 편의점을 발견했다. 몇 가지 필요한 물건을 사서 나오다가 유리문에 붙은 광고를 보고 다시 편의점 안으로 들어간다. 방금 계산을 마치고 나간 손님이 다시 들어오자 점원은 의아한 듯 그녀를 바라본다. 점원과 눈이 마주친 그녀는 고개를 돌려 광고를 가리킨다. 점원은 그제야 그녀가 왜 다시 들어왔는지 짐작하고 뒤쪽에서 상품을 진열하고 있던 주인을 부른다.

주인은 몇 가지 질문을 하더니 남자를 원했다고 말꼬리를 흐리면서도 오늘 저녁부터라도 나올 수 있으면 그렇게 해달라고 말한다.

그녀는 뜻밖에 가까운 곳에 일자리를 얻어 다행이라고 생각한다. 그것도 사람들과 마주치지 않을 수 있는 야간근무. 생각지도 않은 행운이 들어온 것 같아 왠지 발걸음이 가벼워진다.

이삿짐 상자를 풀고 정리를 하는 사이 어느새 밖은 어두워지고 주택가 여기저기서 불이 켜진다. 그녀는 불을 켤 생각도 하지 않고 계속 짐을 정리한다. 사진 몇 장을 한쪽 벽에 붙이고 빈 상자를 대충 정리하고 나자 이제는 발밑도 잘 보이지 않을 정도로 방이 어둡다. 조심스럽게 창가로 걸어가 창문을 연다. 익숙한 어둠의 냄새.

그녀는 편의점에 출근하기 위해 먼지투성이의 옷을 갈아입고 방문을 열다가 잠시 방안을 본다. 창밖에서 흘러들어오는 불빛으로 어렴풋이 보이는 방안 풍경. 눈에 익혀두기라도 할 것처럼 하나하나 유심히 살핀 그녀는 만족스러운 기분을 느끼며 방문을 닫는다.

편의점 밤 근무는 생각했던 것처럼 조용하고 단조롭다.

자정이 넘으면서 편의점을 찾는 사람은 현저히 줄어들고 새벽이 될 때까지 띄엄띄엄 한두 명이 오고갈 뿐 나머지 시간은 그녀 혼자다. 모든 게 만족스럽게 느껴진 그녀는 혼자만의 생각 속으로 빠져든다.

*

녹음실로 들어서자마자 준수의 입에서는 불평이 터져나온다.

"아니, 그 많은 녹음실 놔두고 하필 이런……"

"이런 뭐? 창고 같다구? 다른 사람 방해받고 싶지 않다며? 조용한 곳으로 정해달라고 한 사람이 누군데?"

매니저 영진이 준수의 불평을 태연히 받아넘긴다.

"조용한 곳이라고 했지, 이런 다 무너져가는 창고 같은 데를 얻어달라고 했어요?"

"녹음만 잘하면 되지 장소가 무슨 상관이야?"

"형, 점점 잔인해지는 거 알아요?"

"앞으로는 더 잔인하게 굴 거야. 또 네 수첩에 있는 여자들이 여기까지 찾아오게 만들면 그땐 알아서 해."

"자기들이 좋아서 찾아오는 걸 어떻게 해요?"

"네가 다 받아주니까 그렇지, 그 여자들한테 쏟는 열정의 반이라도 노래에 좀 투자해봐라."

뭐라고 한마디 더 하려다가 영진은 입을 다문다.

누구보다 준수의 마음을 잘 아는 사람이 바로 자신임을 깨달은 것이다. 일부러 유명하다는 녹음실을 마다하고 사람들에게 알려지지 않은 조용한 곳을 찾아 앨범 작업을 하겠다고 말한 것도 준수다. 그만큼 준수 자신도 이번 앨범 작업에 신경쓰고 있다는 것을 영진은 잘 안다.

남자 듀엣으로 출발해 데뷔 앨범만 70만 장을 판매하며 가요계의 떠오르는 신인으로 대접받던 삼 년 전이라면 준수도 이렇게 고분고분하게 나오지는 않았을 테지만, 지금은 사정이 다르다는 것을 누구보다 잘 알고 있는 것이다.

듀엣으로 함께 활동하던 동료가 유학을 가는 바람에 혼자 남게 된 준수는 소속사의 뜻대로 솔로 앨범을 발표했지만 그 사이 스캔들에 여러 번 오르내리며 듀엣 시절 만들어놓았던 명성을 잃었다. 첫 솔로 앨범은 준수의 가창력에 의문을 제기하는 빌미를 주었고, 동시에 그의 사생활도 사람들의 입에 오르내렸다. 한 잡지에서는 준수가 이룬 인기가 듀엣 시절 동료 덕분이라며 솔로로 활동하기에는 무리라는 평을 쓰기도 했다. 소속사 역시 이번 앨범으로 앞으로의 활동을 판단하겠다는 뜻을 비쳤다. 준수로서는 어떻게 해서든 이번 앨범으로 인정을 받아야 하는 절박한 상황인 것이다.

"우선 이 두 곡부터 연습하고 다른 곡들은 끝나는 대로 가지고 올 거야."

"지금 당장 시작하자구?"

"하루라도 허비할 시간 없어."

"알았어요, 알았어. 하면 되잖아. 그전에 음료수 한 잔 마실 시간은 주는 거지?"

준수는 영진이 대답도 하기 전에 녹음실 문을 밀고 밖으로 나간다. 영진은 굳이 그를 막아서지 않는다. 당장은 숨이 막히겠지만 곧 다시 돌아올 것이라는 걸 알기 때문이다. 영진 역시 답답함을 느끼고 있던 터라 주머니를 뒤져 담배를 꺼내 문다.

*

편의점 문을 열고 한 남자가 들어온다. 제품 진열을 막 끝내고 몸을 일으키던 그녀는 잠시 고개를 돌려 그를 쳐다본다. 그녀와 눈길이 마주친 남자는 싱긋 웃으며 고개를 끄덕여 보인다. 그녀는 시선을 돌려 시계를 본다. 이제 막 자정을 넘은 시간이다. 모처럼 일찍 손님이 끊겨 좋아하는 뭉크의 화집을 음미하려던 그녀는 왠지 그의 미소까지도 화가 난다.

남자는 음료수 냉장고로 가 문을 열더니 제품검사라도 나온 사람처럼 이것저것 들어서 만져본다. 생전 처음 보는 것들이라 먹기가 망설여져 살피는 것처럼 보이기도 한다. 남자는 어렵게 음료수 하나를 골라 카운터로 다가온다.

"혼자 근무해요? 이런 시간에?"

그녀가 음료수를 건네받아 바코드를 확인하는 동안 남자가 말을 걸어온다. 그녀는 마치 아무것도 듣지 못한 듯 봉지에 음료수를 담아준다.

"아니, 먹고 갈 거니까 그냥 주세요."

남자는 그녀가 건네준 비닐봉지를 다시 돌려주고 음료수병을 따 마신다. 그러면서 낯선 곳을 둘러보듯 편의점 안을 둘러본다.

"하긴 사람도 없는 곳이라 편하기는 하겠다. 그래도 혼자 있
으려면 무서울 텐데……"

남자는 조금 전 하던 이야기를 다시 꺼낸다. 그녀는 그가 어
서 돈을 내고 밖으로 나가주기를 기다리지만 쉽게 나갈 것 같
지 않다.

'어디에나 이런 인간들이 있지. 다른 사람의 시간 같은 건
무시해도 된다고 생각하는 인간들……'

그녀는 불쾌한 기분을 느끼지만 얼굴에 나타나지 않는다는
것을 안다. 설령 옆에서 칼을 들이민다고 해도 그녀는 조금도
흔들리지 않는 표정을 가지고 있다.

남자는 그녀가 자신을 쳐다보지도 않는다는 것을 모르는지
음료수를 홀짝이며 또다시 입을 연다.

"낮에는 뭐해요? 학생?"

그녀는 더이상 남자가 치근거리지 못하게 해야겠다고 생각
한다. 고개를 들어 남자를 쳐다보자 그는 또다시 아까 그 표정
으로 웃어 보인다. 자신이 미소만 지어도 어떤 여자든 넘어올
거라는 자신만만함이 묻어 있다.

'저질……'

"천이백 원입니다."

그녀는 아무런 감정도 담기지 않은 목소리로 그의 자신만만

함을 눌러버린다. 남자는 그녀의 흔들리지 않는 시선을 보며 좀 뜻밖이라는 표정을 짓다가 이내 그 미소를 되살리고 주머니를 뒤져 동전을 건네준다.

"나 누군지 몰라요?"

남자는 장난기가 발동한 개구쟁이 같은 얼굴을 그녀에게 바싹 내밀고 노골적으로 치근덕거린다. 그녀는 눈썹이 떨리는 것을 느끼며 고개를 든다.

"내가 꼭 알아야 할 사람인가요?"

남자는 그녀의 반응에 좀 당황한 듯 머뭇거리다가 큰 소리로 웃기 시작한다. 그 바람에 들고 있던 병에서 액체가 흘러 바닥에 떨어진다.

출근하자마자 깨끗하게 닦아놓은 바닥에 음료수를 흘리다니, 그녀는 자기 얼굴에 얼룩이라도 묻은 듯한 기분이 든다. 그녀는 손끝이 저린 듯 두 손을 주무른다. 더이상 참지 못할 것 같다.

"미안해요. 난 사람들이 날 다 알아본다고 생각했는데 착각이라는 걸 이제야 알겠군요."

언제 그랬냐는 듯 웃음을 멈춘 남자의 목소리는 가라앉아 있다. 잠시 유리문 밖으로 시선을 던지던 남자가 다시 원래의 목소리로 말한다.

"잘 모르겠지만 덕분에 다시 일할 용기가 생겼어요. 예전의 나를 모르는 사람이라면 선입관 없이 날 받아주겠죠."

그녀는 조용히 서랍을 연다. 형광등 불빛을 받아 반짝이는 가위가 눈에 들어온다. 그녀는 조심스럽게 가위를 만져본다. 날이 잘 선 가위는 그녀의 생각을 알기라도 하는 것처럼 가볍게 한 손에 들어온다.

"음료수 잘 마셨어요."

어느새 남자의 목소리는 멀어져 있다. 문을 밀고 밖으로 나가는 남자 뒤로 바깥의 차가운 공기가 밀려들어온다.

그녀는 그제야 손에 쥐고 있던 가위를 내려놓는다. 팽팽하게 서 있던 신경들도 차츰 가라앉는다. 그녀는 다시 서랍에 가위를 넣고 닫는다.

카운터 한쪽에 놓아둔 뭉크의 화집을 들고 자리에 앉은 그녀는 곧 그 남자에 대한 기억을 잊고 그림 속으로 빠져든다.

*

어스름한 새벽 공기를 가르며 집에 돌아온 그녀는 방문을 열다가 눈앞을 빠르게 지나가는 물체에 놀라 걸음을 멈춘다. 시커먼 물체 역시 그녀가 들어오자 놀란 기색이다.

어둠에 익숙해질 때까지 잠시 기다리다가 방안을 둘러본다. 책상 밑에 시커먼 물체가 웅크리고 있는 게 보인다. 조심스럽게 다가가 물체를 확인한다. 그녀를 놀라게 한 것은 다름 아닌 고양이다. 아마도 낮에 열어둔 창으로 들어온 모양이다. 이삿 짐을 풀 때 만났던 바로 그 고양이다. 등을 가로지르듯 난 흰 줄무늬가 뚜렷하게 보인다.

그녀는 손을 뻗어 고양이를 잡으려 하지만 그럴수록 고양이 는 더 깊숙이 들어가 웅크린다. 책상 뒤 작은 틈새로 들어간 고양이는 몸이 끼자 아기 울음 같은 소리를 낸다. 그녀가 책상 을 조금 들어 틈을 벌려주자 고양이는 재빨리 밖으로 나와 창 으로 달아난다. 고양이는 창밖으로 나가 담 위에 올라서서야 안심이 된 듯 그녀를 돌아본다.

그 눈에는 아무런 감정도 담겨 있지 않다. 그녀는 왠지 고양 이가 또다시 찾아올 것 같은 생각이 든다. 앞으로는 창문을 닫 아둘까 하다가 고양이라면 친해질 수도 있겠다고 생각한다. 어쩌면 앞으로 고양이에게 줄 참치 캔을 한 통씩 들고 돌아오 는 일이 생길지도 모른다.

잠깐의 소동이 지나자 갑작스럽게 피곤이 몰려온다. 그녀는 침대에 드러누워 천장을 바라본다. 벽보다는 깨끗한 편이지만 아무래도 먼지가 앉아 제 색처럼은 안 보인다.

눈꺼풀이 무거워지자 그녀는 옆으로 몸을 돌려 잔뜩 웅크려 본다. 엄마의 자궁 속에 있을 때 아기들은 이런 모습으로 지낸 다는 것을 읽은 적이 있다. 자기 몸보다 조금 더 큰 공간에 웅크린 채 물속에 잠겨 있는 기분은 어떨까? 따뜻한 물에 잠겨 편안한 잠 속으로 빠지고 싶은 충동을 느낀다. 무릎을 올려 웅크리고 있던 그녀는 엄지손가락을 입속으로 넣어본다. 아무 맛도 느껴지지 않지만 조금 전보다 더 긴장이 풀리는 기분이 든다. 자신이 조금씩 잠 속으로 빠지고 있다는 것을 느낀다. 순간순간 머릿속에서 회오리가 불고 그럴 때마다 잠으로 한 발씩 다가선다. 몸의 긴장을 풀고 회오리가 부는 대로 따라가던 의식이 잠깐 멈칫한다. 편의점에서 만났던 그 남자의 모습이 떠오른 것이다. 가게로 들어와 음료수를 고르던 모습과 헛바람이 든 듯 발작적으로 웃어대던 그 얼굴, 그리고 바닥에 떨어지던 음료수.

그녀는 자신이 어느새 입안에 넣었던 엄지손가락을 깨물고 있음을 깨닫는다. 어쩌면 남자는 다시 찾아올지도 몰라. 그러곤 누구에게도 침범당하고 싶지 않은 감미로운 혼자만의 시간을 방해하며 끈적거리는 말로 치근덕거리겠지. 그녀는 이제 완전히 잠에 빠져들어 생각을 더이상 이어나갈 수가 없다. 하지만 마지막으로 의식이 가라앉기 직전 날이 선 가위를 만질 때의 감촉을 기억해낸다.

날 가만 내버려두면 괜찮겠지만 조금이라도 더 다가오면……
그녀는 미동도 하지 않은 채 태아의 모습 그대로 잠이 든다. 창밖에 또다시 고양이가 다가와 울기 시작한다. 하지만 잠의 회오리 속으로 들어간 그녀는 그 소리를 듣지 못한다.

*

"좋은 말 할 때 꺼져!"

그렇지 않아도 목소리가 갈라져 짜증이 난 준수는 어떻게 알았는지 녹음실까지 찾아온 팬클럽 회장 미경을 보자 화가 치밀어 거친 말투가 된다. 평소 같으면 좋게 이야기해서 돌려보내겠지만 막무가내로 자리를 잡고 앉은 미경을 보자 오랫동안 가슴을 억누르고 있던 무언가가 터진 기분이 든다.

준수에게 단 한 번도 거친 소리를 들어보지 못한 미경은 믿기지 않는다는 듯 놀란 눈으로 준수를 바라보기만 한다.

"그만 돌아가는 게 좋겠다. 보다시피 작업중이라 신경이 날카로워."

금방이라도 떨어질 것처럼 눈가에 물기가 맺히는 것을 본 영진이 준수를 대신해 미경을 달랜다. 하지만 생각보다 큰 충격을 받았는지 미경은 아직도 입을 떼지 못하고 준수를 보고 있다.

"하지만…… 난 준수 오빠를 응원해주고 싶어서……"

"그래 알아, 그렇지만 지금은……"

영진이 또 뭐라 구슬리는 말을 꺼내려는데 더이상 참지 못한 준수가 의자에 거친 발길질을 한다. 의자가 요란한 소리를 내며 벽 한쪽에 처박힌다. 이제 미경은 손으로 입을 막고 간신히 울음을 참고 있다.

"뭐가 응원이야? 그렇게 생각이 없어? 찾아오지 않는 게 도와주는 거라는 걸 모르겠냐고?"

충격으로 굳은 미경을 앞에 세워놓고 준수는 있는 대로 고함을 지른다. 영진이 준수의 팔을 붙잡지 않았으면 아마도 미경이 그 자리에 주저앉는 모습을 볼 때까지 준수는 계속 화를 냈을 것이다. 영진이 제지하자 그제야 정신이 든 준수는 몸을 돌려 녹음실 안으로 들어가버린다.

준수는 녹음실 안에서 아까보다 더 큰 목소리로 소리를 지르기 시작한다. 한심한 것들, 팬이라는 이름으로 내 신경을 갉아먹는 괴물 같은 것들이야. 네까짓 것들 필요 없어. 난 진짜 음악을 하고 싶어. 진정으로 내 노래를 이해하고 같이 들어줄 사람을 원하지, 너희처럼 소리나 질러대는 어린 계집애들은 필요 없다고……

녹음실의 완벽한 방음 덕분에 밖에서는 준수의 목소리를 들을 수 없다. 당연히 영진과 미경은 준수가 무슨 말을 하는지 알지 못한다. 그렇지만 미경은 준수의 몸짓과 표정으로 그가 무슨 말을 하는지 대충 감을 잡은 표정이다. 매니저 입장에서는 미경의 기분을 풀어주고 돌려보내야 할 텐데, 영진 역시도 지친 터라 그저 미경을 보며 서 있을 뿐이다. 그런 영진의 모습이 미경에게는 돌아가라는 무언의 몸짓으로 보였는지, 미경은 미안하다는 말을 입안에서 웅얼거리고는 밖으로 나간다.

미경이 나가고 나자 영진은 그녀를 울린 게 못마땅하다는 듯 녹음실 안의 준수를 쳐다본다.

"아무리 신경이 쓰여도 그렇지 그런 식으로 보내는 게 어디 있어?"

"매일 보면서도 그래, 형? 저런 애들 때문에 옷 찢기고 머리털 뽑히고…… 아니, 그런 건 아무래도 좋아. 진짜 내 팬이라면 이럴 때 조용히 작업할 수 있게 도와줘야지. 팬이니까 나한테 무슨 짓을 하든 괜찮다는 거야?"

"누가 몰라? 나도 너만큼 저런 애들 오는 거 반갑지 않아. 하지만 어찌됐든 미경이 같은 애들 때문에 우리가 있는 거야. 팬 없는 연예인은 아무런 가치가 없어. 앞으로 나올 앨범을 사줄 사람도 바로 미경이 같은 팬이라고."

"……"

"……좋게 돌려보낼 수도 있었잖아?"

준수는 더이상 영진의 말을 듣고 싶지 않아 마이크 앞에 서서 다시 연습할 준비를 한다. 영진은 잠시 준수를 바라보다가 밖으로 나가 준비한 음원을 튼다.

미경의 일을 지워버리려는 듯 연습에 빠져 있던 준수는 생각만큼 곡이 마음에 들지 않는지 끝내 마이크를 끈다. 녹음실 밖에서 헤드폰을 끼고 있던 영진이 자리에서 일어나 안으로 들어온다.

"왜 그래?"

"형, 이게 뭐야? 마디마디 다 덜커덩덜커덩. 이런 곡을 가지고 어떻게 노래를 부르란 거야?"

"아직 입에 안 붙어서 그래. 조금만 더 연습해봐."

"부르는 사람이 편해야 듣는 사람도 편하지. 이 곡 들고 나가면 안 봐도 뻔해. 안 그래도 가창력이 있니 없니 하는 소리를 듣는데, 아예 날 매장시키자는 거야 뭐야?"

녹음실 밖으로 나온 준수는 종이컵에 담긴 다 식어버린 커피를 홀쩍 마시고는 밖으로 나가려는 듯 문을 연다.

"어디 가는 거야?"

"잠깐 숨 좀 돌리고 올게."

준수는 채 말이 끝나기도 전에 문을 밀고 밖으로 나간다. 영진은 준수가 나가는 모습을 말없이 지켜보며 앞으로 한 달 넘게 이 싸움을 해야 한다는 사실이 벌써 지겨워지기 시작한다.

시계를 보니 어느새 시간이 자정을 넘어서고 있다. 준수는 문득 자기가 누군지 몰라보던 편의점 점원이 떠올랐다. 자신을 모른다는 게 왠지 자존심이 상하기도 했지만 한편으로는 그래서 오히려 편한 기분도 들었다.

편의점에는 그 점원 말고도 한 사람이 더 있었다. 녹음실에서 나갔던 미경이 아직도 집으로 돌아가지 않고 편의점에서 컵라면을 먹고 있다. 그렇게 하늘이라도 무너진 것 같은 얼굴을 하고 나가더니, 준수는 아는 척도 하고 싶지 않다. 하지만 어찌됐든 영진의 말이 맞다. 그런 사람들이 앨범을 사서 준수가 계속 음악을 할 수 있게, 그리고 연예계에서 버틸 수 있게 힘이 되어준다.

"어머, 오빠……"

라면을 먹다 들킨 미경은 무안한지 젓가락을 든 채 어쩔 줄 모르는 시선으로 준수를 쳐다본다.

"아직도 안 갔어? 집에서 걱정하시잖아?"

"금방 갈 거예요."

"……아깐 내가 좀 지나쳤지? 작업에만 신경쓰고 싶어서 일부러 사람들 모르게 숨어 있었는데 네가 와서 좀 놀라서 그랬어. 나한테 이번 앨범이 얼마나 중요한지 알지?"

"그럼요. 생각 없이 찾아간 제가 오히려 죄송하죠."

"저…… 앞으로……"

"걱정 마세요. 앨범 작업에 방해되지 않도록 할게요. 다른 애들한테 말하지도 않고요."

조금 전의 일을 만회라도 하려는 듯 미경은 준수를 안심시킨다. 미경이 팬클럽 회장이 될 수 있었던 것도 이런 재빠른 상황판단력 때문일 것이다.

준수는 미경을 달래 보낸 후에야 편의점 점원에게 눈길을 줄 수 있었다. 처음 들어왔을 때부터 그녀는 애써 준수를 무시하는 것처럼 보였다.

준수는 음료수 몇 병을 들고 그녀가 서 있는 카운터로 다가간다. 그녀는 무표정하게 음료수값을 계산하고 비닐봉지에 넣어준다. 준수는 혹시 미경이 그녀에게 무슨 이야기라도 하지 않았을까 하는 생각이 든다. 하지만 예전과 다름없는 태도로 보아 다행히 그녀는 아직도 준수가 누군지 모르는 것 같다.

준수는 언제나 변함없이 조용한 그녀에게 차츰 호감을 느끼기 시작한다. 아마 매일 밤 일부러라도 한 번씩 들르게 된 것도 그런 이유 때문이다. 하지만 음료수 몇 병을 사서 돌아가는 일 외에는 어떤 접근도 하지 않는다. 말을 주고받기 시작하고 조금씩 서로에 대해 알아가게 되면 다른 여자들처럼 이 여자역시 준수의 모든 것을 차지하기 위해 넝쿨을 뻗어 옭아매려고 할 것이기 때문이다. 그동안 준수는 몇 번이나 여자들의 지독한 소유욕을 겪었다.

준수는 여느 때처럼 물건값을 지불하고 조용히 편의점을 나선다.

*

　다른 직원과 근무를 교대하고 그녀는 참치 캔을 하나 사들고 편의점을 나온다. 어느새 어둠이 가시고 푸르스름한 새벽빛이 사방에 번지고 있다.

　그녀는 문을 열고 방안으로 들어서면서 조심스럽게 안을 둘러본다. 어젯밤 고양이가 방안으로 들어올 수 있게 일부러 창문을 열어놓고 출근했다. 며칠째 고양이와의 신경전이 계속되고 있다.

　이사온 첫날 그녀의 방에 침입했던 고양이는 그후 수시로 그녀의 방 창가에 앉아 울었다. 잠결에 들려오는 고양이 울음소리는 섬뜩할 만큼 아기 울음과 비슷했다.

　고양이가 울 때마다 불쾌한 기분으로 잠에서 깨게 되자 그녀는 고양이를 쫓아내려고 여러 번 시도했다. 하지만 그런 노력으로 찾은 평화도 잠시뿐이었다. 고양이는 금세 다시 창가에 자리잡고 그녀의 신경을 건드렸다.

　어제 또다시 고양이 때문에 잠이 깬 그녀는 침대에서 일어나 창으로 가려다 소스라치게 놀랐다. 발에 물컹하고 뭔가 밟히는 것과 동시에 고양이의 날카로운 비명이 들렸다. 어느새 방안에 들어온 고양이를 밟은 것이다. 고양이는 자기를 밟은 그녀의 발등을 순식간에 할퀴고 구석으로 달아났다.

그렇지 않아도 잠결에 들려오는 고양이 울음소리 때문에 팽팽해진 그녀의 신경이 이 일로 툭 끊어져버렸다. 발등은 금방 발갛게 부어올랐다. 그녀는 더이상 참지 못하고 서랍을 뒤져 고양이를 위협할 만한 물건을 찾았다. 가위가 손에 잡혔다.

힘껏 가위를 움켜쥐고 그녀를 피해 달아나는 고양이를 향해 몇 번이나 내리찍었지만 그때마다 고양이는 특유의 날렵함으로 날카로운 가위를 피했다. 그녀의 손놀림에서 위협을 느낀 고양이는 몇 차례에 걸친 공격을 피하고 용케도 창문으로 빠져나갔다.

고양이를 놓치자 그녀는 끓어오르는 화를 참지 못하고 가위를 책상 위에 내리찍었다. 밖으로 도망친 고양이는 고개를 돌려 방안의 그녀를 바라보았다. 고양이의 눈은 그녀의 느린 동작을 조롱이라도 하는 듯했다. 그녀는 눈으로 고양이를 붙잡을 듯이 노려보았다. 고양이와의 눈싸움이 계속되는 동안 그녀는 조금씩 마음을 가라앉히고 고양이를 잡을 방법을 궁리하기 시작했다. 참치 캔 한 통이면 해결될 것이다.

일부러 문을 열어두었건만 고양이는 들어오지 않았다. 아마도 어제 일로 고양이도 놀란 모양이다. 그녀는 책상 위에 참치 캔을 올려놓고 창으로 다가가 밖을 바라본다. 어디에도 고양이의 모습은 보이지 않는다. 하지만 또다시 찾아올 것이라는 걸 알고 있다.

잠을 자기 위해 침대에 누워서도 자꾸 시선이 창가로 간다. 여전히 고양이는 나타날 기색이 없다. 고양이를 기다리던 그녀는 밀려오는 나른함 속에서 잠으로 빠져든다.

거친 숨을 내쉬며 그녀가 달리고 있다. 저만큼 눈앞에 그녀가 들어가야 할 문이 있는데 아무리 달려도 제자리다. 달릴수록 문은 점점 더 멀어지는 느낌이다. 그녀는 금방이라도 휘청거리며 주저앉을 것 같지만 왠지 모를 초조함에 발을 멈출 수가 없다. 누군가 뒤에서 그녀를 쫓아오고 있음을 느낌으로 알 수 있다. 서둘러 저 문으로 들어가야 할 텐데…… 그래야 안전한데…… 그녀는 뒤를 돌아본다. 등줄기에 소름을 돋게 하는 추적자의 모습을 보려고 애쓴다. 안개에 가려진 추적자는 무거운 발소리만 들릴 뿐 모습은 보이지 않는다. 다시 앞을 보고 달리기 시작한 그녀는 옆에 있는 골목을 발견하고 방향을 튼다. 그곳에는 흰옷을 입은 사람들이 그녀를 기다리고 있다. 수술실에서 쓰는 메스를 들고 그녀에게 다가오는 하얀 얼굴들…… 어느새 그녀는 그들에게 붙잡혀 수술대 위로 올려진다. 힘껏 비명을 질러보지만 이내 목안에서 잠겨버린다. 어디선가 아이의 울음소리가 들린다. 그녀는 고개를 돌려 주위를 살펴본다. 새빨간 피를 뒤집어쓴 갓난아이가 그 고사리 같은 손을 내밀어 그녀의 얼굴을 만지려 한다. 그녀는 몸을 잔뜩 움츠리며 아이의 손을 피하려고 하지만 수술대에 묶여 있어 조금도 움직일 수가 없다. 도리질하며 몸부림치던 그녀는 아득한 터널로 빠진다. 밑이 보이지 않는 곳으로 끝없이 추락하는 그녀의 귓가에 아이의 울음소리가 끈질기게 매달린다.

몸부림치며 눈뜬 그녀는 그제야 자신이 꿈을 꿨다는 것을 알고 한숨을 내쉰다.

이제 더이상 꾸지 않게 된 꿈인데, 그래서 이제는 잊었다고 생각하고 있었는데…… 그녀는 생각하고 싶지 않은 듯 눈을 질끈 감는다. 그녀의 몸은 아직도 그때의 일들을 분명히 기억하고 있다.

이름도 모르는 낯선 남자의 더러운 입김과 다리 사이를 파고들던 거칠고 우악스러운 손, 등에 배기던 길 위의 돌멩이들. 그리고 몇 달 후 또다시 거침없이 그녀의 속을 헤집고 들어오던 손과 함께 묵직하게 전해지던 아픔. 차가운 수술대와 그녀의 치욕스러움을 집요하게 들춰내는 원형의 조명들……

그 일 이후 그녀는 이따금 오늘 같은 꿈을 꾸곤 했다. 이제는 정말 다 잊었다고 생각했는데…… 잠에서 깨어났는데도 아이의 울음소리가 들리는 것 같다. 시선을 돌리던 그녀는 열린 창가에 앉아 자신을 내려다보고 있는 고양이를 발견한다. 그녀는 그제야 자신의 꿈속에서 들리던 아이의 울음소리가 고양이 울음소리였다는 것을 깨닫는다.

그녀는 자리에서 일어나 편의점에서 가지고 온 참치 캔을 딴다. 창문 안쪽에 참치 캔을 내려놓자 고양이가 빤히 그녀를 쳐다본다. 그녀도 고양이도 이럴 때 끈기 있게 기다려야 한다는 것을 아는 눈치다. 그녀는 다시 침대에 누워 방심한 고양이가 들어오기만을 기다린다. 가만히 천장을 올려보던 그녀는 생선 냄새를 맡은 고양이가 들어오는 기색을 느끼고 활시위처럼 팽팽하게 긴장한다.

조심스럽게 안으로 들어온 고양이는 참치 캔에 주둥이를 들이밀어 냄새를 맡다가 곧 미끼를 먹기 시작한다. 먹는 것을 확인한 그녀는 고양이가 미처 밖으로 나갈 틈을 주지 않고 재빨리 창문을 닫아버린다. 갑작스러운 그녀의 몸놀림에 놀란 고양이가 참치 캔을 밀쳐버리고 구석에 숨는다.

이제 그녀는 여유롭게 고양이에게 다가간다. 위협을 느꼈는지 고양이의 울음소리가 날카로워진다. 그녀는 다시 한번 가위의 날을 확인하고 두 손으로 가위를 벌린다. 한순간에 고양이의 목을 잘라버리기라도 하려는 듯 아주 조심스럽게 걸음을 옮긴다. 더이상 도망갈 곳을 찾지 못하고 구석에 몰린 고양이가 그녀의 얼굴을 빤히 쳐다본다. 그녀는 고양이의 노란 눈과 마주치지 않기 위해 고양이의 목만을 겨냥해 천천히 가위를 들이민다.

이제껏 한 번도 해보지 않았던 재빠른 동작으로 고양이의 목을 향해 가위를 휘둘렀다. 그녀는 아무것도 느낄 수가 없다. 날카롭게 울부짖는 고양이의 고통스러운 울음소리도, 손등을 파고드는 날카로운 발톱도 느낄 수가 없다. 오로지 벌어진 가위를 쥐고 있는 손에 힘을 주는 일만이 전부인 것처럼 그녀는 있는 힘을 다해 가위를 움켜쥔다.

목 깊숙이 들어간 가윗날에서 피가 배어나오기 시작하면서 고양이의 발작적인 몸짓도 서서히 잦아든다. 그녀는 가위에 흐르는 피를 보고야 일이 끝났음을 느낀다. 이제 더이상 아기의 울음소리를 듣지 않아도 될 것이다. 앞으로는 편안히 잘 수 있겠지……

*

"손은 왜 그랬어요?"

음료수를 들고 카운터로 다가간 준수는 그제야 그녀의 두 손이 모두 붕대에 감겨 있음을 발견한다. 그녀는 준수의 관심이 반갑지 않다는 듯 짧게 그의 얼굴을 쳐다보고 시선을 돌린다.

그녀의 손을 만지기라도 할 듯 손을 내밀던 준수는 곧 손을 거두고 걱정스러운 표정을 짓는다.

"어디 데인 거예요?"

"……"

"그러지 말고 병원에 가보지……"

"이천오백 원입니다."

그녀는 준수의 말을 막으려는 듯 차갑게 말한다. 그 차가움에 준수는 잠시 그녀의 얼굴을 바라본다.

"원래 성격이 그래요?"

준수는 더이상 참지 못하고 그녀의 냉정함에 대해 이야기하기 시작한다.

"한 번도 웃는 얼굴을 본 적이 없어요. 언제나 밀랍인형같이 똑같은 표정으로 쳐다보는군요. 도대체 왜 그렇게 굳은 거예요? 누가 잡아먹기라도 한대요? 내가 그런 인간으로 보여서 긴장한 거예요? 아니면 누구한테 상처라도 받은 거예요?"

갑작스럽게 쏟아지는 준수의 말에도 그녀의 표정은 조금도 바뀌지 않는다. 그녀의 얼굴을 보며 준수는 처음부터 한 가지 표정만을 가지고 태어난 사람 같다고 생각한다. 갑자기 그녀에게 편안함을 느꼈던 자신이 한심스러워지기 시작한다.

준수는 그녀가 어떤 여자인지 알지 못한다. 아무래도 그런 비밀스러운 분위기 때문에 그녀에게 끌렸던 것 같다. 하지만 이제는 그런 그녀의 모습이 답답하게 느껴진다. 그녀에게 더 접근하지 않아서 다행이라는 생각이 든다.

차를 마시고 이야기를 하고 술 한잔에 하룻밤을 보내면 여자는 더이상 신비로울 것도 없다. 그래도 이 여자만은 좀 다른 모습이 있을 거라 기대했건만 이렇게 자신을 닫고 사는 여자는 피곤하다. 더구나 그에게는 아직 앨범 작업의 마무리가 남아 있다.

"관두죠. 말을 건 내가 잘못이지……"

준수는 계산을 마치고 몸을 돌려 편의점의 문을 향해 걸어간다.

"뭐가 궁금한 거죠?"

그녀는 걸음을 멈추고 돌아선 준수를 보며 혈관을 따라 빠르게 피가 돌기 시작한 것을 느낀다.

준수는 그녀의 얼굴이 많이 부드러워져 있다는 것을 느낀다. 아마도 이제야 마음의 문을 열기 시작한 모양이다. 부드러워진 그녀의 얼굴을 보자 조금 전의 짜증이 사라진다.

"많이 아픈 거 같아서. 아니, 궁금한 건 그게 아니라…… 노래 좋아해요?"

준수의 말에 이번에는 그녀의 입가에 미소가 밴다. 처음으로 그녀의 미소를 본 준수는 왠지 지금까지 만난 여자들과는 다를 것 같다는 기대감을 갖는다. 매니저 영진이 알면 또 스캔들을 만들 생각이냐고 소리지르겠지만 이번만은 느낌이 다르다. 어쩌면 스캔들이 아니라 로맨스가 될지도 모르는 일이다.

"웃으니까 좋네요. 얼굴이 어떻게 보이는지 알아요?"

"글쎄요……"

그녀는 말끝을 흐리며 다시 한번 준수에게 미소를 보낸다. 그녀는 문득 며칠 전 울면서 편의점에 들어오던 한 여자의 얼굴이 떠오른다. 이제 겨우 스무 살이나 되었을까 싶은, 아직 얼굴의 솜털도 채 가시지 않은 앳된 얼굴이었다. 휴대용 티슈를 사서 눈물로 얼룩진 얼굴을 닦고 잠시 감정을 추스르던 그 여자. 그 여자는 잠시 후 가게 안으로 들어온 준수의 말 한마디에 금방 밝은 얼굴이 되어 돌아갔었다.

그때 그녀의 기분은 자신도 설명할 수 없을 만큼 어지러웠다. 매일 밤마다 찾아와 눈길을 주고 사라지는 이 남자에게 호감을 가졌던 것일까? 문득 여자와 함께 있는 남자를 보자 그녀는 질투를 느꼈다. 그 여자가 돌아가고 난 뒤 남자는 그녀에게 눈길 한번 주지 않고 그대로 나가버렸지.

혼자 남은 그녀는 새벽이 될 때까지 생각에 잠겼었다. 도대체 이 남자는 왜 나를 가만 내버려두지 않는 걸까? 처음에는 혼자만의 시간을 빼앗더니 그걸로 부족해서 어느새 내 자존심에 상처를 입혔다.

조심스럽게 다가오는 그를 보면서 어쩌면 친구가 될 수도 있겠다는 생각을 했지만 그건 그녀의 착각이었다. 그는 어린 여자를 울게 만들었다 말 한마디로 다시 웃게 만들고 그걸 자랑으로 여기며 그녀를 가지고 논 것이다.

그녀는 더이상 그로 인해 머릿속을 흐트리고 싶지 않았다.

고양이 울음소리 때문에 식은땀을 흘리며 잠에서 깨어나는 것보다 더 불쾌한 일을 당하고 싶지 않다.

그녀는 준수의 얼굴을 바라보며 참치 캔을 떠올린다. 고양이를 유혹하기 위해서는 통조림 하나로 충분하다. 이 남자에게 보내는 미소는 그런 의미다. 그 역시 고양이처럼 그녀의 손아귀에 잡힐 것이다.

그녀는 조심스럽게 그의 눈을 들여다보며 카운터 밑에서 가위를 찾기 위해 천천히 손을 움직이기 시작한다.

"제 녹음실 구경할래요?"

남자가 드디어 미끼를 물었다. 이제 사람들은 그의 노래를 듣지 못할 것이다. 아니, 이제 그는 더이상 여자들에게 상처를 주지 못할 것이다. 그녀의 잠을 방해하던 고양이가 더이상 울 수 없게 된 것처럼.

남자의 목젖이 슬쩍 위아래로 오르내린 순간, 드디어 그녀의 손끝에 차가운 가위의 감촉이 느껴졌다.

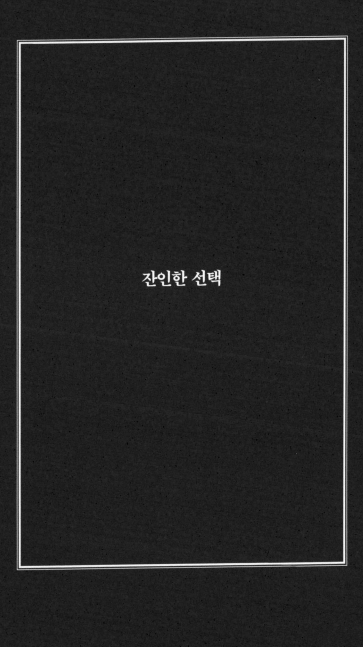

잔인한 선택

1

"나흘 정도 걸리겠는데요?"

사무실 한편에서 전화를 걸던 영업직원이 자동차 옆에 서 있던 내게 다가오며 말했다. 멍하니 생각에 잠겨 있던 나는 직원의 말을 듣지 못한 채 도로에 시선을 주고 있었다. 쇼윈도로 들어오는 따가운 햇살 때문에 인상을 찡그리고 있다가 직원이 건네주는 계약서를 보자, 비로소 내게 하는 말이라는 것을 깨닫고 고개를 끄덕였다.

"자동차 등록까지 다 해놓고 전화드릴 테니까 그때 와서 찾아가세요. 이 정도면 정말 일찍 뽑으시는 거예요."

나는 직원의 말을 뒤로하고 자동차 영업소의 문을 나섰다. 계약서를 가방에 챙겨넣다가 선글라스를 발견했다. 내리쬐는 햇살 속을 어떻게 걸어가나 걱정하고 있었는데 덕분에 한결 시야가 편안해졌다. 쏟아지는 햇살 아래 있다보면 이따금 아찔한 현기증을 느끼는 탓에 내게 선글라스는 필수품이었다. 그런데 왜 오늘은 이걸 잊고 있었을까? 하긴 오늘은 아침부터 모든 게 어수선했다. 물을 마시기 위해 컵을 들다가 손이 미끄러지는 바람에 며칠 동안 밤을 새며 그린 일러스트를 다 망쳐버렸고, 그것도 모자라 바닥 가득 산산이 부서진 유리 조각을 쓸어 담다가 발바닥을 베이기까지 했다. 조각을 빼내려 발바닥을 살펴보니, 금세 유리 조각을 타고 피가 새어나오고 있었다. 투명한 유리 조각이 금세 붉은 피로 물드는 모습을 보자 등줄기로 서늘한 바람이 지나는 듯했다. 아침 일을 생각하자 또다시 상처 난 발바닥이 아파오는 것 같았다. 택시를 잡기 위해 조심스럽게 도로 쪽으로 걸음을 옮기는데 전화벨이 울렸다.

핸드폰 화면에 낯선 번호가 찍혀 있었다. 누구지? 언제부턴가 전화를 받을 때마다 꼭 번호를 확인한다. 낯선 전화 같으면 때때로 전원을 꺼버리거나 제풀에 지쳐 벨소리가 끊어지기를 기다린다. 시도 때도 없이 카드를 만들라거나, 대출을 하라는 등의 광고 전화가 많아지면서 그런 버릇은 더 심해졌다. 하지만 핸드폰 번호가 찍힌 걸로 봐서 그런 광고 전화는 아닌 것 같았다. 잠시 망설이다가 결국 통화 버튼을 눌렀다. 뜻밖에도 지영의 목소리가 들렸다. 일 년에 한두 번, 어쩌다 안부나 나누는 지영의 전화번호였으니 잊고 있었던 것은 당연한 일이다.

목소리의 주인공이 지영이라는 것을 확인하는 순간, 나도 모르게 짜증이 밀려왔다. 매번 안부를 핑계로 남편 자랑을 늘어놓는 그녀의 전화 때문에 기분이 상한 경험이 있기 때문이다. 지금 한가하게 그 잘난 남편 자랑이나 들어줄 마음은 전혀 없었다. 나는 바쁜 척 그녀의 말을 자르려 했지만 지영은 전혀 눈치채지 못하고 있었다. 아니, 눈치채지 못하고 있던 건 나였다. 전화가 끊어졌나 싶을 만큼 침묵을 지키던 지영이 다시 이야기를 꺼낸 순간 비로소 그녀의 목소리가 평소와 달리 가라앉아 있다는 것이 느껴졌다.

"……소식 들었어?"

"무슨 소식?"

"선경이…… 죽었대. 나도 방금 연락받았어."

"뭐?"

갑자기 심장이 거칠게 뛰기 시작했다. 아무 생각도 들지 않았다. 핸드폰을 들고 있던 손에 기운이 빠져 하마터면 놓칠 뻔했다.

"듣고 있니?"

"……말해."

"지금 병원으로 가려는 참이야. 혹시나 해서 전화했어. 아직 아무도 연락 안 한 모양이구나?"

"……"

"안양에 있는 한양병원이래. 너도…… 올래?"

너도…… 올래? 하고 지영은 단어 사이에 간격을 두었다. 어쩌면 내가 가지 않을지도 모른다는 생각을 하고 있는 게 틀림없었다. 선경의 소식을 들었을 때부터 지영은 가장 먼저 나를 떠올렸을 것이다. 그래, 내가 어떤 표정인지 궁금하겠지, 그래서 이렇게 얄팍한 호기심을 숨기지 못하고 전화를 건 거겠지. 그 속셈을 다 알고 있으면서도 나는 선선히 지영의 호기심을 충족시켜주기로 했다. 솔직히 혼자 갈 용기는 없었으니까.

"가야지. 가봐야지. ……어디라고?"

나는 다시 한번 병원 이름을 머릿속에 새겨넣었다. 지영과는 한 시간 뒤 병원 영안실 앞에서 만나기로 했다.

예상했던 대로 영안실에서는 몇몇 동창의 얼굴이 눈에 띄었다.

내가 들어가자 일순간 차가운 바람이라도 맞은 듯 다들 미묘한 표정으로 나를 바라보았다. 오길 기대했지만 어쩌면 오지 않을 거라고 생각했던 인물이 등장했다는 분위기였다. 선글라스를 통해 그들을 보고 있어 다행스러웠다. 그런 친구들의 반응 앞에서 어떤 표정을 지어야 할지 자신이 없었기 때문이다. 짧은 순간이 지나가자 다들 가벼운 눈인사를 하며 내게 길을 내주었다. 사람들 너머로 영안실 안쪽에 앉아 있는 민우가 보였다. 밝게 웃고 있는 선경의 영정 앞에 앉은 민우의 모습은 마치 영화 속 한 장면 같았다. 곁에 앉은 상주들의 가슴에 달린 리본이 그에게는 없었다. 그렇겠지, 아직 그는 선경의 약혼자일 뿐, 아니 이미 과거형이니 약혼자였을 뿐이라고 해야 맞겠지. 지영에게 전화를 받고 나서 병원으로 가는 택시 안에서 나는 내내 민우의 얼굴을 떠올렸다. 어떤 모습일까, 어떻게 인사를 해야 하지? '잘 지냈어?' 아니, 약혼자인 선경이 죽은 마당에 그건 당치도 않은 인사말이다. 그럼 뭐라고 해야 하나.

지금 눈앞에 민우를 두고도 나는 그에게 건넬 첫마디를 고심하고 있었다. 그때 옆에 있던 지영이 내 팔을 잡았다. 고개를 돌리자, 눈짓으로 선글라스를 가리켰다. 그래, 벗어야지. 사람들의 시선에서 나를 보호해줄 단 하나의 방패막이를 내려놓자, 나도 모르게 시선이 아래를 향했다. 뒤에 남은 지영에게 왜 데리고 왔느냐고 수군거리는 소리가 들렸다. 나는 아랫배에 힘을 주고 영정 앞으로 걸어갔다. 보지 않아도 민우의 얼굴이 굳어지는 것을 느낄 수 있었다. 그의 시선을 무시하고 영정 앞에 절을 하고 상주들에게 인사를 했다. 짧은 순간 민우와 시선이 마주쳤지만 나는 아무 말도 하지 않고 그저 고개만 숙여 보이고는 그 자리에서 물러났다. 등뒤로 그의 시선을 느꼈지만 돌아보지 않았다.

지영이 기다리고 있다가 나의 팔을 잡아끌며 동창들이 앉아 있는 자리로 데리고 갔다.

"다들 오랜만이지?"

지영은 아무 일도 없었다는 듯 그들 틈에 나를 끼워놓았다. 그들 모두에게 나는 반갑지 않은 손님인 모양이었다. 그런 분위기를 피부로 느끼자, 알 수 없는 분노가 치밀어 올랐다. 왜 내가 이런 대접을 받아야 하지? 나는 고개를 세우고 동창들 얼굴을 하나하나 바라보며 인사했다.

"역시 강윤희구나."

누군가 비꼬는 투로 중얼거렸다. 내 얼굴이 굳어지기도 전에 지영이 먼저 사태를 수습하고 나섰다.

"왜 그래? 우리 다 친구잖아, 윤희는 선경이랑 제일 친한 친구였어."

지영의 말에 모두 입을 다물었지만 어색한 침묵이 흘렀다. 다들 말없이 약속이나 한 듯 앞에 놓인 술잔을 들었다. 동창

모임에 단 한 번도 얼굴을 내보이지 않았지만 몇 년 전이나 지금이나 조금도 달라지지 않았다는 것이 느껴졌다. 나와 선경이 그리고 민우 사이의 일이 마치 자신들의 일이라도 되는 것처럼 단단히 무장을 하고 나를 바라보는 저 얼굴들. 한편으로 가소로운 생각이 들었다. 사랑은 그들만의 문제일 뿐, 제삼자는 전혀 모르는 진실이 있다는 것을 조금도 받아들일 수 없는 인간들이다. 좋을 대로 생각하라지, 조금도 그 자리에 머물 생각이 없던 나는 자리를 털고 일어났다.

"왜 벌써 가려고?"

지영이 금방 내 뒤를 따라나섰다.

"됐어. 어차피 인사도 했고, 더 앉아 있어봤자, 너희 안줏거리밖에 더 되겠어?"

"야, 무슨 말을 그렇게 해?"

나는 더이상 말하고 싶지 않다는 뜻으로 손을 흔들어 보이고는 영안실 밖으로 걸음을 옮겼다. 물끄러미 쳐다보던 지영도 더이상 잡지 못하고 동창들이 있는 자리로 돌아갔다. 어쩌면 오지 않았어야 했을까? 문득 그런 생각이 들었지만 곧 고개를 저었다. 민우가 어떤 모습일지 그게 궁금해서라도 오지 않고는 못 배겼을 테니까.

영안실에서 병원 정문 쪽으로 걸어나오는데, 벤치에 앉아 담배를 피우는 민우가 보였다. 대학 신입생 시절, 그의 담배

피우는 모습에 반해서 이렇게 한참을 바라보던 때가 생각났다. 재수생이라며 애써 어른 대접을 받으려 하던 그의 모습도. 칠 년이라는 시간이 지났는데도 민우의 얼굴에는 그때의 모습이 남아 있었다.

담배를 끄고 일어서던 민우는 나를 보자 흠칫 놀라는 표정으로 굳었다. 하지만 이내 결심한 듯 천천히 내게 걸어왔다.

"……벌써 가는 거야?"

"……뭐라고…… 말해야 할지 모르겠어…… 너무 갑작스러운 일이라서."

이해한다는 듯 민우는 쓸쓸하게 고개를 끄덕였다.

"……네가 올 거라곤 생각도 못했어. 와줘서 고마워."

턱밑에 거뭇하게 돋아 있는 그의 수염을 보자, 가슴 한편이 무너져내리는 듯했다.

"……기운 내."

내가 할 수 있는 말은 고작 그것뿐이었다.

민우는 다시 한번 희미하게 미소 짓고는 지친 걸음으로 영안실을 향해 걸어갔다. 그의 처진 어깨를 바라보고 있자니 눈물이 쏟아질 것 같아 서둘러 선글라스를 꺼내 썼다. 민우가 영안실 문을 밀고 안으로 들어간 뒤에도 나는 한참이나 문을 바라보았다. 그러면 다시 민우가 나오기라도 할 것처럼.

2

장지가 멀어서인지 친척들 말고는 눈에 띄는 이가 많지 않았다. 하관을 끝내고 인부들이 흙을 밟는 동안 민우는 친구들에게 다가갔다.

"고맙다. 여기까지 와줘서…… 출근도 못하고…… 이럴 거까진 없는데……"

남자들은 민우의 어깨를 툭툭 쳐주는 것으로 인사를 대신했다.

"무슨 소리야, 당연히 와야지. 선경이 마지막 가는 길인데……"

대가족과 함께 사는 지영은 이런 일에 익숙한지, 나서서 선경의 부모님을 챙기고 인부들 술상까지 꼼꼼히 살피다가 민우에게 다가와 말을 거들었다.

"며칠 사이 많이 야위었다. 돌아가면 며칠 푹 쉬어. 이러다가 너도 쓰러지겠어."

"괜찮아. 지영이 너한텐 정말 고맙다. 나중에 따로 인사할게."

"얜, 친구 사이에 별소릴 다 한다……"

봉분을 만들고 떼까지 입히자 평평하던 한 평의 땅은 어느새 죽은 자의 안식처가 되었다. 인부들이 수건을 털고 걸어나오자, 지영은 서둘러 그들에게 다가가 잔을 나눠주고 술을 돌렸다.

병원 영안실에서 선경의 관을 버스로 옮기고 자동차에 올라타면서 민우는 혹시나 하는 마음에 버스 안을 둘러보았다. 윤희의 모습은 보이지 않았다. 민우는 왜 자신이 윤희를 찾고 있는지, 의아한 생각이 들어 씁쓸해졌다. 영안실에서 생각지도 않았던 윤희를 본 뒤로 민우의 머릿속은 무거워졌다. 이 년 전 완전히 연락을 끊은 뒤로 민우는 한 번도 윤희에 대해 생각한 적이 없었다. 물론 선경과의 대화에서도 윤희 이야기는 나오지 않았다. 둘도 없는 친구였던 선경과 윤희 사이에 민우라는 남자가 등장하면서 결국 둘은 남처럼 헤어졌다. 오랜만에 다시 만난 윤희는 전과 조금도 달라지지 않은 모습이었다. 당당하고 냉정해 보여서 손해보는 부분도 많았다. 세 사람의 관계가 친구들에게 알려지면서 윤희에게 일방적인 비난이 쏟아진 것도 어쩌면 그런 영향일 터였다. 사실 처음부터 민우가 분명하게 어느 한쪽을 선택했더라면 윤희가 지금처럼 친구들과 연락을 끊고 지내지 않았을지도 모른다.

복잡해진 머릿속을 더듬던 민우는 지영이 건네주는 음료수를 받고서야 그런 생각 속에서 빠져나올 수 있었다.

"……윤희…… 안 왔네……"

자신을 보며 서 있는 지영에게 무슨 말이라도 건네보려던 민우는 생각지도 못했던 말이 튀어나오자 아차 싶었다.

"응?"

"아니…… 그날 영안실에도 왔길래……"

"……기다렸어?"

"아니야. 그때 좀 뜻밖이었거든. 연락한 사람이 없는데, 어떻게 알고 왔나 싶어서…… 너도 뭐 좀 마셔야지?"

서둘러 음료수가 있는 곳으로 걸어가며 민우는 등뒤로 꽂히는 지영의 시선을 느꼈다. 윤희 이야기를 꺼내는 순간 미묘하게 변하는 지영의 표정을 보자 갑자기 얼굴이 확 달아올라 그자리에 있을 수가 없었다.

대충 정리가 되자 며칠의 밤샘으로 지친 선경의 부모님은 일찌감치 자동차에 올라탔다. 사람들이 모두 버스에 오른 후에도 민우는 한동안 선경의 무덤을 바라보고 있었다. 지난 며칠 동안의 일이 꿈처럼 느껴져 아직도 현실을 받아들이지 못하고 있었다. 한동안 이렇게 안개 속을 헤매는 것 같은 기분이 계속되겠지, 민우는 힘들게 걸음을 옮기다가 자신에게 다가오는 지영을 발견했다.

"그만 가야지……"

"그래…… 미안하다."

"저기…… 윤희한테는 내가 연락했어. 많이 망설이긴 했지만 윤희도 알아야 할 거 같아서…… 내가 괜한 짓 한 거……
아니지?"

윤희를 영안실로 데리고 온 게 아직까지 맘에 걸리는지 지
영이 민우의 눈치를 보며 조심스럽게 말을 꺼냈다. 이제 와서
뭐라고 따지고 싶은 마음도 없었다. 생각지도 않았던 윤희가
나타나서 잠깐 놀라기는 했지만 지영의 입장에서는 충분히 그
럴 수 있는 일이라는 생각이 들었다.

"알아, 신경쓰지 마."

민우는 지영을 버스에 태우고 선경의 부모님이 탄 자동차로
돌아왔다. 민우가 조수석에 올라타자 버스는 곧 출발했다. 선
경의 부모님은 더이상 흘릴 눈물이 남아 있지 않은지, 혹은 충
격과 피로로 지친 탓인지 눈을 감고 말없이 좌석에 기대어 있
었다. 고개를 돌려 부모님의 안색을 살핀 민우는 자동차가 출
발하자 이내 자세를 잡고 차체의 흔들림에 몸을 맡긴 채 눈을
감았다. 비로소 피로가 밀려들었다.

깜빡 졸던 민우는 선경의 어머니가 흐느끼는 소리에 잠이 깼
다. 눈을 떠보니 어느새 선경의 집 근처였다.

"어떡해요, 오늘밤부터 사람 하나 없는 산속에 혼자 있어야
하는데…… 우리 불쌍한 선경이 어떡해요……"

집이 가까워지자 새삼 자식을 묻고 돌아온 것이 실감나는지

어머니의 말에는 울음이 섞여 있었다. 뭐라고 위로의 말을 건네지도 못하고 민우는 그저 묵묵히 앞만 바라보았다. 교차로 앞 신호등에 차가 멈춰 섰다. 가로수 옆으로 눈에 띄는 커다란 글씨의 현수막이 시야에 들어왔다.

―뺑소니 사고 목격자를 찾습니다

그 커다란 붉은 글씨들 하나하나가 민우의 가슴에 시퍼런 비수를 들이대는 것 같았다. 당연한 얘기지만 선경이 쓰러져 있던 자리는 이미 흔적조차 남아 있지 않았다. 다만 붉은 현수막만이 선경이 그곳에서 최후를 맞이했음을 알리고 있었다. 시선을 돌려 아픔을 외면하고 싶었지만, 그의 생각과는 반대로 시선은 선경이 누워 있던 자리를 살피고 있었다. 어쩌면 지금이라도 놓쳤던 단서가 나오지 않을까, 흔적이라도 남아 있지 않을까. 그렇게 시선은 도로 위에 차갑게 고정되었다.

"아직 아무 연락 없었나?"

민우의 시선이 도로를 향하고 있음을 눈치챘는지, 선경의 아버지가 물어왔다.

"네."

"경찰은? 경찰한테도 연락 없어?"

"예. 그날…… 밤인데다 소나기까지 내려서…… 목격자 찾는 일도 쉽지 않을 거라고······"

"무슨 소리야? 우리 선경이 묻고 왔다고 벌써 잊어버리자는 얘긴가? 김 서방 그런 사람이었어?"

민우의 말에 예민해진 어머니는 울음 섞인 목소리로 날카롭게 소리쳤다.

"어허, 이 사람 왜 그래? 김 서방 얘기는 그게 아니잖아?"

"하긴, 아직 결혼식도 올리지 않은 사인데 더이상 뭘 바라겠어, 이렇게까지 해준 것만이라도 감사해야지······"

"여보."

어머니는 다 큰 자식을 순식간에 잃어버린 분노를 어쩌지 못하고 결국 애꿎은 민우에게 화풀이를 해댔다. 그 마음을 모르는 바 아니었지만 민우 역시 여유 있게 받아넘기기가 힘들었다.

"저······ 괜찮으시면 여기서 내리겠습니다."

"그러지······ 자네도 쉬어야 할 테니까. 고생 많았네."

잠깐 민우를 바라보던 아버지는 그 말을 남기고 시선을 돌렸다. 민우에게 괜한 화풀이를 하던 어머니는 또다시 터져나오는 울음을 막기 위해 수건을 찾느라 대꾸도 하지 않았다.

민우는 운전사에게 부탁해 차를 세우고 선경의 부모님에게 인사를 하고 돌아섰다. 선경의 집으로 향하는 자동차를 바라보며 민우는 허약한 인간관계에 대해 생각했다. 벽돌 하나만 빼버리면 와르르 무너져버리는 관계들. 선경이라는 벽돌이 있었기에 유지되던 선경 부모님과의 관계는 선경이 사라지자 아무것도 아닌 게 되어버렸다. 어차피 무너질 관계였지만 자신이 성급했다는 생각도 들었다. 하지만 지금은 쉬고 싶은 생각밖에 없었다. 어서 집으로 돌아가 침대에 몸을 누이고 잠들고 싶었다. 한 사흘쯤 커튼도 내린 채, 누구의 간섭도 받지 않고. 그러다 영영 깨어나지 않아도 괜찮지 않을까 하는 생각도 들었다. 민우는 비로소 선경을 잃어버린 상실감이 얼마나 큰지 절실하게 느꼈다.

3

사흘이 아니라 단 하루도 편하게 쉬지 못한 채 민우는 차량 부품 취급업소의 연락을 받고 달려가야 했다.

선경이 뺑소니 사고를 당해 응급실에 들어갔다는 연락을 받고 병원으로 달려갔던 민우는 경찰과 함께 사고 현장에 갔었다. 늦은 밤 소나기까지 내리던 사고 현장은 어느새 선경의 몸에서 흘러내린 피마저도 말끔하게 씻겨내려가 아무것도 없었다. 망연자실하게 서 있던 민우는 경찰이 떠난 후에도 한동안 그곳에 남아 혹시라도 있을 목격자를 찾아보았다. 하지만 사고를 목격한 사람은 없었다. 도심이라면 모르겠지만 교외의 전원주택단지에서는 어두워지면 곧 인적이 끊겨, 목격자가 있기 어려웠다.

누군가 그 시간 그곳을 지나가는 우연이 있었다면 이렇게 막막하지는 않을 텐데. 사고라는 건 그렇게 우연과 우연이 만나는 것이다. 하필이면 그 시간에 교차로에 서 있던 선경. 그리고 하필이면 그 시각 도로를 달리던 자동차. 단 일 초라도 서로 어긋났다면 선경이 저렇게 병원에 누워 있지는 않았을 것이다. 하지만 목격자까지 같은 곳에 있는 우연은 벌어지지 않은 모양이었다.

결국 다시 현장으로 돌아와 멍하니 서 있던 민우는 병원으로 발걸음을 옮겼다. 그때 그의 시야에 도로변의 하수도 구멍이 보였다. 소나기가 내렸으니, 어쩌면 작은 파편 같은 것들은 빗물에 쓸려 하수도로 빠졌을 수도 있겠다는 생각이 들었다. 민우는 사람들이 쳐다보는 것도 의식하지 못하고 창살 모양의 철망에 고개를 처박고 아래를 살폈다. 흙과 풀이 뒤엉킨 사이로 비닐 조각 같은 쓰레기가 걸려 있었다. 어쩌면…… 어쩌면…… 단 일 퍼센트의 가능성이라도 잡고 싶은 생각에 민우는 있는 힘을 다해 철망을 뜯어냈다.

손을 뻗어보니 무언가 닿는 것들이 있었다. 손에 잡히는 대로 도로 위로 끄집어내던 민우는 딱딱한 무언가가 만져지자 직감적으로 증거물이라고 생각했다. 조심스럽게 하수도에서 손을 꺼냈다. 민우의 손에는 성냥갑 크기의 작은 플라스틱 조각이 들려 있었다. 자동차 전조등에 쓰는 투명한 플라스틱이었다.

'그래, 찾았어!'

민우는 다시 하수도 아래 쪽으로 손을 뻗어보았지만 더이상 잡히는 것은 없었다.

병원으로 다시 돌아온 민우는 서둘러 응급실로 들어갔다. 하지만 선경이 누워 있던 자리에 낯선 사람이 누워 있었다. 간호사에게 물어보자, 그녀는 안됐다는 표정으로 머뭇거리다가 지하로 내려갔다고 전해주었다. 지하…… 영안실이었다. 민우가 현장에 다녀온 사이 선경은 마지막 인사도 하지 못하고 그렇게 세상을 떠난 것이다. 머릿속이 텅 비어버린 민우는 한동안 그 자리에 서 있다가 간신히 정신을 차리고 걸음을 옮겼다. 손바닥이 아파 손을 펴보니 하수도에서 발견한 조각이 들려 있었다. 자신도 모르게 주먹에 힘이 들어갔던 탓에 손바닥에는 조각을 쥐었을 때 생긴 자국이 발갛게 선을 그리고 있었다. 이젠 아무 소용도 없게 되었다. 설령 선경을 친 자동차를 찾게 된다고 해도 이미 늦었다. 범인을 찾아낸다고 해도 선경은 살아 돌아오지 못해. 그런데 이게 무슨 소용이야. 민우는 자신도 모르게 입술을 깨물었다.

"저기…… 이거 환자분 소지품이에요."

조금 전 민우와 이야기를 나누었던 간호사가 민우에게 핸드폰을 건네주었다. 선경의 것이었다. 둘이 함께 산 똑같은 모양의 핸드폰. 다른 점이 있다면 선경의 것에는 민우의 사진이 든 작은 펜던트가 달려 있다는 것뿐이다. 민우는 온몸에서 기가 빠져나가는 것을 느끼며 간신히 핸드폰을 건네받았다. 민우는 그때부터 사흘 동안을 영안실에서 보냈다. 영안실을 찾아온 동생에게 조각을 건네주며 알아봐달라고 부탁했던 일을 까맣게 잊고 있던 민우는 장지에서 돌아온 다음날 아침, 전화를 받고 서둘러 차량부품 업소로 향했다.

"이건 현대에서 나오는 아반떼에 쓰이는 전조등이에요. 조각이 더 크면 금방 알아봤을 텐데…… 자동차마다 다 모양도 다르고 무늬도 달라서 알아보기가 쉽지는 않죠."

정비사의 설명을 듣고 나자 민우는 이제 어떻게 해야 할지 막막했다.

"우선 공장에 한번 찾아가보세요. 부품업체마다 특징이 있어서 어디에서 납품한 건지 알면 납품 일자도 나오니까 도움이 될 겁니다."

그는 전에도 뺑소니 사고를 도와준 적이 있다며, 후미등 하나 가지고도 범인을 찾는 경우가 있으니 기운 내라는 말을 잊지 않았다. 손끝이 파르르 떨려왔다. 민우는 정비사에게 고맙다고 인사하고 곧장 현대자동차 본사를 찾아갔다. 아반떼 승용차는 울산과 서울 두 곳에서 생산되고 있다고 했다. 조각을 본 담당자는 곧 부천의 납품업체 제품이라고 확인해주었다.

민우는 부천의 납품업체를 찾아가 조각을 내보였다. 조각을 본 공장 직원은 서류를 확인하더니 1999년 3월 12일에 제조된 제품이라고 했다. 깨진 부분만 가지고도 정확한 제조 날짜를 알 수 있어 그나마 다행이었다.

부천의 납품업체에서 생산된 전조등은 제조된 그날 바로 납품되었다고 했다. 민우는 다시 현대자동차 본사를 찾아갔다. 그때 납품된 전조등이 조립된 차는 3월 12일부터 19일까지 생산된 것들로 울산과 서울 공장 모두 합쳐 79대. 민우는 선경을 죽음으로 몰고 간 사람에게 조금씩 접근하고 있다는 것을 느꼈다. 민우의 전화를 받고 달려온 경찰은 자동차회사에서 구매자의 신원을 확보했다. 이제 79명을 만나면 된다. 그들 중 선경을 죽인 범인이 있는 것이다. 경찰은 곧 탐문수사를 시작하겠다고 했다. 사고 현장의 중요한 증거물을 말도 없이 가져간 것에 대해 그들은 한마디도 하지 않았다. 민우 역시 사고 현장을 철저하게 조사하지 않았던 그들을 탓할 마음은 없었다. 그렇게라도 자신이 도움이 된다면 더 바랄 게 없었다.

서울로 부천으로 하루종일 숨가쁘게 뛰어다닌 민우는 집에
돌아오자 그대로 침대에 쓰러졌다. 누구에게 맞기라도 한 듯 온
몸은 뻐근한데 도무지 긴장이 풀리지 않았다. 이제 조금만 있으
면 범인을 잡을 수 있을 거란 희망에 민우는 오히려 허탈감을
느꼈다. 선경의 집에 전화를 걸어 일의 진척을 알리자, 어제 그
렇게 서운해하던 어머니는 울기만 할 뿐 아무 말도 하지 못했
다. 전화를 끊기 전 겨우 고맙다는 말을 한 게 전부였다.

샤워하려고 옷을 벗으려던 민우는 주머니에서 핸드폰을 꺼
냈다. 책상 위에 핸드폰을 내려놓으면서 충전기에 꽂아둔 선
경의 핸드폰을 바라보았다. 부모님에게 돌려줘야 하는데 깜빡
잊고 있었다. 어제 자신의 핸드폰을 충전시키려다 무심결에
선경의 핸드폰을 꽂아둔 모양이었다.

민우는 선경의 핸드폰을 열어보았다. 영안실에 있는 동안
배터리가 다 되어버린 핸드폰이 어느새 푸른빛을 내며 깨어
있었다. 화면에는 '민우♥선경'이라는 글자가 선명했다. 그동
안 수없이 봐온 화면인데도 새삼 가슴이 아려왔다.

통화 버튼을 누르자 그동안의 기록이 나타났다. 통화 목록
에는 주소록에 입력된 상대방의 이름이 적혀 있었다. 맨 위에
는 낯선 전화번호가 찍혀 있었지만, 대부분은 자신의 이름이
었다. 민우라는 이름에 커서를 옮기고 통화 버튼을 누르자 민
우의 핸드폰이 울렸다. 이제 다시는 이렇게 서로의 핸드폰으

로 연락하는 일은 없겠지. 민우는 감상에 젖어 종료 버튼을 누르다 화면에 적힌 글자를 보았다. 시간 정보. 어쩌면……

그제야 민우는 이상하다는 생각이 들었다. 도대체 그 시간, 소나기가 쏟아지는 교차로에 선경은 무슨 일로 나갔던 것일까? 늦은 밤 사거리 교차로에 핸드폰을 들고 나갔다면 누군가의 연락을 받았을 수도 있다는 생각이 스쳤다. 누군가와 만나기로 했다면? 민우는 또 한번 깨진 조각을 발견했을 때와 같은 기적이 일어나기를 기대하며 마지막으로 통화한 시간을 확인했다. 민우의 예상대로 마지막 통화는 사고가 나던 밤이었다. 사고 추정 시간에서 불과 이십 분 전이다. 그렇다면 선경은 그 전화를 받고 나갔던 게 아닐까? 누구를 만나기 위해? 민우는 낯선 전화번호를 선택해 통화 버튼을 눌렀다.

4

전화벨이 울렸다. 작업에 방해받지 않기 위해 핸드폰을 꺼놓고 작업했는데, 잊어버린 모양이다. 커피를 마시려던 참이어서 핸드폰을 들고 주방으로 걸음을 옮겼다. 주전자에 물을 올려놓고 전화번호를 확인하니 지영이었다. 통화 버튼을 눌러 전화를 받았다.

"나야."

"무슨 일이야?"

"기집애, 쌀쌀맞기는. 친구한테 전화도 못하니?"

영안실을 다녀온 후로 며칠 동안 일이 손에 안 잡혀 심란하던 터라 목소리가 차가웠던 모양이다. 되받아치는 지영의 목소리는 금방 쌜쭉해졌다.

"나 지금 바빠."

"나도 바빠. 너 살림하는 여자들은 그냥 놀고 먹고 할일 없어서 전화나 하는 줄 아니?"

"그래, 그만하자. 용건만 이야기해."

"넌 궁금하지 않니?"

"네 용건만 이야기하라고 했지? 뭐가 궁금해?"

"어제 장지에 갔다왔어. 다들 바쁜지 몇 명 모이지도 않고. 분위기가 좀 그랬어."

"……"

또다시 안테나를 세우고 있는 지영의 모습이 보이는 듯했다. 역시 나의 반응이 궁금한 거겠지.

"혹시…… 민우…… 전화 안 했어?"

민우에게 전화를 했었냐고 물어보는 것인지, 아니면 민우에게 전화를 받았냐고 묻는 것인지 잠시 혼란스러웠다.

"무슨 소리야?"

"아니, 장지에서…… 민우가 물어보더라고. 너 안 왔냐고……"

"지금 그게 궁금해서 전화한 거야?"

"아니, 나는 그냥…… 장례식 잘 끝났다는 이야기도 전할 겸……"

"됐어. 나 일해야 하니까 그만 끊을게."

나는 지영의 대답도 듣지 않고 그대로 전화를 끊었다. 민우가 나에 대해 물었다는 지영의 말이 머릿속에서 메아리가 되어 울리기 시작했다.

민우가 마지막으로 전화했을 때도 이런 기분이었다. 더이상 친구로서도 만나거나 연락하는 일 없었으면 좋겠다는 이야기를 하려고 보자는 것이었지만, 나는 그의 전화만으로 엉뚱한 상상을 하고 있었다. 희망이라는 것.

그를 만나 그 희망이 바람 빠진 풍선처럼 초라하게 오그라드는 것을 느꼈지만 그전까지 나는 기대와 설렘에 가득차 있었다. 다시 희망을 가진다면, 이번에도 그 풍선이 오그라들까?

주전자의 날카로운 비명을 듣고야 나는 물이 끓고 있다는 걸 알았다. 머그컵 하나 가득 커피를 담아 책상 앞에 앉으면서도 머릿속에선 낡은 턴테이블 위의 튀는 판처럼 같은 말을 되뇌고 있었다. 그가 나의 안부를 물어봤다. 그가 나의 안부를 물어봤다……

다시 전화벨이 울렸다. 지영과 통화를 끝내고 전원을 끄는

건데. 핸드폰의 배터리를 빼버리려던 나는 멈칫했다. 민우일
지도 몰라.

"여보세요? ……여보세요?"

잠시 쏴아 하는 바람소리가 지나는 것 같다가 금세 목소리
가 흘러나왔다. 민우였다.

"윤희…… 윤희니?"

"……그래, 나야."

다시 그의 전화를 받은 게 얼마 만인가? 나는 숨이 막혀오는
것을 느꼈다. 꼼짝도 하지 못하고 그의 다음 말을 기다리고 있
었다. 한동안 말이 없던 민우는 조심스럽게 한번 만나고 싶다
는 이야기를 꺼냈다. 민우와 만날 장소를 정하고 전화를 끊었
다. 자꾸만 부풀어오르는 기분을 가라앉히기 위해 색연필을
손에 잡았지만 아무것도 그릴 수가 없었다. 커피는 어느새 식
어가고 있었다.

도로 위에서 나를 기다리고 있는 민우를 발견하고 비상 깜
빡이를 켠 다음 그가 있는 곳에 천천히 자동차를 세웠다. 마치
어제도 그랬던 것처럼 익숙하게 차에 올라타는 그를 보자, 또
한번 푸우 하고 풍선 속에 바람이 들어가는 소리가 들렸다.

"차, 새로 산 모양이네?"

미처 뜯어내지 못한 비닐을 보며 민우가 물었다.

"어? 응…… 어디, 야외로 나갈까?"

나의 말에 민우는 선선히 고개를 끄덕였다.

"그전에 잠깐 갈 데가 있어."

"어디?"

"선경이네…… 이거, 깜빡 잊고 못 전해드렸거든. 괜찮지?"

민우가 핸드폰을 들어 보였다. 아마 선경의 것인 모양이었다. 선경의 집으로 가자는 말에 기분이 복잡해졌지만 내색하지 않고 차를 몰았다. 그래, 아직은 이르겠지. 하지만 곧 선경의 자리가 사라졌다는 사실을 민우도 깨닫게 될 것이다.

자동차가 도심을 벗어나 한적한 도로를 달리자, 겨우 이야기를 꺼낼 용기가 생겼다. 하지만 민우가 먼저였다.

"선경이네 이사간 거 알고 있었어?"

"어?"

"작년에 여기로 이사왔는데, 어떻게 알고 있네?"

"응…… 지난번에 지영이한테 대충 들었어. 과천 어디라고……"

"그랬구나…… 저기 저 앞에서 좌회전하면 돼."

나는 민우가 가리키는 대로 좌회전을 했다. 다시 침묵이 흘렀다. 그 침묵을 무너뜨릴 말이 쉽게 생각나지 않았다. 교차로 앞에서 신호등이 바뀌는 것을 보고 서서히 속력을 줄였다.

"저거 보여?"

민우가 손가락으로 어느 곳을 가리켰다. 그의 손가락 너머로 '뺑소니 사고 목격자를 찾습니다'라고 쓴 커다란 현수막이 눈에 들어왔다.

"……여기야. 선경이 사고당한 곳……"

"……"

아무 말도 할 수가 없었다.

"저쪽에 잠깐 세울래? 답답하다."

나는 묵묵히 민우가 시키는 대로 도로 한편으로 차를 세웠다. 한적한 곳이라 그런지 지나는 차는 많지 않았다. 민우가 주머니에서 담배를 꺼내더니 괜찮으냐는 듯 담뱃갑을 들어 보였다. 나는 아무 말 하지 않고 재떨이를 열어주었다. 민우는 담배에 불을 붙이고 그 담배가 절반 이상 타들어갈 때까지 아무 말도 하지 않았다. 손끝으로 전기가 오르는 것 같은 아찔함이 느껴졌다.

"요 며칠 동안 아무 생각도 할 수 없었어. 머릿속에서는 한 가지 장면만 자꾸 맴돌았거든. 이 교차로에 서 있던 선경이…… 질주하는 자동차. 그리고…… 자동차에 부딪히는 순간…… 보지도 않았는데, 자꾸 같은 상상을 하다보니 마치 눈앞에서 목격한 것처럼 생생하게 떠오르더라."

"그만 잊어버려. 너 며칠 사이 많이 말랐어."

민우의 입가에 쓸쓸한 미소가 스쳤다.

"그런 거…… 맘대로 안 되잖아? 잊어버리고 싶어도 한동안 머릿속에서 지워지지 않을 거야. 그래서 결국 진짜 중요한 건 생각하지도 못하지. 며칠 전에야 그걸 깨달았어."

"진짜…… 중요한 거……?"

"그래, 선경이는 여기로 이사한 뒤론 인적이 없어서 무섭다며 늦게 다니지 않았거든. 그런데 왜 그날은 그렇게 늦은 시간에 나온 걸까? 소나기까지 내리는 밤에…… 도대체 무슨 일 때문에?"

민우는 손가락 사이에서 타들어가던 담배를 재떨이에 비벼 끄더니 나를 쳐다보았다. 그의 시선에 잡혀 꼼짝도 할 수 없었다.

"이 핸드폰이 없었다면…… 난 그걸 깨닫는 데 한참이 걸렸을 거야."

민우는 손에 들고 있던 핸드폰을 만지작거리다가 버튼을 눌렀다. 등줄기로 식은땀이 흘러내리는 게 느껴졌다. 내 가방 속에서 전화벨이 울렸다.

"선경이가 누군가와 마지막으로 통화한 시간을 확인해봤어. 사고 나기 이십 분 전이었어. 그걸 깨닫는 순간, 흩어져 있던 퍼즐들이 하나씩 제자리를 찾아가기 시작했어."

민우가 핸드폰을 껐다. 내 가방 속의 전화벨도 더이상 울리지 않았다.

"전화기 너머 들려오는 목소리가 네 목소리라는 걸 알았을 때."

"잠깐만, 잠깐만…… 지금 무슨 얘기가 하고 싶은 거야?"

"아니, 네 얘기를 듣고 싶어…… 왜…… 그랬니?"

"지…… 지금 무슨 얘긴지 모르겠어. 그래, 얼마 전에 선경이와 통화한 건 사실이야. 하지만 그거 가지고 너무 앞서 나가는 거 아니야? 설마…… 정말 내가 선경이를 어떻게 하기라도 했다는 거야?"

"그건 네가 잘 알잖아?"

"기가 막혀…… 네 기분 모르는 거 아니야. 갑작스럽게 그런 일을 당했으니까 믿기지도 않겠지. 하지만 이거 너무하는 거―"

"내가 알고 싶은 건……"

조용하지만 단호하게 그가 나의 말을 잘랐다.

"왜 그랬냐는 거야. 연락 끊고 산 지도 벌써 이 년이 지났는데, 지금 와서 왜……"

나는 민우의 시선을 피한 채 입술을 깨물었다. 말도 안 돼. 이건 말도 안 돼. 또다시 선경이의 손아귀에 목덜미를 잡힌 기분이었다.

민우와 셋이 어울려 다니면서부터 그랬다. 내가 민우를 좋아한다는 걸 알고 선경이는 일부러 민우에게 말을 걸었다. 겉으론 나와 함께 있을 기회를 만들어보자는 거였지만 뒤에선 민우의 호기심을 자극하고 있었다. 멍청하게도 한참 뒤에야 나는 선경이 내 뒤통수를 후려치고 있다는 걸 알게 되었다. 다시 그런 일을 당하고 싶지 않았는데, 그녀는 죽은 뒤에도 여전히 내 목을 조를 힘이 남아 있었다. 나는 다시 한번 고개를 내저었다. 이렇게 당할 수는 없어. 또다시 내 목을 조르는 걸 두고 볼 수는 없어.

"그래. 전화한 거 나야. 그날 낮에 우연히 시내에서 만났어. 그때 전화번호 받아서 잠깐 통화했었던 것뿐이야. 지금 네가 상상하고 있는 그런 거, 아니야…… 정말 아니야."

민우는 잠시 나를 보더니 시선을 돌리고는 말이 없었다.

"어제 현장에서 발견한 조각으로 자동차 종류와 그걸 산 사람들의 명단을 알아냈어. 모두 79대였어. 경찰이 한 명씩 조사하기 시작할 거야. 이제 그만해."

조각……? 현장에서 뭘 발견했다고? 그럴 리가 없다. 소나기에 속옷까지 흠뻑 젖을 정도로 주변을 살폈지만 그런 건 하나도 남김없이 치워버렸는데…… 잠시 생각에 잠겨 있던 나는 더이상 저항할 수 없다는 걸 깨달았다. 이 차. 아직 비닐도 벗기지 않은 새 차. 이것 역시 심증을 굳히는 증거일 테니까. 그래, 그만 손들자. 깨끗이 인정하자.

"그래. 이런 짓 그만두자. 지금 경찰서로 갈게."

자동차에 시동을 걸었다. 다시 차가 도로를 달리기 시작했다. 선선히 경찰서로 가겠다는 내가 의아스러운지 민우가 나를 뚫어지게 보는 것이 느껴졌다. 그의 숨소리가 조금씩 커지고 있다는 걸 알았다.

"왜…… 왜 그런 거야? 도대체 왜? 선경이가 너한테 뭘 그렇게 잘못했길래?"

"몰라서 물어? 널 좋아한 건 내가 먼저야. 선경이가 아니라 내가 먼저라고!"

민우의 목소리만큼이나 내 목소리도 커져 있었다.

"벌써 지난 일이잖아?"

"그래, 포기했었어. 이 년 전 네 말을 듣고 완전히 지워버렸어. 그렇게 만나지만 않았어도."

"너…… 진짜 잔인하구나. 어떻게…… 선경이를 그렇게 할 생각을 해?"

날 이렇게 잔인하게 만든 건 너희 두 사람이야. 내게 이런 선택을 하게 한 건 바로 너희라고.

그날 출판사에서 일감을 받아오다가 우연히 선경과 마주쳤었다. 다시는 보고 싶지 않은 얼굴이었지만 눈이 마주치자 모른 척할 수가 없었다. 선경은 웨딩드레스를 고르기 위해 나선 길이라고 했다. 내가 어떤 기분일지 모르지 않을 텐데도 선경은 나를 데리고 웨딩숍에 들어갔다. 잔인한 걸로 치면 선경이

나보다 한 수 위였다. 웨딩드레스를 입고 내 눈앞에 서서 어떤 게 좋으냐고 물었고, 돌아오는 길에 청첩장을 건네는 것도 잊지 않았다. 그리고 면도칼 같은 한마디.

"내가 그랬지? 마음만 먹으면 네가 가진 거 뭐든지 뺏을 수 있다고."

남자들은 모른다. 여자의 우정에는 경쟁심이라는 것이 독버섯처럼 자란다는 것을. 그래서 가장 친한 친구가 때로는 가장 무서운 적으로 돌변할 수 있다는 것을. 왜 그랬냐고? 그건 나 역시 선경과 마찬가지로 마음만 먹으면 그녀가 가진 가장 소중한 것을 뺏을 수 있다는 것을 보여주기 위해서였다. 선경은 민우를 자기 목숨보다 더 소중하게 생각했을까? 그렇다면 난 그녀에게 두번째로 소중한 것을 훔쳤다고 해두자.

"도대체 뭐하는 짓이야?"

자동차의 속력이 높아지자, 민우가 나의 팔을 붙잡았다. 나는 그의 손을 뿌리치며 있는 힘을 다해 액셀을 밟았다.

또다시 나는 잔인한 쪽을 선택하기로 했다. 선경의 가장 소중한 것. 이제 민우의 목숨을 뺏을 차례다.

수록 작품 발표 지면

남편을 죽이는 서른 가지 방법 …… 〈스포츠서울〉 신춘문예 당선작(1994)

거울 보는 남자 …… 『세기말의 동화』(서지원, 1997)

못생긴 생쥐 한 마리 …… 『세기말의 동화』(서지원, 1997)

살인 협주곡 …… 『세기말의 동화』(서지원, 1997)

그녀만의 테크닉 …… 『오해: 2001 올해의 베스트 추리소설』(태동출판사, 2001)

반가운 살인자 …… 『2005 오늘의 추리소설: 날 기억하지 말아요』(산다슬, 2004)

숟가락 두 개 …… 『2005 올해의 추리소설: 반가운 살인자』(산다슬, 2005)

서울 광시곡 …… 『2006 오늘의 추리소설: 첫 섹스에 관한 보고서』(산다슬, 2006)

비밀을 묻다 …… 『2006 올해의 추리소설: 사랑보다 아름다운 유혹』(산다슬, 2006)

경계선 …… 『남편을 죽이는 서른 가지 방법』(산다슬, 2006)

이제 아무도 울지 않는다 …… 『남편을 죽이는 서른 가지 방법』(산다슬, 2006)

잔인한 선택 …… 『남편을 죽이는 서른 가지 방법』(산다슬, 2006)

서미애 컬렉션 1

남편을 죽이는 서른 가지 방법

초판 발행 2024년 9월 30일

지은이 서미애

책임편집 한나래 ∣ **편집** 김유진 박을진 김혜정
디자인 이혜진 최미영
저작권 박지영 형소진 최은진 오서영
마케팅 정민호 서지화 한민아 이민경 왕지경 정경주 김수인 김혜원 김하연 김예진
브랜딩 함유지 함근아 박민재 김희숙 이송이 박다솔 조다현 정승민 배진성
제작 강신은 김동욱 이순호 ∣ **제작처** 천광인쇄사

펴낸곳 (주)문학동네 ∣ **펴낸이** 김소영
출판등록 1993년 10월 22일 제2003-000045호

주소 10881 경기도 파주시 회동길 210
문의 031-955-8892(편집) 031-955-2696(마케팅) 031-955-8855(팩스)
전자우편 elixir@munhak.com ∣ **홈페이지** www.elmys.co.kr
인스타그램 @elixir_mystery ∣ **X(트위터)** @elixir_mystery

ISBN 979-11-416-0726-5 04810
        979-11-416-0725-8 (세트)